京漂

邢庚／著

新华出版社

图书在版编目（CIP）数据

京漂 / 邢庚著. -- 北京：新华出版社, 2019.3
ISBN 978-7-5166-4541-3

Ⅰ.①京… Ⅱ.①邢… Ⅲ.①长篇小说-中国-当代
Ⅳ.①I247.5

中国版本图书馆CIP数据核字(2019)第051113号

京　漂
作　　者：邢　庚

责任编辑：徐文贤　许兼畅	**封面设计**：刘宝龙

出版发行：新华出版社
地　　址：北京石景山区京原路8号　　**邮　　编**：100040
网　　址：http://www.xinhuapub.com
经　　销：新华书店、新华出版社天猫旗舰店、京东旗舰店及各大网店
购书热线：010-63077122　　**中国新闻书店购书热线**：010-63072012
照　　排：六合方圆
印　　刷：北京市文林印务有限公司
成品尺寸：160mm×230mm　1/16
印　　张：23.25　　**字　　数**：320千字
版　　次：2019年7月第一版　　**印　　次**：2019年7月第一次印刷
书　　号：ISBN 978-7-5166-4541-3
定　　价：45.00元

版权专有，侵权必究。如有质量问题，请与出版社联系调换：010-63077124

序言（一）

心理咨询专家邢庚精心原创的长篇两性心理小说《北京"老炮儿"梦想爱情漂流记》在 2016 年 12 月成功出版发行后，他再接再厉，又创作了长篇两性心理小说《京漂》。本书属于上一部小说的姊妹篇，既是一部名副其实的当代大龄单身男女内心世界的精神分析力作，也是如实反映网络征婚相亲故事的纪实小说，所以极具时代感。

新创作出版的小说《京漂》则接续描绘了主人公在 27~36 岁期间尤其是在"下海"后以及在"三十而立"阶段，面对各种危机时的矛盾心理，如实反映了主人公的工作生活情感经历，并回顾了几段邂逅带来的爱情故事，分别发生在太原、肥城和哈尔滨。

50 岁，对任何人尤其是一个男人来说，确是一个不小的年纪了。而之前，对主人公来说，从 27 岁到 36 岁，在外企打拼，在国内国外奔波的同时既注重思考，又注重不断学习进步，是其人格、内心、精神、情绪逐步走向成熟的时期；从 36 岁到 45 岁，是属于男人四十不惑的阶段，在这个阶段，主人公已经具备深厚的人生积淀，对自己的内心已经非常了解，知道自己想要的是什么，对自己的能力也已经非常清楚，知道哪些事可以做，哪些事不可以做，尤其对未来已经有了明确的人生规划。

50 年的时间，在人生的长河中，长也不长，短也不算短。对本书作者来说，50 岁却是其个人人生与命运的一个重要转折点。作者仅仅给自己 1~2 年的时间来进行思考文学创作，预期"以文会友，理性求实，跨越人生"。过了 50 岁，对任何一个受过良好教育的男人来说，需要逐渐确立先生气质和学者风范，需要具备剖析自己人生和总结自己经验的能力。

阅读，尤其是读一流的书，对作者而言，就是休闲，就是养心。喜欢阅读，写读后感，是作者的日常兴趣之所在，平均每天花在阅读和记阅读笔记上的时间超过两小时，每天的笔耕字数都在三四千字。写作上，作者既不是一个文学学院派代表，也不会因喜欢"无病呻吟"而信手胡编，更不喜欢写一些无厘头的文字。当今，尽管已经没有多少人愿意读书，但作者却一直把老舍先生的写作态度作为自己进行文学创作实践的态度来坚持，更把鲁迅先生的作品当作思考国民性的启蒙著作来阅读。

在《京漂》这部小说中，作者希望把从自己的内心挖掘出来的"独立、平衡、坚韧"的人生感悟通过文字表达出来，说明"独立"是每个人生活中应该具备的最基本的"态度"，而"态度"就意味着思想的标杆。

本书作者既具有中国人的热情厚道，也具有西方人的理性和哲学思辨意识。

网络时代是一个浮躁的时代，也是一个充满各种可能性的时代。在这样的时代，写作和创作为社会大众提供了展现自己人生的舞台，就连草根也有了实现自己梦想的可能。

作者每每想起《北京人在纽约》，想起《当北京遇到西雅图》，他就回忆起20世纪80年代的北京年轻人，想起曾经很多上山下乡支边的北京青年，他们远离北京，无怨无悔地支援边疆建设，去外地发展创业，去国外闯荡谋生，他们才是真正意义上的"京漂"一族——离开家乡北京这个舒适安逸的城市，去寻找自己人生的精神归宿，只为找到一个可以自由拼搏和安居的地方。

离开是一种选择，再怎么漂，还是北京人！真正的"京漂"，永远都记着自己是真正的土生土长的北京人。离开并不代表结束，每次离开都是下一次相遇的开始。离开，遇见；再离开，再遇见。每次遇见都是遇见发展变化后的自己，揭示自己，总结自己，才是真正爱自己。

尹 梅
2018年9月

序言（二）

就家庭结构而言，传统意义上父亲和丈夫的角色，就是赚取面包的人，但以往的"保护者、提供者、永恒的典范"已不再运作，双薪家庭、工作不稳定以及其他对传统性别角色的挑战，都为家庭和其中角色带来压力和干扰。传统核心型家庭的式微，让我们失去了亲密感、信赖感和归属感，以及在这个不确定的世界中拥有家庭的安全感、庇护感。

当今社会，很多年龄在20多岁、30多岁，还有少数奔40岁的单身女性，希望自己能够找到这样的一个男人做老公，她希望他：年轻、英俊、够一见钟情、学历特别高、事业很成功、家庭背景好、能挣大钱、有豪车、有别墅，又有责任感、成熟，还得有幽默感、特别会哄女人、能忠于老婆，而且孝顺老婆的父母、最好是名人；她几乎希望他以上样样都能占全；最重要的是，她希望她能全面驾驭她的男人。但是这些单身女人以及那些已婚女人完全忽略了这样一个事实，就是当今社会还是以男人为主的社会，而且中国的大部分男人都有这样或者那样的不同程度的缺陷，事业上做得成功的男人更是少之又少。她们也不尽懂得事业成功的男人的标志是什么以及应该具有什么样的品质。

想仔细分析某个人事业做得好坏，只要通过与其一相处，就能够大致感觉出来。成功的人士有一些共同特征：豁达、善良、善解人意、见解独到、追求卓越、仪表大方（非指衣冠）……有满足感，为人做事谦和理性，拥有语言和利用语言的能力，更重要的是身后有一位好丈夫或者好太太。

新的归属、价值和信念以及新动机，也许是维持专业和个人生活目标的必要因素。应该重新在优先顺序、价值和行动间取得平衡，并把生活中逐渐出现的空虚感，重新联系到更有意义、更有价值的事物。若是缺乏梦想和目标，个人将失去生存的成就感，无法开发出自身的潜力。

　　大自然不会毫无理由地把人类分成两性，试图简单地只是将两性混为一谈的做法是愚蠢的。但是，甚至是最保守的理论家也不得不承认，我们的文化长期以来一直是明显地倒向了男性价值的一边。要谨慎地使衡量男女价值的天平更加平衡一些，这是一项艰难的、极具冒险性而且容易引起仇恨的行为。

　　《京漂》这部精神分析小说既包含了两性心理的内容，同时也是一部民族心理学作品，更适合喜欢哲学、社会学、心理学、教育学和理性文学的人阅读。希望读者在阅读这部小说的过程中，能逐渐真正体会到这部书的内涵及其所带来的某些启发和好处，就是尽可能地帮助建立对"态度"的认识、对"独立"的理解，鼓励沟通，注重哲学精神，推崇理性。

　　文字是静态的，而思想是动态的。每个人都有自己的经历，而且每个人的经历都是不拘一格的。我们提倡写个人的历史，因为大家以前比较注重宏观的历史，国家的、社会的、民族的，但是我们常常忽略个人的成长史。我通过一个一个真实的故事来传达自己的观点，表明自己的人生观、价值观、世界观，所谓言由心生。

　　物以类聚，人以群分。由于意识的多样性，不见得每一名读者都能与本书结有善缘。缘来则聚，缘尽则散，随缘而已，这或许就是人生！

邢　庚
2018 年 10 月 18 日

目 录 CONTENTS

第一章 和馨相亲 ... 1
- 忧虑自己的外表 ... 2
- 现代人择偶流行看眼缘儿跟面相 ... 5
- 距离感 ... 9
- "女人不是天生的,是被造就的" ... 13
- 大龄女"单身狗"的心思 ... 16
- 无奈的"寄托" ... 19

第二章 午后惊梦 ... 24
- 阿迪力餐馆带来的感悟 ... 25
- 人生地图 ... 26
- "云淡风轻"话成熟 ... 29
- 梦见"突围娘子关" ... 31
- 得遇"真人"指点迷津 ... 34

第三章 永远的《年轻》 ... 37
- 心身"座右铭" ... 38
- 经历"转行"的危机 ... 40
- 经历缺乏天赋的危机 ... 42
- 经历"成年未满"的危机 ... 45
- 经历家庭危机 ... 48

很多事情永远回不过去头了 ························· 51
"三十而未立"是真正值得庆幸的选择 ················ 53
曾经和 Anne 女士谈论"单身力" ···················· 57
Bruichladdich 带来的"自恋" ······················ 61

第四章　从做市场代表开始　64

从拜师香港的周伟堂先生说起 ······················· 65
从推广 F 公司医用胶片做起 ························ 68
继续边工作边学习 ································ 71
被迫辞职 ······································· 74
不出自己意料的结局 ······························ 77
一闪而过的念头 ·································· 81

第五章　做出人生的第二次重大决定　84

陈昊的邀约 ····································· 85
弟弟华清的大胆 ·································· 87
八里桥上的梦想 ·································· 91
购买第一套房子 ·································· 95
鹅卵石子儿的创意 ································ 99
一个人的家也是家 ································ 103

第六章　心智"突围"　105

北京既是家乡又是原点 ···························· 106
为什么要和北京"分手" ··························· 109
缘分与情怀 ···································· 114
论父母共同的心思 ······························· 118
想不到的"第一次" ······························ 121
汾河岸边的茫然 ································· 125
真正的交流 ···································· 127
200 元港币之殇 ································· 132
有欲就有苦 ···································· 136

第七章 漂泊是一场盛大的约会 …… 141

- 一份《北京青年报》 …… 142
- 第一次去外企面试 …… 145
- 断舍离 …… 149
- X 线机维修工程师 PK 医药代表 …… 153
- 一进 T 公司 …… 156
- 重新认识外面的世界 …… 160
- 领带、香水 PK 示波器、电路板 …… 163
- 第一次外出维修 X 线机 …… 166
- 不能言传的秘密 …… 170
- 和 NAKANO 先生出差镇江 …… 173
- 与李群的交流 …… 178
- 不要认输 …… 183
- 和 NAKANO 先生出差沈阳 …… 188
- 和 AUWAKALA 先生在肥城 …… 193
- "工作虫"的爱情观 …… 199
- 难忘小云的祝愿 …… 204
- 和 NAKANO 先生出差杭州 …… 209
- 年轻的代价 …… 213
- 让反思变得更真诚 …… 215
- 一出 T 公司 …… 217
- 为曾经的"青春热血"买单 …… 222
- 每件事都有两面性 …… 226
- 二进 T 公司 …… 230
- 哥们儿之间的对比 …… 235
- 二出 T 公司 …… 240
- 36 岁时的梦想 …… 244

第八章 漂泊也是一场与爱情的约会 …… 251

- 缱绻异乡风和月 …… 252
- 渴望恋情 …… 256

爱一个人真的会上瘾吗 …………………………………… 261
外企办公室里的邂逅 …………………………………… 265
刘洋的感情秘密 ………………………………………… 271
无果而终 ………………………………………………… 276
不可能总和猫一起过日子 ……………………………… 281
霜霜 ……………………………………………………… 285
"守恒定律" ……………………………………………… 289
网络相亲时代 …………………………………………… 293
"心穷"的男人 …………………………………………… 295
在哈尔滨的约会 ………………………………………… 299
琳丽 ……………………………………………………… 304
满满的回忆 ……………………………………………… 310
特别的婚外恋 …………………………………………… 315
感动与祝福 ……………………………………………… 321
两张照片 ………………………………………………… 324
杨琳的来信 ……………………………………………… 328
影院风波 ………………………………………………… 332
哈尔滨一夜 ……………………………………………… 335
心在远方 ………………………………………………… 338

第九章　北京老炮儿的黄金时代 …………………… 344

一寸光阴一寸金 ………………………………………… 345
迟到的觉醒 ……………………………………………… 348
只有这样爱自己 ………………………………………… 354
漂泊而来的智慧 ………………………………………… 359

第一章 和馨相亲

京漂 | JINGPIAO

忧虑自己的外表

  2016年6月10日早晨,随着隆福大厦改造工程施工的机械开始一如既往地传来轰鸣声,端午节假期的第二天开始了。尽管天悦一夜没睡,可他似乎精神头十足,因为约好了上午10点要和征婚网上名字叫馨的女会员见面。

  天悦从卧室来到卫生间,抄起漱口杯和牙刷。他用的是专效抗菌牙膏。由于老妈是搞中医的,而且老妈经常说他内火大,时常会有口气,再加上他爱吃甜食,尤其晚上睡前,所以老妈一直建议他用有中药治疗作用的牙膏。他就尝试用专效抗菌牙膏,并期待这种牙膏真能对自己的口腔和牙齿起到专业中药呵护,能做到减少有害细菌滋生、减少牙菌斑、养护口腔、清新口气,那就最好。毕竟相亲时,如果自己口气清新,就会让对方产生愉悦感。

  刷完牙,洗完脸,天悦回到卧室,站在大衣柜镜子前,他摘下自己的近视略带散光的眼镜,细细地端详镜中自己的面容,发觉自己面容多少还是带着些由于一夜未睡形成的憔悴,尤其是有明显的黑眼圈。再仔细看,瞪大眼睛看的话,已经50岁的他注意到了自己的一双眸子不明亮了,就是说早已经失去了青少年时期眼睛自然带出来的清澈和明亮光泽,而现在眼珠显得浑浊,不清澈。再仔细端详自己的面皮,可以注意到眼角有浅浅的鱼尾纹,左侧脸颊还有一处很小的色素沉淀,也许就属于老年斑吧!另外,面部皮肤干燥,虽然刚洗过脸,但很快嘴角和面颊的局部就又起皮,似皮炎不是皮炎,似癣又不是癣,他随即用指甲把那些起皮轻轻地抠掉。

  由于一直单身,天悦对自己的容貌形象也一直就不太爱护,不太在意,没习惯早晚在脸上涂抹擦脸油。尽管母亲或者以往的女朋友曾经都给他买过很好的擦脸油,但他很少用过,一般都是季节性地使用,以至于那些擦脸油放着放着，就放过期了。可此时，他决定还是要往面皮上涂点东西，就随手从旁边的圆桌上拿起一个透明的盛着保湿爽肤水的小塑料瓶，压出了一些就顺势淋在面皮上，之后轻轻地揉搓面皮两分钟，又换一种维生素E洁面霜，是他喜欢用的，就压出一些在面皮上去涂抹，再揉按均匀了，然后持续拍打面颊，直到面颊被拍红才算完成。他重新戴上眼镜，再看镜中自己的面皮，比涂抹面霜前已经显得莹润光泽了很多，也似乎略微挡了挡黑眼圈。

看着镜中自己的面容和身材，天悦感觉还比较满意。他知道，有老婆的男人和没有老婆的男人是不一样的。有老婆的男人会很幸福，从里到外、从头到脚的穿戴打扮都可以由着老婆来设计，装扮也都可以让老婆帮着参谋，所以有老婆的男人走到哪儿都很光鲜。有老婆的男人容光焕发的同时，老婆也觉得体面。而像他这样一直没有老婆的男人，外表穿戴都只能凑合了。长期以来，在他的习惯里，就是男人一定要外表干净，穿戴整洁利落大方就好，至于是否从头到脚都是穿着名牌衣服啦鞋子啦并不重要，外表是否光鲜也并不重要。

天悦又端视着镜中自己的身材，随后嘟起了嘴唇，他觉得自己容颜虽然不年轻了，可身材保持得还好。他的身高是1米72，体重66公斤，体重指数是21。

尽管天悦对自己的身材比较满意，但在很多时候，尤其是在和单身女性相亲过程中或者在交往过程中，对方却往往嫌弃他形销骨立、瘦骨嶙峋，无论他怎样解释。没有办法！他天生的骨头架子就小，生得小头、小脸、小眼睛、小胳膊、小腿儿、小身板儿，尤其是他的脸比一般人的脸小一号还多，恰巧又长着锥子脸，所以他过去几十年来一直都给人以弱不禁风且手无缚鸡之力印象。如此的形貌体态还是因为他幼年时缺乏营养导致身体发育晚，再加上他的老妈是南方人，把南方人的基因遗传给了他造成的吧。他的老妈是湖北人，也很瘦，所以他觉得自己从骨骼体型上完全遗传了老妈的基因。

其实天悦一直以来对自己最感到满意的一点，就是觉得自己多少还有一点气质。尽管长期以来因为工作需要，一直在国内国外东奔西跑，但这么多年下来，历经沧桑，他原带的书生气并没有完全被消磨掉。相反，由于遗传原因导致自己容貌尚显年轻，外表显得比实际年龄小5到10岁。还有就是他外表显得年轻也有家世的原因，他家族多少代人历来注重"忠厚传家久，诗书济世长"的门风，这样的门风自然也遗传给了他，他走到哪儿都随身带上一本书看，都带着挥之不去的书卷气，他走到哪里都被认为是南方人。

天悦觉得自己的个人问题能耽搁到现在，以前不着急结婚的心态也可能导致了外表显得年轻。他继续对着大衣柜镜子里的自己，又嘟起了嘴，皱了皱眉，随后眼珠向上翻，就想到自己存在的一些"先天不足"，恰巧这些先天不足基本都是被一些单身女人嫌弃的。他知道很多单身女人择偶找对象时，不愿意找戴眼镜的男士，不愿意找体瘦的男士，不愿意找理性的男士，不愿意找穿戴一般的男士，不愿意找外表显小的男士……光这几点不足，就是他自己后天无法改变的，也一直让他自信和焦虑的情绪不断交替存在。他从上初中起开始戴眼镜，现在依然戴一副近视加散光的眼镜，这也得算是他主要的"先天不足"。有时候还有些单身女性嫌弃他外表长得太显小，与她们心目中的英俊潇洒、身材伟岸魁梧的男士形象标准相去甚远。

历经无数次失败的相亲，天悦的内心常容易变得敏感，也更容易焦虑。过去一些年来，这些个外表上的"先天不足"常常让他感到无奈和失落。此刻，他看着镜中的自己，他的两鬓平添了很多白发，稍微低头就通过自己稀疏的头发可以看到头皮，他知道自己的后脑勺上的头发已经很少。

想到这，天悦一下子回过味儿来，赶紧找着一把梳子，把自己所剩不多的头发简单地梳理了梳理。说实话，他和弟弟华清的头发都是随了他哥儿俩的老爸，老爸的头发疏而软，所以他和弟弟的头发也都是稀疏而软。

另外，在过了40岁以后，由于工作压力、各种事情导致情绪上的愁苦、失眠问题等，更导致天悦容易掉头发。平时虽然有人告诉他，说他的外表还是显得年轻，不像50岁的男人，他则是礼貌地表示谢谢。而有时当有人建议他染发，他就是礼貌地一口回绝。他的态度是50岁的男人得有50岁的男人的样子。

天悦照镜子完毕，来到电脑桌前，他上网再次查看馨的征婚资料和照片。馨是老北京，39岁，未婚单身，和父母住在一起，住在西南二环广安门附近。馨是在一家培训公司做管理干部，身高1米65，体重59公斤。馨在资料上关于婚后是否要孩子的一栏里注明了"视情况而定"。

已经是上午9点30分的光景了，天悦问馨出发没有，馨马上就回复了，告知10点准时到东四约定的地点。

现代人择偶流行看眼缘儿跟面相

天悦出了家门，穿过喧闹无序的隆福寺街早市，来到隆福广场对面的某协会门口在路边站着，同时微信馨，告知了自己的手机号，然后就站着等待。他扬起头看着马路对面隆福大厦楼顶施工，脑子里却又开始胡乱思忖起来。

天悦不知道和馨见面时能不能做到彼此一眼认出对方，也不知道是否能做到见面第一眼就彼此有眼缘儿。事实上，从心理学角度讲，女人往往比男人要色，很多女人甚至公开承认她们自己是很"色"的，只不过她们美其名曰"外貌协会"。"眼缘儿"已经成为当下中国社会单身男女择偶第一次见面时比"一见钟情"更接地气的心动感觉，因为有眼缘儿的话，就可以接受男士的吃请、请看电影、请……相反，两个人见面后无论男人综合条件如何，只要被女方觉得没有眼缘儿，那么就意味着这个男人没有任何机会了。

问题是天悦虽然50岁了，却不知道该如何表演才能让自己具备好的眼缘儿标准来吸引异性。他知道自己的"先天不足"包括了差强人意的外表，进一步反映出自身面相的问题。他放在征婚网上的照片总让一些女士认为他要么是木讷呆板，要么是太严肃，要么是五官模糊不清，很多时候甚至对方不需要仔细看他的个人资料介绍，单凭看他的照片，就把他给"毙"掉了。如今的相亲见面，似乎外表、穿戴、行头、交通工具以及适当夸张的表演共同构成了什么是眼缘儿及其重要性。

性格或者人品如何也会影响到眼缘儿的好坏吗？不管女人们如何判断，天悦认为，人到中年以后，就显现出性格或者人品影响所致的面相了。宽厚的人多半是一脸福相；性情柔和的人面相淡定悠然；而性格乖戾粗暴的人，总是一脸的凶相，好争强斗狠；品行不端的人，往往具一副刻薄的面相；喜欢思考的人面相则是喜怒不形于色；而耽于猜忌的人眼神总是透着狐疑，面相透着阴沉……林林总总。但其实都不是生就的相貌，而是长期的心性与行为的修炼在脸上的投影，成就了而今的面相，而今的这些面相确实可以用于判断性格，也能用于评判眼缘儿如何，但不敢说预示着其未来的命运，也着实不能帮助看透一个人的本质。

天悦以往很少关注与他同龄的四五十岁男人的面相，但最近几年，他也开始关注起周围同龄男人的情绪、心态与面相，因为他总觉得别的单身男士很容易就能找到老婆。他估计有很多女人认为，容貌英俊的男人一般都会有不错的性格和感召力，足以能激发女人的情欲荷尔蒙，并且能够通过男人英俊成熟的面相和言谈举止看出这个男人的素质教养，进而一眼就能看出彼此是否有眼缘儿，是否第一次见面就有心跳的感觉。而他长期单身未婚，那么他的面相带给女人的感觉会是什么呢？忧郁的呢还是不成熟的还是其他的呢？反正他从来没有主动去问过以前的女朋友这种问题，过去没问过，现在就更不想问了。

现在择偶的单身女性一见面更注重眼缘儿，因为每个人的面相特征与父母的遗传有关，脸形身材与禀受的先天之气也有关。性格是前半生带来的习气所致——人的前半生是活在前世的影响之下，后半生更多地活在前半生的影响之下。天悦没有英俊的外貌和爱讪笑的习惯，且不善于表演，自然就又增加了一项能被女性容易否定的特征——没有眼缘儿,如此就又多了一项"先天不足"。

关于在面相与择偶的关联方面,天悦曾经与北京广济寺整云师父进行过交流。那次去见整云师父,天悦是带着一个名叫宋楠的女孩一起去的,宋楠是一个36岁的离异的单身女士。

当时,天悦当着宋楠的面儿问师父道:"师父,向您请教一个问题,人的面相是不是很重要?像我这样的一直未婚的人通过面相看是否属于那种福薄的人?"

整云师父是山西人,听了天悦提出的问题略作思考,就操着一口山西普通话回答道:"对普通人来说,这一生当中遇到的人、事、物和人生当中有什么样的福祸,都是命中所注定的,大善大恶的人例外。心态平和,福报就有了,也就影响到了面相。"

"师父、师父,是福报决定面相呢?还是面相决定福报呢?"宋楠听得师父此言,忙不迭地问道。

整云师父随即将脸转向宋楠,笑着回答道:"相随心转,有什么样的福报,就有什么样的面相;有什么样的心态,就有什么样的面相。一句话,人的命运福气是变化的,定数只是一部分人的,人的福报用完了他还能修,如果不修就没有了、枯竭了。"

宋楠听了师父的开示,顿时陷入了沉默。天悦看见她沉默不语,就担心她有什么不开心,于是用胳膊肘碰了碰她。忽然,她急切地问师父道:"师父,再请教个问题啊!如果让您给我做个法术,在我的额顶开光,我是不是会有大功德大福报呢?"

"开光是一种度德,为了弘扬佛法。不过只要佛在你心中,你心中有佛,你愿意信仰佛法,愿意近侍三宝,就是你心中有光,就是大功德,不一定非要讲究仪式开光。"整云师父笑着回答宋楠,又接着说道:"功德分两种,一种是福德,一种是功德。福德就是三界里的福报,或者说人道或天道的福报,这叫福德。功德是靠清净心形成的,但两者的转变也在一念之间。"

听了师父这一席话，天悦和宋楠彼此看了看对方，然后天悦问宋楠说道："你有什么困惑尽管问师父啦！"

宋楠于是羞红着脸继续问师父道："结婚后离婚是不是一种不好的报应呢？"

整云师父听到这个问题后轻轻地咳了两声，回答说："一般地说，一个人有散乱心或者诱惑心时，就会有违处世接物，比如说话不真实，生意不按照规则去做，行为小偷小摸等，也就是一切违反人格道德的、违背法律法规的，这些行为都会影响这个人的福报，都会影响人的运势。这个叫作'折福'。当然，夫妻不按照夫妻之道来过活，也会影响夫妻各自的福报，容易'折福'或者'折寿'，所以在面相上也是能有所显露的。"

……

宋楠听了整云师父的言语，慢慢地脸色就变得不太好，面色通红，天悦见状遂拉着她起身，两个人双手合十鞠躬向师父告退。离开广济寺的一路上，直到分手，两人似乎都有心事，并不说太多的话。那次一起去广济寺是天悦和宋楠的"最后一次约会"。

后来，天悦一直觉得整云师父说过的那些话里透着另外一层意思，就是"慈悲心"的重要性，他觉得夫妻关系中慈悲心也是一个特别重要的因素。比较爱家又注重德行的男人，往往从内而外散发出一种过人的光华，让人刮目相看，甚至容易形成心理距离或者精神优势，让人越看越顺眼，越来越盼着与其接触；而比较有慈悲心又善于持家的女人，则往往由外及里反射出一种贤惠的力量，让人崇敬有加，这样的女人也甚至无意间具有了旺夫或者激励的气场，让人越瞄越羡慕，越来越愿意向其请益。

天悦还觉得过于自私、狡猾，容易计较、爱慕虚荣的人，再鄙视文化的人，无论男人还是女人，他们的面相是很不耐长久看的。即使侥幸生得油粉的容貌，也会在脸上逐渐显现出一些不招人喜欢的地方，比如面无和气。除了"第一眼"眼缘儿好外,稍多做接触,就会变得毫无吸引力了。

总之,眼缘儿就是一种感性的超乎底线的判断依据,完全经不起时间和日月风霜的敲打和洗礼。无论眼缘儿还是面相,既可以变好,也可以变坏。天悦对自己的面相容颜总体上是自信的,尤其他觉得一个人无论是对自己内心,还是对自己外表,个人能有自知之明是蛮重要的。

距离感

"滴、滴……"随着突然传来的汽车鸣喇叭声,天悦侧过头循声望去,就看到一辆小车徐徐驶向自己所站的位置,好像是在寻找停车位或是在确认找人,他马上走上前两步,盯着看驾驶小车的司机是否是位女士。果不其然,小车司机是位女士,应该就是馨。

天悦走上前,敲了敲副驾驶的窗户,馨可能意会到是天悦,马上把车停稳在天悦身边,打开了副驾驶座位的车门。

天悦上了车,对馨微笑地说道:"你好,我是天悦。"

"你好,馨是我的会员名,我的大名叫李宣。"馨也微笑地回复道。

天悦让李宣又向前行驶到近东四路口才找地方停车,之后他带着李宣来到了东四路口西南角的"Caffebene"咖啡馆。这个咖啡馆门面不大,在繁华的东四街面各色店铺中并不显眼,但店里边环境不错。两个人走进店里后,馨提出要一杯"卡布奇诺",天悦自己点了一瓶干姜可乐。两个人坐定后,天悦看着馨,馨也看着天悦。

"还是叫你馨吧,你是39岁吗?我觉得你保养得还不错!看上去就像30岁出头儿的样子。"天悦微笑着先开口说道。

馨听了这话,随即喜上眉梢。只见她瓜子一般的脸蛋,眼如点漆,十分清秀。她不报实际年龄的话,或者没有留意到她颇为隆起的肚腩的话,或者没留意到她的眉梢眼角间隐露的些微皱纹,单凭猜的话,那也就猜到她约莫有个三十五六岁年纪。如果她脸上略施粉黛,再加上她肤色白嫩,就更不会认为她是奔40岁的女人了。

"叫馨也可以。我也不显年轻啦！我是觉得自己的生活环境造成的。工作稳定，父母身体健康，没有什么居家负担。"馨笑着说，继而主动讲了更多关于她家庭的情况。

天悦得知馨是独生子女，她的父母虽然对她娇宠有加，但家里很多事情都任由她做主。对她的个人问题，她的父母的态度很开明，也全凭她自己做主。她的父亲是老北京人，长辛店儿的，她的母亲是天津人，都是从正式的工作岗位退休的，有退休金，再加上拆迁所得，所以她一家三口经济生活条件优渥，有多处住房，也有车。她自己每月收入也足够个人生活用度。

"你希望找个什么条件的？对对方的年龄、职业、经济状况和户口等等有什么要求？"天悦笑着问馨道。

"我肯定不找外地男士。其他方面，主要是两个人都觉得能聊得来就好，毕竟都是生长在北京，生活经历、成长经历、一些文化观念和本地意识都接近，了解起来也容易。你觉得呢？"馨说完了，就反问天悦。

天悦点头同意，并问馨道："你的个人问题为什么拖了这么久？"

"以前不怎么着急个人问题，而且也不喜欢小孩！"馨说道。

天悦继而话锋一转，问馨道："你结婚后准备要孩子吗？"

"假如你要孩子，谁来看孩子呢？你父母快80岁了，我父母也快70岁了，都看不了孩子了，他们这岁数都还需要子女照顾的。面对这种情况，你要孩子的话，是准备请保姆吗？还是你做好准备自己带孩子？"馨针锋相对地反问天悦，满脸严肃的样子。

天悦笑着回答道："我做好准备了。而且我感觉要孩子对你的压力比我还大！"

"我是压力很大啊！所以才一直没敢结婚啊！婚后压力会更大，干吗不让自己家庭生活过得轻松点呢？谁结婚成家也不是为了给自己添乱的，都是憧憬美好才结婚的啊！你说是吧！"馨认真地说。

"你是恐婚啦!"天悦笑着对馨说道。

"有安全感的婚姻还是可以考虑的。"馨急忙对天悦解释说。

天悦强调道:"你还是恐婚!呵呵。"

"应该是有一点点吧!你是因为什么原因才这么晚想结婚的?不是因为恐婚吧?"馨认真地问道。

天悦于是把自己的情感经历和职业经历都一五一十地告诉了馨。馨仔细地听完,就对天悦说道:"那我觉得你以前不着急结婚,与恐婚也得有一点关系。因为我以前压根儿一点不着急,没着急过,包括现在也不是着急的状态,现在其实是想寻求一种安全感的状态。"

"怎么理解呢?你会有不安全感?"天悦疑惑地问道。

"就是稍微有一点点不安全的感觉,我有些害怕,就是像一个贝,或者蚌,一直都缩在壳子里,稍微受到些触碰,就会有不安全感,贝壳、蚌壳马上就会闭得紧紧的——有一点风吹草动,就会把壳闭上保护自己。当然了,如果从心理上感觉很安全的话,或者是接受了对方,那这个壳还是会自己打开的。"馨晦涩地解释着。

天悦听后就回应道:"明白!"

"因为感觉命运掌握在自己手里是最安全的。"馨一本正经地接着说。

"你觉得两个人交往多久才能真正做到百分之百了解呢?"天悦笑着问馨。

"在网络上征婚还是太虚空,让人踌躇满志,又不敢主动出击!眼花缭乱,最终一事无成。"馨回应道。

"你和你的家人看那些电视上的征婚节目吗?比如江苏卫视的《非诚勿扰》。"天悦又笑着对馨进行发问。

馨回问道:"我从来不看,我父母也不看。你呢?"

"我就是有时候看看北京电视台的《选择》节目,是关于中老年相亲的,我觉得还比较有趣。"天悦笑着说,然后又笑着继续对馨说道:"如果你现在还没有碰到更适合的,你就多考虑考虑我呗!反正咱俩这个年龄在一起都属于'夕阳红'啦，也属于中老年相亲性质啦！"

岂料这番话竟然把馨逗得"咯咯咯……"地笑了起来，竟然还笑个没完。天悦也跟着她笑起来，他边笑边左顾右盼担心声音太大影响到周边的人，两个人都笑了好一会儿。

馨笑过之后，恨恨地对天悦说："谁跟你一起属于'夕阳红'啦！谁跟你一起是中老年相亲啦！别气我！你说的什么《选择》节目，我没看过，也不愿意看。不过，40岁的女人和50岁的男人，让他们开始重温或者重启谈情说爱那样的青涩时光，是太勉强了，谈些实际的问题才是这个岁数的人该关心的。比如如果决定生活在一起，能给彼此带来什么？而不会给彼此造成更大的麻烦，这是关键！"

"你在什么单位上班？单位是什么性质？你负责什么？"馨问天悦道。

"我现在是在一家医院管理咨询公司，属于私企，我在公司做医疗运营顾问。"天悦说道。

……

两个人你来我往地谈了一个钟头了，场面虽然还融洽，但天悦看得出，馨对他应该是有很多顾虑，似乎是既不看好他的年龄，也不看好他的工作前景。时近中午，他无意请馨吃午饭，于是他礼貌地对馨说道："今天毕竟是第一次见面，简单地沟通下，以后有机会我们多见面多交流呗！"

"好的。"馨回复道。

两个人走出了咖啡馆儿，天悦把馨带到停车的地方。馨打开了车门儿，上车前，她对天悦说道："我觉得你这个年龄不适合要孩子！所以你不要孩子的话，我可以考虑和你交往，没问题。"

"呵呵，我明白你的意思！"天悦笑着对馨说道。

天悦站在路边一直注视着馨开车远去，才往公交车站走，边走边回味刚才馨说的那些话，也在琢磨馨这个女人，他觉得馨对他说的最后一句话，意味着馨和他之间有一种明显的"距离感"。

"女人不是天生的,是被造就的"

天悦边等公交车,边记起写作《第二性》的波伏娃曾说:"女人不是天生的,是被造就的。"

天悦觉得,如果中国的社会造就女人"三从四德",女人就会遵从"三从四德";如果中国社会造就"性别平等",女人就会要求得更多,愿意表达的也更多。在过去的很长的时期里,中国女人一直在被社会和处于强势地位的男权主义来要求成为什么样的女人,该做什么样的事。如今很多知识女性认为,很多标准甚至夸赞之词都是这种"造就"的果实和帮凶,比如贤良淑德,比如相夫教子。

只不过天悦还是觉得,虽然社会在进步,但矛盾还存在。男人尤其是单身男人不得不承认现实——现在的中国女人比起以往的任何时候,更敢于向男人提出严格的要求和苛刻的择偶条件,并且在予取予求方面表现得更为感性、大胆和露骨,甚至完全可以不顾及男人的尊严和态度。因为现在的中国女人在受教育程度方面和对个人生活的把控力方面完全不比身边的男人差。

馨刚才对天悦提到,她可以考虑年龄比她大不超过 5 岁、小不超过 3 岁的单身男士,也就是说,她也能接受姐弟恋。馨对他坦诚地说了,如果对方年龄比她小几岁的话,她愿意考虑为对方生孩子,生两个孩子都可以。从馨的言谈心态可以看出,馨骨子里依然是属于希望被一个称心如意的男人"造就"的,同时馨自己也是一个很倔强和希望有更幸福的人生的女人。

现在社会上很多大龄女"单身狗"是愿意进行姐弟恋的,很多大龄女"单身狗"甚至宁愿找个年龄比自己小十几岁的大男孩儿做老公,也不愿意找年龄超过 50 岁的单身男士结婚成家。

一句话,现代社会里很多女性的想法做法已经超出了同龄男人的意料,甚至远远超出她们以前对她们自己能力的认知,她们中的一些人的人生正在变得深广,并且无法再回头重来,尽管她们总想重温美好,就像现在社会上越来越多的大龄女"单身狗"开始选择姐弟恋。

"女大男小"会幸福吗？会浪漫吗？谁终将会造就谁呢？中国的俗话说"女大三抱金砖"，在过去，也经常有大媳妇小丈夫的现象，甚至如"童养媳"。现如今，姐弟恋依然是婚恋地图上一道少不了的风景线。天悦承认，其实一些姐弟恋的家庭也很幸福，有的男性虽然年龄小，但心理年龄很成熟，而其妻子虽然年龄大些，但心理年龄却还像个妙龄少女。这样的家庭，从心理上来说，就跟男大女小的家庭模式类似。

也必须承认，对于"女大男小"这样的家庭，夫妻关系往往会存在一些问题。首先，无论从生理上还是心理上，女性衰老得更快，而男性还在旺盛之年，容易使家庭不稳固；其次，年龄具有社会意义，在约定俗成的社会评价中，姐弟恋容易让人不解和非议，或者贬损男人"不男人"，或者说女性"老牛吃嫩草"等，这些外部言论在一定程度上也会对家庭的围墙造成冲击，从而导致无法预料的婚姻家庭悲剧性后果。

天悦内心更接受"男大女小"的婚姻，他并不认为自己有必要去"造就"另一半儿，那会是什么样的情形呢？他从不认为所谓的年龄"代沟"会影响夫妻关系，他更不认为年龄差异大就能决定夫妻之间的不幸福。正如国外的研究报告认为的那样，如果妻子比丈夫小 5 岁以上则是最不容易产生矛盾的年龄组合，他们的离婚率为其他婚姻的 1/6。

天悦并不喜欢把"造就"这个词用在两性关系方面，他认为独立、平衡和坚韧的品质无论对男人还是对女人来说都是必不可少的品质，属于最基本的品质，因为意味着某种心智稳定性。

另外，一项维也纳大学的研究发现，若丈夫比妻子大 4 至 6 岁，生育的子女最多；而丈夫比妻子大 15 岁，虽然生育子女数量不多，但婚姻生活最美满。如果说到这类婚姻的劣势，一般而言，男性的平均寿命本来就比女性短，如果丈夫再比妻子大很多，那么有可能最终会是丈夫撒手人寰，妻子独守孤单。

天悦觉得自己并没有如其他同龄单身男士那样动不动就想找个 20 多

岁的女孩儿,但他也几乎不考虑找和他同龄的女士,因为毕竟他结婚后还想要孩子。所以他主要考虑找个成熟的女士,年龄在33~42岁之间,婚姻状况不限,有没有孩子无所谓。至于年龄差异是否会带来问题,他觉得只要两个人在一起舒服开心,有共同的生活目标,就不存在"代沟"问题。

真正成熟的单身女性会有优势,比起那些二三十多岁的女孩儿和那些在情感上歇斯底里的单身女性。天悦喜欢真正成熟的女人,她们可能很能干,阅历更丰富,男人能够从真正成熟的女人身上学习到一些自己暂时所缺乏的东西。面临选择的时候,她们更能适时地给予关怀,以自己的生活阅历为男人提供有用的建议,帮助男人解决困难。如此懂冷暖、知分寸又贴心的女人,哪个男人不想要!

在心态方面,天悦觉得用"成熟"来描述35岁左右的女人稍显厚重,阅历的增长,让她们学会掌握分寸,学会保护自己,学会有舍才有得。而男人也需要安全感,男人和成熟的女人在一起更有安全感。其实男人或多或少都有些恋母情结,而成熟女人可以给予他们类似于母亲一样的关怀。男人也需要温暖的港湾,每当遇到困难或者不顺心的事情,已经成年的他们不可能像小孩子一样向母亲撒娇寻求安慰,这个时候成熟的女性就可以给予他们母亲一样的关怀和帮助。

还有,35岁左右甚或40岁左右的女人,如果注重保养,善待自己,绝对不至于沦落到"人老珠黄"的地步。她们已经远离"清纯""青涩"这类字眼,周身散发着浓郁的熟女味道,恰巧这样的女人是很令天悦着迷的。

在沟通方面,天悦觉得像他这样深刻的男人关注更多的是精神、人生、事业、思想等层面。女人成熟有思想,男人才能找到心灵相通的她互诉心事,久而久之,暧昧情愫也从中产生。

关于事业,天悦希望能够找到一个志同道合的女士,对方愿意考虑和他一起奋斗。受过良好教育又有奋斗意识的女性,过了35岁以后,自然是小有所成。数年职场中的打拼,将一个幼稚的女孩锻造成为一个干练的女人。35岁以上经济独立的女人具备了思想和行动上的独立，自食其力的硬气却彰显着人格尊严，头脑里的智慧逐渐形成。她们上得厅堂，下得厨房，在职业能力上不输给男人。这样一来以后对子女的教育会有很大的帮助。

最后在性爱方面，天悦觉得成熟而美丽的女人，并不会缺少性爱的滋养。越过35岁以上的门槛儿，女人的羞涩日渐剥落，真正懂得如何争取和享受性之乐趣，深谙个中技巧以愉人愉己。床笫之欢，如鱼得水。

总之，谁"造就"谁不是最主要的，最主要的是男女双方是否都具备一定程度的独立、平衡、坚韧的品质，天悦倾向于把这样的品质叫作"单身力"。

大龄女"单身狗"的心思

天悦在车站等了很长时间，还见不到112路电车来，这时他的肚子里咕咕咕地叫个不停，于是他索性离开公交车站，去寻吃饭的地方。

天悦信步走着，边走边回味着刚才和馨会面的场景。馨除了已经有些小肚腩，形象和身材还是不错的。尤其馨在40岁的年龄，自己有车有房，又是独生女，所以馨会有很强的优越感。通过与馨的交流，他认为馨是属于个人主意比较正的，再加上守着京城，和父母一起住，所以馨是一个对个人问题态度很端正的大龄剩女，就是那种"不为结婚而结婚"的态度，端正到极端的，用"单身狗"来形容是最为贴切的。馨的想法或者出于她的人生"第一理想"是爱情，或者出于更注重自我保护。

今天，就在刚才认识了馨后，他开始对这个完全贬义的网络名词"单身狗"的概念有了一定的理解——一个人单身并不意味着这个人能真正做到生活独立、精神独立、经济独立，其次单身过头了就意味着形同"丧家之犬"，而"丧家之犬"确是没有安全感可言。所以说，当今社会的很多单身男女结婚其实是为了弥补个人精神的空虚、物质的匮乏、生活的无趣以及安全感的缺失，没有几个真正是为了爱情、婚姻和家庭。

天悦倒是也认同馨提出的没有安全感，因为他也同样没有安全感，何况馨这样一个女人！估计其他的大龄"单身狗"们也一样，要么没有安全感，要么觉得很孤独，要么就是纯粹的单身主义者。只不过他觉得馨所说的安全感可能主要是源于对未来感情生活预期的惶恐——事实上，像馨这样的大龄剩女或者离婚女士的感情心理，就是向往婚后夫妻安定团结，懒得分手，懒得离婚，懒得为人为己添麻烦。

天悦认可馨的坦诚，觉得馨说话很直率，他同时认为大龄女"单身狗"们的结局大部分是很悲催的，实际上不是安全感的问题，而是关乎她们自己态度方面和把控力方面的问题。安全感的问题是感性问题，把控力方面的问题是能力问题，要么强要么弱。

天悦继续回味馨刚才提问过的几个问题：

"人还是需要了解的，尤其是到了咱们这个岁数，都大几十岁的人了，更得慎重，恋爱可以谈，也可以不谈，不过不谈恋爱的话那谈些什么呢？

"对！我就是怕麻烦，因为人的麻烦都是自己找的。我是一个特简单的人，家庭也简单，三口之家，所以不喜欢繁琐的事情，真没精力。

"你的单位是什么性质？你负责什么工作？是私企还是国企？多大规模？说实话，我们企业也是私企，股份制，准上市企业，所有高管员工的年龄，女的最大不能超过45岁，男的年龄最大不能超过50岁，超过50岁的，不要了！除非是亲戚。"

尽管天悦认真地把自己的工作情况对馨讲述了，但是馨还是一再强调以下看法：

"一般私企哪有能干到退休的啊？都老头儿老太太了，谁还愿意养着啊？你还挺乐观？没有远虑必有近忧。"

馨的坦诚实在，是北京本地姑娘特有的，就是说，看不顺眼，自然直接表达出来。天悦知道，北京姑娘谈恋爱的时候不会玩花活儿，有什么说什么，一点儿也不拿着。对她们来说，爱你的话，就结婚吧！愿意死心塌地跟你一人过。不爱你了，你就再怎么着磕头作揖跪搓板儿都没用。哭？更没用！在她们眼里，一个大老爷们儿哭个屁，就盼着没出息的家伙收拾收拾麻利儿有多远滚多远！

馨还说："我从不羡慕别人有什么，我只在乎放在我手里的有什么！这就是我的个性，我喜欢把控，有控制欲，所以必须做领导！"

馨认为有句话说得特别好——我只对两种人负责，一是生我养我的人，二是我生的人。

馨承认自己的个人生活很优越，也很有满足感，她不希望结婚后两个人的生活还不如结婚前她一个人的生活。她说她现在过得好都是凭她自己的努力赚来的，没有依靠任何人。

馨认为男人最性感的时刻就是努力工作的时刻！就是赚钱的时刻！所以，她觉得男人有好的工作最重要！能赚钱最重要！她关心男人的工作单位、单位性质、专职还是兼职、职务。她还关心男人的主要收入来源是什么、收入是否固定、是不是在家炒股不上班。她明确态度是希望找到一个有体面工作和稳定收入的男人。

馨说："要找个年龄在45岁以上的男士结婚的话，就不打算要孩子了，养孩子太费精力。可是比我小的，我还是会考虑为他生孩子的，也会努力做好要孩子的准备。如果顺利的话，也会谈得差不多就尽快领证结婚，为了要孩子。40岁以上的男人都不行！因为精力不够！"

……

天悦觉得馨的那些想法或者提法无可非议，只是自己并不能满足馨的对他在年龄方面的要求，如此就依然可以算是他的又一项"先天不足"。关键是被馨认为他年龄大不适合要孩子，让他感到多少有些失落。

天悦知道馨的那些执念其实代表了更多的大龄女"单身狗"的执念或者择偶心态，她们会在男人面前刻意表现得十分强大，择偶态度变得更加挑剔，理由会更加刻薄。

对长期未婚耍单儿的天悦来说，单身久了，会渴望家庭，也懂得家庭的重要。他尤其懂得了单身远远比不上家庭和睦的夫妻由于双方一起经营婚姻情感所带来的满足感、归属感和安全感、依赖感的,何况婚姻美满的夫妻家庭更容易积累财富。

一直以来,天悦觉得所接触过的那些单身女士无论自身条件如何,都无一例外想重温或者追求初恋时的感觉,而也有很多女"单身狗"既优秀又极端——在择偶标准方面的经济砝码让他觉得她们要么是有些歇斯底里,要么是在"秀",要么是处在绝望当中。

沃伦·巴菲特认为自己人生中最重要的决定是跟什么人结婚,而不是任何一笔投资。

天悦不接受很多离婚女人对婚姻失败的看法,绝大部分离婚的女人通常认为婚姻不幸福就意味着前夫没有给予她安全感,就意味着前夫没有责任感,一句话就把男人推到万劫不复的程度,这就属于女人对待男人的态度问题了。

无奈的"寄托"

天悦正要穿过一条马路,却赶上了红绿灯,他先是看着东西向来往的车辆,又看红灯何时变绿灯。霎时间!他忽然觉到自己过去的几十年的人生所走过的道路似乎从没有经历过像现在这样要"等红灯变绿灯",或者"等绿灯变红灯",因为他实际从来没有在乎过什么样的事、什么样的话意味着人生"红灯",什么样的话、什么样的事意味着人生"绿灯",他只是一路远行,磕了碰了撞了没关系,只要自由就好。现在的他则要面对的个人问题似乎是他长这么大以来的第一个"红灯"——毕竟人到中年了,人生道路再往下走该往哪个方向走?是继续一个人走还是找个爱人一起走?父母对他讲过这样一句话——过了50岁还不结婚的话,就甭结婚了!

现在面对这样人生的一个"红灯",急也急不得,不急更"要命"!因为要找个同路又同心同德的单身女人做老婆实在是不易。所以,其实早在一年多前，天悦就尝试通过婚恋网渠道去征婚，主要是在线上，他尝试过撒网式的做法，也偶尔参加某些婚介举办的相亲活动，但由于各种原因，都没有开花结果的。尽管如此，婚介网还是他的一种无奈的"寄托"。馨也是如此，很多和馨一样的女"单身狗"，还有很多单身男士，都把婚介网作为无奈的"寄托"，或者作为最后的"寄托"。

随着日子一天一天地过去，天悦心里着实有些惶恐，何况所接触过的婚恋网其能提供的服务着实有限，再加上网上有很多会员是不靠谱的，即便是女会员。他只能靠自己海选加上所谓的红娘以及参与一些相亲活动，可是，他发现随着时间的推移，像他这样的会员逐渐都变成了"沉淀会员"，年龄越大越难找，再加上自己没有豪宅跟豪车，没有千万以上的身价，就基本上被讽刺为白活这么大岁数了。

天悦越想越脸色阴沉。偶一抬头，此时，美术馆路口的红灯变成了绿灯已经十几秒了，他才反应过来，他赶紧随着过路口的行人身后过了路口，然后往三联书店的方向走。

近年来，由于婚姻介绍服务向互联网转移，天悦发现，有的婚恋网站、App并不靠谱，有的甚至出现了欺骗行为。一个偶然的机会，他认识了一个在网上征婚的女会员，简单沟通后他得知她的工作竟然就是一家婚恋网服务机构的线下加盟商的市场推广人员，她网名叫"月亮河"，本名叫李洁，她告诉他现在所有的婚恋网无一不以追逐利润为第一要务。

那次和李洁见面是在一天下午，事先两个人约在建外SOHO的5号楼的咖啡厅见面，结果李洁迟到了半个钟头。见面后，她解释说是因为去了婚恋服务机构来婚恋网面试婚恋顾问，面试等待时间长，所以导致约会迟到了30分钟。尽管如此，天悦并未生她的气，反而对她的工作非常感兴趣，也对婚恋机构的内部管理运营产生了兴趣，就笑着问她道："婚恋网站能信任吗？"

李洁则认真地回答道："怎么说呢？在100名被调查者中有超过六成因为怕上当而不敢注册，即便注册了也不上心。剩下的里有两成觉得通过婚恋网站找另一半不靠谱。"

天悦听了后笑了起来，接着点头说："嗯、嗯。"又接着问道："你自己就在做这样的工作，你自己也在征婚，为什么还说婚恋网机构不靠谱呢？"

李洁被天悦问得一下脸红了，她先朝左右看了看，看到周围没有别人坐在旁边，才一脸无奈地说道："互联网上的人性都是真实的，真实得让人觉得丑陋！男的都想找漂亮的身材好的，女的都想找有钱的大款。好在北京这样的城市，单身男女太多，婚介市场很大，所以彼此选择的机会都很多，选择的空间也大，我就想边干边找。想想，大家的初衷都是好的，只是现在人骨子里的那股傲气以及虚荣心真的让婚恋市场变得乌烟瘴气！谨慎为妙的好！"

天悦听了后再一次笑了起来，就还是点头说："嗯、嗯。"时间在一分一分地流逝着，星巴克里的客人不多，气氛显得比较安静，他们两个人说话的声音都不大，他是多听少言。

李洁自我介绍是河南人，1976年12月生在河南的一个小县城，前夫是和她一起从小长大的，结婚后她才发现前夫一点也不成熟，家里家外一应事物都是她来操持，前夫很多时候游手好闲，让她非常失望。随着孩子越来越大，两口子吵架也成了家常便饭。终于有一天，前夫首先向她提出离婚，她倒也痛快，离就离了。离婚后，她不愿意再在小城待下去，后来几经辗转就到了北京。

天悦此时认真端详李洁的容貌，她39岁，方脸庞，短头发，面部皮肤略微粗糙，身材保持得还好。她的一双眼睛很大，很有光，多少流露出一些期盼，眼神倒还笃定，总之一副见过些世面的样子，毕竟来到北京有两年了。

听了李洁的自我介绍后，天悦就问她道："你来北京时间不长，对未来的生活有什么样的规划呢？"

"我的学历不高，我是高中毕业。我是离婚的，还有孩子归我，所以我对未来的想法就是在北京待几年看看再说。我现在的工作不忙，压力也不大，但收入也很低。所以我想跳槽，去到这家婚恋网站工作，这家婚恋网站毕竟是上市公司，算是行业里最大的公司之一了。"李洁回答道。

"那你现在具体做什么工作呢？"天悦饶有兴趣地问道。

李洁呷了一口咖啡，抿了抿嘴唇，继续回答问题："我主要是给线下的女会员打电话，在通电话的过程中，就一直向那些女会员表示我们网站服务好，并让她们购买线下服务或者红娘服务。现在超大城市中人和人之间都比较隔离，接触的机会也比较少，我们的男客户资源都比较好，工作都很不错。"

"哦！"天悦听后，眉头紧蹙起来。

"你怎么了？你也可以去我们那儿，我可以为你介绍女会员，而且不需要你花钱，我们只收女会员服务费。其他网站都比我们贵，有的网站3个月的费用都已经18800元了。"

天悦内心并不以为然。李洁似乎看出了他的一点心思，就径直地邀请道："你要是愿意的话，我现在带你去我们公司看看呗，我的工作单位就在建外某写字楼。"

"不啦不啦！呵呵！多谢多谢！"天悦赶忙抬手表示拒绝。他知道，现在婚恋网站都是会员制，比如12个月团购价298元。虽然是免费注册，但要看到平台上异性给你发的信件就需要贴邮票，这需要充值成为会员才行。也就是说，如果不充值成为会员，就无法给对方打招呼或发私信，更无法使用其他功能。刚充值成为会员时，还充满期待，但时间长了就很难收到高质量的异性来信。

李洁是河南商丘地方人，离异，有个女儿在老家由父母带着，如今她每个月底薪只有4500元，住在东三环劲松那边的华腾园小区，是与他人合租一起住。这样的生活窘境可以用来解释她为什么想要跳槽，为什么想多挣钱。

通过与李洁的交流，天悦看得出她并不着急结婚，她还想介绍天悦进到线下服务机构接受服务，承诺天悦不用缴纳一分钱费用，但天悦还是拒绝了。天悦决定和她只做普通朋友。

其实,天悦也一直暗自后悔错过了认识的几个非常好的单身女孩儿,曾经在婚恋网上认识的。他必须承认,他自己还是蛮挑的,以至于他的一些朋友很诚恳地告诉他,说他过于理性,无法从他身上看到一丝温暖,无法从他身上体会到那种能让女人感动的气息。他的个别朋友甚至认为他骨子里存在精神洁癖,他就努力为自己辩解,一直辩解到现在,辩解了很多年。在这很多年里,因为个人问题不顺利,他一直会有时断时续的不良情绪。

第二章

午后惊梦

阿迪力餐馆带来的感悟

天悦看了几家饭馆,都觉得不中意,就决定还是到他常去的新疆阿迪力餐馆吃午饭。他走进这餐馆后,选了一处靠近门的位置坐下。店老板是一位个子不高且满脸络腮胡子的西北汉子,看到他进来,就满脸堆笑地迎上前来,一口一个"大哥"地热情地招呼着,并麻利儿地递上菜单儿。

因为是这家餐馆的熟客,所以天悦看都没看菜单,就随口报了一份葱爆羊肉、一份油炸小黄鱼、一瓶冰镇的燕京啤酒、一碗米饭,店老板一口应和着进了后厨。

就在等上菜的工夫,天悦的手机提示收到微信信息,他查看收到的微信,是一个网名叫"向日葵"的单身女会员发来的。

向日葵:"你好。"

天悦:"你好。"

向日葵:"吃饭了吗?"

天悦:"正准备吃,你吃了吗?"

向日葵:"刚吃完。"

天悦:"你住哪呀?我住东城区东四,有时候也住通州。"

向日葵:"我住奥森北园。"

天悦:"你同父母住吗?我自己住,我父母住朝阳。"

向日葵:"我也是自己住。没和父母住在一起,但距离不远。"

微信正聊着,店老板先就把燕京啤酒和杯子拿了来,并乐呵呵地主动往那杯子里倒了一满杯啤酒,天悦冲着店老板点头以示感谢,然后嘬吸了一口挂在杯子沿儿上的啤酒沫,顿觉那沫里透出的啤酒花香是那样的沁人心脾。然后,他又继续聊微信。

天悦:"嗯,你做什么工作?"

向日葵:"我在一家医院做行政工作。"

天悦:"不错!何时方便见见面呢?"

向日葵:"你做什么工作?"

天悦:"方便通话聊吗?语音费劲。"

向日葵:"不方便,还是微信聊吧!"

天悦:"我现在给一家生物技术公司做营销管理顾问。"

向日葵:"这样子。我4点完事,回家路上打你电话。"

天悦:"好的。"

不知不觉间,菜都上齐了。天悦面对着香喷喷的菜肴,先呷了一口啤酒,才夹了一条油炸小黄鱼送进嘴里,这油炸小黄鱼那叫一个香……他边津津有味地吃着喝着,思绪还是停不下来。

天悦正闷头边吃边想,忽然听见门外一阵大声地喧哗,紧接着餐馆的门被推开,一下涌进五六个人,都是四五十岁的样子。他们进到餐馆里找座位坐下后,旁若无人一般地点烟,喷云吐雾,吆五喝六说话声音很大。

天悦呷了一口啤酒,就扭过头仔细端详那几个人,然后他再回头,接着摇了摇头。他以往常觉得自己很辛苦,或者说这么多年到处奔波下来,是非常辛苦的,自认为自己的内心很强大,但此刻看到邻桌的那些边吃饭边喝酒边大声聊天的人,当他想到公司里的那些个二三十岁小伙子,他觉得自己与他们相比,相同的地方是每个人都有自己的"人生地图",不同的地方在于他认为自己比他们利用语言进行描绘的能力要强些。

人与人的经历不同就会带来不同的人生启示。因为读的书不少,又爱写东西,所以天悦觉得自己的人生轮回中应该有修成可以写出个四五部书的造化。

人生地图

看到这几个背井离乡外出讨生活的外地民工,天悦思忖着,很多所谓的优良传统在让女人受尽磨难的同时,也一直让男人承受了一些不能承受之重,社会变革让现在越来越"阴盛阳衰",严重地影响到当今中国每个青少年的心身成长。

古代,男孩儿一生下来,父母就都是望子成龙,希望孩子长大以后要"金榜题名"。男孩儿念书后则死记硬背孔孟之道,争取出人头地,维护三纲五常封建伦理;男人为官后要时时不忘"伴君如伴虎",经常谨记"君让臣死,臣不得不死"的古训;男人在家里上要服从父母,无论父母的观点对错,下要以大男子主义对妻妾,对子嗣则是要么娇宠要么严苛;最主要的是男人甚至要一生背负"忠孝两全"的精神负担,结果弄不好还会落得个"败者为寇"的污名。

古代是这样,现代社会的男人又是怎样的呢?天悦觉得现在的男人比古代男人更辛苦。

许多父母,因为结束了读书生涯,有了工作,有了家庭,有了孩子,达到了一种表面上的"圆满",便放弃了自我探索,放弃了心智"突围"。生活遵循"最安逸原则",看上去悠然自在,轻松洒脱,生活稳定,令人羡慕。其实,很多人生议题并没有完成,而是搁置在那里。打个比方,这很像"成长的断崖"。尤其是很多妈妈,自认为选择了一条安逸的路,结果却被动地陷入不尽的忧愁。到头来,付出的不是更少,而是更多。当然,选择最安逸的生活状态,也不是错误。不过,人生的议题并不会因为刻意回避而远离。

派克在他的《少有人走的路》一书中写道:我们对现实的观念就像是一张地图,凭借这张地图,我们同人生的地形、地貌不断妥协和谈判。地图准确无误,我们就能确定自己的位置,知道要到什么地方,怎样到达那里;地图漏洞百出,我们就会迷失方向。从某种意义上说,孩子是父母的老师,他来到这个世界上,督促父母把从前忽略的课程补上,不断完善自己的"人生地图"。如果父母处理不了与自己、与他人的关系,怎能处理好与孩子的关系?如果父母对这个世界不再好奇,怎么能留住孩子的好奇心?

选择与孩子一起成长，意味着父母要重新审视三组最基本的关系，"人生地图"至少要通过三组关系来定位，分别是与自己的关系，与他人的关系，与世界的关系。如果不想再绘制"人生地图"，那么，也有很多逃避的办法。最简单的办法，就是退缩，并保持现状。

中国的孩子尤其男孩儿成长过程中一再面临考学的压力，尤其是考上一所好大学的压力。大学生心理健康也成问题。

很多青少年尤其是男孩子在成长中要面对的一个问题——并非过了18岁，便是真正意义上的成人，在某些时刻，他们还只是大号的孩子——在成长中会积累很多暗伤，许多成长任务并没有完成。

派克的另一句话，说得言简意赅——规避问题和逃避痛苦的趋向，是人类心理疾病的根源。天悦始终觉得，教育的方法和技巧，只是孩子成才的冰山一角。有时候，孩子的教育，拼的是功底，拼的是父母的处世态度和人生感悟。也就是说，父母的整个人生，都应该参与到对子女的教育中来。

男大学生毕业后又面临极大的就业竞争压力，而且还在工作上面临着互相攀比、互相"拼爹"的问题。工作后基本就是按部就班地谈婚论嫁，因为父母已经在替子女考虑传宗接代的问题，如此男生就又面临着买房或者操办婚礼的问题。由于结婚成本极高，选择晚婚以及不结婚的年轻小伙子变得越来越多。

对男人来说，还有艰难的地方就是还得面临很多传统上的说法或者说传统观念，比如"三十而立"，比如"四十不惑"，比如"五十知天命"等等。最后呢，很多男人辛辛苦苦下来，老了老了还要面临延迟退休，让孩子给养老，临终还有可能"死不起"。

很多男人社会地位越来越不稳，怀揣"玻璃心"的男人越来越多。今日社会里的男人跟过去相比，就面临跨越"五指山"那雄关漫道——受教育、买房、结婚、看病和养老的压力与负担，每一个关卡指向都代表了当今社会里的一道风景。

想到这,天悦又呷了一口啤酒,他联想到他自己的成长经历,事实上他就经历了生理上的早熟、自闭、孤独、厌学和叛逆等,虽然是很久以前的事情了。但他一直勇敢面对自己的问题,不断冒险,完善自我。

"云淡风轻"话成熟

天悦把剩下的啤酒一饮而尽,随即招呼服务员结账买单。吃饱了,他不由得也放松了自己刚才由于皱眉思考而显得严肃的神情,起身走出了餐馆。

天悦走着走着,突然手机响了起来,他停下脚步接通手机,手机里传来熟悉的声音,原来是年初认识的一位女士,也是网上的征婚会员,她的网名叫"云淡风轻"。

"你好,在忙什么呢?"她问道。

"休息,没忙什么,在回通州的家的路上。"天悦答道。

"你的个人问题怎么样了?呵呵!"她问天悦。

"没怎么样,没时间考虑啦!你呢?"天悦反问道。

"我的生活圈子里基本都是女人,我们都是傻天真型的。前不久无论在网上还是因为业务,我认识了好几位应该是和你同龄的单身男士,他们都是生意人,满脑子钱钱钱,感觉没什么意思。"她回答道。

天悦和"云淡风轻"自见面后电话交流过几次,她是个很要面子的女人,也很要强,在今年应该是38岁了,离异,自己带儿子过生活。

"你有什么要求?我有合适的给你介绍呗。"她笑着问道,接着对天悦说:"你的姻缘太晚了点。不过结婚早的好多家庭不也一样死水一潭吗?好多凑合的,我身边的朋友就有。"

"多谢你啦!我最近想写书出书,暂时不考虑找对象!"天悦笑着回复道。

"真的假的?怎么说呢?上回和你见面就感觉你从阜外医院辞职,确实有些可惜。但是以你自己的心高气傲的劲儿,即便当时不辞职,也是早晚的事,就是勉强干着,心里也不稳当。"她叹息着对天悦说道。

"嗯,不提过去的事情了,呵呵。"天悦回复道。

"我快人快语啊,我感觉你应该是,怎么说呀,要是想把个人的问题解决了,完了,孩子吗,也要尽快的有,那你就要么是使劲挣钱,找一个30岁左右的,然后那人家就图你好啊钱多啊,对吧!生孩子也养得起,生活压力也不大,这个也很快解决,觉得一年还不就解决了。要么你就降低点标准,对女人降低点标准,就这两条呗。"她认真地说道。

听到这,天悦笑了,他又继续走起来,必须尽快回通州,所以他边走边通话。

"得面对现实,而且我觉得现在这个时代,真的,你想做竹子,想做梅花,想做君子,真得活得很痛苦,很累,倒不是让你去学坏,反正你得适应这个时代吧!"她还是很认真地对天悦说。而此时,天悦也已经走到了公交车站,他赶快告诉她先挂了,抽空再聊。

天悦终于坐上了112路无轨电车,他坐在最后一排靠窗子的位置。车开起来后,夏天的风吹进车厢,吹拂着他的脸庞,他觉得头轻微地犯晕,是啤酒的酒劲儿。

"云淡风轻"曾经告诉过天悦——"是的!我把我以后的生活都想好了,都规划好了,养孩子、挣钱、做事业,完了让自己每天开开心心的,绝对不能做怨妇。嗯,我觉得婚姻只是人生当中的当然是很大的一部分了,但绝对不是全部,所以就是还得发展自己,提升自己的同时把我的孩子带好;嗯,然后有一个好的经济基础。"

天悦觉得离婚后自己带孩子的女人内心很强大,同时也很感性,但是他并不欣赏离婚后自己带孩子的女人。特别是男孩,他更需要阳刚的东西,需要理性的指引,需要哲学和科学的影响,母爱不足以使他得到他想要得到的或者本应得到的那些关切和帮助。

过了好一会儿,微信声才响起,是"云淡风轻"发来的语音,她这样回复道:"嗯,世间最美的花朵,都开在最艰辛的枝头,成长就是一个破茧成蝶的过程;嗯,成长意味冒险,也伴随着苦痛,这也是很多父母回避成长的最主要的原因。但只要我坚持不懈,终究会找到解决的途径。每个人,对生活,对这个世界,态度是不一样的。"

"你也是一个挺有性格的男人;你是一个很有梦想的'闷骚型'的男人,你也是一个带着孩子性情一般的男人,还有一些,说不清楚的东西。"

"祝福你爱情路上好运!"

梦见"突围娘子关"

等着648路公交车的工夫,就已经快3点了,天气有些闷热。天悦拖着困倦的身体在站牌原地来回踱步,因为一旦停下来,就觉得两眼的眼皮马上就会困得合上。

天悦终于停下来,觉得踱步也累了,他知道648路公交车并不好等。他抬头望着混沌的天空,想起"云淡风轻"刚才提到说他马上就要50岁了,说男人50岁好时候,心态放年轻,一切就都会好,但他觉得目前自己无疑正处在一场人生危机当中,他正面对姗姗来迟的中年危机。如果说要用个关键词来形容的话,那就是"失去",那么内心就是充满了危机感与焦虑——因为自己作为一个中年男人竟然还没能结婚成家,没有子女。

没有比较就没有伤害。那些"谁谁谁的男朋友""某位女士的老公"等,与他们相比,天悦觉得自己"个人问题"的失败很大程度上都只能更让自己觉得一事无成,难以专注并无比迷茫,无法获得自己生活前进的动力。而更糟糕的是自己还不承认自己失败的原因。他还认为,没有什么比与和你年龄相仿,甚至比你年轻,就拥有"非凡成就"的人相比更让人绝望的了。

每个人都有自己的人生道路,每个人都有自己的世界。当然,寻找自己真正坚信并为之奋斗的事物并非易事,即便如此,天悦知道这比永远活在困惑中要好上不知多少倍。

天悦正在思考着，远处一辆648路公交车向车站疾驶而来，却没有完全进站，似乎就又急于驶离，他赶忙冲向这辆公交车的车门，驾驶员才打开上车门，他上车后刷了卡，就依然选择了个靠窗子的位置坐下。

天悦既累又困，虽然还想勉强自己继续琢磨点什么，但还是不知不觉垂下头，睡了过去，没想到这一睡竟然就穿越到了1800年前：

"嘎啦、嘎啦、嘎啦"……就听见由远而近传来的马蹄声。说时迟，那时快，从前方小山丘后的土路上飞奔出来一匹快马，马背上伏着一名小校，那小校一手执着马鞭，一手抓着缰绳，灰头土脸。

小校翻身下马，就疾步走到这队人马为首的将领面前，扑通跪地作揖禀报道："天悦将军，大势不好！运城方向有敌重兵把守，大同方向亦有敌重兵挡道，娘子关退路也被敌人切断。"

"咝——"天悦将军听得哨探的禀报，不自觉地发出一长声惊喷。这位天悦将军，生得白面无须，龙眉凤目，齿皓朱唇，三十出头儿年纪，头戴一顶铺霜耀日盔，上撒着一把青缨，身穿一副钓嵌梅花榆叶甲，系一条红绒打就勒甲条，前后兽面掩心。他身后笼着一领白罗生色花袍，垂着条紫绒飞带，腰系七尺攒线搭，脚蹬一只黄皮衬底靴。骑在一匹高头白马上，左手执一柄五钩亮银枪，右手持着缰绳，背上一张皮靶弓，腰悬数根凿子箭。若非他全身披挂，就全然是一介白面书生。他起兵自幽燕，现在正在并州城，正欲放弃并州突围，主要方向是娘子关。

天悦将军率领这支人马曾经过黄河克郑州下开封，亦曾挥师山东，直捣胶东，向南最远攻克厦门，往北曾经横扫白山黑水，向西曾"缓进急功"进新疆，到过天山。只不过群雄竞逐激烈，大鱼吃小鱼，小鱼吃虾米，异常残酷，他率军南征北战、东打西杀，在征途中既有如关云长"过五关斩六将"般的气概，张文远"威震逍遥津"似的威猛，也有被敌手杀得人仰马翻如"曹阿瞒败走华容道"般的惨痛失败，惨败的原因皆在于他不善于笼络人才，不善于结盟，不善于割据一方。他所率人马从起兵时的6000余众，最壮大的时候50余万，其后一直遭到数路敌军的围追堵截，不得不四面抵敌，往复厮杀，伤亡惨重。此时面对敌情，他团眉紧蹙，却不得不从速下定决心，从并州撤走，向娘子关突围，放弃山西，返回幽燕。

尽管前方敌军重重，天悦将军依然不顾安危，命令左右副将和众偏将等快马加鞭，大军还有10里就要到娘子关了。娘子关为战国时期中山国所建长城的关口之一，是万里长城的一个险要关口，关上有对联云："雄关百二谁为最？要塞三千此关名。"娘子关有"三晋门户"和"天下第九关"的称号，关四周都是崇山峻岭。

人马正行走之间，突然"哐"的一声号炮响起，早有一标军队挡在天悦将军人马面前，天悦将军见状不由分说，挺枪径直冲向敌阵中，左右便跟随他也一齐向前，与对方厮杀在一起，几番往来冲突，终于杀散敌军。他边望着向娘子关败退的敌人，边立即整顿人马军械。虽然他神情严肃，但看见手下人马损失不大，就露出一丝不易觉察的微笑，指挥人马继续前行。

到得娘子关前，就见对面敌军人马已经排住阵脚，阵中鼓声震天，喊杀声此起彼伏，似乎娘子关守敌倾巢而出。

敌阵三通鼓罢，门旗两开，敌中军主将吕晓沛全装冠带，出于阵前。天悦将军也布好阵势，整理披挂，出马立于阵前，左右两边护卫，直接向敌将搦战，几番唇枪舌剑后，便纵马挺枪与沛交战在一起。只几回合，沛败退，天悦将军追之，刚追进关隘城门内，忽然听得城门内两下里连珠炮响，左边敌军主将郎兴波从斜刺里杀出，右路敌军主将费力普也杀将来，意图堵住天悦将军的退路。

天悦将军大惊，急于退却，沛却翻身杀回，他力克敌军3员主将，死战尚不得脱，正在叫苦之时，幸得手下众家将和众军校奋力杀敌才接济住，于保护之下得鱼贯退出关隘，再退往一条叫小师河的河边准备过桥，边退边力敌追军。他最后一个退到小石桥，便纵马上桥，却发现桥南已折丈余，并无一片板。在此紧要时分，河对岸的弟弟华清鼓励大呼曰："将军可约马退后，再放马向前，跳过桥去。"

天悦将军闻听遂收回马来，有两三丈远，然后调转马头对准河岸纵辔加鞭，闻风而至，那马加力一跳飞过桥南。但马蹄落地一刹那，他自觉一股凉风从背后袭来，忽然右肩剧痛，就坠落马下失去知觉，原来是他右肩膀中了一支毒箭。

得遇"真人"指点迷津

约莫过了三个时辰，天悦将军方才醒来，却发现自己已经躺在一处茅草屋中。醒时稍抬眼，发现这处茅屋萧然不蔽风日，短褐穿结，箪瓢皆空。唯弟弟华清和众部将环何站在他躺的木板床周围。

众将见天悦将军醒来，尽皆欢呼，他正欲起身坐起，突然门口一阵喧哗，随即部将们纷纷向两边站开，原来，从屋外进来了一名老者，这名老者分开众人，走到床前。

只见这位老者虽介耄耋之年，但目光炯炯，体格健朗，且鹤发垂髫，童颜红润，长眉长须，白须飘荡，面色怡然自乐，着一身粗布衣服，宽袍大袖，腰系缎丝绦，脚蹬青色步云履连着白色束腿。天悦将军急于起身相迎，岂料这位老者忙不迭向前把天悦将军按躺在床上，嘱咐天悦将军道："将军右肩中箭伤及骨头，且毒素入血，箭伤疗愈需要时日，所以不可轻动身体，宜卧床将养。"老者说话声音洪亮。

天悦将军伏在床上请教老者道："敢问老先生如何称呼？"

"老朽自号'湖海散人'。"老者微笑答道。

天悦将军一听老者报出的名号，不禁一惊，急忙问道："敢问您就是大名鼎鼎的山西并州人士罗贯中先生？"

老者从容答道："正是老朽。"

天悦将军闻听后喜出望外，遂呵退部下，请罗贯中老先生靠前而坐在床榻上，紧紧地握着老先生的双手，恳求地说："我今日得遇老先生于此兵荒马乱之时，实乃天意也！我虽然带兵多年征战，然毕竟少不了刚愎自用,尤其'三进三出'并州,特别是这次作战,便导致部众在娘子关一战折去了大半,损失了两员爱将。"

说到此,将军禁不住悌泣起来。老先生看在眼中,心中不忍,便安慰说:"为将者屡胜亦屡战,屡败亦屡战,方称得英雄也!天悦将军心怀天下,不必与他人争一日之长短。"

天悦将军止住涕泣,对老先生说:"今日得遇老先生,刚好向老先生请益,请老先生不吝赐教。"

老先生闻听后,径站起朗声笑着说:"老朽脱略小时辈,结交皆老苍。辱笺教累幅,文义粲然,礼意兼重,非老朽所敢当呀!"

天悦将军看老先生不肯赐教,遂一骨碌翻身下地,跪拜在老先生面前,大声恳求:"天悦愚钝如何能得脱险,请老先生务必教诲!"

老先生见天悦将军态度来得极恳切,遂闭目沉吟半晌,终于从口中念念说出八个字"卢龙、飞狐、勾注为首"。天悦将军听闻此言顿时一怔,知道老先生所指实为居"天下九塞"之首的雁门雄关,那关确实是兵家必争之地。雁门关北通大同,南达并州,退可主辽阔草原,进可逼燕云十六州,战略地位十分重要。雁门关整体布防概括为"两关四口十八隘",而它又是断块山,峭拔险峻,难以攀越,这更增强了山北山南的隔离性,以致山北地区长期为防守兵力所不及,正好可以引余众自飞狐古道迂回,退回京师休养生息,徐图将来大计。

"你可能凡事追求完美,这样一定会碰得头破血流。大丈夫该知'有所为有所不为',你不妨试着对你自己妥协一次。"老先生补充言道。天悦将军低头思忖过后大喜,即欲起身谢老先生,一抬头却发现老先生踪影全无,于是乎跪地朝南再拜叩首,心中暗念神奇……

叩首完毕,天悦将军正欲起身召集众将,只听得"砰"的一声,就觉得右侧膝盖被什么碰得生疼,不由得睁大眼睛,骤然间——醒了!却发现是右腿膝盖顶到了前面座椅的铁棱上。原来是一场"午后惊梦",呵呵,进行了一次时空穿越。梦醒时分,648路公交车已经到了杨闸环岛东。

天悦回味刚才的梦境，口中也念念不忘那八个字"卢龙、飞狐，勾注为首。"他内心十分欢喜，一是梦中得见"真人"罗贯中先生，二是这"勾注为首"四字寓意深刻，值得仔细回味。等到下了648路公交车，此时已经是16时40分了。

天悦惊诧中午联系过的网名叫"向日葵"的女会员依然没有电话他，他无奈地摇了摇头，但他也无意主动电话"向日葵"，因为从西马庄公交车站到西马庄园小区29号楼家里的三四百米的这一路，他浮想联翩。

天悦觉得如果自己能写成一部小说，小说的所有文字都是属于从自己灵魂深处流淌出来的文字，朴实却可以直抵人心。

天悦此时觉得人生之过程不过是一个点，其本质是变动的，其知觉是模糊的，其整个身体构造是易于腐朽的，其灵魂是一个旋涡，命运是不可测度的，名誉是难以断定的；他此时觉得爱情方面的事物像是一条河之逝水，灵魂方面的事物像是梦、像是云雾；他此时觉得人生既是一场战斗，又是香客的旅途，不漂泊就会被人遗忘；他此时觉得应该以一种理性的思维方式告诫自己——"生活中总要有一点闲暇，安顿一些事情，安顿一下心情。"

天悦又想起在梦中，罗老先生提示要他"对自己妥协一次"，他隐约意识到要做到自己对自己妥协，难道不就是要求个人自省以求达到内心的平静，摈弃一切无用和琐屑的思想去正直地思考吗？至于提示要他"勾注为首"，意思应该是不仅要他思考"善"、思考光明磊落的事情、思考英雄主义，还要付诸行动，要有行动力。

曾经有一位高学历的女士评价天悦，认为他是一个有着"精神洁癖"的人。因为他自己不再想要执着倏忽不定的外部世界，不想着要执着于身外的名与利，不想要再活在外力的迫使下，而是要按照自我妥协的意志，按照社会理性的要求活动，放弃那些只对作为动物存在的人有用的东西。

第三章

永远的《年轻》

心身"座右铭"

天悦进了家门，进屋换了拖鞋后，他的第一件事就是先洗手，随后把北边卧室和南边阳台的窗户都打开，换空气。然后又来到洗手间，洗洗手又洗了把脸。紧接着他拿电水壶接了一壶水，插电烧上。

窗户外不时传来飞过的民航飞机的轰鸣声，天悦走到窗前，看着窗外景物，又看了看一架正飞过头顶的大飞机，然后就看到距离不远的地方飞过来又一架民航飞机……时间已经是快17时30分了，外面的天光依然明亮，他关闭了卧室窗户。刚好电水壶里的水也已经烧开，他找了个杯子，先放进去十几粒干桑葚，接着倒进去一满杯开水。他端着水杯来到阳台上的写字台边，深深吸了一口气，又轻缓吐气，然后坐在了椅子上。

天悦打开笔记本电脑，充上电，连上鼠标，接上移动硬盘，在等着显示器页面打开的时候，他的目光扫视着写字台上摆放的东西。然而，就这不经意的目光一扫，就看到了写字台一角的一个相框。是的，就是那个装有《年轻》短文复印件的相框，他的神情马上被相框里的那段熟悉的文字完全吸引住了。他双手把那个相框拿到眼前，轻声地念起了那段文字：

"年轻，并非人生旅程的一段时光，也并非粉颊红唇和体魄的矫健。它是心灵中的一种状态，是头脑中的一个意念，是理性思维中的创造潜力……是情感活动的一股勃勃的朝气，是人生春色深处的一缕东风。

"年轻，意味着甘愿放弃温馨浪漫的爱情去闯荡生活，意味着超越羞涩、怯懦和欲望的胆识与勇气。而60岁的男人可能比20岁的小伙子更多拥有这种胆识与气质。没有人仅仅因为时光的流逝而变得衰老，只是随着理想的毁灭，人类才出现了老人。岁月可以在皮肤上留下皱纹，却无法为灵魂刻上一丝痕迹。忧虑、恐惧、缺乏自信才使人佝偻于时间尘埃之中。无论是60岁还是16岁，每个人都会被未来所吸引，都会对人生竞争中的欢乐怀着孩子般无穷无尽的渴望。

"在你我心灵的深处，同样有一个无线电台，只要它不停地从人群中，从无限的时间中接收美好、希望、欢欣、勇气和力量的信息，你我就永远年轻。一旦这无线电台坍塌，你的心便会被玩世不恭和悲观失望的寒冷酷雪所覆盖，你便衰老了——即使你只有20岁。但如果这无线电台，始终矗立在你心中，捕捉着每个乐观向上的电波，你便有希望超过年轻的90岁。

"所以，只要勇于有梦想，敢于追逐梦想，勤于圆梦，我们就永远年轻。千万不要动不动就说自己老了，错误引导自己！"

《年轻》是一篇曾经轰动全球的短文，是德国裔美国人塞缪尔·厄尔曼在80多年前写的一篇只有400多字的短文。日本松下公司的创始人松下幸之助说过："多年来，《年轻》始终是我的座右铭。"

天悦很感谢《年轻》这篇短文，他几乎也一直都在这篇短文的激励下，尽可能按照自己的心灵的指引去做很多事情，专注于自己的精神追求。他现在觉得自己要写的那部小说也一定要有独特的内在基础，就如同塞缪尔·厄尔曼创作的短文《年轻》。

知道自己是个什么样的人显然很重要，天悦就是一个非常"自我"但目标明确的男人。现在，他对如何赋予要写的那部小说以灵魂有了明确认知，他边看着相框，边会心地露出笑容。如何确认和描绘自己是怎样的一个"自我"，或者说如何确知自己是如何样的男人，他心里再清楚不过，因为在所有的男人里轻易找不出第二个如他这样的男人了，因为他的星座是射手座，血型是AB血型，属相是马。当然，最主要的是他现在已经到了知天命的年龄。

他年轻的时候，他渴望人生自由的价值，他的人生目标只是希望自由，后来的实际情况则是"天马行空，独往独来"。

如今，天悦觉得自己在从27岁到36岁时，也即是说从离开阜外医院后的头一个10年里，他从未认真地思考过未来，只是认为一切都可以因为年轻而改变。他从未真正意义上考虑过以后自己究竟要成为一个什么样的人,或者说那时的他还不懂得什么叫"职业规划"。

尽管过去每一次的选择,都属于对"自我"的追求,意味着自己只活在自己的内心世界中,但回到现实中却都需要选择后无可辩驳地坚持,让自己在理性的坚持中,知道自己该干什么,不该干什么,喜欢做什么,想要过什么样的生活。然后就是坚持,坚持行走下去。

做自己喜欢的自己并不容易,举步维艰!天悦此刻在想自己在从27岁到36岁的那10年里曾经经历的事情,如果去捡拾并写出来,并不困难,但是以何种形式去描述呢?

经历"转行"的危机

天悦想到这里,把身子向后靠在椅子背上,抬头后仰,眼睛望着天花板。屋里的光线越来越暗,太阳应该是已经开始落山了。由于房型是南北通透的,又是在顶楼,所以过堂风开始有丝丝凉意,他觉得右肩又开始隐隐作痛,他不得不打断思路,决定拿上洗浴用品奔西马庄园小区里的公共浴池去蒸蒸桑拿,缓解下右肩伤痛,也洗个澡,搓搓背。

天悦来到小区里的公共浴池,这个浴池设施比较简陋,说白了就是一个"池塘"。他付了款,进了男部,看到洗澡的人不算多,以中老年人为主,每个人都是白花花的身体,中年人的下身似乎还有些硬气,老年人的下身则显得一副蔫头耷脑的样子。看到有的人正在脱衣服,有的人正在穿衣服,有的在聊天儿,满口的京腔让他觉得亲切,使他的心境一下子变得宽阔了很多,这种氛围容易让他联想起昔日北京"老炮儿"的澡堂子文化。

天悦小时候,父亲经常带着他和他的弟弟华清去东四北大街知名的"松竹园"浴池洗澡。那时候一进澡堂子,付了钱,你就可以听见一声地道的北京吆喝,"来啦!三位爷,撩帘子瞧道儿里面儿请……"老北京的浴池里很讲究喊堂,尾音儿拖得长长的,老北京话,字正腔圆,是一种京味儿的特色民俗。里面还有领位的伙计也会应声喊道:"来了您哪!三位,里面儿请。"浴池的休息大厅里铺位错落，被分成许多区域，这您也不用犯愁，在每一个区域的岔巷口，保准还会有一位伙计接口喊道："三位，这边儿请。"循着接力般的喊声，声音脆亮，满堂皆闻。很快就来到了您自己的铺位前。落座之后，伙计会收走您的另一半号牌，并给您准备好"趿拉板儿"或"呱嗒板儿"。

过去的老澡堂子，池塘里的水每天都要更新。老澡堂子更换池水都是在打烊以后，伙计们先要把池水放干，然后穿着胶靴用棕刷把池底和四壁清刷干净，再放上清水，待第二天开门前将池水按照不同池塘的温度进行加热，就可以迎接客人了。新换的池水清澈干净，客人们都愿意抢着来洗，所以也叫"头过水"。要洗上"头过水"，您就得赶个大早，这对上班上学的人来说就不易了，所以那时候澡堂子一开门，赶早来的多是老年人或是有闲工夫的泡澡常客。而一到星期日，一大早澡堂子门口就有人排着队洗澡，也成了当时的一景。

有些北京"老炮儿"泡澡堂子，不仅仅是为了打理一下个人卫生，甚至还将其当作是一种消遣。

老北京人都喜欢泡澡，而在澡堂子里溜嗓子其实也是有说头的，因为泡澡不但给人以舒服温暖，还能促进血液循环，人在热水里浸泡血液流通加快，筋骨放松，放声吼上几嗓子，既释放出胸中的浊气，又愉悦了心情，也算是一种心理减压吧，甚至有催眠的功效……总之，那份潇洒自在、目空无人的惬意，让不习惯的人有时还真能吓一跳。对所有这些冷不丁发出的动静，一般常泡澡的人都会习以为常，而被吓了一跳的，过后往往也只是会心地一笑。

泡舒服的天悦在没颈的水中边透着蒸腾的水雾看着两个熟识的搓澡工在给各自的客人搓澡，边回顾着老北京的澡堂子可追溯到元代。老北京的澡堂子，也有三六九等，最高档的是头等官堂，是为那些大官、富商们服务的，澡盆、卫生、服务都是一流的，有钱人不仅在这里洗澡，还在这里睡觉、吃点心、喝茶、打麻将。

泡得差不多了，天悦就从热水里站起来，改坐在池子边上，望着那池子里的热水。这时他头上不断冒汗，汗水一滴一滴流下，流过眉毛、眼睛、面颊。他边用双手把脸上的汗水揩去，边想心事——作为一个生肖属马的人，他做什么事骨子里都巴望着要抢先一步，也具有一种不肯服输的性格，凡事也都能激励自己积极奋斗。但弱点也不少，如思想跳跃，如不能持久，所以也许是天意，他没有抢先选择婚姻，而是去选择了职业上的"跳槽"，离开北京阜外医院进了外企。他就是这样的一个人，因为不喜欢随遇而安，所以自从离开阜外医院后就开始面对"转行"带来的危机，或者说他过去23年来在个人职业生涯当中就是一边面对"转行"带来的危机，一边针对自己的缺点训练自己的耐性，要求自己做事要负责到底，贯彻始终。

天悦现在知道，如果想要"跳槽"，最好先做职业规划咨询——对新的行业缺乏认知，不懂新的行业规则，不懂新的行业生财之道，或者不具备新的行业所需的技术，转行就意味着风险，就意味着从头再来——职业规划咨询最有用的框架是"影响最大化和遗憾最小化"。一个决定在做出前，如果两个条件都满足，可能是一个好的决定，对一个人未来而言。可是23年前，他并不懂得这个道理，所以他的第一次"转行"是失败的，这导致他逐渐陷入了漂泊不定的人生状态。如今他在50岁的年龄，第一次面临了人生的"红灯"，关乎他能否结婚成家要孩子这件事很多人向他亮了"红灯"。

天悦过了40岁以后对转行失败的觉悟越来越深刻……在池子边缘坐倒不觉得热了，天悦离开热水池子，进了蒸桑拿的屋子，选择了一个犄角坐下了。

经历缺乏天赋的危机

随着别人不断地往铁壁子里的石头上浇水，热蒸汽一股股地袭来，甚至蒸得面皮疼，于是天悦闭上了双眼。

23年前，在那个年代，跳槽看上去近乎是让人们觉得很轰动的事情，但后来随着年龄增长和阅历的加深，天悦才缓缓觉得年轻的时候是需要尝试一些事情才能找出自己究竟喜欢什么。不过他现在认为年轻时在医院工作期间可以更加慎重筹划，以便去尝试发现并不断优化，以形成自己对人生职业目标的坚定信念，从而避免其他方面连带的危机的出现。

天悦还面对"转行"的危机的连带危机，就是一直面临缺乏天赋的危机。天赋是一股神秘的力量，也是成功的源泉。如果一个人缺乏天赋的话，那么除非后天努力，加上机缘巧合，才能有成功的可能。否则，按照别人的说法，能活着并活得好些就全靠老天怜悯恩赐。

在古今中外，天赋异禀的人有很多。

牛顿在科学圈里曾经很有权势，被女王封了爵位成了贵族，官至皇家造币局局长兼皇家学会会长。如果阿尔伯特没有辞了以色列总统的话和他有一拼。说他有权势并不仅是官大，主要是贡献大。要知道牛顿是个遗腹子和早产儿，出生时体重不到5斤，没吃过DHA和RHA配方的奶粉。他的生母改嫁后，他就一直跟着文盲姥姥，在无聊的童年没有接受过任何的早期智力开发和学前启蒙，7岁上学以前脑子里空空如也，生母对他的期望仅仅是认识点字然后回家务农。

令人们惊诧的是，牛顿上中学后已经熟练掌握了拉丁语、希腊语、西班牙语和英语，然后被推荐进了剑桥大学，20岁出头就当了卢卡斯教席的终身教授。牛顿去世后，全英国的名流以给他扶柩为荣，全欧洲的名流蜂拥伦敦。

牛顿能在当时达到那样的水平是因为他的天赋。没有人不羡慕、不崇尚牛顿的天赋。历史上的其他伟人——拿破仑、达·芬奇、莫扎特——也都很有天赋，但他们和牛顿一样，都很善于自我管理，这在很大程度上也是他们能成为伟人的原因。他们也一样属于不可多得的奇才，不但有着不同于常人的天赋，而且天生就会管理自己，因而才取得了不同于常人的成就……

桑拿房内，天悦浑身已经大汗淋漓，胸前以及四肢皮肤颜色都发红，头有点发胀，鼻腔里发紧，他遂赶紧借着这档口活动旋转左右肩，尤其是活动右肩，促进右肩部位血液循环，以纾解肩痛，之后他走出桑拿房，走向淋浴的喷头。

天悦边洗头，边看着淋浴喷头，就又想到中国古人的天赋同样可以列举出一大筐。举例，据宋耐德翁《都城纪胜·诸行》载："浴堂谓之香水堂"；吴自牧《梦粱录·团行》载："开浴堂者名香水行"。相传，当时有位经商蚀本的商人，无以为生之际，适有人来借盆洗浴，因获启示。于是，他便利用仅剩的房产开办了第一座公共浴池，取名"香水行"，并于门前悬挂一把茶壶为幌子，生意很是不错。显然，这悬壶为幌的寓意在于表示经营的是热水浴池。

以往有时候，天悦由于认为自己遭受各种挫折是缺乏天赋导致的，就莫名的心情不好，他就不想和任何人说话，只想一个人静静地思考；在那种时候，他会想一个人躲起来脆弱，不愿别人看到自己的黯然神伤。

现在看来，其实人们常常忽视自己的天赋，而去崇拜他人不存在的优越。每个人都是如此，天悦此时觉得自己也是一样的，眼里装满了别人的光鲜和幸运，自己的天赋又装在他人眼里。

"18号有没有？搓不搓澡？不搓澡的话，我们就去吃晚饭了！"天悦正想着，突然听到搓澡工刘师父叫到了自己的搓澡号。

"在、在、在呢！"天悦赶快答道，便赶紧跑过去。

41岁的搓澡师父刘杰是河南人，老家在周口的农村，平时就在北京打工。他抄起一个脸盆舀了半盆热水把搓澡床泼干净，再铺上一张一次性的塑料膜，接着用脸盆舀了半盆热水又把塑料膜泼湿贴住搓澡床，天悦就躺了上去。

"你也够辛苦的！这个点儿还没吃晚饭呢！"天悦对刘师父说道。

"搓澡客人多的时候，一个接一个，想出去透口气都没时间，更甭说吃饭了。"刘师父边给天悦搓澡边回答道。

"嘿，你们得知足，你们在浴室里面，天天能泡澡，多舒服啊。"旁边搭着毛巾准备泡澡的老爷子随口插了一句话，也把大伙儿逗乐了。

"天天在这潮湿的浴室里，对身体肯定不好，关节什么的时间长了都会生病。"刘师父认真地回答道。刘师父干这行已经干了快20年，是从20岁出头就开始干了。

在天悦眼里，搓澡也讲究技术，甚至要懂得些中医，懂得些人体构造，也同样需要"天赋"，是一种技巧方面的天赋。

经历"成年未满"的危机

10来分钟过去了，天悦搓完了澡下地，接着淋浴，而刘师父也和等着他的范师父出去吃晚饭。

看着去吃晚饭的两个师父的背影，天悦心里嘀咕着刘师父、范师父年轻时是否认过师父，不知道他们两个人的手法习的是南派还是北派，但他心头悄然冒出一种羡慕，羡慕他们早就成家立业。

一个人在30岁时就应该有比较固定的职业了，"立业"就是确立自己所从事的事业，从事每项事业都有一定的本领，按现代的话来说就是要有"一技之长"，这是生存必备。如此，天悦觉得刘师父、范师父肯定是拜师学艺过，否则很难干搓澡工干得如此长久，对他们二人来说，搓澡应该是他们的"专长职业"。"立业"不但是求生的手段，也一定是尽到社会责任包括家庭责任所必需的，"立家"就是30岁前应该有自己的家庭。当今社会竞争激烈，推迟了年轻人组建家庭的时间，30岁立家已经不早了。

是先立业后成家还是先成家后立业？这个问题要依据每个人情况不同，不必要分哪个为先哪个为后，但年轻人必须承担起社会和家庭的责任，还是早些成家为好。天悦想想自己在27—36岁的阶段，既没立业，也没成家，直到现在，人生总体来说是非常失败的，所以他的内心一直在自尊、自信和自卑之间徘徊。

由于"个人问题"一直没有解决，职业也一直在变换，所以天悦的人生一直处在漂泊的状态，也即是说他一直在面对"成年未满"的危机，这种危机使他的自尊受到削弱。"自尊"是个褒义词，用于一个人对自己的严格要求，让人知进退，懂荣辱。一个高度自尊的人，为了赢得他人和社会的尊重，踏踏实实地拼搏奋斗，严守社会的道德标准，娶妻生子，永远让自己体面有尊严地生活着。

在"个人问题"方面，没有目标没关系，但在事业方面，没有"目标"就会有危机感。

无论是成家在前，还是立业在前，一个人只有心中先定有了"目标"，决定的时候才不会被各种条件、外界言论或者说自尊因素所动摇，才能做到无论立什么都能立成。

天悦觉得自己之所以到现在还要必须面对"成年未满"的危机，就因为他在"戒""定""慧"三方面都出现了问题，他想起一个故事：

一天，一个老和尚给弟子们讲经，弟子们希望老和尚给些开示，老和尚给弟子们出了一道题，让他们回答。

老和尚对一众弟子说："如果去山上砍树，正好前面有两棵树，一棵粗，一棵细，你会砍哪一棵？"问题一出，大家都说："当然砍那棵粗的了。"

老和尚听了弟子们的倡议后一笑，说："那棵粗的不过是一棵普通的杨树，而那棵细的却是红松，现在你们会砍哪一棵呢？"弟子们一想，红松比较珍贵，就说："当然砍红松了，杨树又不值钱！"

老和尚听了弟子们的回答，带着不变的微笑看着弟子们，又问众弟子道："那如果杨树是笔直的，而红松却七歪八扭，你们会砍哪一棵？"弟子们觉得有些疑惑，就说："如果这样的话，还是砍杨树。红松弯弯曲曲的，什么都做不了啊！"

面对众弟子的一会儿一变的答案，他说："杨树虽然笔直，可是由于年头太久，中间大多空了，这时，你们会砍哪一棵？"虽然搞不懂老和尚葫芦里卖的什么药，弟子们还是从他所给的条件出发，说："那还是砍红松，杨树中间空了，更没有用！"

老和尚紧接着问众弟子："可是红松虽然中间不是中空的，但它扭曲得太厉害，砍起来非常困难，你们会砍哪一棵？"弟子们索性也不去考虑他到底想得出什么结论，就说："那就砍杨树。同样没啥大用，当然挑容易砍的去砍了。"

老和尚不容喘息地又问："可是杨树上有个鸟巢，几只幼鸟正躲在巢中，你会砍哪一棵？"终于，有弟子问："师父，您到底想告诉我们什么，测试些什么呢？"

老和尚收起笑容，说："你们怎么就没人问问自己，到底为什么砍树呢？虽然我的条件不断变化，可是最终结果取决于你们最初的动机。如果想要取柴，你就砍杨树；如果想要做家什器具，你就砍红松。你们当然不会无缘无故地提着斧头上山砍树了！"

这个故事也能提示在职业选择上，是要找"兴趣职业"，还是"专长职业"，还是"擅长职业"？同时，这个故事也提示他，在情感方面，是感性好些还是理性好些。这个故事进一步提示他，无论是择业还是择偶，抑或是做一件小小的事情，都要先思"戒"——在选择的过程中排除各种诱惑最重要。尽管"戒""定""慧"三个方面都很重要，但只有先戒除"诱惑"，才能思"定"！如果没有戒除各种诱惑的能力，就无法"定"，自然就会面临"成年未满"的危机。

天悦斜躺着身子，肚子上盖着块黄色浴巾，把左腿搭在右腿上，闭上双眼任思绪飘逸。不知道喜欢怀旧是否也属于"成年未满"的危机表现，他有浓厚的怀旧情结，触景生情就容易回忆过去，回忆小的时候。

天悦小的时候，他爸带着他和他的弟弟华清去得最多的澡堂子就是"松竹园"浴池，就在钱粮胡同东口往北一站地就到了，那个浴池的面积很大，有两个大厅。供人们休息的大厅，全部放着床位，两张床位是一个单元，中间有一个小桌，可以放茶水和点心。那时光，洗完澡的人们，擦干身子，走出浴池，披上干净的浴巾，躺在床位上，有的人会来上一口茶，再叫来一个伙计从头到脚上上下下地按摩一遍，彻底地放松了全身。有的人要是遇到熟人更可以摆上一局，楚河汉界地杀他一回，也必可引来一片讨论，他爸洗完澡后通常会在床铺上睡个把钟头，他则带着弟弟华清在大厅里光着屁股嘻嘻哈哈地跑来跑去追逐打闹。

此刻，天悦忽然想起他爸在 30 岁左右时就已经有了他和他的弟弟华清两个儿子了，可是现在他和华清做得怎么样呢？他自己一直未婚单身，华清虽然已经二婚了，而且已经 46 岁了，却仍然没有一儿半女。

经历家庭危机

天悦悠然地躺着，他知道现在社会上的各种高级洗浴中心、SPA 会所满足了年轻人对外在洗浴形式的需求，但是很多老北京人依然愿意去澡堂子则是因为他们享受澡堂子的亲切和韵味，他们享受关于澡堂子的文化和记忆。

那时光，每逢周末洗澡人多，尤其在冬天时人更多，澡堂子则临时准备很多衣筐，筐口系有竹牌，标明号码，客人将衣服脱下，连同鞋帽放入筐内，即入池洗澡。洗完，认号穿衣上路，不得久待，否则，掌柜的就要高喊："洗的洗，晾的晾，不洗不晾穿衣裳，洗澡别打盹儿，摔了腰和腿，买张膏药贴，洗澡不够本儿。"顾客如果还不穿衣走人，老板就要下逐客令了："诸位穿着穿着，腾个筐儿，前起让后起儿。"

记得那时候，洗完澡后立马穿上带来的干净衣服，精神抖擞地走出澡堂，高高兴兴地回家。当然，他们父子三人倒是舒服干净了，可天悦的母亲就得受累了，因为那些换下来的脏衣服都是习惯性地交给母亲去洗……

天悦把手机点开，已经是当晚 20 点了，手机提示收到了很多条微信，其中包括馨发来的几段语音：

"说到蒋介石就令人想起宋美龄，但据说蒋介石最爱的女人叫陈洁如。蒋初见她则心动不已，对她进行疯狂追求，最后终于赢得美人归。蒋陈二人的婚姻持续了7年，后来蒋为了他的人生大业决定与宋美龄联姻，于是令陈洁如避走异国他乡。陈洁如自然百般不愿意，蒋发毒誓称他与宋不过是政治联姻，5年后必与陈洁如恢复关系，陈洁如只得顺从，岂料蒋宋二人的这段政治联姻却稳如泰山，一直相守到老。

"青春年少时看到这个故事会想蒋宋即便相守，却一定不会幸福。如今想来却是未必，事实上，就婚姻的未来而言，蒋宋二人才是最佳伴侣。陈洁如在其自传中表示，她并不期望蒋在事业上有太大建树，只想平安无事过平凡的日子。如此可知，即便没有宋美龄的出现，蒋陈二人经过甜蜜期后，迎来的必将是不断的纷扰。蒋介石是何等的野心，他需要找的不是寻常贤妻良母，他需要的是能助他功成名就的女人。而宋美龄不论家庭背景教养还是长相都与他的博大的野心相匹配。

"一个明媚的微笑就能成就一段动人的爱情，可婚姻却是实在的。爱情没有未来，但婚姻必须注重未来。所以生活与电影电视剧最大的区别在于，电视剧中男女主角历经千辛万苦终于结婚了，此时这幕戏即已闭幕。而生活中男女主角走进婚姻，真正的生活戏才拉开帷幕，往后漫长的岁月里，柴米油盐酱醋茶甜咸辣的生活不到终老不算剧终。

"曾看过一段视频：宋美龄在美国用流利的英语做演讲，蒋坐在其边上，注视着她的眼神是幸福的、尊敬的、欣赏的，他们既是夫妻又是盟友更是战略伙伴，这样的关系怎么能够不稳如泰山。最牢靠的婚姻关系不是怦然心动、风花雪月，而是思想深处的价值观乃至外在条件的匹配，婚姻找的不是最心动的人，而应是最合适的人。

"婚姻要选择有相同价值观的伴侣，彼此能谈得来，能有话聊，能够相互帮助、相互尊重、相互欣赏、共同成长！关键是你找到你成长的方向了吗？情感为什么不和谐？情感为什么不能长久？你们共同成长了吗？婚姻的纽带不单是金钱、孩子，而是两个人的心往一处走，眼光望向同一个方向，彼此成长、成全——人若不同心，岂能同行。你好好思考下我说的，你能找到答案。"

天悦看了后，略作思考，感觉自己已经找到了答案——他知道馨的意图是要找一个事业心强的能够承担起一切的成功男人做老公，而且他知道馨已经婉转地拒绝了他。

馨说道："你这个年龄要孩子不适合，估计没有女人愿意为你生孩子，除非你愿意出钱，还得看你愿意出多少钱了，20万、30万还是50万？再说了，你即便愿意出钱，也未必有女士愿意为你生孩子哦。"

天悦听完这几段微信语音内容，内心难以平静，他觉得馨的评断是很伤人的，当然不仅仅是因为馨对他的态度，也是因为一个时期以来，他的一些朋友或同事或者网上联系过的女会员也曾经这么说过他。也就是说，他的年龄越大，很多人觉得他面临的危机越发严重。

过去这么多年来，天悦看到了很多夫妻分分合合、合合分分的婚姻家庭危机，而且其中一些就发生在他的身边，甚至就发生在他自己的家人身上，就包含他父母的婚姻危机，弟弟华清与弟妹阳阳的婚姻危机，还有阳阳父母的婚姻危机。

阳阳的父亲姓秦，秦伯伯文笔功夫非常强！天悦第一次见识秦伯伯的文笔，是通过1993年11月创刊的某期刊上的秦伯伯题写的"发刊词"。秦伯伯是贵州赤水人，曾任某日报社社长。阳阳的母亲姓刘，刘伯母是陕西西安人，是国家一级演员。阳阳上面还有三个哥哥，最小的一个哥哥比阳阳大15岁左右。

秦伯伯很有人情味，在家庭里，他是个很随性的父亲，对三个儿子管教严厉，对阳阳则百般疼爱。在阳阳和华清结婚后，在秦伯伯和刘伯母都80来岁的时候，老两口反而开始闹离婚，秦伯伯骨子里不愿意，但刘伯母似乎铁了心，不达目的决不罢休。

刘伯母更多地往华清的爸妈家跑，向华清的爸妈大倒苦水，结果也逐渐激起了华清他妈对华清他爸的积怨……直到有一天，刘伯母和秦伯伯真的离婚了，这样的结果自然是惊得很多熟人都瞠目结舌。那之后的一些时日，华清他妈与华清他爸的争吵也日趋激烈。

有一天，在爸妈当着天悦和华清的面进行的一次争吵当中，妈妈就发誓说一旦两个儿子都结了婚，她就准备离婚——让天悦和华清哥儿俩大为惊骇。在那段爸妈动不动就吵架、家庭生活枯燥乏味而且让人心焦的日子里，天悦每天都能感受到前所未有的煎熬，所有能够感受得到的生活似乎都是负面的，尤其是在他将要"三十而立"的年龄。

自那天以后，天悦对自己的个人问题持消极态度，事实上选择了逃避。后来他在一次和华清的谈心时，郑重地告诉华清，说自己宁可不结婚，也不会同意和接受爸妈离婚。自那以后至今，他在婚姻情感方面一直没能上岸，他在情感上也选择了漂泊……

很多事情永远回不过去头了

天悦记得是澡票两毛六的时代，一两个礼拜才泡一次澡堂子，能不多洗洗吗？尤其到了冬天，暖暖和和的浴室里简直太舒服了。一些浴池还备着饮料、凉啤酒，有些爱泡澡的人买了带进澡堂子，现在早已经见不到更早年"浴室里沏壶茶，喝上一天"的场面了。从通州八里桥到新华大街到草房这三角地带，沿途几乎找不到一家"15块钱一位，办卡10块"的老式浴池。

"现而今儿，虽说普通居民家里大都有了燃气热水器、电热水器、太阳能热水器，可是哪有这浴池洗得舒服呢？平房小厨房改的小浴室，想搓澡，连个弯腰的地方都没有。"那客人边拿起镜子旁的吹风机吹头发边说道："像吹风机、棉签、擦脸油之类的洗澡必需品，这里有些是免费提供的。"

"可是旧时，住胡同平房的平常百姓人家甭说是在家洗澡，就是喝水也要费劲去院子里提桶打水。我年轻时候，每次去洗澡时光泡澡就是半天儿。"一位年过半百的中年汉子，也边穿衣服边接着话茬跟着侃了起来："记得有一次赶上我有急事儿，在澡堂子里，连洗带泡，两个小时就出来了。旁边的人看着我，表情都那样儿了，心说这小子今天怎么这么快就洗完了？"

站在一旁的浴池经理吴先生接茬说道："泡澡能泡半天儿的客人，最主要是八里桥本地人，一些住在常营、双桥、新华大街和草房的老主顾，也经常坐公交来到这里洗澡。"

吴先生夫妻经营的这西马庄园小区浴池开业于2001年，浴池的大名在2005年还曾经作为北京市57家定点便民浴池，登上过报刊。开业时，两口子都才30岁出头，如今时间一晃，他们夫妻二人年龄都已经四十大几岁了。

吴先生有些发牢骚地继续对客人们说道："你们刚才说这洗澡收费越来越贵，那原因很多，别的不说，就说这公共浴池使用燃煤锅炉，一年四季，每天都要烧几百斤煤，如果一吨煤的价格大概是700块钱，加上水电等成本，实在是难以负担。有的浴池恰逢洗澡的人不算多的时候，浴池老板连浴池的水都不换，如果这一天都没客人泡澡，水也不脏，就省下些钱。咱这西马庄园小区浴池是烧柴的浴池，是烧柴的锅炉，你们看浴池旁边的锅炉房中，堆积着数不清的各种废旧木材。说是柴火，其实基本都是废旧家具，连收破烂的都不要。你们也看到了，在浴池前台旁，还摆着一台旧风琴，看上去还挺雅致，其实这是附近幼儿园改造时卖掉的旧货，是我当成劈柴收来的。现在浴池不好干啊！水、煤、房租成本越来越高。幸亏楼上还有出租房的业务，要是只开浴池，我们夫妻俩肯定维持不下去。当年我们夫妻接下这里，租金每年才18万多元，现在涨到一年60多万了。"

"好在你们经营的这个浴池里面，还有活动室，还有出租房，可以供小区的人们来娱乐，供客人住宿。甭管生意是不是好做，有爱泡澡的人来这儿一泡就是半天，你这也不能进去给人家轰出去不是？呵呵！"一位客人半开玩笑地与吴先生理论道。

吴先生听后忙赔笑脸地说："那是！那是！"

天悦听到这，心里为之一震。一方面他觉得吴先生算是成功人士了，

"三十而立"时成家又立业，然后夫妻一起打拼，一起经营婚姻家庭，无论在职业上还是在婚姻方面都是很有定力，即便没有大钱，但财富一直是稳步积累，即便要改行转型，以他们的特质还是容易的。

另一方面呢？天悦觉得与姗姗来迟的中年危机相比，他虽然面对的危机多种多样，但最糟糕的就是"成年未满"的危机，直接影响到周围的人对他的信任度。

天悦觉得自己在过去的23年里，无论是面对"转行"的危机，还是面对缺乏天赋的危机，抑或是形影不离地伴随着"成年未满"的危机，以及面临家庭危机，他都不可能把这些危机推倒重过，何况这些危机有的已经度过去了，有的能够度过去。而且他从吴先生的例子，也感悟到人生"很多事情永远回不去了"。

洗完澡要离去了，天悦穿好衣服穿好鞋，他已经在这浴池里待了两个多钟了。记得小的时候在松竹园浴池，洗完澡离开之际，负责你的铺位服务的伙计一边收拾铺位，一边就会大声喊道："一位，送客。"你每经过一位伙计身边，都会有伙计应声喊道："您慢走。"直到浴池门口，站堂的伙计为你打开门并道一声："欢迎您再来！"喊堂声声，透着老北京特有的亲切与热情。如今，那种喊堂声也已经化为了记忆。

"三十而未立"是真正值得庆幸的选择

初夏的夜晚，微风徐徐，不一会儿，天悦就觉得头发已经被吹干了。他徜徉在西马庄园小区里的马路上，边走着边看着路边那一幢幢六层的住宅楼，鳞次栉比，每家每户的灯光或明或暗，一派宁静祥和的气氛。此时此刻，他的内心颇为感慨，因为就在1999年的夏天，在他33岁的时候，他做出了他人生中的第二个重大决定，就是决定要拥有一套真正属于自己的房子，于是他倾尽当时个人积蓄在这个小区购买了一套建筑面积56.22平方米的房子，是个一居室。

年轻人不断地努力与奋斗，就是为着需要重新寻找在这个世界上属于自己的最终的位置（归宿）。天悦逐渐意识到，一方面，一个人需要自己努力把握自己的命运；另一方面，他也意识到无论哪个人的人生或者梦想或者爱情似乎多多少少会被冥冥中存在的一只大手在指挥着，包括买房。无论你怎么去理解，似乎确实是这个样子的。

在大家的传统观念里，对于"超越"的态度，例如都会认为30岁的人应该能坦然地面对一切了，可以用立身、立业、立家三个方面概括，比起20岁的人。"立业"，30岁的人应该有比较固定的职业了；"立家"，年轻人必须承担起社会和家庭的责任，还是早些立家为好。总之，男人成家立业最好是按部就班地进行，同时也更注重攀比，更注重攀比物质、女色、权势。

男人成家立业容易，但"立身"难，因为种种原因，不注重语言和利用语言的能力，不注重哲学上的"自我超越"，造成男人似乎一生都难以"立身"。

天悦回想自己在30来岁的时候，曾经想过"三十而立"立什么。那时他觉得30岁的男人，应该能依靠自己的本领独立承担起应该承担的责任，仅此而已，至于确定自己人生的目标与发展方向，这显然更多地会涉及个人梦想的变化多端。结果，他由于种种原因放弃了做到绝大部分男人都轻而易举就能做到的立家和立业，而是选择了"立身"，就是确立自己的品格与修养，确定自己的人生态度，应该包括思想的修养、道德的修养、意志品质的培养三个方面。

"三十而立"似乎是对年轻男性的起码要求，可当今现实却和人们的期望有很大的距离，这当然和中国人对孩子的溺爱及就业压力有关。在以金钱作为衡量标准的情形下，一些年轻男人不得不依靠父母或者妻子，必要时也要把自己包装得像"半个女人"。

年轻青涩的男人如果不秉持"三十而立"的原则，不按部就班地去走人生，将会在很长的时期里同自己进行思想斗争，同自己进行性别斗争，同妻子以及妻子周围的一大堆人做家庭斗争，同社会的陈规陋习做斗争，同事业做斗争，甚至统统地都要面对斗争。很快，诸多的思想斗争将使年轻男人逐渐变得苍老，面临的"人生四分之一"危机使得他们过早地踏上一条不复年轻的道路。中国的年轻男人几乎没有像样的能力驾驭复杂的人生危机，所以结果就是要么就范、要么逃离。

在1999年的夏天的时候，华清已经准备第二次去美国了，华清经过了将近两年的思考，做出了"逃离"的决定。那时华清与妻子阳阳结婚六七年了。虽然夫妻情感笃厚，但毕竟他们小两口一个是"大男孩"，一个是"大女孩"；他属狗，她属猴；前者是双鱼座，后者是摩羯座；阳阳比华清大两岁。两个人都是在央企工作，都是年轻气盛。阳阳家境优越，在生活方面没有什么可需要两个人去共同奋斗的，所以两个人一直没有什么共同的生活目标，尽管华清在婚后另外买了车房，但买车房的钱大多都是双方父母赞助的。

华清和阳阳属于早恋早婚，结婚时，华清是22岁，阳阳是24岁。婚后虽然阳阳多次怀孕，但两个人都情愿不情愿地决定去做了人流。后来华清去美国不愿意回来，而阳阳不愿意去美国，如此导致两人长达三年的两地分居，直至华清主动提出离婚时，他们夫妻俩一直没有孩子。

好多人，尤其是女人，要么喜欢小动物，要么喜欢小孩子，要么都喜欢。比如，不少姑娘一见到小猫、小狗或者小孩儿都会迫不及待地去搂抱，接踵而至的就是很嗲地说"好可爱哦"，但是如果赶上华清和阳阳两口子在场的话，就会看得华清和阳阳头发都竖起来了。在他们两口子眼里，有时候可爱和憨态可掬的潜台词就是弱智。他们两口子那时年轻，就是觉得这些东西够傻，如果很早要孩子也属于够傻。

尤其在华清眼里，小孩子就如同小猴子，小猴子很好玩，喜欢的人就多了，因为猴子机灵，喜欢的人却没有驾驭小猴子的自信。同理，喜欢小孩的都是喜欢小孩子的单纯。

华清还讨厌那些喜欢养猫狗的女士们，认为她们故意标榜自己有爱心。华清从没有养过猫狗，他解释说是因为敬畏大自然的生灵而不忍戏弄它们，所以那时他也不喜欢小孩，因为他把小孩子当作一个大写的人而不是小宠物看待。

各种各样的原因，华清和阳阳存在着婚姻情感危机，不要孩子或者说没有孩子也是导致婚姻信念或者说是情感基础出问题的因素之一。华清从决定结婚的一刻就面临了危机，从"人生四分之一"危机到"成年未满"的危机他都经历了。

1999年11月的一天，当天悦和阳阳送华清到首都机场，阳阳和华清在航站楼临别的一刻，"三十而立"对华清是失去了意义的。望着离开了的却不知什么时候再能相见的弟弟的背影，望着起飞的美国西北航空公司的波音747，天悦就更无法接受"三十而立"的说法了。

不受任何限制是属马的人的梦想，当然也是天悦的梦想。在27~36岁那10年里他都在想些什么呢？他想的是，尽管人们清楚地知道他们现在拥有的生活并非就是他们向往的生活，但人们仍旧会因为恐惧和疏懒放弃改变；他想的是，讨厌潮湿的人终身生活在细雨绵绵的城市里，而钟爱辽阔草原的人却在拥挤狭小的公寓里过了一生。

天悦憧憬的生活是：如果没有一杯咖啡，新的一天就没有开始；如果没有翻几页书，他这一周就会过得忐忑不安；如果没有已经完成和正在计划的远行，他这一年就白老了。最近几年他一直设想有朝一日，他能开一间咖啡馆，这间咖啡馆放着他收集多年的音乐，他要一首一首用心听。他会有很多感受，还要用心写下来，纪念曾经的世界，纪念曾经的孤独，纪念曾经一直占据他内心的"单身的信条"……

"人生四分之一"危机或者"成年未满"的危机的源头，如你所料既源于人们所在的周围环境，更来自于自身的心灵，来自内心。这些危机算是真正进入成人世界之前的最不正式却又最必要的"成人礼"。

直到现在的这个夜晚，天悦仍然认为"三十而未立"是自己人生中真正值得庆幸的选择。

曾经和 Anne 女士谈论"单身力"

回到家里，时间已经是 22 点了。天悦换上睡衣，走到阳台，把写字桌上的电脑关闭了，随后关掉了阳台的灯、洗手间的灯和客厅的灯，拿着双肩包走进卧室，随后上了床。他坐在床上，将上半身靠在床头上，双眼微合。

过去 24 小时里的那一轮又一轮的思绪，像春天四处飘扬的柳絮一样飞进了天悦的大脑里，像堵住他的脑血管一样，他觉得不舒服，就反复轻轻地用后脑勺撞墙……可以判断他的脑内的神经递质分泌在加速，在此时此刻。他不得不睁开眼睛看着黑漆漆的天花板，他明白自己要写的东西还是很多的：比如在从大学毕业后，他回到了自己熟悉的城市，却结束了一段长达 3 年的恋爱关系；比如在从阜外医院离开后的数年里，他因为外企工作派遣的原因到过一个个新的城市，却放弃了一段又一段邂逅的情缘；比如在从 1999 年到 2011 年的 12 年里，他先后买了四套房子，却从未真正一直长期住过其中任何一套房，人生总是在漂流；比如从日企到美企到民企到现在自由职业，他曾经一遍又一遍地诘问自己"我的归宿究竟会是在哪里？我本应该有更好的生活状态"。

一直以来，出于对个人生活的焦虑以及将要面对的更多的不确定性，使得天悦对时间的流逝、对青春的远去，内心充满敏感，却又难以真正地像个成年人一样有着正常的生活。很多人不理解他，认为他的所作所为都是不接地气的，能理解他的人几乎很少，也离他很远，包括那些曾经和他发生过亲密关系的红颜知己。

天悦记得，有一次他回到惠州的家，在他和好友 Anne 女士的聚会中，两个人边喝茶边聊天，聊青春，聊过去，聊未来。

在提到天悦过去的情感话题时，Anne 对天悦说道："你以前的阜外医院爱情故事似乎是好细腻的感情，实在是我没有想到的。人生好奇妙，情感永远是道复杂的多选题，就像你的阜外医院爱情故事一样，爱情往往同时出现，让你同时面临两个女人的选择。但你实在恐惧做出选择，从你在大学读书期间就面临这样的情感问题。从你18岁时候起，可能你就喜欢女孩主动，喜欢主动表达情感的女孩儿，是不是呀？"

"嗯！你分析的有道理啦！"天悦听了Anne的分析后面露惊诧，继而笑着对坐在自己对面的身材发胖的Anne说道。彼时的Anne刚离婚不久，孩子归其前夫抚养，当她知道天悦到了惠州时，遂从深圳开车来惠州看天悦。

"天悦，我以前怎么感觉不到你喜欢我呀？那时在一起的时候，还有去你家里，和你家人见面，感觉你家人挺喜欢我的。是我的错觉还是你不善于表达？当然，我是一个被动的女孩儿，又是农村出来的女孩儿，那时比较胆小。"Anne一边盯着天悦，一边显出惆怅的表情，接着说道："也是，男人事业永远第一。你的个人经历代表了60年代生人的人生缩影，你的人生如果有段婚姻就完美了。其实这也正是你的梦想，不是吗？"

"你所言极是！"天悦笑着回答道。

"婚姻与孩子是你心灵中缺失的。和你同龄的人既会回忆青春，但更会总结婚姻。由于'80后''90后'的人要读懂你们'60后'并不容易，所以你现在的这个年龄去择偶的话，你的择偶人群是受限的，大概让你开始变得绝望了吧！"Anne又继续说："其实一个女人最在乎的是一个男人的担当，特别是在遇到风雨时他能紧紧地牵住她的手不放，女人只要爱了就会跟着这个男人到天涯海角吃苦。文在怀双胞胎时，你放弃孩子的举动其实是伤了她的心，所以她破罐子破摔又拉了别的男人做替代品。如果在她第二次怀孕打掉孩子时你能接受她，她会爱你一辈子。感觉出来文对你是真爱！而平给我的感觉不是爱情，而是她对你的学历及工作的仰慕而已，如果你和平结婚，结婚后你们的思想会难以沟通，你的精神会很孤独。所以放弃平是对的。"

"呵呵，你说的也许对吧！"天悦听了Anne的这番话，心里顿觉得像被钢针刺了一下，内心一下变得酸楚起来。

尽管Anne说得有道理，但是毕竟是过去的事了。Anne是一名护士，以前在北京阜外医院实习过一年,就在天悦工作的病房,Anne 很熟悉他的工作和情感经历。后来实习结束,Anne 去了深圳某医院做护士。再之后,天悦会借去深圳出差工作的机会去看望 Anne,有过很多次的深入交流,两个人每次见面可以说无话不谈。

"那时,和你在一起是我想要的,但是每次在一起总想到你的人又不真实。总之遇到你,感觉是上帝赐给我的礼物,让我不寂寞。"Anne 笑着说道。

"以前我还有谈情说爱的冲动,我过了 40 岁就不想再谈情说爱了!如果有合适的可以考虑闪婚,没有合适的,我也不会觉得孤独,我觉得自己还有很大的力量,属于发自内心的,不为孤独所压倒的力量。"天悦解释着,随后接着说:"相比自己当初年轻时所受到的很多压迫,我都觉得现在的我比年轻时从容多了。也许现在的年轻人刚结束漫长的读书生涯,正焦头烂额地寻找工作;也许他们已经在职场打拼一阵,却觉得动力渐渐丧失;又或者一个人刚从上一段情感关系或者工作中脱离,却对未来感到无所适从,我比现在的年轻人多了一份阅历,心力也更强些。"

"你还会留恋过去吗?"Anne 微笑着问天悦。

"我确实有些怀旧,但一切都不可以回过头重新过了,呵呵!"天悦回答道。

"那如果一切可以重来呢?"Anne 微笑着追问天悦。

"还是算了吧!回到过去就意味着继续面对各种各样的危机,年轻也好也不好的,不是吗?虽然我现在年龄大了,但是人生可以进退自如。"天悦耸着肩回答。

"以前还好,现在的社会变得越来越浮躁,中国男人的人生一步入工作年龄,就像被戴了一个紧箍咒,还没来得及喘息,就要走上风云际会的人生路口,面对无数重要的选择——做什么工作,选什么行业,在哪里发展,谈不谈恋爱,要不要结婚,何时要孩子……压力波及所有的人。我作为女人也都要逐一经历你们男人要面对的。你知道的,我失去了很多宝贵的东西。虽说做女人不容易，可做个男人更不容易。"Anne若有所思地说。

天悦望着Anne，轻轻地问道："你失去什么了？"

"不说了！还是多聊聊你呗，我真佩服你能一直坚持单身到现在，你是一个让人难以琢磨的男人，也是一个很优秀的男人。我觉得很多男性结婚前就是大男孩儿，结了婚后因为妻子孩子才变得成熟，甚至才被激发懂得自己真正想要的是什么……你和他们不一样。"Anne探着身子盯着天悦的眼睛回复道。

看着Anne，听了Anne说的话，天悦顿时觉得有点心虚，心虚得甚至喘不过气来。

那一刻，两个人可能都认为单身确实意味着一种能力，但天悦不敢说自己单身就优秀。他记不清自己"单身"这样的念头是起始于30岁之前的某一刻，还是起始于30岁之后的某一刻，总之这念头在27~36岁的那个阶段中的某一刻被固化了。

也许30岁以前的心态确实决定一个人一生中的命运，天悦觉得自己无论当初毅然决然离开北京阜外医院进入外企，还是一直孑然一身漂泊游荡，可以说就是因为在27~36岁期间一直没有明确自己的人生目标，也不关注职业规划，最糟糕的就是不善于保护自己。

此时，天悦举起茶杯和Anne碰杯，自嘲地笑着说道："咱俩以茶代酒吧！我就觉得吧，一个人，无论男女，无论结婚还是做事业，只有心中先有了目标，决定的时候才不会被各种条件和现象所迷惑住。所以我逐渐培养起了一种信念，这种信念就是独立、平衡、坚忍，被我概括称为'单身力'。我一直单身到现在，就连我自己以前也没有料到，真的！"

"单身力！我第一次听说，你说得很有道理。"Anne说道，随后默默地念叨着："单身力、单身力、单身力。"

看到Anne认真的样子，天悦便苦笑着说道："我的单身力还不是被我自己逼出来的，没别的人逼我。"

Bruichladdich 带来的"自恋"

"嗡……",天悦听到从窗外传来的轰鸣声。

不一会儿又是一阵"嗡……"的声音,每次都是由远而近,又由近而远,这种声音是低空掠过小区上空将要在首都机场起降的民航飞机发出的引擎运转的声音,通常会持续到夜里十一二点。天悦更难以入睡了,就抬手把卧室灯重又打开,下床去喝了几口早就泡好的桑葚水,从包里取出头晚看过的那些信件,他不知该如何处理这些信件,于是就把头靠在床头上,随手取出一封信的信瓤,是一张卡片,看是涧清来的,卡片上写道:

天悦,您好!

这几天晚上一直在帮忙,搞板报宣传画,也静不下来写封信,你一定等急了。但是在闲着时只有画一些小玩意儿,现在寄给你,希望你能喜欢。昨天接到你一封信,让我在 11 号之前写信给你,我现在已经提前几天完成了,我真想每天都寄去一封信,等过两天不忙了,我一定好好表现表现。卡片上的画,虽然简单,但这两种色彩搭配上,显得极幽静,你感觉如何?这张纸后面的小画,是胡乱画的,但一定会带给你无限快乐,只是不会画猫的眼睛,但毛还挺顺的。你总以为我生你的气,我哪有那么坏,实际只要真生你的气,还不把我气死了!你这个大坏蛋!说好听的就是就是——想你,爱你……从内心里发出的声音 123、123、123……

涧清　10 月 31 日晚

随后,天悦又抽出一封信,是同专业同寝室同学写的信,信中写道——

天悦,您好!

近来一切都好吧?工作顺利吧?身体好吧?来信收到,内情尽知。许久未通信,好似分别许久许久,甚为想念。回忆起在校同寝室之一起生活的快乐,更是倍加想念。现实是南北东西,再相聚已经是不易,所以想在信中表达,但文字水平甚为有限,再加上学习忙和惰性,几次起笔,终是半路止笔,弃之于抽屉之中,还望老同学多加谅解。

天悦，关于龙宝让我带酒一事，因我先到河北外婆家，有些不便，所以我就让本校同乡王学清代劳了。望您在本月 30 日 17 时 30 分（即 272 次到站）至 18 时 30 分，在北京站的 403 路公共汽车站等他，切勿忘记。关于我是否前去看你们，现在不敢确定，有时间定去。

因为我们在 3 月 8 日要进行跳伞训练，所以我大概在正月初七左右回吉林。

暂写至此，见面后细谈。

祝你工作顺利，万事如意。

此致

军礼

愚友：友东
1 月 22 日

天悦读了这两封信后，觉得脖子不舒服，就不想再看了，于是起身把这两封信和其他那些信都码整齐，然后放在床头桌上。之后，他起身打开酒柜，取出一瓶 2012 年新款 Bruichladdich 威士忌和一个玻璃杯，他又打开冰箱取出两个冰块放在玻璃杯里。

透过灯光，Bruichladdich 威士忌酒色泽炫出亮金色，天悦贴近杯口去闻，闻起来恍惚有一种混合花果细腻的香气，他闭着眼睛嗅着这样的香气良久，才深情地呷了一口，他感觉像利口酒那样黏度较轻，但丝毫不减品酒雅兴，尤其是入口后的香甜渐渐转为果香。他继续呷摸着，果香似乎又变为香草香与橡木香，他钟爱这个品牌的威士忌。

天悦又呷了一口，但是没咽下去，而是含在舌根的位置。他边盯着杯中酒，边呷摸过去了的 24 小时，还算过得充实，因为白天和馨约会，晚上泡澡，还有那一摞厚厚的信，都是涵盖了自己人生中细小的生活片段，特别是现在 Bruichladdich 威士忌在酒杯中呈现出的亮金色越发给他创造写作方面的灵感。他正在品味着的正是相当自恋、花样层出不穷的"变革者"威士忌酒——Bruichladdich 大规模进行"自恋"式的宣传……他觉得他自己现在确实也需要改变,需要做某种程度的"转型",写写自己,哪怕是带一点自恋。

如今,天悦对图书的出版发行流程和图书市场有了些微的了解,就像 Bruichladdich 威士忌有着令人眼花缭乱的款式令人苦恼于如何选择,有价值的图书选择起来颇要花费一番心思。

天悦又呷了一小口 Bruichladdich 威士忌,便开始琢磨自己未来成为一名作家的可能性,但创作来源于生活。在过去的 23 年里,他没少为找工作而烦恼,没少为创业而焦虑,也没少相亲。他亲眼看到很多人工作为了赚钱,他也知道很多人赚钱是为了生活,包括他自己,那生活的意义是什么?他以前做医生时也有在深夜无人的时候思考活着的意义,就会觉得有些人的人生如同一场突如其来的雨,伴着狂风大作,伴着电闪雷鸣,但雨过天晴,一切就都过去了,而它的意义又在哪里呢?

在 27~36 岁期间,天悦经常思考几个问题——什么是我想要的生活?要怎样生活?但是后来,他心里宁静了许多。

真正有意义且包含了哲学意味的文学创作既是作家对自己人生的一种安排,也是对自己态度的一种彰显。职业作家会一头扎进自己的人生,专注保持自己的尊严,不再羡慕也不再盲从;职业作家之前和同龄人浩浩荡荡地从同一个起点出发向前,然后在连续的分岔路口因为人格的不同而相继分道扬镳。

分道扬镳的时候,很多人才会发现,真实的人生并不存在一条既定跑道,真实的人生是一个小径分叉的山峦。

虽然口中果香的余味逐渐消失,但 Bruichladdich 威士忌的"自恋"给天悦带来持续的灵感,平添了更多的写作联想。他希望能马上进入梦乡,能梦见自己在小径分叉的山巅上高声呼喊,能梦见自己在前行的道路上遇到自己喜欢的风景,最好能梦见自己成为一名作家。

第四章 从做市场代表开始

从拜师香港的周伟堂先生说起

"嗡……""嗡……"

还在睡眠中的天悦隐约地听到了飞机引擎传来的沉闷的轰响声音,声音持续不断,蒙眬中的他在床上翻了个身,又吧唧了几下嘴。尽管他还想多睡会儿,但他知道每天早晨第一班民航机起飞后就会经过他所住的小区的上空,飞过他住的楼顶时引擎的轰鸣声最大,这时肯定是清晨6点整,首都机场民航机在这条航路的起飞时间是很规律的,他对此已经形成了条件反射。

随着又一阵"嗡……"的声音由远而近传来,天悦起了床。他先拉开了窗帘,又拉开纱帘,外面已经天光大亮。一切都显得很安静,只是空气中还是有雾霾,若隐若现。

天悦把两臂交叉放在脑后,眼睛望着天花板,目光似乎能够刺穿天花板直刺苍穹,穿越时空隧道似乎回看到了1996年时,看到了1996年时的他,无论是工作的、生活的还是情感的,当然也还有社会的。一切经历就像一部倒放的电影纪录片,让他似乎觉得过去所有的事情都是像在昨天才发生的一样,此时的他内心充满了一种难以名状的感觉,50岁的他对时光流逝所带来的刺激是再敏感不过了。对他来说,他所接受的真正的人生挑战始于1996年,是他进入外企开始做市场代表的阶段,做医疗设备耗材销售工作。从默默无闻的医疗产品市场代表做起到后来自行创业,掐指一算,他已经从事了20年的医疗设备耗材销售和医院医疗技术项目运营管理工作。

在1996年的夏天,天悦通过外企派遣进入F公司做市场代表,负责在东北三省拓展F公司医用胶片和CR设备市场;2000年到另一家日本公司工作,任西北大区(陕西、宁夏、新疆、甘肃、青海、内蒙古)经理；旋即于2003年被G公司医疗部挖走担任影像部北中区大客户部经理，建立北中区太原办事处；2006年自己创业建立企业管理咨询公司，曾经先后为北京M公司、深圳E公司、苏州L公司、E建筑设计集团、美国L公司等数十家中小规模公司的医疗项目产品和服务提供多方位全流程的管理咨询服务。他从1993年底离开北京阜外医院到2006年用了13年的时间完成了一个完整的职业链，这就是他后来为什么只提供销售类的培训课程和项目运营管理咨询服务，是因为他有超过10年的医疗器材设备服务销售工作和项目运营管理的经验基础。那是什么样的契机让他开启并完成了这样一个完整的职业链呢？是因为他的职业启蒙导师周伟堂先生。

天悦在F公司做市场代表期间就接触过一些培训师，印象最深刻的就是周伟堂博士。70多年前，周伟堂先生出生在香港九龙区榕树大道一个贫困的家庭，自幼勤奋好学的他读完博士后，一直从事着企业管理工作。在40余年的职场生涯里，周伟堂先生有超过30年管理、培训及顾问服务经验——曾任职某广播有限公司总经理助理及行政经理，主管人事管理、总务及公共关系；亦曾先后任职香港G航空公司及泰国国际航空公司，分别负责全球人力资源培训及全球销售管理及业务员训练。周伟堂先生具有非常丰富的企业培训经验，曾在不同的跨国公司和机构，包括飞利浦、英美烟草、杜邦、香港旅游业议会、香港酒店业协会等出任培训导师；后来为德国宝马汽车公司亚太区销售管理，S集团荣誉顾问及Z摄影有限公司培训顾问，世界小姐选拔赛主任评委。

第一次听周伟堂先生讲课，是天悦进入外企工作后第一次接受全面系统的日企风格营销培训，也是第一次接受日企风格企业文化培训。周伟堂先生讲课给他的感觉是专业、睿智、博学，但是最主要的收获是使他悟得了什么叫作"销售"，以及要成为一名优秀销售员必备的品德。那次周伟堂先生给包括天悦在内的员工做的培训主题是"营销代表的专业条件和资格"。按照周伟堂先生的论述，营销代表的专业条件和资格包含四个方面，用英文大写单词概括就是PASK。

P，是英文 personal 单词的第一个大写字母，代表"个人条件"——身体健康、仪表端庄、良好品德、诚实勤奋、言谈举止、待人诚恳、受过高等教育。

A，是英文 attitude 单词的第一个大写字母，代表"态度"——浓厚的兴趣、敬业精神、服务大众、乐于助人、责任心强、工作认真、好学不倦、勤奋上进、吃苦耐劳、客户至上、独立精神、自信心强。

S，是英文 skills 单词的第一个大写字母，代表"技能"——社会关系好、销售能力强、展示产品有说服力、敏锐的洞察力、计算技巧、适应环境、灵活机动、有创新能力、自我不断完善、掌握现代化设备、独立工作能力、与客户保持良好关系。

K，是英文 knowledge 单词的第一个大写字母，代表"智识"——了解及掌握公司的政策目标、市场分析能力、掌握产品性能、专业基础知识、广泛知识（包括竞争对手）、对顾客的研究能力、掌握客户心理。

通过培训，天悦明白了要想成为一个好的销售必须具备六大要素，分别是形象、礼貌、自重、知识、能力和尽力。在培训后进行的最终考核中，他得了 85 分，在那期参加培训考核的员工里考核分数最高。他心情非常激动，一是能够进入外企工作在当时是让很多青年人梦寐以求的，能够进入外企工作的很多人都是北京当地年轻人中的精英人才，学历高，精神独立，追求卓越，善于思考，勤奋能干；二是由于曾经最宝贵的时光献给了军营，军营锻炼了自身的意志，而进入外企历练无疑将使自身人格趋于更加成熟，帮助自身获得人生持久的耐力并得以验证自己的价值；三是最重要的原因，就是可以得到出差的机会，就是说可以得到商务旅行的机会。

天悦在一次和周伟堂先生单独交流的时机，问了一些自己比较关切的问题，周伟堂先生都一一做了回答。那次他问的其中一个问题是周伟堂先生在宝马从事管理培训多年来最深的感触是什么。周伟堂先生说道："宝马一直重视满足客户和员工培训，很重视人文关怀以及对员工的照顾，让所有员工能够在集团得到规范系统的培训，使员工与公司一起成长。这样的企业文化能够更增强员工的凝聚力,以及对社会的奉献精神。我作为一位宝马的车主,我不单只是开这样一台车,同时也要具有关怀社会与他人的博大胸怀。这是其他汽车品牌所没有的精神。为什么我与宝马合作20多年,更多的是受到宝马这种企业文化的影响。"

天悦听了后非常受启发,进而觉得EAP顾问、培训师、管理咨询师、职业指导师是令人敬仰的职业,他于是恳请周伟堂先生能和他一起合影,周伟堂先生欣然同意。那次之后,他与周伟堂先生之间以学生和老师的关系互相联络,并保持至今。

从推广F公司医用胶片做起

在1996年,天悦那时是30岁,他工作单位虽然是香港独资企业,但公司名称是F公司,实际是日本F公司全线产品在中国的港资独家代理商,公司办公地点在北京南三环方庄桥附近的一个叫作金城中心的写字楼。

天悦在1996年夏天进入这家公司,他在这家公司的医疗产品部做市场代表,工作职责是了解F公司医疗产品和竞争对手的市场份额及分布情况和市场用量,了解市场价格的对比,分开用户价(医院进价)和分销商价(批发价),了解竞争对手的市场活动计划,推广F公司医疗产品给医院和地区分销商,接触并加强与各地放射学会及各地分销商的联系,维护重点专家,维护渠道。总之,他的外企生涯就是从推销F公司医疗产品开始,从做市场代表一步一个脚印开始的。

公司虽然号称外企,但天悦每月收入只有2300元人民币,这样的收入远低于欧美外企同等级别员工的收入水平。即便如此,他无论去哪里只要是工作状态,都会穿着西服打领带,领带是特制的打着公司的Logo的领带。年轻的他,精力充沛,对市场工作充满激情,意气风发,非常注意形象。他文质彬彬,无论对医生还是对分销商,都很有礼貌,言谈举止十分注意分寸。他工作兢兢业业,谨小慎微,没有半点私心,做工作计划或者写出差报告都非常严谨，表现出职业训练有素的一面。他每个月都有至少半个月的时间是在东北三省出差中度过的，他走遍了东北很多城市的大大小小的医院，开发了多个分销商，认识了很多能干的有事业心的东北人。

……

天悦隐约觉得上半身靠累了，就顺势重新躺了下来，他把四肢都伸直，放松了下全身，然后蜷缩身体再侧身成他喜欢的右侧卧位。然后他又继续回忆他进入摄影器材有限公司后的其他工作职责：1. 遵守公司以及公司代表处的各项规章制度；2. 负责医用 X 线胶片的市场推广和分销渠道开发建设管理；3. 负责对重点医院做 CR 影像设备的市场推广；4. 基于工作性质，了解地区放射会活动，拟定出差计划；5. 了解竞争对手的活动情况，拟定拜访用户计划；6. 对代理商进行培训和业务支持；7. 组织和参加地区分销商会议，拟定推广会计划；8. 协助公司其他部门开展市场推广工作。

渐渐地，天悦在销售工作中使自己具备了一些最基本的意识——主动意识、执行意识、责任意识、跟催意识、成本意识、时间意识、报告意识、沟通意识。

就这样，天悦在 30 岁的时候做起了销售工作。不过如果有任何人有机会在任何场合能见到他，光看他的面相和听他说话，不会有人相信他是块搞销售的坯子！当时说是做市场推广，名片上印的也是市场代表的职务，但其实就是做销售。因为无论接受几次培训，培训考核的目的都是一样的：1. 明确了解业务员职责范围及扮演角色的重要性；2. 了解客户需求及提供高品质服务；3. 掌握公司产品知识及适当介绍其优点给客户；4. 系统地发挥有效推销技能；5. 建立并增强客户对公司产品和服务的信心。

天悦想着想着，忽然觉得好笑起来，因为从小性格内向的他，畏惧人际关系，也害怕在生人面前露脸，甚至害怕在公开场合照相，应该是有着"社交恐惧综合征"。就小时候的他无论如何也想象不到长大工作以后，有一天竟然选择去做了销售工作。他记得 1996 年时，他爸和他妈都觉得他选择去做销售是不可思议的。直到现在，他依然觉得当初做的那些销售工作是他人生中所经历过的最大的挑战。

值得庆幸的是，好在天悦更早之前在军队的生活使他已经发生了根本的气质转变，是一种类似"脱胎换骨"的变化，他工作后虽然不习惯主动进行社交，但也不再害怕社交。他进外企工作后，通过培训考核逐渐建立起来的某种自信帮助他具备了一定的能量，一种需要向外释放的能量，这种能量足够帮他克服自身存在的内向问题，或者能多少掩盖一些他的不足。再后来，当他独立去见第一个客户的时候，其实就像当初决定离开阜外医院时下决心时的心情是一样的，是一种去"硬磕"的心理，反正不去做就无法验证自己的内心世界是不是和真实的世界是一致的，无法验证自己的实际工作表现是不是符合领导和同事一致的期待。

天悦此刻进一步认为他那时也许因为年轻的原因，觉得自己年轻是可以承受一切的压力，所以他那时专注和享受那样的经历——外企工作意味着一种奔忙，还要身背业绩压力，所以工作、奔忙、培训、考核连贯地进行，无形中更促成了他的"单身力"。他的年龄是30岁，依然孑然一身。

现在的天悦想起整整20年前的时候，那时他没有借重工作从而达到改变自己在生活上的状态的目的，他觉得工作开心比挣大钱重要得多。与别人相比，他遇事时心思稠密，在关键时刻总是表现得心力交瘁，因为他认为客户需要从自己的工作态度方面感受到一些微妙的东西，用几个英文单词来形容，如Stroke，意指被重视需求；如Stamp，意指被认可，被亲同；如Life Position，意指心态感受。总之，他比别的同事更注重行为心理学的应用，更注重满足客户需求。

也就是说，在人生中最风华正茂的阶段，天悦没有把主要心思用在与女孩子交往上，没有用在情感方面。如果用周伟堂先生在培训中讲到的四个方面PASK来衡量他对个人问题的处理，可以肯定地说他是不及格的，因为他在A、S、K三方面都是不及格的。

继续边工作边学习

外企都是非常注重绩效考核的,自从天悦于 1996 年 6 月加入 F 公司直到离职,他在工作知识、工作表现方面一直都是勤奋严谨的,无论销售业绩还是工作量都是很有说服力。他在工作态度和机智应变方面也都是积极稳定的,最主要的是具有很强的业务进取精神,经常超额完成工作,对市场有一定的洞见能力,对渠道代理商团队也有不错的领导力和影响力,也为代理商业务团队带出了几个不错的销售苗子。

尽管一切都看着还好,但是天悦在人际关系方面的问题缺陷却逐渐在暴露,就是他与主管以及更高层领导之间缺乏和谐的上下级关系,最后甚至发展到了彼此厌恶的程度,这种彼此厌恶应该就源于当初的面试,再加上后来几次小事件的影响。

在 1996 年 5 月的面试流程中,F 公司先是派出路正和黄春昕对天悦进行面试,后来再由代表处首席代表王女士对他进行面试,后来又由代表处行政总监王先生对他进行面试,一切都顺利通过了,结果他又收到要进行第四次面试的通知,是由香港来的吴经理来对他进行面试。

第四次面试那天,天悦第一次见到吴经理。吴经理也就是 1 米 60 的身高,不但个子矮小,还是小脸盘、小眼睛,鼻梁上架着一副金丝眼镜,但是吴经理面皮很白,容光焕发又不失威严。整个面试过程,吴经理都是操着一口蹩脚的香港普通话对天悦发问,一连问了七个问题,涉及天悦的以往的工作经历、对市场的判断、对工作职责的理解等,整个过程中吴经理的表情都很严肃且带着挑剔。天悦每次回答他提出的问题,他的眉头有时皱起,有时挑起,可以感觉得到,他似乎不太满意天悦这种类型,不知道他是嫌弃天悦的外形,还是觉得天悦面相太显小,抑或是觉得天悦说话语速慢。

显然,天悦也不喜欢吴经理那怪怪的说话声调和装腔作势的样子。那场面试下来,天悦自身的感觉并不好,即便在将近一个月以后他收到了来自 F 公司的录用通知，提供的职位并不是他所期待的市场部经理职位，而是做市场代表。他兴奋于被录用，但对职位不符合自己的预期而依然还有些微的不快和怨气。

后来发生的几件事让天悦觉得很没面子。第一件事是在 1997 年年底，员工业绩考核过后，他通过了绩效考核，但是公司不但未给予他奖励，也没有按照事先约定给他加薪，而部门里别的同事都加薪了，他带着自己的苦恼和意见直接找首席代表王女士去谈，王女士却以不屑的态度明确回复他说"你的资历条件怎么能比得了路正他们呢？"

第二件事是 1998 年春节过后的一天，吴经理从香港来到北京，在团队业务会后，吴经理宣布让和天悦本是同级且年龄比天悦小的同事路正当了市场部经理，天悦虽然心有不快，但是也只能服从。

第三件事是在后来的某工作场合，天悦在和路正讨论工作时，路正习惯性地指着天悦的鼻子说话，让天悦非常窝火，天悦忍无可忍当着同事的面和路正理论，在别的同事的规劝下，才免得事态激化。

第四件事是在 1998 年的年底，吴经理找市场部同事进行个别谈话，他在和天悦的对话中，提出天悦不服从路正管理，经常独立行事，在一些地区代理商面前不给路正面子，并警告天悦不要太过分。

自那之后，天悦只有在工作之余把自己的内心想法分享给叶冰、柳双双、李燕章、黄春昕和陈昊等能聊得来的同事，他平时依然全力以赴地开展工作，把工作放在第一位。由于心里郁闷，心情不舒畅，所以他无心解决自己的个人问题。他在 1996 年时没有想着结婚，没有想着像别人那样去尝试着自己开公司，他知道自己还有很多幼稚的地方，在很多时候更像是一个愣头青。虽然男人应该"三十而立"，但他当时想的就是多学点知识，最好通过外企评职称能得以评上主治医师职称。

天悦在进入 F 公司工作之前，就一直注意保持"充电"，因为他知道时间的宝贵和学习时间少，所以他依然没有放弃在医院时的边工作边学习的自我要求。他于 1995 年 8 月到 12 月间参加了北京 FESCO 举办的商务英语培训班，并顺利结业；他在1996年做了各种精神准备和复习准备之后参加了一年一度的外企职称评定考试。经过了一个月的等待之后，他等来了令他振奋的消息，也意外得到了令他失落的通知——好消息是中级职称考试通过了，失落的是因为外企从未组织过医师职称评定，所以当年不考虑进行主治医师中级职称评定，外企并建议他改申报经济师或者工程师中级职称。

天悦决定接受外企的建议。自那之后，他白天上班，晚上下班后就从南三环方庄骑车到海淀人民大学上课补习经济师专业科目，他系统地学习了税收学、中国税制、国际税收、税收管理、社会经济统计学原理、市场调查与预测、市场营销学、高等数学……管理系统中计算机应用。

在1997年外企举办的年度职称评定考核时，天悦终于以医师的专业背景经过长时间的复习准备后参加了经济师中级职称资格考试，并通过了考试，获评了经济师中级职称。后来在他与北京阜外医院的老同学老同事聚会交流中，当他的老同事老同学知道他一夜之间变成了一名经济师，无不惊讶，有个别同学戏谑地称他是"真的跟别人的想法不一样"。不过不论别人怎样评价他的长短，他依然没有停止学习的欲望，也没有停下继续学习的脚步。

在1997年时，天悦在拿下经济师中级职称后又报名参加由北京商学院承办的由ACCA组织发起的国际公认的具有准工商管理硕士学位的等级证书——CDAF的学习。CDAF——在国内被称为国际注册会计师，是全球权威的财会金融领域的证书之一，更是国际认可范围高的财务人员资格证书。对于财经类的资格证书，CDAF是有权威性和说服力的证书之一。

随着学习CDAF课程内容的加深，天悦对财务管理产生了越来越浓厚的兴趣。ACCA后来在中国拥有超过23000名会员（大陆只有6000名，大部分在香港）及48000名学员，他很自豪能有幸成为其早期学员之一，因为ACCA为全世界有志投身于财务、会计尤其是管理领域的专才提供首选的资格认证，一贯坚持最高的标准，提高财会人员的专业素质，职业操守以及监管能力，并秉承为公众利益服务的原则。

虽然 CDAF 是面向国际的"职场黄金文凭"，但遗憾的是，天悦碍于工作忙，碍于 CDAF 国际认证资格考试通过率很低，碍于自己并非财会专业，所以他并没有决定彻底考取 CDAF 专业资格。

在拿到了《财务报表解释》《财务管理》《管理会计》和《企业管理》四门单科考试成绩合格证明以后，他就停止了继续学习考试。

被迫辞职

天悦边回忆着，边抬头看了下墙上的挂钟，此时已经是早晨 7 点了，他觉得时间还早，就想着再多躺半个钟头，再继续回放自己过去在"三十而立"阶段的职场经历。

从 1999 年年初开始，在工作中，天悦也试图通过自己的努力扭转与领导关系不睦的局面，但是收效甚微。关键是医疗产品业务线的大主管是香港人，在 20 世纪 90 年代，港人在大陆很吃得开，港商更是自觉比别人高出几等。他对牛气冲天的港人主管吴经理没有什么好感。另外，他完全不认可港资公司的一成不变的程式化管理。

有一次在下班后的路上，天悦和一帮同事一起找了个路边烧烤摊儿，边吃烤羊肉串，边喝啤酒，同时聊着对香港人的看法，王养庆和路正也在。

"香港已经回归了，感觉港人还是不同于大陆人！"一个同事说道。

"他们回不去了，那帮人肯定很失落！你们信不信呀？"另一个同事接茬说道。

回溯最初，香港这个中国南方无名的边陲小岛，岛民或渔或耕，原是一个"帝力于我何有哉"的所在。而在近代风云里，中外经过几番政治上的角力，加上地理上的分割界定，香港经历了一个从无到有、放大变形的过程。

"呵呵，1967 年，北风把革命浪潮吹送上香港岛，街上插遍红旗，处处可见大字报纸。人们拿着红宝书和炸弹上街，与警察对峙冲突。那一年，是香港人心里难以平复的伤痛记忆。香港岛上那些心怀各异的移民、难民、居民们，渐渐心生一种'我是香港人'的意识。他们生于期间，成长于香港飞速发展的70年代，成为本地成长典型一代。可以想象的是，在那飞扬的岁月里，在燠热湿闷的夜晚，二三港人白领坐在茶餐厅里，饮上一杯咸柠七，打火点烟，吞云吐雾探究中国未来的光景，成了那代港人主管们的'男人回忆'。只是这世界变得不可谓不快，无限憧憬加上美丽误会，香港已经不是'独家村'了。"天悦慢条斯理地对旁边的同事们说着，接着若有所思地继续："他们经历了香港70年代、80年代，经历了1997年的转变，再从1997年到现在的转变。你们都懂的，整个香港变得太多了，好多事情他们回不去，但他们依然会不同于大陆人，但他们同时也是中国人。"

  天悦说了一大通，周围同事边听边呵呵乐着，却都没说话，只有王养庆用他的小眼睛瞥了一眼天悦，眼光里似乎透着一种不满。

  在香港那样的都市传奇里，似乎总有一处弥漫着恐惧和自赎般的焦虑。1997年对香港很重要，还要接着说什么，却突然被路正打断了。

  路正说了几句话，路正认为，香港人的那种惘然似乎与一部小说有相通的地方——"错过"。路正对着天悦说道："他们不知道自己错过了什么，不晓得是他们个人的理念问题，还是香港的问题，总觉得自己错过了太多，回不去了。不过，咱们自己把自己的工作做好就成，甭管他们怎么看待咱们。"

  天悦一时语塞，但他心里还又想起鲁迅先生当年对香港的评论——"金制军整理国故于香港，可叹也夫！"从鲁迅先生的文字里，内地人只知港督"金制军"，与前清遗老沆瀣一气，居心叵测在香港"保存国粹"，却鲜知这位"金制军"中文名叫金文泰，是牛津大学古典学系毕业生，更是少数精通国粤的香港总督。作为一位殖民地管理人，他在香港的任期内支持公立汉文中学，向英国政府申请用庚子赔款成立香港大学中文学院。启德机场，玛丽医院，这些香港坐标亦是在他的任期内被兴建……内地人若不察明这些，也就难理解在香港岛上，殖民者与被殖民者在帝国权力架构内找到共荣空间的历史情由。

那次，天悦着实借着酒劲多少发泄一下内心积压已久的情绪，还发泄了一下在工作中的不满和郁闷——对公司用人上的年龄歧视——公司主管受不了下属的年龄比他们老，他的主管王养庆、路正都是二十七八岁。而他更受不了他俩比他年轻却对他颐指气使的做派。

天悦当时没有料到这种年龄歧视究竟意味着什么，直到后来他才明白他不可能在这样的公司获得成功，尽管他满足了公司在当时在纸面上的招聘条件要求，但年龄歧视的背后是有其原因的——比如他缺乏熟练的计算机技能，比如他的英语不够流利，等等。

还有另一个原因就是，F公司的上家儿Z集团是港人的公司，他们也是一个家族公司，公司等级制度中更强调等级资历即看重员工在他们的公司干的时间长短。他们的管理层更多地根据个人好恶来评价一般员工，港资公司主管一般很难接受比他们年龄大而资历比他们短的下属。在F公司，天悦的资历完全比不上王养庆和路正。

1999年春节过后，天悦工作依然是每个月出差至少半个月，每次出差要拜访20到30家医院，包括拜访当地代理商。在F公司工作期间，出差只能坐火车，每天的补助也少得可怜，很多时候是在出差当地的代理商请他吃饭，尽管公司严格规定禁止业务人员接受代理商的吃请。

在日常工作中，公司不为市场代表配置笔记本电脑，只有市场部经理才有配。天悦凭着以前爱记日记的习惯，每次拜访完一个客户，都要认真手写相关的拜访记录，每个周末会总结做出周工作报告，还要做出下周工作计划，书面交给路正。

即便如此，吴经理、王养庆、路正还会经常猜疑他是否真正用心工作了，猜疑他是否真正拜访客户了。1999年3月，最让天悦感到委屈的一件事情发生了，就是他自己在1997年发掘并独立跟进的黑龙江省立医院放射科要购买CR，需要出人去哈尔滨与院领导进行采购谈判时，吴经理却带着路正去了哈尔滨。最终签合同时,也是委派路正代表F公司去的哈尔滨,协助代理商与医院签合同。

天悦从发掘黑龙江省立医院这个客户,从与医院科主任、主管院长、大院长沟通,到主动向院领导提出交易,到邀请院领导参观,取得进展后就带着代理商的业务人员小郎一直跟进,到帮助院领导下决心购买CR,都是他一手运作完成的。吴经理指定路正协助代理商总经理与这个客户签订合同,等于把与这个客户签的合同业绩算在医疗部主管路正头上了。

显然,天悦知道自己在F公司工作的时日不多,已经没有回旋余地了,就是说他跟进成功的其他几台CR意向客户如果签采购合同,算业绩的话也不可能算在他的头上。

1999年3月过去了,进入到4月份后天悦持续地工作了两周后,终于有一天公司高管王养庆找他谈话,以他报销的票据有问题为借口,声称他的品行有问题,并直言希望他主动辞职……

天悦工作一直很努力,但是他在F公司只待了四年就被迫辞职了。在1999年春寒料峭的时候,他离开了F公司。他在离职后没多久,与黑龙江省立医院签订CR采购合同的北京的那家代理商一位姓周的高管找到他,说是受他们公司总经理许总的委托,赠送给他一部F公司相机,以表示对他给他们公司所做的贡献的感谢。他默默地收下了那部相机,并保留至今。

不出自己意料的结局

时间已经是早晨的8点了,天悦重新下床,再次来到窗前,他轻轻地呼吸着早晨的湿润的空气,同时他理了理过去48小时内的所有的思路,他突然想到了头天下午在648路公交车上做的那个奇怪的梦。他知道,梦能比清醒状态下的无意想象更加随心所欲,梦的内容很少符合逻辑,甚至脱离实际,在现实生活中不可能发生。

事实上，梦就是基于一种无意识状态下产生的一种本能的或者说一直被长久压抑的某种欲望或者愿望——这种欲望因为团体行为规范不允许满足而被压抑到内心深处且意识无法将其唤起——只有在梦幻中才能得到实现，只有临床心理医生才多少懂得如何去做"精神分析"（梦的解析）。天悦自己曾经就是一名临床心理医生，他现在终于开始悟出那梦的意涵。他忽然觉到"勾注为首"四个字分开解读其实就意味着现在最应该做的事情就是顺从自己的内心，去做些想做却一直没能做的事情，比如写作，就着当前的顿悟，"勾注"就是写作，而"将养伤情"就是休息，拿出一段时间用来专心写作。

很难想象在这样一个假日的早晨，有一个孤独的中年男人，这个人既有着强大的人生履历，又同时具有一种需要向外释放的精神力量，保持这样一种"自我"的心境就能激发出一种强烈的图画感和写作欲望——做事必须要"有始有终"，代表了一种信念。

要说"有始有终"，天悦就想起F公司的糟糕结局——由于公司里那些个香港高管目空一切，盲目自大，再加上是家族企业，所以他们没有认真对待1998年美国K公司开拓中国市场业务会带来怎样的对F公司品牌业务的冲击。由于像吴经理那样的港人高管们以及王养庆、路正们从来不跑市场却在办公室里纸上谈兵、指手画脚，结果F公司的全线产品没能竞争过晚进入中国市场的K公司，F公司全线产品在中国市场的业务在1999年秋天之后开始兵败如山倒，市场份额被K公司抢走绝大部分。

在2000年春节后的一天，北京的摄影爱好者们以及普通百姓突然发现原来满大街的F公司彩扩店有很多好像是在一夜之间消失了似的，同时冒出了很多的K彩扩店，其实是那些F公司彩扩店店主选择加盟K，所以"摇身一变"就变成了K彩扩店；国内的医疗X线胶片代理商们也纷纷与K公司签代理协议，并向大部分医院的放射科主任提出建议，希望主任们改用美国K公司医用X线胶片和美国3M公司激光胶片；F公司的影楼市场、磁性产品市场更是彻底崩溃……最终在2000年的年底，F

公司不得不逐渐关闭在中国几大城市包括在北京的代表处，强行遣散公司业务人员和行政人员。天悦原来的那些同事有的主动辞职，有的被强迫辞职。燕章去了K公司，陈昊去了别的公司，路正也离开了，有的同事如前台的孙小姐则因为离职条件苛刻，被迫把F公司告到法院。

对天悦来说，他当初应聘F公司的市场代表岗位，就是要向F公司"推销自己"，他对应聘的工作职位存有美好的向往，把应聘的工作看作是件美好的事物，并努力让公司注意到他具备掌握获得这些美好事物的能力，而F公司的标志性颜色绿色正象征了美好事物和美好的想望。他知道若如此必须先做到"致良知"，通过"致良知"，具有了美德，才能产生对美好事物的想望，才能具备获得从事这种美好事物的职位机会。

"致良知"的例子如，在实际工作中处理人际关系时，最好利用行为心理学，掌握两种类型的沟通，一种是"平衡式的沟通"，这种方式下双方都以成年人行为去表达自己，又都希望对方以成年人的行为去回应自己的行为，所以这种交往是友善和愉快的、平等的和积极的，天悦梦想在这种情况下能一直积极而快乐地工作。但如果遇到对方是家长型或者幼儿型，就会产生可怕的后果。另一种是"交叉式的沟通"，这种沟通不能平衡是因为双方都不能控制对方，而最少一方面是失去自控的能力，所以造成了误会和争执。这种情况下，必须有效地运用人际关系技能以保持良好关系，否则会导致不良情绪，甚至抑郁症。

在F公司，天悦认为自己的问题的主要方面就是源于在一个家族公司里工作时你选择哪种沟通类型去与对方沟通，还能期望获得自己想要的结果，尤其在涉及上下级关系上，必须要考虑到自己是处在什么样的地位，是否拥有语言和利用语言的权利。

天悦一直希望上下级关系都是成人式的行为，注重维持平衡沟通，他经常主动发问，提出别议，或者道歉，保持理性，保持冷静，他希望王代表、吴经理、王养庆、路正尽量用安抚式家长的行为对待他，但是结果是令他失望的。F公司的内部沟通管理在后期所表现出来的"家长型"作风问题最终导致了业务运作的失灵。

在F公司的宝贵工作经历也给了天悦一个教训，就是如果自己对出现的问题没有足够的理性判断时，既不要在有矛盾时轻易针对对方来示强，也不要因为担心自己的利益受损而把矛盾搁置一旁，更不要和领导争辩。你只要表明自己的态度然后执行自己的工作职责就可以，能鉴别领导的行为特质是有效发挥执行力的重要因素，虽然很困难。

想到这里，天悦叹了口气，转过身来，腰部靠着窗台儿，他望着对面的客厅，目光继续延伸到南阳台的书桌上的那台笔记本电脑。此刻他告诉自己，在F公司的工作经历值得认真回顾并如实地写出来，也属于"致良知"，属于"圣算"，即追求"至善大善"所要具备的最基本的逻辑分析与总结能力。

20年"弹指一挥间"，20年前那个阶段天悦年轻，他的父母也帮不上他什么，他也无法指望父母能给出任何建议，不论是在F公司，还是在换了工作后到了其他的公司。如今他是一名学术型的职业经理人、心理咨询专家，但直到现在，他都不认为"推销"工作是一个容易诠释的事业，得因人而异。

至今，天悦还是觉得"推销自己"是一门功夫，是一辈子的功夫。所以，要尽量把握自己的优劣、风险、定位、目标和价值。因为无论在哪里，无论是你去找出路，还是你要找个帮手，最看重的要素可能就是是否勤奋，其次是愿不愿意勇于担当。

显然，不是在处理每个事情上都能顺利发挥行为科学的作用的。相反，在工作中如果能遇到一个知人善任的好领导或者合作者着实是一种运气，或者说是一种最大的福气。天悦想着想着，又深深地吸了一口气，他还是忘不了在从F公司离职后的相当一段时期里的失落感和挫折感，他也忘不了那曾经一闪而过的"念头"。

一闪而过的念头

天悦回忆着在F公司工作的几年里的情形。一方面,公司的香港主管和北京代表处首席代表对他取得的工作业绩没有任何鼓励,相反,吴经理还对他的工作的评价不高。每年年终考核通过后,他都只能领到可怜的200元钱红包和8盒F公司彩色胶卷。另一方面,在推广F公司医疗产品的几年里,他认识了很多很好的同事,彼此真诚以待,精诚合作。还有就是在工作期间边工作边学习,最主要是与企业管理大师周伟堂先生成了忘年交。

直到被迫辞职前,天悦依然确保了F公司医用胶片的市场占有率在他所负责的地区的医用胶片市场占据第一位,并处在连续稳定增长中。他也在工作中稳妥地解决了一些医院客户对F公司医用胶片的投诉,他的工作态度和工作效率受到了当地代理商的好评。

在F公司工作的几年里,天悦还不忘两件事情,一是继续攒钱,二是阅读。他喜欢研究鲁迅先生和老舍先生的文学作品,他尤其被老舍先生的文学创作经历所打动。

因为家住在东四的缘故,离灯市口西街的丰富胡同很近,所以天悦经常去看看"丹柿小院"——老舍先生故居。由王府井北口向北,再向西一拐就是灯市西口,再往西的街,以前叫作廼兹府大街。丰富胡同就在灯市口西街路北,胡同很窄,把口的一座小院,便是老舍先生的家。

作家里,天悦尤其崇拜老舍先生,因为老舍先生是北京"故人"。1949年底老舍先生从美国归来后,买下了这座院子,在此居住了17年,他一生颠沛流离,晚年归乡,这里是他除出生地外,住得最久的一处。

老舍先生19岁成为北京方家胡同小学的校长,3年后被提升为北郊劝学员。他说自己:"教书做事,均甚认真,往往吃亏,亦不后悔。"1922年,老舍先生辞去了劝学员职位,不久后,他在西单附近缸瓦市基督教会受洗礼,成为基督徒。由此他结识缸瓦市伦敦会成员、燕京大学英籍教授易文思，为了学好英文，常常去燕京大学旁听课程。后来经易文思介绍，他前往英国伦敦大学东方学院担任中文教师。在伦敦，急于掌握英语的老舍先生，开始大量阅读英国小说，把它当作外语学习的捷径。看得多了，便想自己也提笔试试身手。故乡风物，陈年旧事，就像一幅幅画卷涌上心头。他在谈及何以开始写小说时写道："这些图画常在心中来往，每每在读小说的时候使我忘了读的是什么，而只能呆呆地忆及自己的过去。小说中是些图画，记忆中也是些图画，为什么不可以把自己的图画用文字描绘出来呢？于是我想拿笔了。"

抗战爆发后，老舍先生的精神世界发生了改变，同时改变的还有写作。战争爆发后没多久，他就停止了《病夫》和《小人物自述》两部长篇的写作和连载，全身心投入抗战文艺创作。老舍先生在《我怎样写通俗文艺》中说："在抗日战争以前，无论怎样，我绝对想不到我会去写鼓词与小调什么的。"老舍先生从来是单纯的小说家，连诗都极少写。而今，"人家要什么，我就写什么。我只求尽力，而不考虑自己应当写什么，假如写大鼓书词有用，好，就写大鼓书词。艺术么？自己的文名吗？都在其次。"

新中国成立后的17年，从制定宪法、推进普选、妇女解放、婚姻法，到反对美帝国主义，老舍先生都不遗余力地全身心地投入，将自己奉献给时代。他始终不满意于他的那些文学作品，他在回顾性文章中，一遍遍认为写得不好的原因，是因为自己生活不够，不了解"新生活"，自然写不了"新人物"。他为此苦恼，为此焦虑，为此孜孜以求。

1966年8月24日清晨，老舍先生劝夫人去上班，然后和自己3岁的小孙女告别："和爷爷说再——见——"接着，老舍先生从丰富胡同的丹柿小院出发，去往北京城西北角的太平湖。8公里多的路程，一路上走走停停，要花上大半天。在湖边的长椅上，他呆呆坐着，直到天黑后，才站起身投湖自尽⋯⋯

在天悦的心目中，老舍先生作为一名"大先生"在遇到苦难时，并没有选择妥协，也没有选择把所受的精神苦难转移给家人，而是选择了"以死明志"，向世人表明了他纯粹的意志品质。选择投水使他的灵魂带有了一种"湿气"，体现出了他独有的一种"尊者的气概"。

老舍先生去世 50 多年后的今天，天悦在自己的家里开始思考写作，并不是一时兴起，而是源于 1999 年的一闪而过的"念头"——那时确实有过几段一闪而过的想写作的"念头"，其中一段源于他在 1999 年离开 F 公司后，在家里赋闲的一段时间里，而且也提笔写了几千字。但是念头毕竟只是念头，他后来还是放弃了。

那时天悦没有把自己被公司辞退的事情告诉父母，怕父母为他担心。他在离开 F 公司后又经历了一些挫折，他觉得自己过去 20 多年来同样是过着类似颠沛流离的生活，而不断的挫折感让他认为自己也多少具备了一些像老舍先生那样的"特殊气质"，但他又不知道该用怎样的词汇才能恰到好处地形容那种"特殊气质"。

想到这里，天悦走向阳台那边的写字台，他要把自己在过去的 48 小时里发生的每一个思绪都写出来。

第五章 做出人生的第二次重大决定

陈昊的邀约

时间过得很快，一眨眼间，已经是上午的十点整了。天悦坐在写字桌前，面前摆着几页写满了字的纸，他停下了笔，然后把身子扭过来，脸朝着客厅的方向，一副若有所思的样子。

天悦继而开始环视近前的客厅和客厅北面的卧室，他看着每一寸的墙面，看着每一寸的地面，看着为那暖气片精心定做的木栅栏，看着客厅里几乎每一个犄角旮旯，看着那围着客厅四面墙根儿一圈而铺就的鹅卵石装饰带，看着那墙上的造型隔板，看着窗台上的铁艺、看着客厅的吸顶灯……他觉得自己从来没有孤独过，因为他一直把这套在顶层六层的一居室房子看成是自己的"老婆"。无论是出于精神安慰还是成长需要，他在潜意识里，一直把西马庄园小区的这套房子当成是自己的"老婆"。如果能出一部书，在这套房子里写就，并能出版，那所出的书就如同他亲生的"孩子"，他的单身生活似乎就接近了完美。

想着想着，天悦站起来，走进客厅里，用手指摩挲着已经颜色发暗的墙壁，他不禁感慨，这套房子一眨眼已经陪他度过了17年。这就像一对儿老夫老妻，虽然不离不弃，但毕竟人会老的，当然房子也会旧的。

当初买这套房子是在1999年的夏天，买这套房子是天悦那时独立做出的他人生中的第二个重大决定。在20世纪90年代末，那时很多人还浑然不觉买房时代已经逼近。他要买这套房，还是要归功于曾经的同事陈昊。陈昊是他在F公司曾经的同事，陈昊进F公司时是26岁，之前在一家国企上班，拿到北京户口后就从那家国企跑了出来。

1998年的一天，在中午休息过后临上班前，陈昊来到天悦的工位，嘿嘿嘿地笑着对天悦说道："天悦，你了解不了解通县那个地方？"

"怎么了？你又要搬家了吗？"天悦疑惑地问陈昊道。陈昊是河南人，自己一个人在北京，父母都在河南老家做生意。

听了天悦的发问，陈昊就收起笑脸，欲言又止，他整了整胸前的领带，还是郑重地问道："天悦，你了解不了解北京商品房的行情？有没有考虑过买房？我是想在通县买个房子，拉着你一起去通县看几个楼盘，让你帮我参谋参谋。"

此时的陈昊黝黑的面皮中带着一种恳切的神态，而天悦却不知如何回答陈昊，因为天悦长这么大还从未考虑过买房子，所以也从未关注过相关信息，更没有买房子的经验。

……

光阴似箭，现在的社会对很多如天悦这样的中年人来说，说如果时间倒退10年以上，如果问他们任何一个人最想做的事是什么，可以肯定其中排名非常靠前的就有买房。但在1999年，在北京，在首都的很多机关和企业事业单位，很多人还都翘首以待地或者说哭着喊着等单位分房。例如他在北京阜外医院工作时，医院里分房如果是分在方庄或者劲松，很多同事还都嫌远，嫌新房位置偏僻，不愿意去，那些同事做梦都没有想过买房的事情。

在1998年的那一次和陈昊的交流最后，天悦爽快地接受了陈昊的邀约。他在周末休息时拿出了一天去陪陈昊到通县看房，他们两个人按图索骥，在一天里看了四个楼盘，其中就包括位于八里桥附近的西马庄园小区。

在那次看房的路上，陈昊对天悦说道："我还年轻，很年轻，但我不禁问自己到底为什么想买房。最近一年下来，我终于明白房子能给人带来归属感。归属感，这是一个人人内心都会遇到的问题，没有房子，我是不敢在北京谈归属感的。我在北京工作5年，住过城中村，住过单位宿舍，平均大半年搬一次家，能有什么归属感？所以没有一套属于自己的房子，在北京这个城市我待的再久，都很难有切切实实的归属感。就像一场盛大的暗恋，我在一个人怀里，但是我不能说我属于那个人。"

"嗯，理解！对于你这样刚毕业工作没几年的大学生来说，归属感或者说安全感很重要。还有租房住的问题,房租可能会占到你的月收入的20%。"天悦对陈昊说道。

那次经过两个人一天的看房比对,天悦建议陈昊买西马庄园小区的房子,后来陈昊接受了他的建议,最终在西马庄园小区买了房。西马庄园小区位于京榆旧线路边,位于朝阳区和通县交界处,小区北边是北京"三八"国际友谊林,占地500多亩,是北京市内一块不可多得的"绿色之肺"。小区南边紧邻通惠河,从河边走上一里地就到了八里桥。这个地方风水不错,尤其八里桥原名永通桥,因东距通县8华里而被百姓俗称八里桥。昔日的通州八景之一——"长桥映月",指的就是此地。

相比现在的很多年轻人,"60后""70后"两代人年轻时算是生活在堪称颠覆的时代,那时代的很多年轻人的自我选择空间有多大,取决于自己有没有在关键时期作好选择。"60后"的天悦、"70后"的陈昊年轻时可以通过自我奋斗,抓住住房商品化的机遇,以较为低廉的价格在"三十而立"时就买到属于自己的住房。

天悦右手抚摸着嵌在墙壁上的造型搁板,心里庆幸自己早买了房。

弟弟华清的大胆

在1998年,除了陈昊选择买房让天悦受到一定震动外,最让天悦感到震动的就是他的弟弟华清也选择了买房。

记得在1998年秋天的一个周六的中午,弟弟华清带着爱人阳阳回到东四,全家人一起吃午饭时,华清突然谈起要买房子。天悦现在还记得当时华清提出买房时一家人的对话。

"老爹老妈,我要买房,你们借我些钱,我自己也出一些钱,可以吗?"华清认真地说道。

"哎嘿嘿嘿呦,你怎么想的?怎么想起要买房子啦?"老爹边怪腔怪调地问,边扭过头嬉笑着看着他的小儿子华清的脸。一旁的阳阳看到老爹滑稽的神态和夸张的语气，被逗得咯咯咯地笑了起来，天悦和老妈也跟着阳阳笑了起来。

"你在阳阳家住得好好的，买什么房子呀？你不会说是要钱做别的事吧？"老爹依然紧着追问华清。其实老爹之所以那样将信将疑地问华清要钱做什么，就在于1996年华清在工作时犯过的一个极其严重的错误。华清在工作中由于表现出色，人缘又好，招领导喜欢，所以他的领导出于对他的信任，让他来管理处室的小金库，他欣然领命并且对领导下了保证。不过呢后来他终于有一天没有把握好底线，斗胆背着领导和同事，从小金库里取了一些钱用于他个人消费。由于第一次的行为没有被领导发现，他私自动用小金库里的金钱的次数越来越多。直到有一天，他突然接到通知，领导要审核小金库，他才慌了手脚。为了防止事迹败露，他不得不向自己家人说了实话，家人才知道了事情的真相。他不得不紧急向自己的爸妈和阳阳的爸妈借钱，还向自己的哥哥和阳阳的三个哥哥借钱，来填补小金库的亏空。虽然他很快把小金库的亏空给弥补上了，没有被领导挑出毛病，但两家人都着实把他狠狠地批评了一顿，他也乖乖地承认了错误，并向家人保证不会再犯。

其实经过那次，华清自己也被吓得不轻。那之后不到一年，他换工作去了一家贸易公司上班，开始做进出口贸易，而买房的想法就是在他换工作之后才产生的。在20世纪90年代末，随着中外贸易的井喷式增长，华清除了工资之外，也能借着职务便利从各种渠道获得高额的灰色收入。例如，有一次他帮助内地的一家公司做了一船从加拿大进口大麦的合同，那家内地公司一次性给了他10万元人民币的好处费。他在做进出口业务的几年里，既见了世面长了见识，也挣了不少钱。同时，他除了工作出差以外，只要他在北京，他还会帮助一些朋友接待外国旅游团，他充当导游从而挣些美元。就这样日久天长的，他有能力先于绝大部分同龄人买房买车。他对哥哥天悦常说的一句话就是："哥，你总攒钱不舍得花，你看我，能挣能花！钱不是攒出来的。"

天悦回想着，华清以前的婚姻家庭生活尤其在经济层面，真的是实实在在太优越了，相对于大部分与华清同龄的北京男孩儿，或者即便与现在的社会上的网红"小鲜肉儿"消费观比，华清依然是值得羡慕的，表现在很多方面：

现在年轻人准备结婚就得开始考虑住房问题。如果两个人买不起房结婚的话，就得租房结婚。2016年4月的一份数据显示，一套小面积的50平一居室，房租3600元以上。如果要住在繁华便利地段，5000元的房租根本挡不住。而华清1993年和阳阳结婚后，就入赘住到他的老丈杆子和老丈母娘的位于木樨地的四室两厅房子了，既不用自己买房，也不用租房。

在交通问题上，一般人偏远点的上下班或者日常外出多乘坐地铁，近处的可以选择公共汽车或者骑行。而华清结婚后两口子外出无论去哪要么是坐秦伯伯的奔驰车，要么开自己的富康车，要么打皇冠出租车。

在穿衣上，那时华清周边的很多同龄男性觉得简单干净的衣物便可满足要求，而那时华清自身就酷爱穿名牌衣服甚至时装，手腕上戴着1万多元人民币买的劳力士手表，足蹬进口耐克运动鞋，也肯花钱为阳阳买最贵重的手包。

饮食上，华清婚后两口子顿顿肥吃美喝，在外面吃饭从不计较花钱多少。要是在家里吃饭的话，家里雇了两个保姆，轮流做饭给全家人吃，口味从不相同。

除去以上这些，消费另一大块儿就是人情交际。还有一些日常消费产品的购买，华清两口子每个月也得花掉四五千元。

在20世纪90年代的时候，经济上一度通胀得厉害，人们的消费领域决定了自己的通胀预期，生活成本的飙升也推高了北京城里保姆、服务员和美发的价格。尽管如此，华清还是不顾父母让他在消费方面节省着花钱的建议，依然花钱如流水。华清曾经经常光顾京信大厦写字楼对面的北京发展大厦，约天悦去那里的日餐馆吃午餐，那时即便是一份便当的价格也从不到20元人民币涨到了25元左右，但每次餐毕结账都是华清去结，并且要发票报销。

最主要的是,华清是在央企工作,有优越的职业地位,他的老婆又是高干子女,所以绝非现在的"网红"或者"小鲜肉"等所能比得了的。

但有意思的是,早在1993年时,在华清和阳阳决定结婚时,着实吸引了一众吃瓜路人强势围观。由于在全方位了解了二人家庭背景、成长经历、教育经历、个人经济状况这几方面的状况后,众人纷纷表示他们二人门不当户不对,幸得阳阳坚称华清是配得上她的优良"适婚"对象,众人才无奈闭口。

因为华清属于入赘,所以为了避免众人说闲话,小两口儿毅然决然放弃了办婚事,就连双方父母家人都没有在一起吃个饭。如此低调,反倒更惹得某些闲人热烈讨论着"阳阳是否下嫁了个穷小子"。总而言之,婚前婚后华清着实领受了什么叫五味杂陈的人情世故,好在阳阳的父亲秦伯伯和母亲刘阿姨都对华清青睐有加。

随着时间的推移,当初总是怀疑华清是个穷小子的那些远亲近邻慢慢改变了态度。到1998年时,华清已经工作了6年,结婚也已经5年了,虽然他依然是个彻头彻尾的大男孩儿,只不过随着环境的改变和越来越经事,他也会逼着自己进行调整,以改变周围的人对他的看法。到1998年时,华清在他们的眼里很明显已经成了"高富帅"。

然而每家都有本难念的经。在那个时候,在华清和阳阳眼里,虽说婚姻生活是两个人的事,但免不得还是被围观群众尤其被阳阳的几个哥哥指指点点,所以无论是华清还是阳阳,都不可能不认真思忖下是否需要买房。总住在老丈杆子家,华清从头到脚都觉得不踏实。

两个半圆要相配才能圆满,阳阳不反对华清买房子,而华清也没有说是要伸手向阳阳借钱。面对数额很大的买房款,华清经过简单比较,最终决定了自己出一部分钱,另外要向自己的老爹老妈借一部分钱,毕竟他平时钱花得多存得少,如此就出现了他回家陪老爹老妈吃饭过程中开口借钱的那一幕。

老爹的追问搞得华清的脸涨得通红，于是华清大声地对老爹老妈说道："我向你们借钱确实是要买房子的，不是做别的……"

在20世纪90年代的时候，在北京一个刚刚成立的家庭能有什么重大的消费支出？那时很多父母一度深信不疑，那就是子女不应该买房，结婚也不应该买房结婚，应该争取单位分房，应该把宝贵的青春投向更重要的事业，子女结婚的话可以和父母住在一起。华清的父母也是抱着类似的态度看待华清买房的计划。

"你要借多少钱呀？"老爹疑惑地问华清。

"15万元，就15万，以后我把钱还还给你们呗！"华清此时几乎是带着央求的语调对老爹说道。

"松科，你抽空去银行看看咱们有多少存款，如果有的话，就取出来，到时候让华清回来取呗。"这时候老妈发话了，对老爹说完，老妈又对华清说道："你自己有多少钱？那套房子多少钱？这钱你爸会给你的，不用你还啦！"

"还是老妈好！呵呵。"华清听老妈这么一说，顿时眉开眼笑。

……

再后来的一天，老爹老妈在华清的陪同下去了昌平区北七家的一个叫温泉花园的小区订购了一套面积在118平方米的南北朝向的楼房，购房款是一次付清的，总价在21万元，如此终于遂了华清的心愿。

当然房子是买了，孰知却留下了一个巨大的麻烦，一家人后来才知道那套房子所在的小区项目的开发商还没有把产权证弄下来，等于当时买的是违法建设的房子，连小产权房子都算不上。天悦得知了这件事情，他不得不佩服弟弟华清的大胆，同时也要不断安慰华清烦躁的心情。

八里桥上的梦想

天悦从F公司离职后的一个时期，依然带着委屈的心情，带着惆怅的心情。失业后的他开始了一种闲散的生活状态，或者外出摄影，或者外出钓鱼，但是大部分时间是在家里待着，每天要么看看书，要么练练书法，要么跟家里的一只叫"黑子"的猫一起玩耍。但是到了他爸他妈每天晚上下班后回到家，家里气氛就显得压抑，他不愿和爸妈多说一句话。他从小到大，爸妈对他一直严加管教，望子成龙，但他无论性格还是脾气，还是为人处世，总是不能样样遂爸妈的心，这使他一度感到焦虑，他的爸妈更担心他失业后找不到工作。

时间在一天一天地过去，已然是夏天了，他找工作却没有什么进展，每天依然是看书，做家务，与猫玩耍，坐在院子里翻看《北京青年报》上的外企招聘信息。忽然有一天，他的呼机收到黄春昕发来的信息，说准备和陈昊、李燕章等同事来他家玩。得知F公司的这几个和他要好的同事要来他家看他，他自然开心。

在一个周五的下午，黄春昕等几个同事如约来到了铜钟胡同天悦的家。双方见面，自然少不了一番热烈的寒暄，天悦把他们引进院子，又引进住屋，为他们三人沏茶倒水，边忙活边聊。其中黄春昕和李燕章也和天悦一样，是北京土著，只有陈昊是外地人，没有住过北京平房，所以在交流中，陈昊对天悦所住的平房院子既觉得新鲜，又觉得好坏参半。

对此，同样是住平房院子的燕章对陈昊说道："呵呵，你没住过平房，不习惯可以理解。其实吧，住惯了平房，觉得住平房还是挺好的。真的！"

"你说说住平房哪好？"陈昊嬉笑地问燕章。

燕章喝了一口水，然后笑着说道："呵呵，我媳妇儿和我结婚前，我总担心她嫁给我后，不愿意和我住平房，谁知道她其实很喜欢平房院子，她曾经描述她心目中理想的房子要具备的特点。"

"啊？哪些特点？快说说！"黄春昕一听，急不可耐地问道。当时黄春昕也是将近"三十而立"的光棍儿。

"首先就是房间面积要小，她觉得乾隆帝的卧房也不超过10平米，她希望家的附近要有好的景色和蓝天白云，视野开阔，最好附近能有走上一二十分钟就能走到的公园……最主要是能带个院子。"燕章开始有声有色地叙述她的媳妇儿的观点,他又接着说道:"我媳妇儿希望院子内能长些杂草,更有生活的野性,种点爬墙虎,更是生气勃勃,高低错落,满眼绿意。最重要的是要有树,最好是乡下小院里那种果树、花树,她最喜欢海棠树,也喜欢丁香。"

天悦一听,就对燕章说道:"你媳妇儿真有情调,是个很有生活情调的北京女孩儿。"此时,黄春昕也随口附和,认为燕章有个好媳妇儿。

"我媳妇儿是不错呀!我后来对我媳妇儿说,当树木开花结果时,在树下支张桌子,摆简单的酒菜,一家子在一起吃饭,小酌怡然,看着繁花在暮色里飘动,仿佛回到了农耕时代那最简单最淳朴,却也最动人的时光。"燕章说到这,两眼直放光。

此时,陈昊嘿嘿嘿地笑了起来,对燕章说道:"那不就是我们河南老家乡下院子里的情景吗?"

"也不完全像你们乡下的农家院子,总之我媳妇儿理想中的平房院子不须过分装扮,有鸟叫,有猫路过,有蛐蛐儿叫,有蜜蜂、蝴蝶、蜻蜓飞舞,便是天人合一的佳作。最好还能带些禅意!呵呵。"燕章说到这,又喝了一口水。

陈昊、黄春昕、李燕章几个同事在离开时,天悦一路相送。临别时,燕章语重心长地告诉天悦道:"天悦,你岁数也不小了,也不能总和你爸妈住在一起,也该自己住了,不然的话,随时得被爸妈训斥,多难过呀!呵呵。"

天悦听后喏喏称是,觉得燕章说得很有道理。当天晚上,他翻来覆去睡不着,总想着白天与黄春昕、陈昊和李燕章等同事的交流的那些话题。从那天开始,他才真正开始思考自己是否也应该拥有一套属于自己的房子。

现在,天悦想着,琢磨着,就又回到了阳台上的写字台边,重新坐了下来,他拿起笔,在那张白纸上书写起来。他偶尔仰起头看看天花板,就再低下头接着写。

　　事实上，在 17 年前，买不买房，纯属是个人的自由选择，没有任何人逼你。那时天悦还不懂得从投资角度看问题，也从来没有想过说是如果在合适的时机不买房，可能意味着错过了一班车，要搭上下一班可就难了。1999 年时他 33 岁，还相对年轻，但处在"三十而立"的敏感阶段，看到陈昊买房，看到弟弟华清买房，加上燕章的建议，使他也开始萌生要有一套真正属于自己的房子，无论大小，只要能帮助自己离开爸妈就可以。

　　于是有一天，天悦就去看房选房，他去看的还是通县的房子，其中包括西马庄园小区的房子。这是他第二次去看西马庄园小区房子，上次去看还是在 1998 年时陪陈昊去看的。这次他再去看，心情却异常的紧张，比去相亲还紧张。那天，售楼处的工作人员带着他看了好几个户型，他有了心仪的户型选择，并付了 5000 元购房定金。

　　在离开售楼处后，不知怎么搞的，天悦心里总是七上八下，不知道未来会是怎样的。他在 F 公司做市场工作的那几年里，月薪 2000 多元人民币，不曾拿到过奖金或者提成，没赚着什么钱，有时不得不靠经常出差所获得的补助来贴补自己的开销，就这样每个月还得省出千八百元钱存进银行。要想全款买房，他自己在经济上还差得很远。

　　现在天悦想起那时的种种纠结，觉得背后掩藏的另一个问题是：如果他也向爸妈借钱，他是否会被爸妈唾弃。怎么办呢？是再拖几年再说，还是厚着脸皮坚持向爸妈伸手借钱，他内心不停地纠结着，甚至还怀疑自己是否有能力买房，因为他正处在失业状态。

　　天悦记得那次交了购房定金后，在回的路上就开始惴惴不安，结果不知不觉地走到了八里桥边。他信步走上了桥，就站在桥栏杆处，他一边抚着望柱，一边顾盼桥两岸，只见绿柳白杨，芳草萋萋，风景如画，心情反倒一下子松弛了下来。他想到在西马庄园小区买了房子后，夜晚就可以来到八里桥上扶栏观水，他憧憬那细波之中，月影婆娑，或者如玉盘，或者如银钩，若碰巧有客航货舟通过，则尽显珠碎玉盘，水折银钩，那景象应该很为壮观。

……

在房子问题上,天悦在 17 年前无论如何也没想到的是,在当今的北京买房之难令人心有戚戚。2016 年,人们对于北京行政中心搬迁到通州的第一反应,有一种"狼来了"的不可置信。对很多将"三十而立"的单身男人来说,如果能在通州买上一套房子的话,他们在很多单身女士眼里,从经济前途上考虑将是择偶首选。

天悦自己在没结婚前就已经自主买房,但是,买房其实是一件很辛苦的事情,一旦沾上房子,人生就会受到越来越多的束缚。

购买第一套房子

现在回想起 17 年前买房的决心到底是怎样下定的,天悦认为就是因为个人的成长需要和精神需求,就都是精神层面的。如果非要找出现实的原因,就是当时觉得未来如果结婚就可以住自己买的房子,而且如果有一天他妈不想和他爸住在一起了,也可以住在西马庄园小区房子,而不用住八里庄南里那套属于他爸的房子。

那时,如果能有家庭财力的支持,天悦就会容易下决心购房,但他最终否定了向爸妈借钱买房的念头,他决定向银行贷款购房,他自己的积累付得起首付。他家境一般,再加上他刚过"三十而立"还是有些年轻,又是单身,所以如果买个小户型,他觉得都不是多大的问题。他交了 5000 元定金的当天晚上,内心忐忑不安地把要买房子而且已经交了定金的事情告诉了他妈,他想听听妈妈的建议。

那天晚上,天悦把购房定金的收据拿给了他妈看,并对他妈说道:"老妈,跟您说件事儿,我也想买套房子,我都这么大了,我想自己住。而且我已经交了定金。但我又担心我爸阻止我买房,所以我就先听听您的意思。"事实上,他购房的决定是不可能更改的了,即便他妈反对。但出乎他的意料，他妈并没有反对的意思，只是问他几个简单的问题，他都一一做了回答，表露出做好准备的样子。

"那你先别告诉你爸，抽一天时间我陪你去通县看看你说的房子。"妈妈缓缓地对天悦说道。

后来的一个周末，天悦带着他妈到西马庄园小区看房。在售楼处，他妈很认真地听着售楼小姐的介绍，而且说到未来通县要修建八通线地铁等一系列利好消息。但是房子在建中，要到2000年春节过后才能交房。紧接着，售楼小姐又领着母子俩看了还在施工中的毛坯房，重点看了57平米一居和78平米小两居。尤其是57平米一居，说是一居，但是看着像小两居，户型南北通透，洗手间的设计是干湿分开的，客厅、洗手间、厨房、卧室都有一组暖气。毕竟是第一次买房，又是在妈妈陪同审视的情况下，他心情复杂，而他妈只是看，只是听售楼小姐的介绍，主动问话并不多。

……

如今，天悦想到那时他和他妈看房时的心情即便不是忧郁的，也是苦涩的。因为在他大学毕业后没多久，他爸单位分给了他爸一套两居室楼房，那时刚考上大学的弟弟华清动不动欢呼"有新房子住喽"，一家人满心欢喜，不说搬离东四平房去住楼房，但周末总可以去楼房住。那个时候他妈也想着春夏秋冬一年四季一家人洗澡不用再去澡堂子了，大小便也不用去公共厕所了，尤其是楼房冬天有暖气。住平房的话，天气一凉就得去订蜂窝煤，要生煤炉子取暖，晚上睡前要封火，半夜还得起来添煤，早起还得掏炉子，再封火。总之既辛苦，又容易落尘，弄得满屋子都脏兮兮的。何况在冬季生煤炉子取暖最害怕的就是煤气中毒。

然而快乐的时光总是短暂的，天悦哥儿俩的内心世界是单纯的，家里虽然新分了楼房，但他爸却总强调说那套房子是单位分给他的，他要自己去住，不但不让天悦哥儿俩去住，也不同意天悦他妈过去住。如此天悦哥儿俩还落得被表妹刘杰一通嘲笑。后来，他爸干脆把户口从东四迁到了朝阳的楼房，竟自己一个人过去住那两居室楼房了。不但如此，天悦他爸还背着他妈，私底下雇了个保姆照顾自己，那时他爸不过50岁左右，身体健康。直到有一天天悦他妈往那去给他爸送衣服，才发现他爸竟然背着她胡来，他妈放下衣服回到东四家里哭得稀里哗啦，当初分到新房的喜悦早已经抛到了九霄云外。

从1989年到1999年的10年里，天悦的爸妈的关系形同分居，只有每个周六下班后他爸才回到东四住，周日下午他爸就又回那楼房住了。所以即便小儿子华清1993年结婚，又买车买房，生活得光鲜靓丽，即便大儿子天悦也准备买房，但在这些事情背后，天悦他妈却有着自己无比的心酸和苦楚，真不知道她在那10年的日子里是怎样安置自己的心情的。

那次，在看完房子准备回家前，天悦特意领着妈妈去到通惠河边看风景，当然也想着让妈妈散散心。妈妈从未到过通县，她往东到过最远的地方就是双桥。一路母子俩走到八里桥，上了桥，他兴奋地对妈妈说道："老妈，这条河就是通惠河，这座桥就是八里桥。我喜欢这里，天上有飞机，那边有火车，以后通惠河如果再能恢复行船就好了。"

"这里的空气和环境确实不错，也显得幽静。"妈妈看着风景，表情舒展了很多，就赞叹说道。

"通惠河曾经是京城的主要运粮通道，运粮船只多是帆船，因而八里桥中间的桥拱建得非常高，这最高处有8.5米，宽也有6.7米，这样的设计很实用，来往帆船可以直接通过，八里桥也就有了'八里桥不落桅'的美誉。"天悦临时做起了导游，向妈妈介绍着典故，而妈妈一边兴奋地看着风景，一边在桥正中间儿来回踱步，仔细地看着桥面大石头上的古老车辙印迹。

在母子俩欣赏了一番景致之后，就开始返家。在返家的路上，母子之间便也没有什么多余的交流了，都很沉默，似忧郁，似疲劳，似兼而有之。天悦自己就考虑，先买一套一居的房子住着，至于其他方面，都是可以以后再考虑的，因为无论是他还是他的老妈都已经住了几十年的平房了，还从没住过楼房。再说了，他希望远离这个不正常的家庭，他从内心深处憎恨他爸，希望能让他妈可以去西马庄园小区楼房去住，他希望自己的买房的梦想能尽快实现。

那天回到家后，天悦把要买房并且和他妈一起去选房的事情告诉了他爸，向他爸坦白了买房的心计：一是过了"三十而立"了，想搬出去自己住，不再给爸妈添麻烦；二是因为爷爷是从通县起家的，所以回通县买房可以明志；三是因为曾经的同事还有弟弟华清都陆续买了房。

"那房子多少钱一平米？你要买房子，你哪来的钱呢？"爸爸皱着眉头问天悦道。

"那房子是 2260 元一平米，我选的是一居 57.22 平米的，总价在 129322 元，我可以贷款买房。"天悦认真地回答着，他想努力打消爸妈的疑云。

"什么？贷款买房？你的胆子太大了，你又不是在什么国家机关事业单位工作，你工作不稳定，贷了款还不上怎么办呢？我和你妈可帮不了你。"爸爸听后面露惊惧地对天悦说道。

"根本不用你和我妈操心，我自己能还得上房贷，我准备贷 10 万元，贷款 10 年还清，售楼处帮着算过了，每个月月供不到 1200 元。"天悦很有自信地对爸妈说着，接着又补充说道："我已经下定决心买房而且已经交了购房定金，不会反悔的。"

"可是再过几年你就 40 岁了，你还得还月供，你压力这么大，怎么过日子呢？"爸爸依然很不满的样子，表情显得很严峻。

"这样吧，天悦愿意买就买，愿意贷款就让他贷款，还不上月供的话，我替他还也可以。"这时妈妈终于开口了。

天悦他爸从来不看好天悦，甚至觉得他的这个大儿子智商低，能力差，以后不会有什么出息，这体现在日常的家庭成员交流中，经常地或者调侃天悦，或者贬低天悦。所以，天悦每每记在心里，没事几乎不跟他爸说话。在经济上，天悦他爸对天悦从来都是很抠的，对华清则是要多少钱给多少钱。

由于天悦他妈表明了态度，他爸也就不便反对他贷款买房了，毕竟他不伸手向家里借钱，而且以后不在一起住，也少了很多怨气和吵架。但他爸还是问了一句说："那房子在什么地方呀？"

"在八里桥附近的西马庄。"天悦说道。

"哦，八里桥！我知道，我去过，八里桥那地方不仅是风景不错，还是古战场。咸丰十年，3万清军曾在八里桥与英法侵略军展开了一场血战。"他老爸径自说着。

……

1999年的秋天，天悦与西马庄园小区开发商签了购房合同后，把存在银行里的钱取出了一部分交了首付，余款10万元通过向中国建设银行平谷支行贷款获得，10年付清。就这样，他购买了自己的第一套房子。

如今已经是2016年了，天悦早已如期还清了从建设银行贷的10万元，并拿到了他梦寐以求的房产证。今天，他才真正意识到自己在刚过"三十而立"的时候果断下手买房，是他于成人后所做的所有决定中最明智的选择。

鹅卵石子儿的创意

随着时间的推移，除了天悦单身依旧，通州，八里桥，西马庄园小区等地方样貌则或多或少发生了改变。如今地铁八通线、京通快速路、京哈高速路都从八里桥边经过，每天人来车往，川流不息，西马庄园小区现在已经处于北京城市副中心的新城边缘地带。

当然，八里桥也还矗立着，只不过知道这座古桥沧桑历史的人却越来越少。这座桥就把通惠河边当成自己的家，临水而栖。多少个朝朝暮暮，多少年风风雨雨，经历了多少人间冷暖，依然苦苦厮守着通惠河。八里桥这座古桥俨然像是一个柔情铁汉，如果他是孤独的一个人，对他来说，一个人的家也是家。

想着想着，天悦选择一屁股坐了下来，坐在客厅的地上，他拢着双腿，把下巴颏放在了膝盖上，看着窗外，看着越来越重的雾霾。

端午节这两天，北京城一直被雾霾笼罩着，天悦的心情也如这天气一样，阴郁焦虑。对他来说，一直想离开帝都却又不能真正做得到，因为他的家在这里，祖祖辈辈都生长在这里，而且年迈的爸妈身边就他这一个儿子，何况妈妈从2012年起每周要做三次肾透析……他又突然想到，自从买了西马庄园小区的这套房子到现在，妈妈还从来没有来这住过。

想到这，天悦禁不住侧过头，目不转睛地盯着地砖边缘紧邻墙壁的那一圈由一颗颗的形状不一、大小相近的青色鹅卵石子儿铺成的装饰带。当初装修工人铺地砖时，他特意嘱咐装修工人不要把客厅地面满铺地砖，而是要在地砖的外缘和四面墙之间留出一圈10~15厘米宽度的水泥地面，从而形成一圈两厘米深度的沟槽，目的一是用于搁置插线板及走各种电源连接线、网线，二是防止在冬天时暖气意外跑水。然后在沟槽内铺满一层鹅卵石子儿，远远看上去既觉得新奇美观，又起到遮蔽作用，还方便清理卫生。之所以会将客厅地面设计装饰成这样，既有他自己的奇思妙想，也要归功于他妈妈的建议。

这些的鹅卵石子儿让天悦回忆起了2000年夏天的一个上午，妈妈陪着他一起顶着大太阳，在西马庄园小区施工工地上的石子儿堆里逡巡，一边聊一边找一边捡来的。

那次，妈妈边捡石子儿边认真地对天悦说道："天悦，你买了自己的房子，也算是有自己的家了。面积虽然不大，但你一个人也够住了，即便是考虑以后结婚住的话，两口子住也是没问题的。如果有了孩子，我可以搬过来帮你们照顾孩子，我可以睡客厅。"

"老妈，我的个人问题您就别操心了，我还不想结婚，也不着急找女朋友。"天悦笑着说道："老妈您还是帮我参谋参谋这房子该如何装饰装修吧，呵呵！因为我不想像别人家的装修那样千篇一律，什么包门框啦，包窗框啦，包暖气啦，包这儿包那儿啦！"

老妈听后，没有马上说话，只是默默地捡着石头，天悦则从蹲姿变成站姿，他看着老妈的后背，又看着老妈的侧脸儿，他从来没有那么仔细地观察过老妈，他看到老妈此刻额头上沁出了汗水，就拿出一面湿纸巾递给老妈。老妈先是一愣，然后微笑着受用了。老妈不时停下来，沉思一会儿，或转转麻木了的脖子。

天悦站在那，屈指一算，老妈已经60岁左右了，时间过得多快啊！老妈的职业是个护师，已经从东直门中医院退休五六年了，尽管身体还好，但不愿意考虑返聘，就是为了在退休后好好玩玩，到处旅游。为帮助天悦尽快把房子装修装饰好，那天老妈放弃了和以前的同事打麻将的计划。

天悦望着老妈的后背，老妈生在湖北应山县的农村乡下，从小就缺乏营养，所以身体一直很瘦弱，但由于从小就承担一些农活，所以很能吃苦。老妈大学毕业分配到北京工作，嫁到邢家后，虽然不曾是四口之家里的经济支柱，但在这个四口之家遭遇最困难的时期里，老妈不但要上班，还用并不宽阔的脊背扛起了整个家务。家里的相簿有妈妈年轻时的样子，身材苗条，脸庞细嫩漂亮。可是这一晃多少年过去了，无情的岁月，无情的社会，逐渐在老妈脸上刻下一条条的皱纹，老妈真的是老了。这时，天悦才明白，是什么原因使老妈变成今日的模样。老妈大半辈子辛勤操劳，虽然也会有很多牢骚，但结果还是努力维持家庭的完整。

天悦复蹲下身子继续捡拾鹅卵石子儿，对着老妈的侧脸，他内心里默默地对老妈说："我爱您，老妈。"

"天悦，捡了这么多鹅卵石子儿，你有想过怎么利用这些石子儿吗？"老妈突然扭过脸问天悦道。

"啊——我只是考虑用这些石子儿铺那条地槽，别的用途我可没想过。"天悦愣头愣脑地回答道。

老妈举着手里的一颗石子儿缓缓地对天悦说道："可以把这些石头子儿做成垫子，不仅防滑还有利于足底保健。将普通防滑垫裁成合适的大小，然后在每个石头子儿上挤一些强力胶，把涂有胶体的石头子儿粘在垫子上,按照一定的空间缝隙排列,就能打造出艺术感。只不过这个过程会比较漫长,铺满后放在阳台晒干就可以。"

"呵呵!老妈您真棒!还懂得生活创意,不像我老爸,一直没有什么生活趣味。"天悦边称赞妈妈,边觉得妈妈说得很有道理,随后脑筋一转,继续对妈妈说道:"同样的方法,还能制作各种隔热垫、杯垫,用来放杯子、放水壶都是很好的。另外在下雨天,各种雨具湿淋淋的一拿进家里就容易脏了地面,找个大托盘在里面放满石头,做个雨具存放垫立马解决烦恼,呵呵。"

马上就到中午了,此时的天悦和老妈已经捡了好几布袋的石头子儿了,母子俩也都又热又累,但是谁也没喊累。老妈又建议说道:"家里的挂钩总是单调又难找,可以试着做个石头子儿的挂钩儿。只需要一些个头儿略大的石头子儿和双面胶就能做到。把双面胶粘在石头子儿上,然后再贴到墙上就好啦,超级简单。高低错落有致,挂上各种配饰,好看又实用。但双面胶仅能固定一些轻巧的东西,不如把钉子粘在石头子上,来挂大件的衣物。将粘好的石头子儿固定在墙上,以后连买挂钩和衣架的钱都省了。"

"呵呵,您这主意真不错!"天悦佩服地对老妈说道。

中午在餐馆吃午饭时,老妈依然滔滔不绝地对天悦聊着她对石头子儿的应用创意:"或者用石头子儿拼成微型家园,一座带花园的小院落就出现了!可爱又精致。或者在石头子儿上画出仙人掌的形状,大小不一地插入装有泥土的花盆里,以后谁还花钱买盆栽啊!或者可以在花盆里点缀几块小石子儿,让你的盆栽独一无二或者用小石子儿堆砌成花盆,美观别致清新。还有,在石头子儿上绑根铁丝,顶端扭成支架,随时欣赏生活中的美照。"

"另外,你以后结婚有孩子了的话,你要知道,石头子儿可绝对是天然的益智玩具!在石头子儿上写上 26 个英文字母或汉字,让刚学单词的孩子来自由组合,开发脑力!幼龄的孩子来玩玩数石头子儿,无形中就学会了数字记忆和加减法!还可以让小孩子在石头子儿上涂涂画画,玩搭配,激发想象力,一不小心就变成了小艺术家。"老妈又继续补充道。

天悦等老妈说完，就笑着对老妈说道："嗯，听您这么一通说，捡拾回家的这些鹅卵石子儿还能玩井字过三关，让我一下子回到童年了。"

现在，2016年的端午节，天悦回想起那时老妈所描述的一切，他的眼圈开始发红，他现在才明白，当时老妈是拿石头子儿来比喻充满趣味的家庭生活和有孩子能给家庭带来无限的快乐，是单身生活所比不了的，提示那时的他就该考虑个人问题了。

一个人的家也是家

已经中午12点了，天悦收拾了下要拿回东四的东西就准备离开西马庄园小区的房子，下午他要再去中日友好医院看望老妈。

天悦边换鞋边想着，老妈虽然一天都没有来西马庄园小区的房子住过，但却为房子装修出了不少力，尤其是出了不少好的装修主意。记得自己的房子装修完毕后，9单元楼上楼下邻居互相参看各自的装修情况时，他注意到邻居家的装修几乎是千篇一律，而邻居看了他的房子装修风格都纷纷表示，他的房子的装修似不注重居住需求，而更多地体现出一种休闲风格，或者说显得自由轻漫，就如客厅地面那一圈鹅卵石子儿装饰带让客厅变得像个注重微情调的少妇，就如卧室里那6块镶嵌在全木衣柜门上的磨边儿半圆形玻璃搁板让卧室变得像个大梳妆盒。

2000年时这套房子整个装修完毕后，天悦的老爸老妈一起过来参观，过程中，他老爸形容道："你的房子这么设计装修，虽然简洁但是能看得出还是很注重整体和细节的装饰设计风格搭配。"

"天悦比你强多了，比你懂得装饰家居，比你热爱生活，比你热爱家！"老妈听天悦说完，就悻悻地对天悦的老爸说道。

老爸说那个石雕俗称"毛水兽"，将它装饰在桥拱上寄托着老百姓依兽镇水、镇服兴风作浪的怪物，求得平安的美好愿望。

"我觉得八里桥的石雕装饰也很美，在32块汉白玉护栏板的望柱上都雕刻有造型各异、形态生动的石狮子。那些石狮子形态各异,栩栩如生,可与著名的卢沟桥石狮子媲美。"天悦对老爸老妈说道。

离开八里桥回家的路上,老妈语重心长地告诉天悦道:"你也有了自己的房子了,不管你是否着急结婚,也不管你是否在谈着女朋友,都要自己照顾好自己。一个人的家也是个家。"

第六章
心智『突围』

北京既是家乡又是原点

天悦一路走着，就逐渐感觉到午后的干热，虽然还只是在 6 月上旬，但夏天就在眼前。

春去夏天到，时间的脚步永远都在向前，没有停歇的时候。天悦因而感叹直到今天，他自己竟没有怎么在西马庄园小区自己的这处房子住过，即便他在 1999 年就买了这处房子。自从 1993 年底进入外企工作，他就事实上开启了一种漂泊的人生，他似乎把旅行当成是一种事业，把漂泊当成了一种约会，把这处房子视为一处"心灵驿站"。

漂泊有个人原因，也因为时代诱惑。20 世纪 80 年代末 90 年代初的北京，处在从革命时代到"不管黑猫白猫，抓着耗子就是好猫"理论引导的转折点上。多年的风声鹤唳渐渐远去，计划经济板结了的社会"大地微微暖风吹"，前方烟柳画桥在望，私欲情欲都在蠢蠢欲动。在天悦的记忆中，那时的北京年轻人用自家或朋友的单卡收音机，欣赏邓丽君《何日君再来》的"靡靡之音"；在电影院一对对儿青年男女痴痴地看着放映的日本宽银幕电影《追捕》中冷面硬汉杜丘和长发美女真由美相拥驰骋在一望无际的原野上，被浑厚男低音主题曲"啦呀啦"唱得心旌荡漾。杜丘的风衣、鸭舌帽，后来又加上美国肥皂剧《大西洋底来的人》里的蛤蟆镜，以及喇叭裤、大鬓角，没有哪个青年男女能经得住诱惑。

在中国社会世俗化的进程中，一种新的人生观发芽生长，它开始回归常识，正如意大利文艺复兴作家薄伽丘《十日谈》中译本前言——《幸福在人间》。幸福不在某个虚无缥缈或者鼓动人民自相残杀的未来天国，幸福就在人间，就在于人民吃得好穿得好；后来还有人补充一句，幸福就在床笫之间。1980 年上映的电影《庐山恋》，女主角张瑜竟然换了 43 套时装，可以想见那个年代的追求。

不过光有物质追求没用，还必须得学会挣钱。80年代鼓励一部分地区和一部分人"先富起来"，市场化改革和现代化建设大踏步前进。土地承包责任制被宣布15年以上不变，农民甩开膀子发家致富；年广久在安徽芜湖雇工生产"傻子瓜子"，得到邓小平的亲自关照——"不要动他"，胡耀邦则热情称赞个体工商户干的是"光彩的事业"；深圳市场经济"特区"试验，在《人民日报》上被描绘成"一场伟大的迪斯科"。因此，在时代的诱惑下和政策引导下，在北京，在皇城根儿下，有相当一部分北京人或者选择了"下海"做生意，或者选择进入外企打工，天悦就是在那个时期选择进入了外企工作。

当然，即便是在那样的时代诱惑下，也还有很多北京土著坚持按部就班地学习、工作、结婚成家，毕竟大家习惯了门墩儿、板凳儿、槐花儿、月牙儿……那一切总之就是一个北京"老炮儿"生命中记忆最深切的风景。还有呢，清晨自行车丁零零一辆辆推出院门儿，傍晚噼噼啪啪小厨房里生起炒菜的油烟，这样的气氛如果放到一位作家笔下，那油烟味儿就可能凝结成一股温暖的乡愁。在茶余饭后的闲谈中，哪家两口子吵架，哪家亲戚反目，哪家晚饭吃了肉，哪家孩子上学挨了批，桩桩件件都瞒不过邻里街坊的眼睛。乡愁加上生活安逸，"下海"或者辞职进外企自然不会成为那时所有北京年轻人事业成长的第一选择。

那时北京的夜是很安静的，也是生动的。尤其是在夏天，大杂院里或者胡同里或者马路边或者筒子楼底下，邻里坐在那乘凉，或者在聊天，或者打牌，也相当于是一种"夜生活"，显出一种生动而平和的关系。北京是天悦的家乡，在他的记忆里，那时候和今天最大的不同是，那时候的北京是一个既安静的又很"生动"的城市。

由于在北京生活的区域不同，每个老北京人有他们印象中的北京。天悦在儿时、少年时、青年时心中的对北京的记忆，就是北京人过的都是最普通人的生活，讲究普通人的情感，还有理解普通人的人与人之间的关系——喜怒哀乐、悲欢离合，总归于简单朴实。北京首先是北京人的家乡，很多上了年纪的老北京人可能一辈子都没怎么离开过北京，因为甚至连想都没有想过，因为他们的根儿在北京，他们的子女也就从小受到父母的熏陶，一生下来就有一股浓浓的"乡愁"。

对现在的天悦来说，北京既是他切实的家乡，也是他以前开始人生漂泊时的"原点"——经过23年的在外漂泊，如今他又回到了北京，他觉得人生就是一部值得回味的书。

一直以来，天悦行事和思考既不同于过去那些做什么事都按部就班的老北京人，但也赶不上过去那些下海经商、敢作敢为的"北京爷"——混得好的主儿或者出国发展，像《北京人在纽约》，如《当北京遇到西雅图》，混得差的就做个"板儿爷"，但也爱讲究个面子。他自己在过去的23年里的事业不上不下，事业上比自己的父亲差很远，现在的工作也比不上原来在医院工作稳定，才学和韧劲儿又比不上弟弟华清，然而他要想混入工人阶级队伍也没门儿。

天悦上了648路公交车，公交车一路开得很快，一会儿就到了大黄庄了。快到东五环了，因为他正好看到前边的大黄庄桥了。

五环更像是一条无形的线，把现在的北京这个城市划开为两个世界。每天，大量日用品、食物被送进城市的核心。而在清晨，人们生活制造的垃圾，被从市里运离。外来的那些北漂、打工族等，理想与志向执着于他们想象中的帝都适合淘金，并把能在北京买套房、买个车作为人生重大成就。他们深陷于一种巨大的奋斗当中，为自己的未来或子女，争取一片基本但长久的立足之地。

天悦觉得如今的文学创作一方面需要找准时代特点和民众生活特点，另一方面也要表明创作者的态度，借助创作表达态度是作者的一种最基本的社会责任。

648路公交车开过东五环继续向西，此时已经是下午两点半了。天悦在想，相比那些所谓的"北漂"，他早在23年前就把北京视作一个"原点"。1993年年底，在他27岁时，他从自己的家乡北京这个"原点"带着梦想出发去见世面，开启工作旅行，所以他觉得他这个北京"老炮儿"才是真正的"北漂"，他要写一部长篇小说《北京"老炮儿"梦想爱情漂流记》。

天悦坐648路公交车坐到了青年路北口站，下车后就站在原地不动，等待换419路公交车，可以到中日友好医院的。

419路公交车终于来了，天悦上车后找个座位坐下，然后闭眼想迷糊一会儿，可是都开出3站地了，他仍然没有迷糊着。因为他想着他在1994年刚开始离开北京去外地飞来飞去的时候，北京还是北京，还是他的家乡，但现在的北京，早已不是以前的北京了。

天悦抬眼望着车窗外，忽然他眼前一亮，因为刚好有一辆"晋A"开头的小轿车从419路公交车旁边驶过，是从山西太原开来的车，似乎是有意要勾起他对在太原的往事的回忆。由于工作派遣的原因，他曾经在太原工作生活过很长时间，他在太原同样租房住，租住的房子地处小北门，离太原火车站不远。他的工作对象就是山西省内的医院客户和代理商。在山西的那段时光，除了工作、出差，还有酒，还有醋，还有好吃的面食。至今依然令他印象最为深刻的就是曾经结识的一个姓董的女孩，董是一个中医大夫，人很温柔，志向也高。

为什么要和北京"分手"

天悦记得在1995年时，有一次他代表所工作的公司参加在太原并州饭店举办的中华医学会全国超声医学学术会议，会期是三天，是由山西省人民医院承办。

一天临近中午时，天悦去学术会议会务组索取资料，接待他的是一个年轻的女大夫。经过一番沟通，他顺利地拿到了需要的资料。就在准备转身离开的时候，他特意看了下那个女大夫胸前挂着的工作牌，就微笑着说道："你做事很利落，不错！"

"谢谢夸奖！你是哪个公司的？"董先是微笑，又大方地回问天悦。

天悦回答了董,然后问董道:"会议代表就餐的小餐厅怎么走?"

"我带你去吧!"董很主动地就带着天悦前往,天悦在后面跟着。董年龄在二十七八岁,身高在 1 米 66 左右,留着披肩长发,身材亭亭玉立,走路就像个训练有素的模特。

第二天,路上再次遇到了董,两人再见面恰似一见如故,干脆就一起打饭,吃饭时也坐在一起。董边吃饭边问天悦:"你是哪里人?"

"我是北京人,但被派到太原工作,所以住也住在太原,我是租房住。"天悦微笑着回答了董。

董听了后异常惊讶地说道:"啊!你是北京人!为什么愿意跑到太原来工作生活?太原的空气也不好,环境又脏,比北京差远了。"

天悦看到董满脸惊诧,就反问道:"你是哪里人?你去过北京吗?"

"我就是太原人,我和父母都在太原。你为什么要来太原工作呢?"董依然追问这个问题。

天悦于是似认真似开玩笑地对董说道:"因为我和北京'分手'了!呵呵。"董听后是满脸狐疑的神色,目光中透露出一种关切和渴望。

"我下午有点时间,我住在饭店 708 房间,你有空可以去找我。"天悦对董说道。那时的他是 29 岁,作为被公司派遣长驻在山西的医疗影像设备产品经理,为了便于参会,与客户交流,存放安置要展出的设备仪器和产品资料,所以特别事先在并州饭店订了标准间。会议期间,他为了随时跟进拜访参会的从山西各地来的医院客户,并没有住自己在太原租的房子,而是就住在并州饭店里。

中午吃完饭,天悦回到房间就洗澡,他准备洗完澡小睡一会儿。可是刚洗完澡,就听见有人敲门,他想着是自己公司男同事恶作剧,或者要来他这屋取东西资料,便忙不迭地从洗手间出来先去把内裤穿上,他嘴里喊着"来啦、来啦"就奔向门口。他把身体正面几乎紧贴着房门,用右手握住门把手,徐徐地打开房门,相当于说是用房门来遮蔽自己的只穿了条内裤的赤膊光腿。

  门打开了一多半后,却见一个女孩步进到屋里,天悦定睛一看,原来是董。四目相对,董随即注意到天悦的样子,而天悦偷瞄了一眼门外,当看见楼道里人来人往,吓得天悦赶紧第一时间把门关上锁死。天悦随后跳入洗手间,找了块大的浴巾围在自己腰间,光着背从洗手间出来,看着还站在房门口的董,竟然不知该说什么好,请董坐在大床的一侧床沿上,天悦自己则站在窗户边,与董面对面。

  "早知道你在洗澡,我就晚些过来找你,要不我先出去?"董不好意思地对天悦说道。

  "呵呵!不用啦,反正已经被你看到了。毕竟都是学医的,没什么不方便的啦!"天悦边坦然地说着边用双手系紧围在后腰眼儿浴巾的两头。

  虽然天悦嘴里是这么说的,但现场的氛围还是有些特别——两个人彼此都有些尴尬,谁也没再开口说话,也想不起该说些什么,彼此只是深情地注视着对方的眼睛。随后更加让人脸红心跳的情况发生了,由于天悦是站着,董是坐着,天悦目光在由上而下打量董时,不曾想却看到了董微露的酥胸,董似乎也觉察到了天悦紧张的神情和目光,遂下意识地低头看了下自己的胸部,也一下子就变得脸红起来,董的一双玉手开始不自然地揉搓起床沿的床巾。

  由于当时正值夏天,太阳从窗户西晒进来,天悦虽然洗过澡,但禁不住阳光晒烤,不一会儿额头和脸上就冒出汗珠来,再加上房间还没有空调,他只得边紧紧揾着腰间的浴巾,边对董说道:"太原的天气还挺热,你觉到热吗?"

  "是挺热的!"董低着头回答着,又接着说道:"你上床待着吧,靠着窗户热。"

  天悦听了董的好话,便要三步变两步走向床头,谁知才迈得出一步,那块系在腰间的浴巾两头儿就猝然松开,浴巾瞬间滑落到了他的脚下,他只得一个箭步跳上床,然后把后背靠在了床头,两腿伸直放在董的身后。董似乎没有在意他的衣不蔽体,反而镇静地发问道:"你怎么说你和北京分手了呢？"

天悦沉默了两分钟，才对董说道："是因为三个原因。第一个原因是我从童年时就发誓长大后一定要远走他乡，因为从我稍记事起，我爸妈生活中从未停止过争吵。我的那个家尽管有一些快乐的时刻，但并不总是持久，我小时候看见过好几次我妈因为吵架掀翻了家中的桌椅，而我爸因为在单位工作不顺心经常在外喝多，经常跌跌撞撞地深夜才归，到家后有时还把我妈从床上推到地下，我试图保护我妈，却力不从心，而我的幼小的弟弟作为唯一的观众，只能窝在角落里啜泣。那些年里，我妈因为这样的家庭生活，总是很难开心，很容易因为我和弟弟的任何调皮和不优秀而动怒，我妈打我和我弟时手下从不留情，很多时候我的头、手背、胳膊、屁股常常布满被竹尺打出的包或者血印，而我爸要么沉默地坐在床边观看，或者同样残酷地对待我，我一直都深深地记恨着。所以有机会离开北京去别的地方工作生活的话，有这样的机会远离父母的话，我都不会放弃的。"

董听完天悦的描述，把脸转过来看着天悦，直白地说道："你和你弟小时候太可怜了。"接着又关切地问道："那你和北京分手的第二个原因是什么呢？"

"第二个原因就是想进外企，见见世面。"天悦淡淡地回复道。"见见世面？"董一听就把身子半转过来，与天悦面对面，她看着天悦的眼睛，疑惑地向天悦发问道，同时，她把两个胳膊绷直，两只手掌叠合在一起架在床上，支撑着自己的上半身。

"你知道吗？见过世面，对一个男人到底有多重要？在我眼里，人的一生是见天地，见众生，见自己的过程。许多人都有过类似感受，就是在二十六七岁以后，好像永远都在做着同样的事情，然后按部就班地生活。每天坐公交或者骑车上下班，然后日复一日做着重复的工作，然后重复着昨天的生活，无尽地循环，如此永远看不到自己的另一面或者另几面究竟是什么样子的。总之，我想拥有真实的自己，而不依赖于这样的或者那样的光环。"天悦一字一顿地说着,边说边伸出右手去抚摸董的披肩长发,还探身向前,把董的一绺长发用手送到自己的鼻子前闻来闻去。

董听了天悦的话,就若有所思地说出自己的看法:"这个世界太大,有太多吸引人的去处,如果不能有机会到达远方,也未必是因为自己走得还不够远。对我来说,只要心里能有一个摇不醒的梦,未来的日子,坚持一步一步走下去就好。"接着她又对天悦提问道:"那你和北京分手的第三个原因是什么呢?"

天悦一边吻着董的秀发,一边不慌不忙地回答道:"我觉得我缺乏爱的能力,就是我选择与北京'分手'的第三个原因。总之,我选择了漂泊,选择了与众不同,选择了特立独行!我觉得一个见过世面的男人,一定是与众不同的。"

"我和你不一样,我不喜欢太原,我喜欢北京,想去北京工作生活。"董说着话,就又回过身恢复到刚开始时的坐姿朝向,然后她两条胳膊都绷直伸向身后,两只手一左一右,手掌摊开搭在床上,将身体向后仰,仰面朝着天花板。天悦一下看到她丰满的胸部,便没有马上理会她说的话,反而不失时机地伸出双臂一下把她抱在了怀里,同时用鼻子尽情地嗅着她身上散发出来的芬芳。

天悦已经很久很久没有和女人缠绵亲密过了,他想着董如果反抗的话,就马上向董道歉。董并没有反抗,反而很温顺,但正当天悦把手从董的腰部往上去挪到乳房的位置时,董一下子坐直上身,抬起双手抓住天悦的双手,不让天悦触摸她的乳房。

在天悦略显失落的一刻,董站起身来,对着天悦说道:"我得走了,我下午还要忙,我晚上来看你吧,好吗?"

"好的,那晚上我在房间等你。"天悦喜出望外地回答,他甚至不敢相信自己的耳朵。

"那你好好地睡会儿午觉吧!"董说完离开了708房间。天悦也无心睡午觉了,便穿衣打领带,收拾停当也离开了房间。

……

天悦还在意犹未尽地回忆着,耳边却传来公交车的报站声,下一站就是中日友好医院了,也该下车了。他从座位上起来走到车门处,看着车窗外,他看到北京中医药大学的牌子从他的眼帘中一闪而过,他记起董念硕士研究生的几年是在北京中医药大学度过的。

缘分与情怀

天悦下车后,就朝中日友好医院的大门走去,一路上脑子里依然萦绕着那次在太原并州饭店与董在一起时的情景。

记得那天晚上,董是在8点多钟的时候到了708房间,她敲了敲门就直接进到房间里,因为天悦特意为她留的门。她脸上红扑扑的,很兴奋的表情,额头和鬓角可见到冒出的汗珠,她先问天悦吃过晚饭没有,接着说要进洗手间洗把脸。天悦见她走进洗手间,就也跟进了洗手间。

天悦站在董的背后,他端详着镜子中的董,董当晚穿了一条漂亮的无袖连衣筒裙,长裙及膝,腰间系着一条红色的皮带,浑身散发出一种清香,身材苗条性感。欲火正烈的天悦,当看到眼前董的上半身一起一伏,美臀上翘,他就在董用毛巾擦脸完毕的一刻,伸出双手一下子从后面把董紧紧抱住,然后一边用双手轻轻地揉着董的小腹,一边用嘴唇去亲吻董的脖颈肩部的皮肤。董虽然瞬间惊呆,但还是就势柔软地靠在他怀里,边按住他的双手边扭过头轻轻地问他道:"坏蛋!你想做什么?嗯?"

天悦并不回答,他径自把双手移向董的胸部,抓捏起董的双乳,董开始逐渐发出轻微的呻吟声。董用一只手抓住他的一只手,而另一只手则抬起来向后勾住他的脖子。那时的他便再也没了顾忌,他又伸直双臂,用两只手一并伸向董的下腹部,进而把董的裙子撩起来,双手肆意地摸来摸去,董再次扭过头急促地问他道:"坏蛋!你要做什么?嗯?"

……

之后,天悦从洗手间里走出来回到里屋的大床上躺下来休息。不一会儿,董把他的白衬衫穿在身上,走到床边,站在他身边问道:"你累了吗?"

"你呢?累吗?躺下来让我搂着你好好躺会。"天悦说着,一边就把头下的两个枕头拿出来一个让给董,一边伸手去床头灯的位置,把房间内的所有灯都关闭了。董随即上床,躺在了天悦的身边。

"你累吗?刚才那一刻钟的时间我真感到浑身酥软无力,想像现在这样瘫软在你的身边。"董娇嗔地对天悦说道。

"累了!睡觉吧。"天悦确是累了,就对董说道。

"我不困,我想让你陪我聊天。你为什么不问问我的学习工作情况呢?"董接着说:"我是在山西中医学院念的本科,毕业后工作吧没多久又考到北京中医药大学念硕士,毕业后回到太原,在医院工作……"

"真的吗?"天悦听后一下侧过身,把脸对着董的脸问道。

董见机亲了下天悦的脸,接着回答说:"是真的。我喜欢北京,我和你不一样,如果我是北京人,我可不愿意离开北京。"

"你没想着留在北京吗?为什么还要回太原呢?"天悦继续问道。

董笑着回答道:"我爸妈舍不得我离开他们。头几年我爸妈就开始催促我解决个人问题,动不动就说我啊——'你呀都快30岁的女人了,瞎折腾什么呢?该嫁人了!该稳定了!''一个女孩子家,要学那么多东西干吗呢?'所以我硕士毕业后就选择了回到太原。"

漆黑的房间里响起了两个人咯咯咯的笑声。天悦笑着对董说道:"你妈当然也是为了你好,不是吗?"

"嗯,我小时有过差一点令我爸妈崩溃的经历,8岁时一次和我爸妈说去附近小花园玩,玩一会儿就回家,结果半路上遇见了小伙伴,就去她家里玩布娃娃,直到天色渐晚才想起来回家,打开家门的那一瞬间,守在家里的妈妈扑向我,痛哭流涕,眼睛红肿,后来爸爸拖着疲惫的身子回家时,早已经报了警,并走遍了附近所有的街区找我,喊到嗓音嘶哑。好在我爸妈都在太原的企业单位机车车辆厂工作,我们家也住在厂区职工家属楼，所以很多邻居都安慰我爸妈说孩子不会丢。有了这件事，就成了后来我爸妈的心头抹不掉的阴影，直到现在他们还在一刻不停地担心着，总爱对我念叨'平时别去不认识的地方''骑车不要太快''晚上回家注意安全，锁好门！''下班后要么直接回家，要么就回宿舍，别四处瞎跑'等等，直到现在。我就是从这样的叮嘱中意识到我这个独生女对我爸妈的重要性。"董娓娓而谈她的成长故事。

天悦听了后，就把身体转正，脸正对着漆黑的天花板，沉默了片刻，对董说道："对于那些习惯性操心子女安全的父母，大概他们对自己子女的期待，或者眼中的幸福就是清晨挥手说再见的人，晚上又平平安安地回来了，书包扔在同一个椅子上，鞋丢在同一个墙犄角。呵呵！"

那天晚上两个人聊到很晚，天悦知道了董是独生女，但是却有着男孩子的性情，也有各种好恶，也希望有机会能到更广阔的天地见世面，尤其董说到他很喜欢北京。董那天晚上在提到前门，在提到大栅栏的时候，还给天悦讲了个故事——话说梁实秋曾经特骄傲地说，民国时候全国仅有一家同仁堂，就开在北平大栅栏，之后全国各地的很多人都跑到北平，慕名去同仁堂求医问药，结果人挤人，挤破了头。董还提到了新街口、东安市场。

……

天悦走进了中日友好医院的住院楼，朝着老妈住的病房走去，但他边回忆着边心里感叹着时过境迁了。例如，董在他枕边提到的北京新街口，如今却是一派萧条落寞的迹象。

北京新街口，位于缸瓦市大街和西直门内大街丁字路口，地处市中心，曾是北京非常繁华的商业区之一，也是到西直门的必经之路。新街口百货商场就代表着"高大上"，是那一片儿唯一的综合性商场。甭管是搪瓷脸盆、蛤蜊油这类便宜耐用的"老国货"，还是羽绒服、针织衫、西裤等服饰柜台，新百都不比西单商场、王府井百货大楼差。他想着自己小的时候最有意思的，还属跟着老妈去新百地下一层弹棉花、理被褥，师父用大弓弦、小鼓槌，连弹带敲再打，一番操作下来，被褥又能用上一整年了，如今这景儿已不见了。

因为JJ迪厅，新街口曾是北京最潮的地方儿，那会儿工体西路、三里屯、后海等地方都还没火起来呢，在JJ面前，都得认小字辈；骑侉子、戴蛤蟆镜、梳大背头，别看去JJ玩的显得都特别不正经，也确实怀着呲蜜、拍婆子的心气儿，不过多数就是有贼心没贼胆儿，真到裉节儿的时候，有前劲儿没后劲儿的；JJ还会经常搞一些文艺演出，明星见面会什么的，天悦记得2000年的一个冬夜，在JJ看过歌手谢雨欣的歌友会，就是唱《将爱情进行到底》的那位。

还有"运动之足"体育专卖店的匡威篮球鞋，"炒肝焦"的包子炒肝套餐……那些当年叱咤风云的店面，如今或停业，或搬迁，或者勉强维持营业，总之，新街口往昔的盛景不复。天悦觉得在比自己年龄更老的几代北京人记忆中，新街口丁字路两侧街面上那些临街店铺的繁荣景象，应该是可以铭记一辈子的。

新街口电影院，是附近新街口小学、三中等学校组织观看爱国主义影片的场所，虽然这里的名气没有南边西四的红楼、地质等影院那么响，可新街口附近甚至是西直门内的居民，还是爱这儿爱得不得了。记得电影《老炮儿》开场第一句——"嘿！问你呢！新街口怎么走啊？"那时候如果有很多人恰好坐在新街口电影院里看这片子，听到这开场台词儿，估计全场人都得乐了。

那天夜里，董在枕边第一个提到的大栅栏，和过去的相比就更加完全不一样了。天悦告诉董，北平《长安客话》里说——在正阳门内，大明门前，"棋盘天街天下式民工贾，各以牒至，云集于斯，肩摩毂击，竟日喧嚣"。

始建于清朝光绪年间的稻香村，位于前门外观音寺，南店北开，前店后厂，时称"稻香村南货店"，是京城第一家自产自销南方风味食品的商号。它制作经销的月饼、元宵深受老北京人的欢迎。北京人出远门儿的时候，总要捎上稻香村的玫瑰饼，就是喜欢那粉红色内瓤，和边吃边掉渣儿的感觉，天悦告诉董，他管那个感觉叫"乡愁"。

那天夜里最有意思的是，在天悦跟董聊到"稻香村"出的精致糕点时，竟然搞得两个人半夜里馋得大咽口水。

天悦现在回想着那晚自己与董在并州饭店能共度一夜良宵，既有缘分的因素存在，也有情怀使然。令他觉得难以忘怀的是，他和董都认为缘分这种东西很奇妙，而情怀是伴随着缘分而产生。缘分往往悄无声息地出现，人在哪，缘分就在哪，情怀就伴随着出现。

论父母共同的心思

天悦进到肾内科病房，就径直往老妈住的房间走，由于是节日放假，楼道里人很多，有一半左右都是去探视的。他走进老妈住的房间，看到老妈正在与病友聊天。

"呦，你怎么来了？呵呵！"老妈看到儿子来了，脸上随即露出欣慰的笑容，随手招呼儿子坐在病床边的椅子上，天悦也就坐了下来，与老妈面对着面。

老妈又问道："你这是从哪里来呀？我不是对你说了吗，你要是忙的话，就别来看我了，没关系，我从ICU出来回到病房后这些天，身体感觉好多了。"

"我是从通州西马庄园小区过来的。"天悦回答道，同时认真地用目光打量着眼前的老妈的神情和病床旁床头桌儿上都有什么东西，又问老妈道："您缺啥东西吗？想吃点什么？我出去给您买去。"

"这里什么都有，我什么都不缺！家里没什么事吧？你爸没什么事吧？"老妈反倒关切地问起家里来了。

"家里什么事都没有，我爸也没什么事情，您就别惦记家里的事情，在医院里配合治疗，在医院里多住些日子呗。"天悦一边诚恳地安慰老妈，一边端详着老妈消瘦的面孔。

老妈今年已经78岁了，她在2012年初因为不明原因经常呕吐，不得不去医院接受检查，在去北京阜外医院进行检查后，内科的贾友宏大夫坐诊断时就提示存在有严重的贫血。天悦不得不硬着头皮又找到文，文已经是北京阜外医院的内科副教授了。文耐心地听了天悦对他的老妈的病情描述后，又认真看了看各项检查结果，就建议天悦带他的老妈去综合医院做进一步检查，以便明确贫血的性质，是属于肿瘤性贫血还是肾性贫血。就这样，天悦带老妈在别的医院看病时，老妈被查出患了肾功能衰竭和肾性贫血。没多久，老妈的病情更进一步加重，在2012年底被确诊患了尿毒症。这样突如其来的噩耗对全家人来说简直无异于晴天霹雳，天悦作为长子，其内心里着实不是滋味。

"老妈，我不要您死，您不能死，我把我的肾割了给您吧，只要您活着，就是我们全家最大的幸福。需要我做什么，我都愿意。"这句话是当时天悦听到老妈患了尿毒症后在第一时间讲给老妈的，他觉得自己要想尽一切办法，要安慰老妈，要帮助老妈保命。他计划着要从广东回北京，以便能陪在父母身边。

从2012年底起，在接下来的几年里，老妈的病情总是在反复，多次进行急诊抢救，多次报病危，但也多次被北京东直门中医院的肾内科透析室的赵甫康大夫、钟健大夫、周经纬大夫等把老妈从死亡线上拉了回来，而天悦却没做到每次都能第一时间赶到医院。

每次老妈住院，有时候和病友聊天，当病友问老妈说你的孩子怎么都不来陪床的时候，老妈总解释说："我儿子上班工作忙，长期在外地工作生活，一个人在广东，一个月最多能回来看望我们老两口一次，况且他有自己的生活理念，工作压力也大，不能勉强。"老妈嘴里虽然这么说，但心里却十分希望天悦能经常陪伴在她的身边。

天悦知道自己的责任，于是在2016年4月回到北京，他虽然自己一个人住在东四，没有选择和老爸老妈住在一起，但是好在去看老爸老妈的次数越来越多，间隔越来越短。有那么一天，他蓦然发现，老爸老妈的背已经不再挺拔，白发侵蚀了他们的岁月，他这才知道老爸老妈真的老了，才知道如果他不回北京的话，如果经常见不到他的话，老爸老妈就会常存一种朝不保夕的心理，会觉得老了老了反倒变成了这个世上最孤独的人……

此时此刻，老妈看着天悦，天悦也看着老妈。天悦此时就想着自己维持一个人的时候，一个人吃饱，全家不饿，整日里逍遥自在。而现在，即便不为自己，就是为了父母，也要尽快结婚生孩子。现在的他明白，世界上最美好的事情在于，我有能力报答，而爸妈尚未老；而最残忍的，莫过于"子欲养而亲不待"。其实老爸老妈并不执着于他和弟弟华清是否功成名就，他们要的只是陪伴。所以，他知道不能再吝啬与老爸老妈聊天的时间。因为有些话，自己年轻的时候羞于启齿，等到自己张得开嘴时，已经是人到中年，何况过去很多年无论是自己还是弟弟华清，都是与父母远隔万重山水。

一直以来，对于天悦来说，"家"其实就是一个永远存在于寻觅之中的字眼，而对于他的老爸老妈来说，最扎心的莫过于对能抱上孙子的乞求般的情愫——"儿子，我们老人知道你工作的压力很大，竞争很激烈，我们老人不希望你背负那些孤独和等待。你一定要记得，若是有更好的出路，爸爸妈妈也绝对支持你成长的。若是遇到什么难事，不要一上来就背井离乡，因为家庭永远是你的最大精神支柱和帮助来源。对我们老人来说，最好的家庭就是老人、大人和小孩经常在一起，三世同堂，或者四世同堂，几乎所有的家庭都希望过着这样的日子。"

"天悦，你马上就50岁了，还无妻无子，以后怎么办呦？你年轻时总觉得天下之大到处都热闹，一边簇拥着梦想，一边结缘海内外，与朋友在一起好不恣意。现在你到了中年应该明白，这世上除了家人，你自己其实一无所有。你如果不结婚没有孩子，那么你过去这些年所有的辛苦和打拼都是没有意义的。"老妈突然打破沉默，开口对天悦说："对于所有目送孩子离开家远行的父母来说，家里跟往日相比总是灰暗了些、寂静了些，出门时甚至觉得连阳光也变得刺眼了许多。"

天悦想不到老妈竟然说出这一番肺腑之言，他开始第一次感到前所未有的心悸、心慌，他坐在椅子上却浑身直冒虚汗，便对老妈说道："老妈，您别说下去了！我明白您的意思。"

换了以往的这种情况，天悦会敷衍老妈几句，然后起身抬脚就走，但这次他没有，因为老妈对他说的话，让他联想起了以前董对他说过的，也是董的父母对董说过的一些话——这世上所有的爱都是以在一起为目的，只有对子女的爱是为了呵护她离开，然后心痛地看着她跌倒再爬起，看着她越来越不需要父母的照顾，最终振翅高飞，而最令人牵肠挂肚的不外乎她"飞得太远，忘了回头"。

天悦虽然不想承认自己人到中年，但面对的事实正如梁羽生所说："中年心事浓如酒，少女情怀总是诗。""人到中年"真就意味着成熟与责任，而任性和洒脱也应该成为过去时。

想不到的"第一次"

天悦在病房陪老妈，母子俩聊了将近一个钟头，天悦就和老妈道别，离开了北京中日友好医院。

在回东四自己家的一路上，天悦就又回忆起曾经和董相拥亲密的那天晚上以及第二天早晨起床前后的事情。那天晚上他和董聊到凌晨两三点才睡，董后来睡得很香，而他则是半睡半醒下就熬到了天亮。

清晨时分，天悦借着照进房间内的一缕晨光，盯着董的睡容看来看去，他还是第一次如此近距离地仔细端详躺在自己身边的这个太原女孩——董是长得一张瓜子脸儿，薄薄的嘴唇，眉目颇秀气，相貌甚甜，虽然睡得很熟，嘴角却似乎带着笑意。趁她睡着，天悦端详她的每一根眉毛、每一根睫毛、每一根秀发，端详她的眼角、嘴角，甚至调节自己的呼吸以便随着她的每一次呼吸。

天悦又往下接着欣赏董的身子，她下身完全赤裸着，上身穿的天悦的那件白衬衫没扣几个口子，衣襟半敞开着，好像是故意的一样。此时晨光变得比早些时候又蓝又亮，照在她的身子上，以至身子的阴影里都是蓝黝黝的光。

忽然间，天悦有了感觉，下意识地便不想等到天完全大亮，于是他就爬起来，对着董的身子俯身下去……完事儿后，董似乎还没完全醒，又把身子转为侧着躺，迷迷糊糊地又要接着睡。

　　天悦起床下地往四下看看，边捡拾丢在地上的衣服边往洗手间走，躺在床上的董却突然转过身回过头："这一夜，和你睡在一起，让我有好几个想不到的，这是我第一次和一个北京男人在一起，也是我第一次和一个北京男人做爱，也是我第一次喜欢上一个北京男人。"

　　天悦听了董说的话，遂停住了脚步，结结巴巴地问董道："如如此——的话，你感觉这样还好吗？还是怎么样的呢？"

　　"感觉很舒服。"董竟这样回答天悦说。

　　从那天在并州饭店的"一夜情"开始，天悦和董就成为一种类似情侣的关系或者说是情人的关系，天悦早已经是处在爱情的"空窗期"，而董当时恰巧也是孑然一身。两个人在随后的关系发展中，并没有什么浪漫的追求，更多的是平淡，见面的机会并不多，每次见面基本都是天悦去董的单身宿舍，在董那里亲热后离开，或者留宿在那里。

　　天悦坐在公交车上，他算了下时间，回到东四的家也得6点半多了，这一天下来时间过得太快了，短暂的端午节三天假期基本已经结束了。可是，他掐指一算，发现中国的情人节"七夕"就快到了。

　　20年前，那年代的年轻人还都未曾留意所谓的"七夕节"。那时，天悦和董两个人其实都很木，在一起时并没觉得自己是在和对方谈恋爱，尽管两个人只要在一起必然会相拥亲密；两个人不在一起时都会各忙各的，但是会知道彼此的存在；两个人似乎都认定，爱情是一种很神秘的感触，所以应当遵从自己内心的感觉；两个人还认为，从纯粹的情人的角度讲，在一段亲密关系当中，对收入、外貌、学历以及物质等因素的考量，是属于十分功利的，甚至可鄙的；关键是两个人一直都认为，两个人未必美好，一个人也能精彩！

　　记得有一次，天悦在董那里留宿，两个人在谈到各自对未来的情感规划时，董说："我一直都是一个追求完美的人，想自己在事业上有一定的成绩后才结婚。我都已经单身很久，我惧怕认识异性，我每天下班后都是回宿舍，看书养花听音乐，周末固定回家陪父母。现在到了这个年龄了，我有时也会觉得恐怖，不知道我老了的那一天怎么办，我是得认真考虑一下了。"

那次，是天悦第一次听到董对情感进行自我剖析，他就对董说道："我也一直都是一个追求完美的人，我是想在自己的人生道路上有一定的积淀后才考虑结婚，可以给未来的她一个好的生活环境。不过无论我过去怎么努力，却总感觉曾经已经拥有的一切就是满足不了自己的最大需求。"他在董面前也第一次对自己的情感做了自我剖析。

"我一直不考虑早恋早婚，是因为我有个大学同学，是女同学，她就是属于早婚，她22岁便结婚，到24岁时已经生了两个女儿。钱钟书先生说，城外的人想进城里，而城里的人却想跳出城外去，她有时候带孩子非常累，有时候就忍不住抱怨早知道现在这么辛苦就不那么早结婚，对我们说心里后悔莫及，一直到现在。"董接着说："但我的父母认为我像那个女同学那样才是正常的，在我工作之后，在父母的安排下，我不得不开始了各种各样的相亲，但感觉那个理想的伴侣真是太难遇到了，我以前就不想随便找一个觉得适合就结婚的人，现在也是一样。"

"嗯，明白！"天悦听了董的话以后，就似乎变得沉默。

董继续问天悦道："你家是什么样的？你爸妈催促你的个人问题吗？"

"嗯，我的爸妈一直认为：在一个健全的家庭，父母都健在，兄弟也没有病患，就是一件乐事。在我的家人眼里，如果子女远离健在的亲生父母，而背井离乡，如果撇下同胞的兄弟，而跟陌路的人结交并称兄道弟，是违背情理的事。"天悦回答道。

"你父母还是很传统。可真想不到的是，你生长在一个传统的家庭，却没有听你父母的话。"董大惑不解地说道。

天悦看着董疑惑的样子，就笑着解释说道："我爸妈确实是很传统，甚至是清高，还有些自闭。我爸妈都不属于爱交际的类型，平常也不喜欢串门，所以我也是受影响，我的朋友不多。关于我的个人问题，自从我大学一毕业开始工作起,我就处在被逼婚的尴尬境地。但我爸妈仅对我逼婚而已,却从未指导过我怎样去恋爱,怎样去浪漫,怎样去对一个女孩子好,怎样真正爱一个女孩子。我从上大学开始,就懵懵懂懂尝试谈恋爱,自学谈恋爱,一切情感都是自学的,尽管我爸妈反对我在读大学期间谈恋爱。"

董听了后就被逗得直笑,笑过后说道:"自学谈恋爱,自学?呵呵!你是怎么自学的?"

……

自那次和董的谈话起,天悦开始隐约感受到一种情感性质的压力,来自于董的。

由于天悦在太原工作生活日久,经常去山西省内各地方出差,他发现山西省内无论是省会太原还是其他的地方,当地年轻人好多都是20多岁就结婚成家生孩子了,应该也都是被父母"逼婚"导致的。天悦有一位当地朋友,结婚后小两口几乎从不开伙,今天下班后去公公婆婆家吃饭,明天下班后回老丈杆子老丈母娘家吃饭,小两口只知道一起埋头攒钱,明明都有工作有收入,却一起"啃老"!小两口有了孩子后,一家三口继续"啃老"。而更令他感到惊讶的是,两家里的四位老人却竟然乐不可支,欣然接受被已婚子女"啃老"。

对"逼婚"和"啃老"这样的事,老人反以为荣,年轻人也不以为耻。这样的人情观念,天悦是第一次看见,第一次听说,觉得匪夷所思。

……

"乘客您好,钱粮胡同站到了。"684路公交车售票员报了站名,天悦随即下车。在往家走的路上,他琢磨着自己已经跟不上时代,他以前没想到过的是到当今时代,青年人仍然被"逼婚",进而打着爱情的幌子"啃老"。

天悦第一次觉得,"逼婚"和"啃老"这两个家务事和庙堂事之间,在家庭里,都是出现了平行关系。从另一方面讲,尽管"逼婚"和"爱情"是矛盾的,但是都与铜臭不矛盾。也就是说,没有金钱的打底,"爱情"

是不可能被炒作到如今这样的程度。从某种意义上讲，金钱、"啃老"和爱情也是一种平行关系。

汾河岸边的茫然

天悦回到家里，进了屋，外面的天也已经黑下来了，而且刮起了大风，院子里的竹林被风刮得发出窸窸窣窣的声音。他洗了个手，就走到电脑桌前坐下，打开电脑，准备写作。

很奇怪，本来是有积累了将近48小时的写作构思，还有手边那些写满了字迹的一叠纸片，就是构思出来的框架内容的草稿，可他还是觉得压力山大，毕竟"万事开头难"。

可是一想起"憋"在自己脑子里的很多个人故事经历时，天悦就不想放弃。他在40岁左右时因为工作奔波，没有时间和心情考虑写作的事，现今他是50岁，如果还不写的话，等到60岁想写时恐怕记忆力也跟不上了。

天悦仰起了头，长吁了口气，因为与姗姗来迟的中年危机相比，他虽然曾经经历的危机多种多样，但感觉最糟糕的就是"成年未满"的危机——30年来从事过临床医师工作、医疗技术服务、市场项目管理、自由执业等不同行业，现在已经50岁还未婚未育，现在却还要经历通过"写作出书"转型的危机。与他同龄的男人在经过二三十岁的年龄阶段后，大多数人都走出了危机，他们很多人实现了"三十而立"。可是不幸的是，他直到现在依然没有走出"成年未满"的危机，他现在还面临决定将来是否要成为一名职业作家。

想到这里，天悦觉得还是要写，哪怕是即兴，也要如实反映自己人生的意义。如果不写的话，自己的人生最终是一切归于漂流即逝，那么一直主导单身的自己勤奋努力的力量来源于何处？自己漂流人生的意义在哪里？

天悦调整了一下坐姿,然后抬头注视着窗外的夜空,灵魂穿越回了21年前。他在太原工作生活期间与董在一起时,那时两个人都还年轻,都才二十八九岁,但那时似乎都有不尽的忧愁。那时他希望获得良好的工作业绩,能在外企获得工作职务上的晋升,能多挣些美元或者能多挣些钱,能有机会去更多的地方旅行见世面。董的忧愁是何时能有个机会去北京发展,最好能在北京定居,获得北京户口。

有一次,天悦在和董去汾河岸边散步时,他看着风景说道:"汾河虽然被山西人看成是母亲河,但此时更像是一个灰头土脸的、疲惫不堪的少妇,既心怀希望,又满腹忧愁。好在它是一条河,而不是一个真正的女人。"

"你又开始了,开始抒发你的情怀了,呵呵。"董笑着说道。

天悦侧过脸笑着对董说道:"我其实是在说你,都说女人是水做的,女人就是女人。你现在一方面面对结婚嫁人生儿育女的压力,一方面希望在医院努力工作获得领导和同事的认可,事业有成,可是骨子里却想着怎么样才能去北京工作安家。"

"那又怎么样呢?"董停下了脚步,放开了牵着的天悦的手,问天悦道。

天悦也停下脚步,转过身抬起右手拢了拢董额头上被风吹得有些散乱的头发:"你研究生毕业后从北京回到太原是好事,太原城市虽然封闭落后,但你也不必再因为别人出国而考虑出国,因为别人考博而考博,因为别人进外企而进外企。你可以专注地做属于自己的事情,不再羡慕也不再盲从。你彻底想明白这一点对你有很大好处。"

"有什么好处呢?"董还是疑惑,就接着问道。

"想明白这一点,你就不会再把自己和其他人放在一个假想的人生跑道上比较输赢,你最关心的不该是所谓的跑赢人生,而是找到自己想去的地方、找到到达那个地方的路径。你看,就像这缓缓向前的汾河水,日夜不息、扎进它自己的生命,安心流向它自己的归宿,而不是环顾左右,留恋草木风景,耽于阳光和白云。"天悦笑着对董说道。

听了天悦说的话,董似有所悟地说:"你的意思无非就是让我安于现状,不要想着去北京,不要想着进外企呗。"

"呵呵,你明白就好。无论是在北京,还是进外企工作,很多人整天因为谁谁谁赚得比较多或者谁谁谁混得比自己好而焦虑,包括我在内,工作压力真的很大。"天悦看着董的眼睛,很认真地对董说道,然后继续说道:"我都不知道我以后会是什么样子,不知道二三十年以后我会在哪儿,其实我对未来挺茫然的!"

可是董却反问道:"那你当初为什么还要离开医院进外企呢?就因为你是男的吗?"

听了董的反问,天悦当时竟无言以对。

天悦现在想起那次对董说了那些话后,董显得很不开心。但那时他觉得该说的也还是要说,因为董是一个优秀的女孩,也很单纯,工作不错,又守着父母,没必要去什么北京,进什么外企,最主要的是他觉得董和他完全不是一类人。

20多年后的今天,天悦作为一个"过来人"认为,大多数人在27~36岁时对于某些问题处理,单凭自己的话就会表现的无能为力,这种无能为力背后是对影响人生关键的某些概念认识不清。无论是面临情感抉择还是人生规划,总是无法做出正确的决定。

一直以来,天悦遇到问题时从来不问别人,而是硬扛,所以他在年轻时就选择走了一条很艰难的成长道路。

真正的交流

天悦快速地敲打着键盘上的那些按键,这标志着他已经开始正式进入写作状态了。

天悦边打字,边想起曾经看过的一段话:有些人,活了一辈子,其实不过是认真过了一天,其余时间都在重复这一天而已,也有人每天不重样,看似折腾,却活出了滋味。

遗憾的是，大多数人都活成了前一种。每天早起，7点吃饭，然后去挤上充斥着各色人等的地铁，或者开车堵在路上一堵一个钟头，到单位后坐在办公室做着和头一天同样的工作，午饭时间到曾经去过的餐厅点吃过的套餐，下班后刷会儿微博，聊会儿微信，然后上床睡觉。第二天清晨，闹钟响起，继续重复和昨天以前同样的事情。他们抱怨生活千篇一律，下一秒又告诉自己不安分的生活会有多危险；他们羡慕那些说走就走的人，转瞬又告诉自己外面不安全，还是家里好；他们也曾认为自己很独特，但最终还是选择了妥协，过着千篇一律的生活，做着千篇一律的事情。

天悦此刻觉得自己虽然在年轻时选择走了一条很艰难的成长道路，一直都在折腾，但是属于那种能说走就走的人，明知道外面不安全。所以这也正是他觉得董和他完全不是一类人的原因。

在对工作和经世的投入程度和表现方面，别的很多人往往长期没有任何变化，而天悦喜欢质疑已有的体系和常规程序；他在着装和语言表达方面遵循自己的个性；当大家都"随大流"时他敢于提出不同的见解；他希望在既有技能和兴趣爱好的基础上提升自己的思维水平；他对工作更加投入时，管理和创新的意愿增强；他的好奇心更强；他更愿意突破传统的束缚，改变自己之前的工作定律；他总觉得若要全身心投入工作，就必须将自己从曾经的定义化中解放出来，敢于打破现状，甚至颠覆自己的想法。

打字打累了，天悦直起身子，再次扬起头看着窗外的夜空，走神儿穿越回了21年前在太原时最后一次和董在一起的经历。

在一个周末的下午，两个人吃完午饭回到董的医院宿舍睡午觉。天悦醒来之后，就埋头亲吻董，她被亲得只是扭动了几下身子。隔了一段时间，天悦见她没什么反应，就埋头亲她的肚脐，没想到就只亲了两三下，她一下子侧过身子来，并把头枕在天悦的胸膛上，右手狠狠地掐了天悦的肩膀一下。

天悦疼得"哎哟哟"直叫，然后随口问董道："你醒了？你掐我做什么？你刚才是觉到了什么吗？"他以为董一定没怎么感觉到他趁董睡着时的恶作剧。

董却回答说:"觉得!那会儿我虽然没完全醒,但觉得了,我努力睁开眼睛,我看见你那颗乱蓬蓬的头正在我眼前晃,你胡乱亲我了。"董这么一说,天悦倒偷着乐了,因为在他看来,董刚才是假装睡着,想看他还要干什么。

天悦又对董说道:"我在你肚皮上来回亲了几下,你怎么反应那么大?"

董嗔怪地回道:"当时我刚好醒来,你嘴唇和胡茬在我肚皮上轻柔的一触,那一刻特别痒痒,根本不能自持。"

天悦一听,就坐了起来,摆了个姿势,"咱们就当现在不是在宿舍,而是在深山里,溪水潺潺流出,天上白云匆匆……"

30分钟过后,两人都大汗淋漓,无力继续了。休息了一会儿,董开口问天悦道:"你觉得我应该继续工作,还是辞职考博士?我已经快30岁了。"之后她又问了天悦好几个问题。

天悦听了后,没有马上回答,而是陷入了沉默,这一沉默就是5分钟、10分钟过去了。董用手边摇晃天悦的腿,边急切地问天悦道:"你怎么不回答我的问题?你发什么呆呢?你就知道和我做爱快活,也不真正和我交流。"

天悦依然没有回答,他在琢磨一个问题:很明显,董不满意在太原的工作生活,太原的落后局限了董的梦想。事实上,太原城市的生活真的很无聊。就他自己的亲身感觉,太原是这样的一个城市,生活正从每个人的身边溜走。在北京,每天都会有很多的人生启迪和机会做出决定。例如在文学创作的契机,在文化思想的传播,同时也能有很多城市亮点让文学家抓住,但在北京可以看到的东西,他在太原都无法看到。

"我学会了不停地往前走!逼着自己更努力,因为我看到比我优秀的人更努力,我觉得只有自己强大了,才能想去哪儿就去哪儿!"董撒娇地说着,且继续用手摇晃着天悦的腿。

天悦听完董说的话,终于打破沉默,就对她说道:"生易,活易,生活不易。我在 27 岁，选择了远方，便风雨兼程。我现在对自己在外企的工作感触很深，就是一分耕耘，一分收获。我每天工作很忙，有时候白天的工作做不完，就会迟延到每晚 10 点才忙完，之后我会读读书、休息，才能释放一天下来的压力与情绪，每天晚上 10 点以后的时间才真正属于我自己。"然后又笑着对她说道："你看在太原，很多刚过了 25 岁的男女就都上有老下有小，他们也许只为年轻时，不拖累生身父母，年老时，不拖累子女。所以我不建议你考博士，要考也是过几年再考。你研究生一毕业就回到老家太原工作，如今过得挺好，最起码不需要租房子住，不需要很晚结婚，最重要的是工资也不比北京大医院低得太多。"

"我前天和我们科里几个主治大夫聊天后，我脑海中就一直循环一句话——很多事情一定要在 30 岁之前完成，尽自己最大的努力，不拖累父母，就很棒了。"董边穿衣服边说道。

"嗯，我 27 岁时是这样想的，未来的生活没那么可怕！我告诉我自己，未来的生活随时都面临着无数的选择。你现在选择的是什么？当你选择考博还是继续工作的时候，你选择的是什么？是怎么做才能让自己在未来更成功。嗯，更成功就有更多机会体验'不一样'的人生，哪怕届时你选择什么也不体验，至少有的选。就像我从大学毕业到进医院工作，再到进外企工作一样，我选择的是与别人'不一样'的人生，也希望最终能蹚出一条适合自己的道路。"天悦回答道。

……

天悦正想着，忽然身边的手机提示微信，一看是某征婚网络上的一个女会员发来的，于是他不得不打断写作思路，和那个女会员微信聊了起来，他发问道："你好，你是？"

"我是'春风拂面'。"对方回答道。

天悦："你好，你家人催促你的个人问题吗？你愿意考虑闪婚或者试婚吗？还是一定得谈至少一两年呢？"

春风拂面："不考虑试婚！"

天悦:"你性格好吗?温柔吗?"

春风拂面:(害羞)"差不多吧!你现在做什么工作?"

天悦:"我在一家生物技术服务公司,私企。"

春风拂面:"你是什么领导?"

天悦:"我给这家公司提供咨询服务,你呢?"

春风拂面:"看你资料,你以前不是学医吗?不做医生了?改行了?"

天悦:"是的。你父母年龄多大了?希望你找个什么条件的?我看你好像不想要孩子。你不要孩子,不会说是你也不考虑过性生活吧!"

春风拂面:"你还要怎么想象啊?好吧!知道你不是同性恋了!"

天悦:"呵呵!你父母多大岁数了?我父母都是快80岁了。"

春风拂面:"我父母都快70岁了。我父母希望我找有责任感、成熟的,我自己希望对方能挣钱养家,有车,最好有幽默感。我自己还跟个孩子似的,所以我没有想好以后是不是要孩子。何况,要孩子很费钱的。"

天悦:"看来你是要找个有钱男人才考虑嫁啦!"

"不用。没能力养孩子就不要孩子。量力而行!再说了,第一次联系就聊要不要养孩子,你着急什么啊?跟着感觉走呗!"春风拂面回复道,然后接着问道:"你平时工作忙吗?"

天悦:"还好。有空见见面吧!"

春风拂面:"晚上请我吃饭吧!"

天悦:"可以啦!你过来东四我家这边呗。"

"你住在东四那边吗?你离不开你家门口吗?"春风拂面似开玩笑地说道。

天悦:"请你吃饭,在我家门口,你还不乐意?"

春风拂面:"又不是在你家,你的诚意都不够。"

天悦:"请你到我家坐坐,我也愿意啦!"

春风拂面:"看你那个勉强的样子!一点也不绅士。"

聊到这儿,两个人谁也没有继续再聊,微信交流戛然而止。

200元港币之殇

天悦微信聊完，看到时间已经是晚上9点多了，想起自己还没有吃晚饭。于是就洗了个苹果吃，就在他吃得带劲的时候，"黑子"悄没声息地蹲在他的脚边，抬头望着他。"黑子"是一只纯血黑白花儿的猫，俗称"牛奶猫"。

天悦从进到家门到现在，一直没顾上理"黑子"，所以"黑子"才主动过来。"黑子"7岁了，性情温和，很爱干净，喜欢外出活动，一天从早到晚像是穿了一件燕尾服显得很绅士的样子，天悦感觉"黑子"是猫中的美男子。"黑子"的捕鼠能力也十分高超，说"黑子"是一只"黑猫警长"，也不言过。

天悦把苹果放下，把"黑子"抱起来，抱在怀里，吻了吻"黑子"的后脑勺。"黑子"是一只公猫，个子很大，也很沉，但性情也很温顺。"黑子"两只大眼睛圆溜溜地，瞪着天悦，天悦就呼唤它："黑子、黑子、黑子！"

"嗯呜！""黑子"才小心翼翼地小声地叫了一声。

天悦边抱着"黑子"，边联想到自己和董最后那次在一起的结局，是一直令人非常痛心疾首的。

那天晚上，天悦和董又去到两个人第一次见面时的那个饭店住，那个饭店因为守着火车站和长途车站近，又是星级饭店，所以住客也多，饭店生意也好。

进了那个饭店后，天悦用自己的身份证开的一个双人间，就和董高高兴兴地住进了房间。因为下午出了很多汗，所以两个人在饭店房间里先后痛痛快快地洗了澡，洗完澡后就赤身裸体地躺在床上，边看电视边聊天。到了晚上9点多的时候，两个人再次做爱，之后没关灯就相拥着睡着了。

"咚、咚、咚、咚、咚、咚！"突然，睡梦中的天悦和董被连续急促大声地敲房门声惊醒，紧接着门外还传来几个男人的叫喊声："开门、快开门，查房！"

"这么晚了，你们什么事？人家在睡觉！"天悦边冲着门外喊道，边紧张地从床上坐起来，董也是一副紧张的样子。

"我们是来查夜的，我们是侦缉队的，来查你们身份证的，快开门！"对方继续大声叫嚣着。一听是来查夜，董先自慌了神儿，而天悦很快下床，边从容不迫地穿衣服，边安慰董不要怕，并帮着董把衣服穿好，才去开房间的门。

门还没完全打开，就一下被大力从外向里推开，差点顶着天悦的面门，接着从门外冲进四个男的。为首的男的长得一副獐头鼠目，40岁左右的样子，身穿一件蹩脚的制服，左手提着一只皮包，另外几个也都气势汹汹，其中两个还都吸着烟。

为首的那个人直接往里走，走到床边，先扫视了一下床上，又看了看站在一边的董，然后一屁股坐在了窗前的椅子上，跷起二郎腿儿，操着一口难听的太原普通话对天悦和董粗暴讯：
"让你们开门，这么半天才开，你们是做什么的？老实说！"

"就是！快说、快说。"另外几个穿着便衣的人也对天悦和董呵斥道。

董何曾见过这样的场面，早已经是战战兢兢，天悦看了下吓坏了的董，就问那个为首的侦缉队员："你们真的是检查身份证的吗？我入住的时候已经登记过我的身份证了，怎么还查？你们什么人啊？"

"你呀哪那么多废话？让你们拿身份证，你们就拿！"旁边的一个矮个子侦缉队员边对天悦吼着边往房间地面上弹烟灰，流氓气十足。

天悦无奈把身份证拿出来递给那个为首的侦缉队员，他看了看身份证，没说什么就还给了天悦，天悦又拿出一张自己的名片递给他，没想到他接过名片后连看都不看，就直接扔在了地上。

"你什么意思？凭什么把我的名片往地上扔？你们检查过了没问题的话可以走了吧！我们还要休息呢！大半夜的。"天悦生气地对那个人说道。

"走什么走呀？她是谁呀？你嫖娼还有什么可说的？她的身份证呢？"那个为首的侦缉队员问天悦道。

第六章 心智"突围"

"你胡说什么？谁嫖娼？她是我的女朋友！你对我说话能不能客气点？"天悦回道。

董也争辩着说道："别瞎说！谁嫖娼呀？说话得讲道理！"

"凭什么对你客气？你呀算什么玩意儿？"旁边的一个流氓样子的侦缉队员指着天悦的鼻子怒斥道。

"我是北京人，我从北京来的，到太原来工作的。"天悦自豪地说。

"北京人呀怎么了？"为首的那个侦缉队员猛地从沙发上站起来，他走到天悦面前，手指着天悦的鼻子尖对天悦说道。

"那你们想怎么着吧？"天悦也不客气地问道。

"她是谁？从哪儿来的？"为首的那个侦缉队员问天悦。

"她是你们太原人，是我的女朋友……"天悦回答着。

"我不信！来呀，把这个女子带到楼道去问话！"为首的侦缉队员指挥手下的一个喽啰一起把董带出了房间，并关上了房门。

屋里只剩下天悦和两个侦缉队员，他心情一下变得高度紧张，他极其担忧出去的那两个侦缉队员会欺负董，但他却无能为力。他突然想起给饭店前台打电话，于是抄起电话当着那两个侦缉队员的面给饭店前台接待人员打电话，前台接电话人员回复确证这几个流氓一样的人就是当地的侦缉队员。

天悦放下电话后就把双臂交叉在胸前站着，一言不发。那两个侦缉队员只顾抽烟，也不说话。房间内的空气似乎凝滞了，烟味越来越重。就这样好不容易熬过了15分钟，房间的门终于开了，进来的是为首的侦缉队员，但是其随从和董没有进来。

为首的那人对天悦劈头问道："你呀说她是你的女朋友，那她怎么不知道你家住哪？她怎么不知道你的生日？她怎么不知道你父母做什么工作？她怎么没去过你们家？"

天悦听到这突如其来的问话，确是没有心理准备，心里不免惊慌，但马上又放心下来，他知道那两个侦缉队员不会伤害董，他就想知道事情接下来会怎样发展。

"你呀知道她家住太原哪？你呀说下她的生日是哪年哪月哪日？你呀说说她父母做什么工作？你呀也说说她上小学在哪个学校？"为首的那个人盘问天悦道。天悦听了后，显得略有局促，不得不支支吾吾地做了回答，显然他根本没有料到竟然会遇到这种晦气的事情，他明白那几个侦缉队员是有备而来的，说他们不是坏人，但他们也绝对不是善类，他们更像是来抓收入的。

想到这，天悦反倒心气平和地对为首的那个侦缉队员说："我和她刚认识交往，我们是异地恋，很多事情来不及短时间内了解清楚。就这么说吧！你们想怎么着吧？要去太原市公安局，现在我陪你们去，要去北京市公安局，你们陪我一起回北京！总之，我都会配合你们。但是我女朋友也是太原本地人，你们不要难为她！"

天悦刚说完，那个为首的侦缉队员吩咐属下去外面把董带进了屋里，然后一本正经地对天悦和董说道："今天你们的行为被我们抓住了，你们已经触犯了法律，现在你们必须得每个人写个保证书，并且要交800元罚款，否则就跟我们走一趟！"

董一听，忙说道："我们下回注意还不成吗？"

"对不起！我们什么都不写，走吧！我先跟你们走，她是太原人，你们还怕她跑了不成？"天悦边义正词严地对为首的那个侦缉队员说着，边自己率先大步走出了房间，到了楼道里，催促着那几个侦缉队员。

见此情形，那几个侦缉队员凑到一起，低声耳语了几句，为首的侦缉队员就对天悦说道："得了，不写就不写，但800元罚款得交！"

这时董一听就快步走到天悦身边，天悦看着董面带乞求哀伤的神情，心有不忍。董难为情地央求天悦说道："交罚款吧！"

天悦转过头看着那几个二流子般的侦缉队员，他们的神情和目光中无不透露出贪婪，还伴着疲惫，也隐含着乞讨般的对最后的成果的渴望，于是他把钱包掏出来，看了一下，只剩200元港币，就对那几个侦缉队员说道："800元没有，我只有200元港币！"

"那不成！800元罚款一分都不能少！"为首的那个侦缉队员强硬地说道。

"没办法！我就这200元港币！我没有料到会出这种事，你一上来要800元，你有准备，我没准备。怎么着呀？要么一起走，要么拿着这200元港币！"天悦坚定地表明了态度。

为首的那个侦缉队员皱了皱眉，就把手里夹着的烟狠狠地吸了几口，说道："200元港币就200元港币吧！咱们走！"他从天悦手里接过200元港币就带着几个喽啰扬长而去。

……

想到这，天悦皱了下眉毛，对他来说，这件事虽然已经过去了20余年，但当时内心产生的愤恨至今难消。

有欲就有苦

天悦想到这里，就把怀里的"黑子"放到一旁的沙发上，然后继续回忆。

1995年在太原那家饭店遇到的那件本来不应该发生的事情无疑使天悦受到了巨大的刺激，那个事出了以后让他的内心"痛切、无奈甚至绝望，体现了自己对社会现象的观照"（后来他在给董的信里的原话）。

那次，在侦缉队员离开后，天悦和董回到房间里，内心都还忐忑不安，虽然两个人上床继续睡觉，但都是和衣而卧；两个人的内心都是五味杂陈，很难马上睡着。天悦抒发着心中的怨气对董说道："我就是认为那几个人滥用职权，凭空捏造咱俩住在饭店是嫖娼行为，好对咱俩进行罚款，罚款后又不出具任何收据。他们的行为完全违反人权，有损国家声誉，尤其容易对无辜受害者的名誉权造成损害。"

董在听了之后没有说话，但是天悦肯定董也受到了巨大的刺激。天悦又继续说道："我觉得一个人在27岁之前似乎可以对社会理直气壮地迷茫，对容易造成恶劣社会影响的执法人员恶意侵害公民合法权利不做抵制，但

27岁之后对有些类似的事情还拎不清，社会对他就不会那么宽容了。侦缉队员无故'查夜'显然逾越了执法权和隐私权的边界。拥有权力的他们在你的哀求中，仍然肆无忌惮，对本不该成执法对象的我俩而言，则是在惧怕法律与权力之下的另一重羞辱。侦缉队员的行为必须依法，恪守法定程序，维护我们入住宾客的合法权益，将执法止步于隐私权划定的权利疆界之外。我认为这些道理，对我们来说，一定要越早明白越好。"

董还是没说话，天悦就继续说道："我和你同宿并没违法，倒是被这几个披着道德'外衣'、淆乱法律和道德界限的侦缉队员侵犯我俩的隐私。无论他们四个人是什么人，他们有什么权力对正常入住饭店的我俩查夜？有什么权力强制对入住饭店的我俩打开房门并接受粗暴讯问？如果不属于卖淫嫖娼案件，他们应主动离开，有什么权力对我进行罚款？他们几人滥用职权铁证如山，如果真是警察更是严重侵犯个人隐私，滥用职权是知法犯法，如果他们几个人没有独立执法权，就无权对入住饭店的我俩进行检查。"

董还是没有说话，反而闭上了双眼。天悦知道她睡不着，继续对她说道："道德的归于道德，法律的归于法律。那几个所谓的侦缉队员明知我俩是正常情人关系而非违法犯罪，仍以执法名义对你我进行粗暴询问并进行羞辱，就涉嫌侮辱罪。我觉得应警惕的，是那些所谓的执法者不顾咱们的合法权益，披着道德'外衣'为其个人癖欲开绿灯。而这种羞辱，最让我难以接受的就是来自他们的窥淫癖好。"

尽管天悦说出了很多自己的看法——法律是最低限度的道德，而在这最低限度之上，他和董的行为是否合乎道德标准，可以个人的自律和社会风气来调节，无须所谓"侦缉队"越俎代庖。他也试图向董证明两个人当晚没有做错什么。虽然他絮叨了半个多小时，但董依然没有任何表示。

到了早晨6点钟的时候，董起了床，没向天悦打招呼，就出了房间，先离开了饭店。这次见面是两个人的最后一次约会，之后过了很长时间两个人只通过一次信，再也没有见过面。

……

第六章 心智"突围"

由于此种遭遇，董选择默默地结束，结束了和天悦持续将近 10 个月的情人关系。

按照时间算，天悦在离开太原回到北京前的半年里，董依然还没有任何消息。到底是什么事让董对他的态度如此决绝，以至于交往了小一年分手后却没有任何消息，令他感到不解，但因为他知道自己到底想要什么，所以他也没有主动去联系董。在他眼里，董与他的分手似乎是天意，因为他担心两个人的关系再持续下去的话，如果情感升温的话，会被董逼婚。他那时还不想结婚，更不愿意啃老；他不愿意被"比较"，不愿意被"议价"，更不愿意被爱人限制；他不愿意回北京，更不愿意被家庭束缚。

天悦后来由于工作调动的原因在回到北京半年后，终于在 1996 年 5 月 10 日这一天，收到了一封寄自太原的信件，竟然是董写来的信，他迫不及待地打开信封。抽出信的一刹那，惊喜地发现董随信还付了一张她的玉照。

天悦认真地把信读了几遍，就发现董在信里重点提出了几个看法：

那天早晨，我之所以不辞而别，是觉得在那晚经历到那样的事件，使我开始反思我们认识后的关系发展是不是没有目标，我关注的是那事件发生后我自己头脑中的反应，而不是那事件本身。虽然那个事件一度给我带来很坏的情绪，并维持了很久才逐渐散去。如果我们继续在一起，是否还会再遇到同类的事件？是否会再带来类似的情绪？如果我们继续在一起，是否能一起离开太原去北京工作生活？是否可以再也不会经历那样的事件？我对那个事件的感觉，只是幸运的是，我亲自经历并且明白了，饭店标间作为一个容器，所具有的三种特征加固了男女独处空间的密封性，它们是混凝土墙、实木门与圆孔插销锁。有了这样的隐秘的未知的空间存在，侦缉队员的好奇心与想象力就被驱动了，而以"查夜"为名偷窥也必然成为进入它的一种方式，饭店标间的隐秘必然也促使外部想尽各种手段的介入——人的眼睛、镜头的眼睛、将穷尽各种角度观察着这个容器，像触角一样伸进内部生活的四面八方，包括隐秘的性。

有亲戚对我说，对于一个女孩来说，22岁是个分水岭，在22岁的时候，绝大部分女孩选择结婚过相夫教子的生活。我记得23岁时候的自己在大学毕业后开始稳定地工作，25岁时从工作中走了出来上研究生，毕业后回到太原。虽然往后的路，我没有想过很多，也知道不会像你的工作这么辛苦，漂泊不定，但是，我还是要谢谢自己，那个至少勇敢过的自己，能和你一起度过一个时期，也算见过点世面了。经历了一些，思想也成熟了一点。我已经知道自己想要什么样的生活，嫁什么样的人。如果我一时找不到那个爱的人，我依然可以坦然接受单身。

过早踏入社会真不好！无论在生活中，还是对待情感，我曾经在心中一遍又一遍告诉自己，总之就是对自己说些"你应该是这样的""你应该这样做"，本来我还想在那天晚上跟你说"不要那样，我们都不应该那样"，但是也来不及了。你有没有听说过"黄金定律"？在"黄金定律"下，生活会变得越来越好，人会变得越来越聪明，越来越自律这是最主要的……

那天早晨，我在离去时，我有两句话想告诉你却没告诉你，第一句话是我们都不属于能通过混日子来寻求幸福的人；第二句话是真的好危险，我差一点爱上你。

天悦在给董的回信中提出了自己的观点——他认为一些人拿着他们自己认为的"黄金定律"无限制概念别人，悲哀的是，大多数人接受了这些定律，自我催眠变成了"我应该……"，最终使自己变成芸芸大众中的一员。人天生就与众不同，世界本身没有"你要成为什么样子"的定律。没有人应该怎样，大家都在做的事情并不一定是你要做的。没有人能要求你怎样，除非你告诉自己你就是这样。

天悦又抬起头，再次看着窗外的夜空，他想起董在信里提到的"饭店标间的三种特征加固了男女独处空间的密封性，它们是混凝土墙、实木门与圆孔插销锁。有了这样的隐秘的未知的空间存在，侦缉队员的好奇心与想象力就被驱动了"这段话，这段话让他似有所悟——在某种程度上，他觉得他和董的那次倒霉的经历一定要做一个比附的话，那用柏拉图的"爱欲"来比附更合适，有一点类似于佛教里讲的，说人生的意义和苦。

人们之所以要活着，之所以大家都兴致勃勃，是因为人们有所"欲"，实际上就是有所爱，有所欲。但是人们的所有烦恼也都是由此而来，都是从人们有所欲而来，这是佛家的看法。在柏拉图那里，他用"爱欲"这个词用得太多，含义也太多，所以在西方哲学史里，要研究柏拉图的"爱欲"是一个极大的学问。天悦觉得简单地理解"爱欲"——就是爱与恐或者欲与苦都是相伴的。也就是说，他与董之间有"欲"，自然就要相伴吃些"苦头儿"，这是他自行的理解。

所以从这个意义上说，"爱欲"这个词本身就包含着哀矜。天悦认为那时期的自己远离父母而长住在太原工作生活，就是一种实验性的生活，既存在着体验的成分，也必然不会缺少诅咒；既存在着爱，同时也存在着恐。既然如此，那么现在自己开始的写作对人性、对生活，自然是看黑暗会看得多一点。

平心而论，天悦觉得可能他和董的关系从发生、发展及至结束，恰恰是两个人都认为自己可以拿到一个决断，认为自己是从黑暗的角度进入还是从让世界充满爱的角度进入，但是所有这样那样简单的角度都不能够真正面对两个人自己的生活和内心。他在想他们两个人每一次在一起既是"欲"着，也是"苦"着，能够解决问题或者不能解决问题，反映出人生显然不是那么简单。

如今，天悦已经到了中年，自然明白了一件事情——20多年前自己的身体虽然是成年人的身体，但从心理层面讲却依然是一个茫然无知的孩子。他现在认为，不管处在什么年龄却依然茫然的人，实在需要一场心智"突围"，而理想的心智最好在27岁之前就建立起来，要么依从父母，要么相信自己。他现在认为，正在写作这件事情也是自己心智的一场"突围"，尽管这场突围来得太迟了。

第七章 漂泊是一场盛大的约会

一份《北京青年报》

夜深人静，屋外面的风却越刮越大，天悦从椅子上站了起来，走出屋子，来到院子里，他伸展了几下腰身，踢了踢腿，做了几次深蹲，深呼吸，松弛了一下身心，然后仔细看着夜空，没有几颗星星，于是他就又返回屋里。时间指向了夜里 11 点 15 分，他想着再写个三五千字再睡觉。

天悦取了一袋雀巢的速溶咖啡用开水冲好，又拿了几块 Danisa 丹麦皇冠曲奇饼。他不知道这个点儿在东四附近哪里能够有咖啡馆在营业，他真想给快递打电话要一大杯拿铁咖啡。他喜欢拿铁咖啡的味道，虽然注入了纯粹的奶香，却没有对苦味的亵渎，咖啡的枯燥原味儿还得以减轻。

此刻，没有拿铁咖啡做伴，天悦还是就着速溶咖啡吃起了曲奇饼；此刻，他脑子里像是过电一样把很多事情过了一遍，如当初与北京的"分手"，分分合合多次，如曾经在太原的经历。他既有浓厚的对北京的乡愁，但同时也已经习惯了说走就走的生活。

天悦从 1993 年年初开始从东四邮局订购全年的《北京青年报》和《参考消息》，他之所以每天必看《北京青年报》，是因为《北京青年报》内容丰富，信息量大，非常受北京青年的欢迎，通过《北京青年报》可以观北京的大事小事，但他当时最在乎的信息其实是那些最有实力的外资公司在京办事机构通过《北京青年报》刊登的一则又一则招聘启事，只要是外资医药公司和医疗设备公司的招聘启事，他都会留意是否合适自己，如果有的话，他就会从报纸上剪辑下来并认真研究。

到了 1993 年这年，由于在北京阜外医院工作的不开心，个人问题不顺利，爸妈的逼婚，弟弟华清结婚离开了家，还由于心爱的猫咪"鸳鸯"和"笔尖儿"相继病殁，由于自己感受到"苦的孤单"。考虑到这样那样的情况，天悦决定离开医院进外企工作，此时他已经做好了离开医院的心理准备，只是要等合适的机会。

1993年11月的一天，天悦注意到了在这天的《北京青年报》上刊登的一则招聘启事，招聘单位名为北京H公司，在北京公开招聘T公司医疗影像设备售后服务工程师，职责要求主要是为T公司医疗影像设备在中国的医院客户提供及时到位的设备安装、维修、操作培训和技术咨询等售后服务工作，提升中国医院客户对T公司医疗产品的满意度。H公司其实就是T公司委托日本三广医疗株式会社设在中国北京的独家售后服务工作站，他们对应聘人员的条件要求是电子工程本科或者生物医学工程本科毕业，熟悉医院影像设备工作原理，有3年以上大型医疗设备维修维护工作经验。

天悦看到那份招聘启事后立即决定应聘，他把自己的个人简历发信寄给H公司人力资源部，之后就等待面试通知。他不了解三广医疗，对T公司却有一些了解。T公司是日本的一家大公司，是当时的全球500强企业之一，为改善中日关系做出了一定的贡献，注重对华技术人才交流。在1987年夏天，由于受到T公司医疗的邀请，他的老爸作为北京医用射线机厂的研发工程师，被厂领导看重并随同厂领导一起赴日本那须T公司医疗工厂参观学习数月。老爸从日本回来后，在很多人包括家人面前，对T公司医疗的工厂管理和技术先进性大加赞许，并赞许日方人员对他们中国同行的热情友好的接待，更赞许日方技术人员谦虚的处事作风和工匠精神。

令天悦意想不到的是，他虽然不完全符合H公司的招聘要求，但还是很快接到了H公司给他的面试通知，这使他感到非常兴奋，但兴奋过后是一阵犹豫，犹豫的是要不要告诉他老爸，并听听老爸的意见和建议。他平时在家里极少和他的老爸进行交流，很多事情不到最后时刻他是不会跟他爸妈交流的，但这次他决定还是把去H公司面试工程师的事情告诉老爸。

果然不出天悦所料，他的老爸听了后依然习惯性地呵斥他不好好在医院工作，告诉他说一旦离开医院的工作，以后再想找"铁饭碗"肯定是找不着了,而且根本不看好他去做工程师的可能性,因为放弃医师工作去做一名工程师,这样的"转行"太离奇了。

还有一天就要去面试了,天悦的老爸终于抽空和天悦聊了半个多钟头,那天晚上老爸对天悦说道:"中国人都习惯称呼日本人是'小日本儿',但是没有几个中国人能想明白日本虽然很小,但为什么国力很强大?他们日本自立国以来,举国上下普遍学我们中国的是什么?就是中国的儒道,而儒道中最得力的就是中国王阳明知行合一的'致良知'的心学。改造了衰弱萎靡的日本,统一了支离破碎的封建国家,竟成功了一个今日称霸的民族。"

天悦傻傻地听老爸讲着,老爸又继续讲道:"日本曾从欧洲引进了大量的知识和技术、设备,但欧洲人并不认为是他们影响了日本,日本人自己也不这样认为。实际上使日本人手不释卷的就是王阳明的著作,情况确实如此。"

天悦老爸继续讲着"枯禅"与"事业"要分清的道理:"至今很多中国人依然没有明白,要么对日本心存恐惧,要么看不起日本,要么亲日媚日,很多中国人自己都说不清为什么。总之,你去面试产品工程师,一定要想好你能做到什么,做不到什么,否则一定会被日本人笑话的。"

天悦边听边喏喏称是。

在和老爸交流后第二天的上午,天悦比约定的面试时间提前两个钟头就从东四家里骑自行车出发,一路骑一路找到 H 公司的办公地点发展大厦。当时天悦还不知道什么叫作写字楼,更不知道写字楼与星级酒店的区别,他只知道 1993 年前后正是中日关系的蜜月期。

实际上在那个时期,在北京,日本人聚居地段有着鲜明的特点:日本大使馆位于东三环外亮马桥路,周围的燕莎商圈以及麦子店区域分布着大量的日本企业以及日式餐饮店铺,这里也是日本外交公寓集中的区域。

天悦骑自行车到了发展大厦前的路边,他仰头望着发展大厦的楼体外观,瞬间内心被震撼了,映入他的眼帘的是整个楼体外立面几乎都是用大玻璃窗做的。后来他才懂得那叫连续的玻璃幕墙，材料是双层中空反射玻璃。整个楼体外立面的色调是淡雅的浅灰色色调，创造出只有日式高端写字楼才有的一种平静优雅的品质气氛。

除了大楼的立体观感让天悦感到震撼外，大厦门口一条龙似的排着的出租车则是清一色TOYOTA皇冠出租车，有的出租车司机坐在驾驶室里安静地等待着，也有的出租车司机在认真擦拭车窗玻璃和清理后备厢的卫生。当有客人从发展大厦出来招手，排队的出租车主动按照秩序开过去接客人，并会主动从驾驶室出来帮客人提放行李和开车门关车门。随着大厦门口不断有人进出，天悦注意到那些人要么是西装革履，要么着职业装，个个神采奕奕。

天悦进了大厦里面，进一步注意到大厦一层有宽敞的门厅、休息厅，甚至还有绿地、水池、庭园。他感到很吃惊，难道这就是写字楼吗？整个大厦内部的空间环境、色彩环境和光环境舒适宜人，既不同于高端酒店的奢华，更不同于协和医院、阜外医院、积水潭医院里的那种色彩单调苍白、拥挤喧嚣。

第一次去外企面试

到时间了，天悦坐电梯上了楼，到了指定的房间号，看到了门口墙上的H公司的公司标牌，就敲门走了进去。迎接他的是一个带着自然微笑的前台客服人员，他被领到一间会议室，那位客服人员给他倒了一杯热水端到他的面前。他端着水杯透过会议室的落地玻璃向外看，办公空间是很开放的大开间设计，光照充足。

天悦正准备走回座位，会议室的门被从外向里推开了，从外面先后进来一位中年女士和两位男士。

双方面对面坐定后，那两位男士中穿衬衫的一位开始向天悦介绍在座的中年女士姓郑，是公司财务经理兼行政部经理，被公司同事亲昵地称呼为郑大姐；介绍到在座的戴眼镜着西装打领带的年轻男士是日方经理，名叫BABASAKI，BABASAKI先生随即一欠身向天悦致意；而穿衬衫的男士最后自我介绍名叫李军，是公司的商务专员，兼日语翻译。

面试正式开始了，天悦向对方介绍自己的个人简历，他每说完两三句，李军就口译成日文给BABASAKI先生听。开始提问的环节后，BABASAKI先生率先用日语发问，意思是你为什么要离开阜外医院？你知道T公司吗？你为什么选择应聘售后服务工程师职位？

"第一，在医院工作的时间里，我因为难以适应复杂的人际关系，工作热情发挥不出来，虽然做了改进的尝试，但效果不好，就是说无论人际关系还是工作能力都难以在短时期内得到显著的提升，而外企的工作氛围更尊重个性，也更注重发挥个人潜能，所以我决定离开医院进入外企工作；第二，我在工作中几乎每天都要和同事给患者行心脏介入检查治疗，每天都要接触大量X射线，而所使用的X线影像设备就是T公司的，设备开机率一直基本稳定，也没什么大故障；第三，我虽然不符合专业工程师条件要求，也没什么维修工作经验，但是我可以通过学习和工作实践来弥补转行带来的缺陷。"天悦逐个问题回答说。

李军随后问道："你的外语怎么样？通晓英语还是日语？我们售后服务工程师的工作语言要求英语或者日语，书写工作报告要求是英语。"

天悦自信地回答道："我是英语四级，听力一般，读和写没什么问题的，但口语比较差。"

郑女士也问了天悦问题："你父母做什么工作？"

"我父亲是北京东方红医用射线机厂的X线机研发工程师，在1987年去过T公司医疗的工厂考察学习，我母亲是一名护士。"

……

面试过程中，BABASAKI先生以听为主，并认真地做笔记。面试过程的最后，天悦问了几个问题，他最大的关切就是他在H公司能学到什么以及在日后工作中能否得到去日本工作进修的机会。

BABASAKI 先生用日语通过李军口译成中文，逐一回答了天悦问的问题，做出了肯定的答复。面试结束时，李军告诉天悦，会不会有复试就在一周内给通知。

天悦出了发展大厦后，在骑车回阜外医院去上班的一路上，依然心潮澎湃，这是他毕业工作后第一次去一家外资公司进行面试，去一个完全陌生的环境面试，尤其是长这么大第一次如此近距离地接触日本人。他回味着在发展大厦的所见所闻，他感觉在写字楼上班的那些日本人做事非常精细严谨，说话也是显得谨小慎微，甚至他们的穿衣打扮也是如此，同样是西装革履却有着明显的日式风格。

到 H 公司进行面试，让天悦多少领略到了外企白领的工作环境和职业特点，在他心里，不管面试结果如何，他都坚定了要去外企工作的信念。

接下来的几天里，天悦一边上班一边等待 H 公司的复试通知。然而有一天，在下午临下班时，医院内科实验室的李群匆匆忙忙地找到他，神神秘秘地对他说道："嗨，哥儿们，现有一家荷兰大药厂在北京招聘医药代表，这家外企做进口药'德诺'，你知道的。你感兴趣吗？咱俩一起投个人简历给这家公司试试呗？"

"可以呀！那咱俩一起投呗，兴许以后咱们俩在外企继续是同事呢，你说呢？呵呵！"天悦高兴地回答道，他和李群关系还好，他比李群小两岁。李群个性比较沉稳，有一定的进取心，眼光独到。

不到一周，两个人就都收到了去这家药厂面试的通知，面试时间也在同一天的上午，面试地点也是这家药厂的办公地点，设在北京东城金鱼胡同的王府饭店。

王府饭店是在 1989 年 3 月开业的，坐落于繁华的王府井，饭店与天安门和紫禁城仅在举步之遥。从外面看王府饭店，既有中国传统风格的牌楼，而琉璃瓦飞檐屋顶交相辉映，整体外观秀丽，体现了中国古典建筑和现代建筑的完美结合。面试这天，天悦一走进到王府饭店里，马上感受到了五星级饭店特有的高贵典雅的氛围。

那次，是李群先面试。天悦在等的过程中，却想起头天晚上在晚饭后，他和他的大爷闲聊时就聊到的日本侵华的话题。大爷生于1924年，对日本侵华进占北京的过程印象深刻。

大爷在回顾那段不堪回首的历史的时候，言语情绪表现得既无奈又愤恨。大爷知道天悦去了一家日资公司面试，但是没有表态支持或者反对。

足足等了40分钟，天悦才见到李群出来。李群出来时面部表情依然是紧张的样子，他的脸色涨得发红，他向天悦简单介绍了面试过程和面试中被问到的几个问题。

对天悦进行面试的是一位年轻的女性，她的年龄30岁出头儿。双方面对面而坐，她首先做了自我介绍，她是药厂在华代表处的销售部负责人。她的面容和蔼，却显得非常干练，天悦本能地看出她以前肯定也是一名医生，因为她说话不快，符合医生特有的说话特点。她还显露出一种从容的职业女性特点，她的身材紧致，整齐的短发，穿着一身蓝色的职业套装。她穿职业套装看似简单，但脖子上围着的短丝巾，让她摆脱职业女性的严肃刻板。

"你做过内科大夫，对治疗胃部及十二指肠溃疡在用药方面有什么体会呢？"她问天悦道。

"嗯，很多人得胃炎或者胃溃疡甚至胃癌是由幽门螺旋杆菌感染引发的，幽门螺旋杆菌真是一种很讨厌的家伙。我在北京积水潭医院消化内科工作时给相关病人用药，首先依据病人主诉，然后结合病人的症状体征及检查结果，来确定用药目的和疗效规划。对胃炎或者胃溃疡疼痛明显影响生活质量的患者，我主要给予洛赛克，因为洛赛克可以在短时间内缓解胃痛，之后配合其他药物治疗；对于顽固性胃炎或者胃溃疡并其他药物治疗效果不明显的患者，我积极给予德诺口服治疗两到三个疗程。因为德诺虽然对缓解疼痛效果不明显，但对幽门螺旋杆菌有持续的抑制作用。我妈就是在服用了我给她开的几个疗程的德诺后，她的慢性胃炎和十二指肠球部溃疡就彻底治愈了。"天悦回答道。

"那你如果做了医药销售代表,你准备如何完成从医生到一个销售人员的角色转变呢?"她问天悦道。

"这……"天悦听了这个问题,一下就愣住了,变得语塞了。

断舍离

事实上,在90年代初,从医生到一个医药代表的角色转变涉及对主流价值观的背弃,即便是在倡导"改革开放"后的90年代末,许多中国人仍然将工作是否是"国家干部"或者工作性质是"铁饭碗"作为评价他人的标准。拥有"铁饭碗"曾经是社会的主要价值观之一。

在那个年代,一个人如果在一家单位持续工作至退休的话,那么周围的人会称赞他像是具有执着奉献精神的"革命老黄牛"。反过来,一个人如果在一家单位"半途而废"的话,那么周围的人会批评他是个"无能的人"。以"铁饭碗"为基础的评价标准长期存在于社会之中,直到2000年,这样的价值观在社会中开始发生扭转,年轻人在一家企业工作几年后跳槽、辞职不再是什么可耻的事情。

天悦继续回忆着那次面试医药代表后来的情形,自己听了对方问的那个问题,就愣住的原因,其实是自己预先没做功课,自己当时满脑子都是T公司,并没有为去荷兰大药厂面试医药代表做任何心理准备,也确实没有认真思考过那样的问题。自己当时只知道医药代表一般隶属于药厂,是负责相关药品的推广工作的人员。20世纪80年代末,随着第一批跨国制药公司进入中国市场,国内各大医院的药剂科最先与医药代表开始接触,随后也被国内制药企业纷纷效仿。荷兰大药厂是最早引进医药代表的合资公司之一。当时很多进口药,需要专业人士向医生介绍相关用法,尤其是副作用等方面的信息。

那次面试,尽管没做任何心理准备,天悦还是略经思考就回答道:"我知道做医药代表需要具有药学或医学背景,而且新药的学术推广工作也深受医院医生的欢迎，社会地位受人尊敬，收入也很高，甚至不少医院主任医生也弃医从商进入这一行业。我作为医生拥有专业领域知识，可以对最新研究论文进行解读，并拥有和医生沟通的技巧，可以学会进行学术幻灯片演讲等，但是我不知道他们依据什么来决定是不是从我们这买药。"

天悦满脸通红地回答完问题，也不知道回答的是否令她满意。当她看到天悦的面部涨红着并显得紧张的神情，便笑着问天悦道："你能说说你的优点是什么？缺点是什么？"

"我对现在医院的工作丧失热情，情绪烦躁，个人成就感低，经常感到筋疲力尽，而且平均每天要花费大量的时间和精力处理人际关系。人际关系是我的弱点。"天悦回答道，然后又接着说道："我希望有足够时间与患者面对面地看病交流，既不想在工作之余还要花大量时间写病历和论文，也不想应对人际关系。"

"嗯，可以理解你的心情。"她笑着对天悦说道："你有什么问题想问吗？"

"我不了解商务是怎样的过程，一个新药的进院流程是怎样的？是不是需要很复杂的人际关系？"

她听后就做了简单地介绍："一个新药要进入医院，需要得到院长、分管院长、药剂科主任、业务科室主任、出诊的医生等的一系列认可，一般新药进入医院再进行销售可能需要一两年的时间。正规的流程是，进新药一般需要通过医院药事会流程，每个医院每个季度都会开药事会，但讨论进新药往往要半年或者一年才开一次。首先要临床主任提出新药用药申请，再提交药剂科，然后汇总至药事会，有的要通过半数以上，有的要通过 2/3 以上才能最终进入医院。"

"嗯，我觉得医药代表不应该去销售药物，而是应该在学术上帮助医生。新药新技术需要人来推广，医药代表的工作应该是协助医生就病人个体健康在使用医药产品有针对性地制定用药计划和方案；向医务人员传递医药产品相关信息；协助医务人员合理用药；收集、反馈药品临床使用情况。"天悦发表自己的见解说。

面试结束时，她笑着对天悦说道："我觉得你更适合做市场工作。今天我们就交流到这里，你等通知吧！"

天悦诚惶诚恐地起身向她表示感谢，然后离开了。从王府饭店出来后，李群就腼腆地笑着问天悦道："你觉得这家公司怎么样？我觉得还可以，就是不知道有没有复试的机会？"

天悦回答道："隔行如隔山！因为没有做医药代表的工作经验，即便能进到公司做医药代表，弄清楚自己和客户真正关心什么并不容易。"

李群笑着说道："呵呵呵，我本来以为第一次面试会给咱们出一张卷子让咱们答几十上百道题呢！我觉得这个药厂的那位女经理在面试咱们时提问的问题其实稀疏平常，真正让我吃惊的是面试咱们的那位女经理的年龄，我看她也就比咱们俩大三四岁，就竟然已经是外企主管了。"

李群边说边流露出一种羡慕的神情，他又继续对天悦说道："所以，我觉得啊，关于接下去结果如何，能不能进入这家药企虽然自己说了不算，但假如一件事的确值得去说或者去做，那么就不要反复思量是否符合自己现在的身份。有个问题，就是现在社会上很多男的将近而立之年还不知道自己到底想要什么，总是寄希望于别人给指条道，但是这样的可能性几乎没有。"

那次面试结束后，两个人在一起回医院的路上，天悦还想到了另外一个问题：他自己已经快30岁了，他爸在他这个年龄的时候，不但已经是厂里的技术骨干了，而且已经生了他和他弟弟两个小孩儿了，而他现在什么也不是，啥也没有，他怀疑是不是自己的心智本来就属于晚熟的呢。但是直到进了医院科室，换上了白大褂，他也没想出个所以然。

天悦在1993年12月初，先后接到了H公司和荷兰大药厂的复试通知，他先去的H进行复试。

在H公司进行复试时，接待天悦的有郑大姐和另外一位男士。郑女士介绍那位男士名叫丁宏，是公司里维修业务团队的负责人，有在日本留学和在T公司进修工作的经验,工作能力很强,天悦就和丁宏经理互相握手。复试开始后,郑女士先是和天悦聊了聊家常,之后转入正题,由丁宏经理介绍整个维修工作的开展流程、工作要求和对个人工作的预期。

"T公司是一家大的跨国公司,非常注重产品品质,也同样注重服务品质。在售后服务方面的自我要求甚至更高,T公司视给客户提供的售后服务的好坏为公司的一张脸……"丁宏经理严肃地说道,然后认真地问天悦:"你能理解是什么样的含义吗?"

"我能理解!"天悦连忙回答道,尽管他没有完全明白那句话的含义。

丁宏经理听了天悦的回答,就侧过头看了下郑女士,同时上眼皮翻了下,随即把头转正看着天悦:"那你就试试吧!我们给你提供的职位是X线机维修工程师。"

丁宏经理说完后先离开了,就剩郑大姐了,由郑大姐来和天悦谈职位待遇。郑大姐告知天悦的试用期是3个月,每个月800元钱,转正后每个月1000元,出差费用是"实报实销",每天还净补贴170元钱。工资可以申请发人民币,也可以申请发美元。郑大姐最后征求天悦的意见,天悦则懵懵懂懂地满口答应了。然后,郑大姐问天悦何时能办理入职手续,希望天悦尽快入职,天悦也是懵懵懂懂地满口答应尽快入职。

由于还接到了荷兰大药厂的复试通知,所以天悦也去参加了荷兰大药厂的复试。复试他的人已经不是上回的那位女士了,天悦被对方问道:"你愿意考虑做医药代表吗?"

"我认为医药代表是医药企业服务的延续,如一些药物在产生疗效的同时,也可能会带来某些不良反应,医药代表的一个重要职责就是向医生收集这些信息并及时向药企和监管机构反馈,这对确保患者用药安全至关重要。所以我觉得能够做市场代表的话就更适合我。"天悦认真地回答道。

最终在谈到职位和待遇问题时,荷兰大药厂给天悦提供的职位是医药代表,因为那次招聘的职位只有医药代表,试用期是3个月,月薪1000元,转正后1300元。当天悦进行完复试离开王府饭店后,他的心情既激动,也复杂,是一种说不出的感觉。

现在,天悦回忆起自己在27岁时,第一次去外企进行面试以及复试后的心情,用现在的词汇形容就是一种"断舍离"。因为那时把简历投出去后,虽然有预期,但他实在不知道实际结果会是怎样的——他把简历投进路边的邮政信筒后心情复杂,而面试后得知被录用,虽然很高兴甚至激动,但是激动过后,心情还是复杂——要把预期和实际结果进行比较,才会发现自己能做什么和不能做什么。"断舍离"的背后,不但需要意志品质,同样需要耐心和智慧。

X线机维修工程师PK医药代表

想到这里,天悦停下了写作,抬起头再望着窗外的夜空,内心竟萌发出一丝感慨——事实上,每个人都有许多一窍不通、毫无天分的领域,很多人在这些领域甚至连平庸的水平都达不到,对他自己而言也是如此。23年前,他凭着自己年轻,决定离开阜外医院进入外企工作,他没把将要面对转行带来的危机看得很严重,也没把将要面对缺乏天赋带来的危机看得很严重。

在23年前,天悦不认为自己的生活一定是要一成不变的。他认为千篇一律很容易,难的是如何打破定势。生活中,大多数人都遵照着某种行为定势:7点钟吃饭,约会穿漂亮衣服,找女朋友要白富美,男朋友要高富帅,旅游要去旅游胜地,工作要步步遵循前人经验。那些干预、打破这些定势的人往往被横加指责。然而在他眼里,大多数人,都困在了千篇一律,恰恰是被认为打破定势的一些人,活出了不被定义的自己。

放弃医师职业去做X线机维修工程师或者医药代表,要说的话就还有一个原因,毕竟自己是属马的,天悦相信属相马的人常将不可能的事,当成轻而易举就能办到的小事。属马的人能不受什么驾驶训练,而敢于驾驶飞机。无论属马的人需要做出什么决定,他们都拥有决断力;无论从事什么工作，他们都不缺乏行动力。

天悦边想着边往嘴里塞了一块曲奇饼，喝了一口咖啡，他想着自己那时对X线机维修工程师和医药代表职位和待遇都还是满意的，但是更重要的是这两个职位提供了他逃离医院医师工作的机会，他那时几乎已经彻底抵触一切关于临床的感觉。李群建议他去做医药代表，他并没有听进李群的建议。

虽然觉得做医药代表的职位通过沟通可以将最新的医学资讯、研发动态、治疗方法等传递给临床医生，然后把不良反应等反馈给企业，这对病人、对患者都有好处，但基于三个原因：一是更喜欢在发展大厦那样的写字楼上班，喜欢H公司提供的X线机维修工程师那样更受尊重、更讲究技术、更体面的职位；二是觉得做药的销售流程太烦琐，充满了神秘和人际关系的不确定性，以及还要触碰临床；三是后来的情况也支持进入H公司工作。总而言之，天悦选择了做X线机维修工程师。

对天悦应聘H公司以及后来H公司决定录用他做X线机维修工程师的结果，他的老爸的态度从开始时的坚决反对到最后默许，只有他的老妈的态度依然是坚决反对他离开阜外医院。

天悦记得在一天晚上饭后，他的老爸跟他聊了很多，最主要是老爸为了让天悦明白一个道理，在医院工作也好，去H公司做工程师工作也好，都要能沉下心地工作，把工作当成事业去研究，才能有所收获。

尽管出于历史原因，天悦那时对日企、对日本人制造的东西，多少还是抱着一种复杂的心情，但他内心依然想着能更多地了解它们，而不是排斥它们。

为了尽快办理离职手续，好去H公司上班，在1993年的12月3日，天悦写了一封调离申请，交给了所在科室的荆宝莲主任。很快，荆主任告诉他，科里不会放他走。他就又去找到科里的大主任，大主任叫戴汝平，更是表态拒绝放他走。

荆主任还多次找天悦谈心。有一次，荆主任就对他说道："青年人，尤其是医务工作者,就不应该试图去完成商务领域的工作和任务,应该尽量少把精力浪费在思索去做那些不能胜任的领域上,因为从无能到平庸要比从一流到卓越,需要付出多得多的努力,我判断你还没搞清楚你自己的'兴趣''专长'和'擅长'是什么。很多人当初在选自己兴趣作为职业,会迷茫和纠结,但是你毕竟有做了好几年的医师工作,这份工作已经成了你生活习惯的一部分了。换了别的很多人,无论如何也不会放弃,即便想放弃肯定也很难做出决定的,你怎么就突然放弃掉,你怎么就会想着离开阜外医院呢?"

天悦听了荆主任说的那些话,心头"咯噔"地感应了一下,欲言又止。但他想着过去几年在工作中所受的委屈,想着未来5年、10年、20年的情形如果是一成不变的,想着过去的几年里没能入上党,他就不想对荆主任解释什么了。

"不知道在你听了我说的这些话后,你内心会是怎么样的感觉?建议你先不要急于做出决定,先好好想几天再做决定。然后我会再找你谈的。"荆主任接着说道。

"好的,多谢您的关爱!"天悦毕恭毕敬地回答道。

相比之下,李群很快在医院人事处办理了因病停薪留职的手续,偷偷摸摸跑去荷兰大药厂做了一名医药代表。这之后,李群和天悦有过为数不多的几次见面交流。

在第一次见面时,李群穿着西服打着领带,显得风流倜傥,两个人约在了一个地方吃午饭,李群边吃边说道:"……在工作后不想放弃自己已经擅长的职位,完全是可以理解的,我就不敢辞职离开医院,因为我毕竟有很多牵挂,我老婆快生了,我马上要做爸爸了!对我来说,想做自己喜欢的事情,但是又舍不得放弃在医院的已经熟练的擅长的工作,怎么办?这时候最好灵活处置扛起来,慢慢过渡。"

"成呀!哥们儿,你还很有理论的,不愧年龄比我大,比我懂得多。"天悦笑着对李群说道。

"我的那些医药代表同事也都是从北京各大医院跑出来的,我们经常一起聊,几乎都抱怨在工作中,除了门诊和手术之外,在工作之余还要花大量时间写病历和论文,长期劳累已成为生活的常态。他们中的一些人本来计划出国的,也有几个两年前就计划进外企做目前的工作岗位。与其他行业相比,医生更容易出现职业倦怠。能从医院里跑出来的,都是想尝试着做些改变的。"李群继续说道。

……

天悦想着,就从椅子上站了起来,又活动了几下身体,接着将电脑关机。他想着去冲个澡就睡觉了,已经是半夜时分了。

在洗澡过程中,天悦任由热水冲刷着自己的机体,尽管洗澡水还挺烫的。他原来觉得,那些习惯千篇一律的人,一遍遍告诉他们自己,自己没什么不同,最后他们就真的没什么不同了。现在他觉得,那些千篇一律的人其实代表着中国社会的主流,千篇一律有千篇一律的好处,代表了"传统主流的生活方式"。

如今,天悦已经是50岁的人了,这个年龄在当今社会除了容易被贴上是"中年油腻大叔"的标签,有时还会经常被嫌弃要啥没啥!相比现在社会上爱给自己贴标签的某些人:比如这人是"情歌王子",比如那人是"夜店女王",他则实在是太普通了,被一些标榜自己千篇一律的人嫌弃。

天悦现在想着,自己开始写作,也是想摆脱"中年油腻大叔""要啥没啥的草根""孤独的失败者"等的标签。他觉得写作其实是要继续遵从自己本心,去得到真正适合自己的标签。

一进 T 公司

礼貌是一个组织的润滑剂。两个动物相互接触时会发生摩擦是一个自然规律,不仅没有生命的物体是这样,人类也是如此。做到真正有礼貌,其实并不简单,不单是说声"请"和"谢谢",记住别人的名字,介绍自己,或问候对方这样的小事，但就是这种不起眼的细节，使得所有人能够融洽相处，不管他们彼此之间是否有好感。许多聪明人，尤其是聪明的年轻人，没有意识到这一点，没有注意到这种不起眼的细节的话，那自然就做不到深层次的礼貌。

与此同时，另外一点也同样重要——纠正自己的不良习惯。所谓不良习惯，是指那些会影响你的工作成效和工作表现的事情。

天悦躺在床上，回忆着进到H公司前后所发生的事情，无论在工作中还是在人际关系中做得好坏，都与自己在团队中对待礼貌的态度和对待不良习惯的态度有关系。在1993年的12月上旬，他已经答应H公司尽快办理入职手续了，但从10月份起酝酿离职，到决定离职，再到离职前准备，他没有和科里最熟稔的同事说过，也没有和自己的老师说过，听听老师和同事的意见建议；他没有对科里真心喜欢自己的女同事说过，也没有对医院里和自己最熟稔的几个女同事说过，听听她们的意见建议；他没有找过科里任何一个主任说过自己的计划，也没有去医院人事处和马处长讲讲自己的计划，听听院科领导的意见和建议。

想到这里，天悦突然觉得自己很尴尬。在1993年时，他已经27岁了，和同龄的大多数人已经大学毕业并工作四五年了一样，但在搞清楚自己的"兴趣""专长"和"擅长"是什么方面，他就像个"巨婴"，像一个茫然无措的孩子。他无法独立地思考，无法正确地做选择，无法清晰地评估风险和机会，却又不愿意求助于周围的老师、同事、同学，这终于导致了后来尴尬的结局。

1993年12月10日起的4天内，在天悦连续接到H公司人力资源的几通催促电话后，他得知对方的态度就是"不会为你长期保留这个X线机维修工程师的职位"。他不得不找到戴主任和荆主任，再次提出自己要调离，请求主任同意自己的调离请求。戴主任作为科里的大主任，态度坚决就是不放人，不放他走。

紧接着，荆主任又找他谈话，荆主任进一步表明态度说："我们支持你出去学习，让你去北京积水潭医院学习进修，就是有计划有目的地要培养你，要重点培养你，所以不可能放你走。而且你要走，事先也没有提出，突然就要调离，会影响科里正常工作秩序安排的，你想过没有呢？"

在那次听了荆主任说的话后，天悦自己就显得局促不安。现在想想，毕竟因为那时年轻，一些基础认知没有建立起来，他在荆主任面前当然像是一个茫然无措的孩子。他现在明白，他在整个过程中是没有对科主任表现出该有的礼貌，同时科主任也是在观察他的决心和意志品质。

后来，天悦觉得自己已经没有退路了，就鼓足勇气写了一封辞职信，交给了荆主任。在和荆主任进行的最后一次交流中，荆主任提到："既然你真的是做得不开心，我和戴主任也不会强行阻拦你，毕竟你年轻，你有自己的志向是件好事……"

在和荆主任最后一次谈话的第二天，天悦从荆主任那里拿到了戴主任手写的准许辞职的批条，他拿着批条找到了人事处马处长。马主任惋惜地告诉天悦："你知道吗？从你离开阜外医院的那一刻起，从你'下海'的那一刻起，无论生活还是工作，无论事业还是人生，无论梦想还是爱情，都将漂浮不定……这样吧！我把你的辞职手续换成调离手续。如果辞职，你就没有办法保留国家干部身份了。我给你办理人才手续，你的个人档案可以转移到北京市人才交流中心。"

直到现在，23年前的那天马处长和颜悦色地对天悦说过的那些话，天悦依然是历历在目，听在耳朵里，永远记在心里。天悦忘不了马处长对他人身成长的关爱。当然，除了马处长，还有很多关爱过他人身成长的人，他永远也不会忘记他们。

再后来，戴主任、荆主任领衔，全科上下几十位同事为天悦举办了一个专门的欢送会。在欢送会上，戴主任、荆主任、蒋世良主任先后发言，尤其是戴主任在得知他要进的外企公司是T公司，觉得非常惊喜，并亲口对他说"T公司是一家不错的公司"。会上，他开心于戴主任说的话，但是由于自己在对众多同事的礼貌方面做得不够好，导致整个欢送会的氛围更像是一场全科聚餐。尤其是包菲，在得知他去职的事情后，心情刚开始显得讶异，随后是失落。

无论辞职在同事眼里是否是件可耻的事情，无论自己是否是个不谙世事的"巨婴"，天悦在1993年的12月15日，在自己27周岁时，终于告别了阜外医院，告别了自己的临床医学生涯，更告别了1993年。与其说是他选择离开阜外医院进了外企，倒不如说是他懵懵懂懂地对自己做了人生的"自我放逐"，他直接导演了属于他自己的一部现代的"鲁滨孙漂流记"。

夜深了，睡意重度来袭！天悦依然在努力反省着，他觉得越是努力反省，就越是容易睡着。俗话说"三十而立"，但是在现实生活中，事业未"立"，生活尤"惑"的情况大有人在，他更是觉得自己已经人到中年，还在经历着"成年未满"的危机。

此刻，天悦思索着，当初在自己眼里，自己作为极为普通的一个人，因为年轻，所以觉得人的一生，就在花开花落之间，唯一能为生命做的，就是尽量给予它更多的体验。至于如何在未来可能出现的最迷茫、最糟糕的状况中找到出路，其实更需要发掘的是怎样赋予自己突破的勇气和决心。因为说白了，就是任何的焦虑都源自面对不确定性时的不自信。

天悦依然在努力回忆着，他于1993年12月"一进T公司"，直到1996年5月"一出T公司"。他在H公司担任X线机维修工程师，主要从事T公司生产的X线机的安装、调试、维修和应用培训等售后服务工作。由于具有6年的介入临床工作经验，基础扎实，动手能力强，所以他能在短期内基本掌握了T公司各型X线机的性能特点。而"一出T公司"还是因为自己的积重难返的不良习惯造成的。不良习惯能很快地在回馈中反映出来，回馈还会反映出哪些问题是由于缺乏礼貌造成的。

23年后的今天，在这个午夜，天悦才意识到，如果回馈分析表明某个人只要一遇到需要与别人合作的事情就屡屡失败，那么很可能就意味着这个人的举止不大得体——也就是缺乏礼貌，是没有搞清楚自己的定位造成的。其实当初自己选择离开阜外医院，同样存在由不良习惯导致的失败。由于没有认清自己，就注定了要选择离开阜外医院，或者说自己离开阜外医院是一件迟早的事情。

总之，在23年前，在27岁时，天悦知道生活不会一直允许他当个"巨婴"，由于年轻，由于有了"另外的声音"——戴主任的话，还由于人事处马处长的帮助，使他竟觉得自己在一夜之间成了一名"人才"，所以他去了H公司上班，他对自己未来还充满了信心。

重新认识外面的世界

清晨6点，一觉醒来，短短三天的端午假期已经过完了，即将开始节后第一天的工作。在上班的路上，天悦找了一家咖啡馆，进去点了份早餐吃起来。

天悦喝着拿铁咖啡开启了节后新的一天，而从人生成长的角度来讲，他的"拿铁人生"是从一份《北京青年报》开始的，具体地说，他的"拿铁人生"是从进入到H公司工作开始的。他现在认为自己能这样过着"拿铁人生"，是因为心怀里有一个大世界，能真正装下"外面的世界"。

在进入H公司后，天悦经历了很多以前做梦都没有想到的事情，经历了很多在医院做医生所无法想象到的事情，所以是真正体会到了什么叫作"从头再来"了。他经历了长大后工作后的第一次出差到第N次出差；他有生以来第一次坐飞机，坐美国波音飞机；第一次住饭店，住四星级饭店；第一次收到"外汇券"，第一次挣到"美元"工资；第一次经历人生危机，比如"转行"带来的危机，第一次经历缺乏天赋带来的危机……他现在才觉得从进入H公司工作开始，生活对他而言就变得像是一个"盛大的约会"，漂泊从出差开始，漂泊就是一场"盛大的约会"，无论好人还是小人，无论男人还是女人，无论是中国人还是外国人，包括日本人，都出现在"盛大的约会"中。约会就会有故事，故事就是能拿得出来可以让人们惦记，可以让人们思索的。

在H公司上班的第一天，早晨8点30分，内容是晨会，事务所第一负责人WATASI先生，一个将近60岁的老头儿，主持晨会。他戴着一副眼镜，上身着蓝色西服，下身着一条浅色西裤，皮鞋擦得锃亮。他首先用日语向大家问好，同时向大家一鞠躬，天悦随着大家鞠躬向WATASI先生还礼。随后，WATASI先生用日语讲了一通，接着WATASI先生的女助理向大家进行翻译。晨会过程中，WATASI先生代表大家向新来的员工表示欢迎，然后讲解本周要完成的任务，最后各部门主管都对WATASI先生制定的工作要求给出肯定或者否定的答案，晨会随即结束。就这样，一个晨会用了不到15分钟就结束了。

天悦是第一次经历这样的晨会，他第一次觉得日本人与中国人有百分之二百的不同。不就是一个晨会吗？能有什么不同呢？可是他记得在阜外医院工作时，无论是科室里开会，还是医院里开大会，所有人都是坐着，讲话的人也是坐着讲，每次开会少则30分钟，多则150分钟。而H公司的晨会呢，所有人都是昂头挺胸地站着开会，会议内容就是布置任务和表态"YES OR NO"，15分钟就结束了。

晨会后，大家就开始各忙各的，办公室里显得十分安静，即便是工作交流或者是打电话，也都是俯首低声说话，绝没有大声喧哗的现象。

到中午吃饭时，WATASI先生的中国司机老李和丁宏经理还有天悦一起去发展大厦的员工食堂吃午饭，餐厅里以中国人为主，有少部分喜欢吃中餐的日本人。所有人在吃饭的过程中都很放松，但说话依然尽可能压低声音。

三个人边吃边聊，天悦犹豫了下，才问老李和丁宏经理一个问题："中国以后能赶上日本吗？"

"很多中国人，特别是那些没有和日本人有过接触的中国人，对日本人有一种'先入观'。"老赵继续讲道："中国人一方面梦寐以求地想赶超日本，另一方面又不能正面看待日本人的优点和正视自己的缺点。"

第七章 漂泊是一场盛大的约会

丁宏经理补充道:"如果从另外一个角度来看待日本,日本是一个谦虚好学、不断进取、克己奉公、忍耐执着的民族。中国人赶不上日本,归根到底还是中国人自己的毛病太多。"

老李听了丁宏经理说的话,点头称是。天悦也觉得丁宏经理说得有道理。

三个人吃完午饭后,在离开餐厅的路上,老李忽然问天悦道:"你怎么想着穿了身儿西服呢?还打个领带。你们做工程师的不用穿得这么正式的。呵呵!"

天悦听了老李说的话,看了看老李,又看了看丁宏经理,自己就哑然一笑,随后自己上楼回到办公室,而丁宏经理和老李去到楼下外面抽烟。

天悦记得那天下午上班过程中,他注意到日方管理层级人员都是西装革履,他发现日式穿戴的风格要点是注重长短搭配、色彩搭配的同时更注重品质,既注重观感也注重质感,尤其是对质感的在乎,包括质感上等的衬衫、西服、皮带、皮鞋。日本男性职员还注重佩戴精致的领带、全钢手表。而工程师们的穿着确实是如老李说的那样,都是便装打扮。

现在想想,天悦才觉得那时自己的穿戴打扮似乎就会引起周围同事领导的误会,似乎会引发一种"距离感",但在当时以及之后相当长的一段时间内,他竟没有自主意识到。为了去H公司上班,他特意去东四的外贸服装店精挑细选了一套西服和一条领带。

虽然天悦在上大学时就让父母给他买了一套西服,但是那套西服做工粗糙,经过几次水洗,早已经穿不得了。去H公司上班前的某天,他转了好几个外贸服装店,但是因为客人多,店员都没空搭理他,转到一家打着意大利式西服品牌的店面的时候,他就进去店里仔细看,就看上了一套黑色双排扣的西服套装。

"小伙子,你要买套西服吗?我这都是经营意大利版式西服的,你喜欢什么样式的?或者说准备考虑哪种价位的?"老板快步走到天悦面前主动地搭讪道。老板是个中年男人,北京人,还是挺热情的。

天悦就指着那套黑色双排扣的西服套装问老板道:"那套西服怎么卖的?能打折吗?"他手指的那套西服标价是1200元。

老板笑着对天悦说道:"小伙子,你的眼力不错呀!这套西服首先从款式上看,是一套黑色的 Blazer。它有两种较为标准的搭配:一是搭配黑色系西裤,较为正式;另一种是搭配卡其裤或牛仔裤,较为休闲。你看中的这套 Blazer 搭配的是黑色裤子,看起来你是想要追求正式感而故意让上下衣服颜色相同。这样吧,你比较瘦,我给你拿件适合你身材的,你穿上试试看看。"

天悦就试穿看中的那套黑色西服,照镜子时就暗自欣喜,自我感觉良好。这时,老板又凑过来,左看看,右看看,高兴地对他说道:"你瘦,肩也窄,但是这套西服肩略宽,你穿上后,垫肩显得不夸张,再往下能看出隐隐约约的胸衬,再加上明显的收腰,整体形成一个 T 字形。这是绝对偏向南意大利 Napoli 风格的 Blazer。"

"嗯嗯,最低多少钱?老板!"天悦紧张地问老板道。

老板笑呵呵地说道:"800元一套,不能再低了!"

天悦记得当时自己在听了老板出的报价后,倒也痛快,从兜里拿出一沓人民币数出800元钱给了老板。事实上,自己在医院工作的几年里,连工资带奖金最多的时候一个月也没有超过500元钱。

领带、香水 PK 示波器、电路板

天悦在进入 H 公司工作后的将近一个月,公司并没有安排任何的入职培训和技术培训,他和另外几个刚入职不久的新员工每天就是以在公司里看技术说明书为主。不同的机型有不同内容的技术说明书,文字兼具日/英,他看不懂日文,看英文也很费劲,因为英文的说明书有太多的电子专业方面的生僻单词,所以必须借助一本厚厚的中英对照的电工词典,他才能大致看下来。

同时，天悦观察到公司里的中方资深的维修工程师单独出差时，或者和来中国的T公司医疗厂家工程师一起出差时，携带的维修工具标配里有三件是不可或缺的，一件是标准工具箱，一件是模拟示波器，最后一件那肯定是测试用的电路板。他多少懂得些模拟示波器的原理，但是从没有用过。模拟示波器是一种用途十分广泛的电子测量仪器，它能把肉眼看不见的电信号变换成看得见的图像，便于人们研究各种电现象的变化过程。示波器利用狭窄的、由高速电子组成的电子束，打在涂有荧光物质的屏面上，就可产生细小的光点。在被测信号的作用下，电子束就好像一支笔的笔尖，可以在屏面上描绘出被测信号的瞬时值的变化曲线。利用示波器能观察各种不同信号幅度随时间变化的波形曲线，还可以用它测试各种不同的电量，如电压、电流、频率、相位差、调幅度等等。

天悦现在回想起来，那时由于自己缺乏深刻的电子专业理论和电工应用技术知识，所以对下一步的X线机维修工作显得有些信心不足，那时他不得不每天下班回家后向老爸问询一些相关的技术知识。老爸了解到一应情况后，深知帮不了他什么，知道他在H公司的工作成败只能看个人的悟性了。

那时候虽然信心不足，但是天悦也要硬着头皮去学习和实践。

事实上，在日本，T公司、HITACHI都是较早向B2B（商用）领域转型的日本电子巨头，它们向医疗设备、智能电网、电梯等基础设备等领域转型，在核心零部件、上游化学材料方面保持优势。例如，T公司医用X线影像设备很早就使用了变频技术，这种技术在当时的中国还属于处在科研攻关的项目课题之一。

有一次，天悦在和资深的X线机维修工程师付红轮交流的时候，付工提到说："二战后，日本以科技作为立国之本，举全国之力投巨资进行科技创新。文部科学省外围机构——日本学术振兴会负责制定具体科学研究项目，其掌管的科学研究费是日本最大规模竞争性申请类科研费，是全日本科研经费最重要来源之一，日本政府向大学和产业技术综合研究所等公立研究机构提供经费。"

付工,还有冯大庆工程师还都认为中日企业组织是完全不同的,因为他俩都曾去过日本,参访过 T 公司医疗研究所和工厂,感受到 T 公司浓厚的科研文化,T 公司社长本人仍从事科学研究,T 公司鼓励员工结合实际开展技术研究。在付工和冯工眼里,企业组织是这样有差异,国家民族也是这样有差异。

冯工在一次闲聊天时对天悦说道:"日本在历史上,不论是科学技术还是文化,都曾经远远落后于中国几十年到上百年。从客观原因来看,中国有太多的理由超过日本。中国地大物博资源丰富,而日本的自然资源却极其贫乏;中国的人口虽多,但人口密度却小于日本;1840 年以来西方国家对中国的投资也远大于对日本的投资。中国赶不上日本显然是中国人本身的原因所致。"

……

天悦一边喝着咖啡,一边看着窗外,他看着那些匆匆而过的路人,他就觉得自己在进入 H 公司工作的头一个时期,在自己的精神层面上,对本职工作以外的关注如对历史的,对民族的,对工作环境的,对自己外表的,远远超过了对本职工作的关注,没有具备正确的心态来告诉自己:"眼下就是一个从未有过的可以展示自己的力量与能力的机会,我应该全身心地投入新的工作,以便尽快掌握维修工作技能,尽快尽情地在工作中施展自己。"

在刚开始的那个时期,在天悦的精神层面上,主要是领带、香水打败了示波器和电路板。那时候,天悦的老爸也会经常地关切他工作压力大不大,何时才会被派出去修机器,但是他都不以为然。由于最初学医学专业时就并非自己的本意,所以他在从医时就没有什么雄心大志,他在进了 H 公司工作后,自然没有为自己设立什么职业目标或者说事业目标。相反,他经常在工作间歇摆弄自己的金利来领带。他一边勉力工作学习,一边想着如何把领带打得更漂亮,想着如何让自己在众人面前能更有魅力,他甚至还研究起了香水。

就这样，在H公司工作的一开始，天悦在短时间内关注的东西太多，除了历史，就是虚荣心，却忽略了如何使自己在职业技术上尽快"脱胎换骨"，尽快"入流"，尽快融入团队。

领带和香水进一步促进了"距离感"和"隔阂感"，在周围同事眼里，天悦未能摆脱精神贫穷落后的现状。在同事们都在跃跃欲试，都摩拳擦掌地盼着尽早能出去投入实际维修工作的时候，他却了解得知，在最后，香水的主体通常是在接触皮肤1小时或更久之后显露的。中调和后调混合，一起跳跃着，它们一起组成了香水的主体香味，也是持续时间最久的香味，是任何好香水的嗅觉精华。

天悦变得离不开领带和香水，他把第一个月的工资拿出了一多半用于在燕莎购物中心买了一瓶松树的木本香调香水，属于那种后调和中调可以同台表演的，他认为那些化学物可以使香水防挥发，所以可以让喷在自己身上的香水留香良久。

……

离开了咖啡馆，在上班的路上，天悦就反省着自己当初，知道应该在H公司努力工作，但是可能那时还是由于一下子接触的诱惑太多了，再加上他觉得日本人的那点维修技术没啥复杂的，不用太着急，所以他那时没有什么时间上的紧迫感，更没有分清事物的主次。

第一次外出维修X线机

天悦一路走着，一路回忆着自己第一次和同事外出维修X线机工作的前前后后的情况。

进到H公司工作后的第一个月很快就过去了，在公司里坐着看资料看了一个月，天悦不但对一些型号的X线机的高低压电路部分的结构功能原理有了进一步的了解，在阅读电子专业英文水平方面也有一定程度提升。

那一个月下来，天悦感觉到公司与医院在组织上完全不一样，公司更注重绩效，他很快就要被分派去医院进行实地维修工作了。在他眼里，在医院的医护人员职业发展是一个漫长提高的过程，而在公司里工作，无论你处于哪个层级什么职位，显然需要你在短时间内就能向大家表现出经验、专注力、速成能力，经验意味着能迅速进入角色，专注力意味着工作态度，速成能力意味着工作效率或者天赋。

一天下午下班前，领导照例在派班的白板上书写第二天的工作任务，其中一项任务就是派天悦和郭莅洲工程师两个人伴随日本工程师NAKANO先生一起去北京丰台的一家医院放射科去维修一台X线设备，这是丁宏经理第一次安排天悦外出实践。

当天下班后回到家，天悦高兴地对老爸说道："老爸，我终于能被派出现场了，而且还有一个日本工程师同行。呵呵！"

"嗯，这是件好事呀！这是一个很好的实习机会，或者说学习机会。那个日本人应该是个经验很丰富的厂家工程师，你一定要跟着好好观摩，有问题就多问！"老爸听后高兴地说道。

天悦笑着回答道："没问题！"

可瞬间，老爸脸色突然严肃起来，就问天悦道："你们有随行翻译吗？"

"没有，怎么了？"天悦不解地问老爸道。

"那你们之间只能说英语了，你的英语那么差，日本人说英语也是台儿哄，你们之间怎么交流呢？你想过没有？"老爸回答道。

"呃！日本人说英语不好吗？那怎么办呢？"天悦边忙不迭地问老爸道，边心虚起来。

老爸补充说道："在识字技能和识数技能上，日本人排名世界第一。然而，日本人英语不好。你不妨借工作之余也学学日语。"

第二天早上上班后，在公司里，天悦、郭工见到了NAKANO先生，只见NAKANO先生约莫50岁左右的年龄，身高也就在1米68左右，头发蓬乱还间杂很多白头发，一脸短胡茬，戴着一副近视眼镜。上身外面穿一件深色厚羽绒服，羽绒服敞开着，里面穿一件花格子衬衣，衬衣外套着一件无袖毛衣；下身穿一条牛仔裤，蹬一双厚底皮鞋，背着一个双肩包。NAKANO 先生两只手揣在牛仔裤兜里，身材更显得矮小。

双方见面后，NAKANO 先生把双手从裤兜里拿出来，手掌心贴着裤腿，就鞠躬对着天悦、郭工施礼，郭工则热情洋溢地对 NAKANO 先生说："KAKU、KAKU"，然后回转头对着天悦问道："你姓邢，我还真不知道邢这个字在日语里是怎么发音的。"天悦站在一旁，不知道说啥是好，就忙着提工具箱，郭工提着示波器，NAKANO 先生拿着自己的东西，三个人一起上了路。

路上刚开始，天悦就兴奋地跟郭工聊，他先问郭工道："KAKU、KAKU 是什么意思呢？"

郭工睁大着眼睛回答道："我姓郭，郭这个字在日语发音为 KAKU，所以日本人一般称呼我 KAKU Sir。再比如，姓张的张在日语发音为 QIAO，所以日本人一般称呼姓张的人 Qiao Sir。"

"哦，那怎么分辨称呼日本同事呢？"天悦又问郭工。

郭工认真地回答道："每个日本人的名字都有自己的中文名和外文名，比如，NAKANO 是在工作和日常交流中惯用的外文名，彼此都知道谁是谁。NAKANO 先生的中文名是中野，如果我们直接称呼 NAKANO 先生中野的话，NAKANO 先生就会不明所以。嗯，我们大部分情况下，哪怕是在中国同事之间，在聊工作中涉及日本同事时，也习惯用日本同事的外文名。"

在如何用英语与 NAKANO 先生沟通上，郭工却有着自己的看法，他对天悦说道："我进咱公司之前就试着学过日语，现在工作之余我也学学日语。学习日语好难啊！语法记不住，助词分不清，片假名看不懂，遇到很多难题，我自己的学习办法比如：背单词，看日剧，看漫画，试着读报纸，做大量的习题等等……"

与天悦聊完了之后，郭工就开始和 NAKANO 先生进行交流，郭工一会儿用日语、一会儿用英语，总之叽里咕噜地，天悦只能木然地坐在一旁听着。

到了现场，在院方设备科技术人员的陪同下，天悦一行3人先了解了设备故障情形，之后NAKANO先生就开始投入故障检测工作。天悦和郭工就围在NAKANO先生身边打下手。工作中，NAKANO先生有时仰头朝天花板望着，若有所思；有时站起身来围着设备转圈踱步，晃脑摇头；有时在电路图上指指点点，嘴里还咕哝着日语；有时候干脆跑到屋外楼道里点上一支烟，猛劲地吸几口；有时候天悦、郭工和NAKANO先生一起试着用英语做简单地交流。

经过一番努力，NAKANO先生认为医院放射科报修的那台X线机片库的发片故障问题，具体地说就是因为主导发片盒运作过程的感应元器件出了问题，也就是说那个元器件所在的电路板出了问题。为了确认检查测试结果，3个人在两张白纸上画来画去，郭工一会儿用日语、一会儿用英语，天悦也用英语，总之，3个人叽里咕噜地进行了一阵交流。交流完毕，在结束检查工作后，NAKANO先生跑到室外，点燃了一支香烟，又是一通猛吸，吸完烟的神情似乎就显得比刚开始时舒畅了很多。

离开医院前，NAKANO先生掏出一份表格，自己先用英语在表格上填写起来，填写完毕就示意天悦和郭工也签上各自的姓名，最后把那份表格交给医院设备科的陪同技术人员，向该技术人员解释故障原因，并提出维修办法是换故障电路板，告知由于是在保修期内，所以是免费检测、免费维修、免费更换故障电路板，最后要由该技术人员在那份表格上签字认可，签字后，天悦就还收回来那份表格，带回公司备案。

在回公司的路上，NAKANO先生就一言不发地闭起眼睛小睡，而天悦则和旁边的郭工小声地聊了起来。天悦问道："你跟NAKANO先生聊的时候，我感觉不论是你，还是NAKANO先生，你们说的英语不英语，日语不日语，你们之间聊的内容的一多半我都没听懂。"

"呵呵！我之所以多问，多交流，就是想多学点东西。我的日语是刚学了一点，拿来就用，因为我的英语很差，所以才想着学点日语。日本人英语说不好得赖日本文化和教学方式。"

那天下班回到家后，天悦绘声绘色地向老爸描述自己出现场的维修工作过程，老爸边听边问，父子两个聊了一个多钟头。其间，老爸问天悦道："你们是用英语交流的吗？还顺利吗？"

天悦乐着回答道："交流不顺畅！给我的感觉就是，NAKANO先生在与我们的交流中用得最多的3个词汇按顺序分别是'苦累''打卖''橙汁'，呵呵！"

"呵呵呵，你知道这3个词汇分别代表什么意思吗？这三个词汇串起来代表什么意义吗？"老爸爽朗地边笑边问天悦道。

"刚开始我都没听懂，后来在纸上画来画去时，我才搞明白日语里'苦累'的意思是故障发生的具体位置；而'打卖'就是英语单词Damage，意思是损坏了；那'橙汁'就是英语单词Change，意思是需要更换。哦，我原以为NAKANO先生一是抱怨苦和累，二觉得难修，三是觉得应该换别人去呢，呵呵！"

老爸则笑着回应道："'苦累''打卖''橙汁'三个词汇串起来代表的是整个检测维修环节过程。"

"嗯，我明白！"天悦笑着说道。

可是老爸又忽然脸色严峻起来，问天悦道："你知道了那故障原因是什么、如何维修、工作流程是什么，那块板子为什么会出问题呢？你知道了吗？"

听了老爸如此一问，天悦顿时局促起来，因为回答不出老爸的提问了。

不能言传的秘密

天悦当初在进入H公司工作后，他一方面在职业发展上就选择了一条遍布荆棘的道路，因为"转行"后，如何建立新的事业？进也不容易，更没有退路；另一方面，还需要学习和熟悉很多的人情世故。相比之下，那时他的那些同事，如丁宏经理、付工、薛工、刘伟、安璐、冯工、郭工等人，就比他老练得多。

发端于20世纪80年代末90年代初的"下海潮"一方面改变了天悦的人生轨迹，另一方面也促使天悦有机会真正近距离地对日本人长久以来的价值观与工作观进行更深层次的观察与思考，并将日本民族与中国人的国民性做些对比。

在天悦眼里，日本企业注重技术精细，注重基础研发，由于骨子里受到哲学的影响，日本的企业精神就是"钉子精神""知行合一"。而中国企业更愿意安于现状。中国企业安于现状的处世态度，使中国企业的产品更新换代总是被动地进行，不到产品完全卖不出去的地步就依旧不变。

企业有差异，那员工是否有差异呢？天悦继续望着窗外的风景，由于他经历过，所以他自然有自己的态度。提起日本人的工作观，相信许许多多中国人都能立刻联想出"认真""努力""勤奋""加班"等词汇。是这样的！在H公司里，中国同事与日本同事相比，日本同事进取心更强，也更专注。他的那些日本同事，从上级到下级都坚信只要努力工作，努力进取，克己奉公，将公司当作自己的"家"，与公司融为一体的话，那么就能让自己过上稳定富足的生活，尽管工作压力很大。

天悦继续回忆着，在23年前，没有人教导你"如何实现财务自由"，甚至不懂得一个人的事业随着年龄的增长，选择的机会成本也在上升。由于机会成本一直在上升，但实现财务自由的机会总是有限的，如此，"吃里爬外"、占公家便宜几乎成为一道风景。

在H公司工作的情形是怎样的呢——公司每次外派工程师出去进行维修工作，目的地有分北京市内和北京市外。对于像天悦这样的新手儿，如果不经过几次的、十几次的近地的维修见习历练的话，既包括技术的，也包括沟通待人接物方面的，一般是不会被冒险派到外地出差的，因为要考虑到绩效的问题，还有津贴成本的问题。所以，在公司里，对资深的工程师来说，更经常被派往外地出差，当然他们也愿意出差，出长差，或者一个月里多次辗转多地出差；对单身的同事来说，没有后顾之忧，还能挣几倍于工资的出差津贴；对有妻子儿女或者家庭经济压力大的同事来说，家人希望能多挣钱，苦些累些但是值得；对希望表现出工作激情和想要提升工作经验的同事来说，经历的设备问题越多，解决的故障越多，专业能力提升得越快，经验越丰富，挣钱就更多。总之，不同级别的工程师，每出差一天，就能够净挣从170元到500元钱不等的日出差津贴，出差天数越多，挣得越多。但是如果是被派出在北京市内的医院公干，就没有什么补贴。

在经过了第一次与郭工和NAKANO先生去丰台那次后，又经历了十几次分别跟付工、薛工、赵工等一起去北京其他医院如北京医院、北京阜外医院、北京中日友好医院等医院放射科维修设备，天悦发现每次完成工作，大家一起坐从发展大厦包的出租车返回后，付工、薛工、赵工等都是很主动地抢着支付出租车费。而且他们每次主动支付出租车费时，天悦都会被要求先上楼，不用等着他们一起上楼。这样的情形维持了三四个月，终于有一天，被天悦发现了一个不能言传的秘密。

有一次，天悦被领导派工，独自去北京的一家医院送一块从日本发过来的用于更换的新电路板，那是他进入H公司工作后第一次被单独派工。他那天照例在发展大厦楼下包了一辆出租车，完成维修任务工作后，再坐那辆出租车返回到发展大厦。他在掏钱准备支付车费时，出租车司机师父不等他开口，就侧过脸直接问他道："先生，你看你这一趟下来打表是110元，发票给你多开50元，100元还是200元？"

"什么？呃，多开？"天悦听了后就皱了一下眉头，一下子没有明白司机师父的意图，就傻不愣登地嘀咕道。

"给你多开100元吧！呵呵！"司机师父边笑着边在发票本上写了起来。

直到这时，天悦依然没明白什么意思，他甚至怀疑司机是想管他要210元钱出租车费，但是他依然坚持只给了司机师父110元钱车费，可临下车时，司机师父递给他的出租车票，上面出租车费一栏却写着210元钱。

后来的某天，那张出租车票被天悦交给公司进行了报销，他是按210元钱报销的，当他从公司出纳那里拿到210元钱时，他才恍然大悟一个情况——他终于发现了"秘密"，但是他知道这个秘密真的不能言传，也无法言传。如果不能出差的话，在北京市内公干虽然不像出差外地能挣着津贴，但是别的同事却私下通过虚开多开出租车费来获得利益。当然，如果能多认识几个出租车司机的话，更可以在需要时找那些出租车司机兑换一些让普通人觉得稀罕的"外汇券"，一种专门供在华外国人使用的临时货币。

……

天悦从落地玻璃窗走回到自己的办公桌，落座后，想打字时却又犹豫起来，是开始自己的工作或是继续写作？还有很多故事，但是不可能都写出来，因为觉得作为一个中国人，虽然有引以为自豪的地方，但也有很多该感到羞愧的地方。

和NAKANO先生出差镇江

天悦犹豫了半个时辰，决定还是继续进行写作，他觉得写作既关乎自己的情怀，还可以反省自己的成长经历，更可以对比判断很多常识性的事物。

对于工作的思考，23年前的天悦还没有完全意识到进入H公司工作对自己未来人生的影响将会是怎样的。在绝大部分人的脑子里，工作的意义虽然各有不同，但是没有人否认要通过工作来挣钱养家或者证明自己人生的基本价值。

在医院工作，或者在国企工作，你都可以拿到死工资，国家虽然会发给每个职工工资，但是并不能证明每个职工横向间的能力差异。但是在外企，你可以感到自豪的是你挣得的每一分钱都是血汗钱，是通过自己的努力得来的，代表你的工作效率和工作质量符合绩效考核标准。作为H公司的一名医疗设备维修工程师，出差的多少、工作效率、工作质量、是否有被投诉、维修费回款这5个维度做得如何、做得怎样，是最能体现这名维修工程师的个人价值的。

天悦在H公司工作了半年多才有机会被安排去外地出差。对他来说，出差一直是梦寐以求的，无论跟谁一起出差都可以，无论有没有出差津贴都可以。

第一次出差，是在1994年的夏天的一天，当得到领导的通知，要被外派出差去镇江医学院附属医院放射科维修X线机时，天悦当时高兴得不得了。因为一是意味着他已经通过了公司对他的第一阶段工作的考核，二是他向财务郑大姐确认后得知在他的级别的出差津贴是每天170元钱，虽然属最低的一档，但是他也依然感到满足；三是能坐飞机出差，更是让他当晚兴奋得一夜没怎么睡好。

在首都机场候机时，天悦第一次体验将要远行时，他惊讶于自己在情感方面的体验甚于对坐飞机的体验——不像很多已婚的男士或者恋爱中的男士，第一次坐飞机，可以向妻子孩子炫耀，可以向女朋友炫耀，妻子或者女朋友会去机场送别，场面很温馨，很感人，他注意到他周围那样的场面，但他深知那场面对他自己来说似乎可望而不可即。

当长大工作以来要第一次出差，当在首都机场坐上美国麦道民航飞机，当飞机起飞，当通过飞机客舱的舷窗看到外面的蓝天、白云和光芒四射的太阳，天悦的内心激动起来，因为在那一刻，他觉得自己的灵魂是孤独的，他觉得孤独的灵魂本来就应该是漂流的，一刹那间他也预感到自己未来的人生就会是在不断地漂流中度过。

现在，天悦回想起来，当时他乘坐的那架飞机穿云破雾时，他着实为自己而感动，当时的心情正如后来张学友唱的一首歌曲《壮志骄阳》里的歌词那样。

天悦就是在自己的思想与自己的灵魂互相激动的情况下，第一次乘坐飞机出差，他的漂流的人生就是从出差开始的。

　　第一次出差，天悦是和NAKANO先生一起去镇江，那次坐飞机先到南京后，两个人一下飞机就已经是下午5点左右了。医院派设备科长特意到南京机场接了天悦和NAKANO先生回镇江。

　　一车人有说有聊很快就到了镇江，设备科长见时间不早了就问询天悦，看看NAKANON先生累不累？是否直接去宾馆安顿住宿再吃晚饭？还是先吃晚饭然后去宾馆休息？天悦随即征询NAKANO先生的意思，NAKANO先生直截了当地回复说直接去医院。事实上，从离开公司的一刻起，就已经开始按小时计算去医院的维修费用，就意味着医院要承担的维修费用计时是天悦和NAKANO先生从迈出公司大门的一刻算起到回到北京进入公司大门的一刻结束。

　　一车人到了医院，已经是晚上7点多了，院长、放射科彭主任等人都在，院长热情地招呼说是先安排去食堂吃饭，吃完饭再送宾馆住宿，但是天悦在转告NAKANO先生院科领导的意见后，NAKANO先生把头摇得跟拨浪鼓似的，要求直接去放射科探看故障X线机。就这样，NAKANO先生完全不顾个人疲惫，直接投入工作，天悦也配合着做起了故障检测工作。

　　令人感动的是，医院设备科长和放射科彭主任都没有回家，而是跟着一起忙碌，或沏茶倒水，或者回答NAKANO先生提出的疑问。经过一个多小时的忙碌，NAKANO先生终于停了下来，虽然故障原因没有完全查清，但是他却向天悦说了说可能的故障原因。

　　该吃晚饭了，彭主任领着天悦和NAKANO先生一起去医院食堂，医院食堂在院长的事先叮嘱下，为NAKANO先生和天悦做了一大桌子丰盛的饭菜，当然这桌饭菜也承载了院科领导的心愿。席间，设备科长还特意备了几瓶白酒，请NAKANO先生和天悦边吃菜边喝酒。

　　席间，NAKANO先生并不说话，只是一杯酒一杯酒地喝着，有时候还若有所思，并不怎么吃菜。设备科长就问天悦道："他不喜欢吃中国菜吗？还是我们做的菜不对他的口味？"

天悦不好意思地笑着回答说:"对不起!我是第一次和他一起出差,不太了解他的饮食习惯。"

"嗯嗯,这日本人很了不起,真的非常敬业!他到了镇江就直接到我们医院科室看设备找故障原因。"设备科长称赞道。

彭主任坐在一旁也连连点头称是,然后向天悦问了个问题:"我看这日本人外形长相各方面跟咱中国人差不多嘛,你在日企工作,你知道日本人和中国人有啥区别吗?平时走在一起怎样识别哪个是日本人呢?呵呵!"

"哦——这个吗?怎么说呢?如何通过长相分辨中国人和日本人?每个人都是独一无二的个体,但是当我们以国家或者民族为单位讨论人的相貌时,就需要追踪到谱系,简单地说也就是血统。NAKANO 先生是日本人,他们日本人是混血民族,父系基因大致是半 O 半 D,可以理解为不同血统。"

"具体怎么理解呢?不是都说日本人的祖先是中国人吗?呵呵!"彭主任说道。

"那咱们中国人的特点呢?呵呵!"一个陪同吃饭的懂日语的女医生问天悦道。

"嗯,据我所知,我们中国人的 Y 染色体图谱中主要是 O,具体为 O,南方汉族和北方的汉族之间也存在一些差异,这也符合生活中我们对于南北方人长相的一些认识。不过,分辨他是不是日本人,皮肤、脸型、眼睛、毛发以及装扮一样重要,呵呵!"天悦回复道。

设备科长就问:"那些能看出什么区别吗?"

天悦回答道:"日本人男性一般是碎发、微卷,汗毛、体毛重。中国男性头发短,鬓角也比较短,汗毛、体毛少而轻。日本人男性上班族西装笔挺、休闲装以素色为主,帽子喜欢礼帽或者渔夫帽。"

"那你觉得和日本人在一起工作有什么特别的吗?"彭主任关切地问天悦道。

天悦听了彭主任问的问题后就扫视了一下周围的人,他发现除了

NAKANO 先生边喝酒边抽烟,脸上已经露出一丝醉意,别的人包括彭主任的眼睛都是直勾勾地看着他,似乎急于知道答案,于是他就坦诚地对大家说道:"中国人总是认为日本文化的繁华延续乃我中华泱泱大国文化所赐,或曰与我大中国相比,日本不过就是东亚儒教圈里的小老弟,当年还接受朝贡册封,此近邻小族能混到今天,纯粹就是因为自始至终吸着咱们中国这个母国的奶才能长大。其实,现在在北京、在上海、在广州,都有很多日企,在日企里,中国人和日本人都是平等的,大家在一起,该吃吃,该喝喝,该干活干活……"

听了天悦的一席话,大家都咯咯咯地笑个没完,同时也都有意无意地把脸转向 NAKANO 先生,NAKANO 先生只顾喝酒,虽然不明白旁人在笑什么,但也咧嘴傻笑,还问天悦道:"纳尼?"

大家看到 NAKANO 先生的一脸囧样,就更是笑得前仰后合,好不容易止住了笑,彭主任就又接着问天悦道:"天悦,你是怎么想的离开医院进外企工作了呢?以后会一直在日企做吗?"

"呵呵,我是不想安于现状。现在是 90 年代,在这个时代充满着前所未有的机会,如果自己有雄心,又不乏智慧,那么不管从何处起步,都可以沿着自己所选择的道路去发展的。"天悦笑着回答道。

……

第一次和 NAKANO 先生出差,天悦有个大的收获,就是总算明白了丁宏经理所说的售后服务工作好坏代表了公司的"一张脸"那句话的含义——因为那次和 NAKANO 先生一起出差,从迈出公司大门开始,自己就承担起了一种责任,或者说义务,体现在每个细节上,从下了飞机后辗转先到医院放射科开展工作,到与院科陪同人员吃饭时进行适度交流,到查出故障原因是于镇江夏天天气湿热湿度大,导致故障部位电路短路,到向院科提出维修方案,到向院科提出机房除湿方案,到结束任务设备科长签字认可,到返回北京下飞机后,无论时间多晚都先回到公司向领导报到,以证明被安排的任务结束,供公司及时向院科提出计时收费的依据,而不

第七章 漂泊是一场盛大的约会

是一到北京就先回家。整个过程显得职业，尽最大努力让客户对计时售后服务无可挑剔。

当然，天悦通过那次为期3天的出差挣得了510元的出差津贴，这510元钱相当于他在阜外医院工作一个月的收入。

与李群的交流

现在是2016年的夏天，但是天悦却回忆着22年前，也就是在1994年的夏天，他在H公司工作了6个月时，有一天，他意外地接到了李群打来的电话，约着见个面聊聊，李群说要向他咨询个问题，他爽快地答应了。

那次见面，是两个人意气风发地进入外资公司工作后的第二次见面，两个人找了个地方一起吃晚饭，点了两瓶燕京啤酒，边吃边喝边聊。

两个人都非常关注对方的工作情况，天悦知道李群做医药代表工作不需要出差，或者说出差的机会不多，所以急于知道李群的工作和家里的情况，李群遂腼腆地说道："实际上，医药代表对于中国的医药发展在一定程度上是起着正面推动作用。如德国拜耳公司生产的中国进口最多的降糖药拜糖平，其功效主要在于控制餐后血糖。但在拜糖平刚刚进入中国时，很多国内的内分泌医生根本就不知道餐后血糖在控制糖尿病中的重要性。拜耳公司的医药代表，当然也包括公司整个学术推广系统，不断通过文献、教育、资助中国的糖尿病研究等，使中国医生认识到餐后血糖的重要性，从而奠定了使用拜糖平产品的学术基础。"

天悦听了后，点头称是，就问李群："你们那抗幽门螺旋杆菌药卖得怎么样？你负责几家医院？"

"嗯，'德诺'是一种很好的药，但是我们荷兰大药厂在推广中也是一样的，不断通过文献、教育、资助研究，让国内的消化内科医生认识到使用'德诺'产品带来的好处。我自己要负责6家医院。"李群回答道。

天悦继续追问道："都是哪几家医院？和那些医生好打交道吗？"

李群回答道："我是负责开发北医三院、军区总医院，还要负责开发 4 家小的医院，指标定得很高，好在压力和收入成正比。在和医生打交道方面，我感觉还好吧！真正的问题是竞争很激烈，所以很费脑子。我们的培训内容包括要求医药代表熟悉所包干的医院、医院有关负责人及科室里所有医生的情况，包括医生的住址、家庭电话、门诊时间、生活习惯、个人嗜好等，要投医生所好，联络情感等。对医生进行了解就像普通销售一样，需要对对方进行了解。"

"能挣着钱就好！我感觉医药代表这个行业，有很大发展空间，毕竟新药、新技术需要人来推广，医药代表工作做好了，还是不错的，最主要的是能建立起不错的人脉。"天悦接话道，接着关心地问李群道："你的小孩儿几个月了？男孩女孩儿呀？"

李群开心地回复："我老婆给我生了个儿子，现在已经 3 个月了。"

"嗯，不错，咱们碰杯，恭喜你！"天悦边说着边举起了酒杯向着李群，李群遂举杯，两个人随即把杯中啤酒一饮而尽。

"你也干了半年了吧，你父母对你做医药代表持什么样的态度？"天悦问李群道。

"在我父母的眼里，年轻人就应该遵循所谓的'传统主流的生活'，应该就是在北京阜外医院好好地工作，然后结婚生子，继而循规蹈矩地过完一生。至于说是每个月挣钱多少，他们并不在意，反而经常提醒我，如果干得不顺心就赶快辞职还到阜外医院上班。"李群回答道，然后又反问天悦道："你的个人问题怎么样了？"

"我可不会像你那么幸运，你找了那样的好老婆，很多同事都羡慕你们两口子。我是射手座，射手座在恋爱方面是 12 个星座里面第二蠢的，所以我觉得自己命中注定无法循规蹈矩地过一生。"天悦红着脸回答道，接着继续说道："为了父母而结婚，是上一辈人的生活准则之一。"

李群笑着说道："在一部分父母看来，爱情并不是让婚姻维持的关键，只有柴米油盐、踏实过日子、有共同的生活目标才是最实际的。我和我老婆就是先结婚后恋爱,再加上是同事,所以没什么不能沟通的。我觉得你也不要再挑了,只要对方人品好、愿意对你好,就可以考虑结婚了。少来夫妻老来伴,才是最值得羡慕的。"

两个人推杯换盏,聊着聊着重新聊到工作方面。李群问天悦道:"你感觉出差辛苦吗?很羡慕你能经常出差,我作为北京人,长这么大,几乎没怎么离开过北京。"

"我觉得出差不辛苦,我喜欢出差,到哪都觉得新鲜刺激,呵呵!以前从没坐过飞机,没住过酒店,通过出差可以经常坐飞机,看漂亮的空姐。可以住最好的酒店,了解很多以前闻所未闻的事情。我经常住酒店,刚开始每次住酒店的时候,都会发现房间里的大床的床尾放着一块长长的布,这块布颜色鲜艳、图案花色多变,跟底下白色的被罩形成鲜明对比,但搞不明白在大床的床尾为什么要放那样一块布?我一直以为只是装饰品!"天悦笑着回答道。

"什么布?我还从未住过酒店,别说酒店,就是小的旅馆我都没有住过呢!呵呵!"李群问道,然后又接着问:"不会和咱们医院里的一次性手术垫巾差不多吧?"

李群的话马上就把天悦逗乐了,天悦解释说道:"当然不是一回事!其实,那块布有个很好听的名字,叫床旗,也叫床尾巾、床尾垫,一般在高级酒店的客房多见。因为酒店的床一般是纯白色的,而床尾巾风格迥异、图案花色也非常多,能够为酒店的房间起到很好的装饰作用,让房间的色调搭配看起来更美观。"

"啊!那无非就是起个装饰作用啦呗。"李群笑着说道。

"嗯。还有,在我们睡着的时候,被子其实是特别容易散开的,很容易感冒,这块布可以防止熟睡时被褥松散,起到很好的御寒作用!总之,有一次出差,我同事问我这块布是做什么用的,我半天猜不出来,说不出来,结果我那同事说我住了那么多次高级酒店白住了,说我忒'土'!"

"嗯,出差确实能懂得很多常识!"李群微笑着说道。

"嗯，我以前是什么都不懂，后来跟着几个同事出差多了，也掌握了一些出差常识而已。比如如何确定酒店类型，我们出差住宿被要求住3星以上级别的酒店，这样无论是安全措施还是配套服务都有保证；比如要看所在区域是否安全，是否安静，因为工程师需要安静地休息；比如要看交通是否方便，特别是出差或住宿一周以上时，最好选择去住一个去常用目的地交通方便的酒店；比如最好选择那些有进入权限的酒店，这样可有限度地阻止闲杂人等入内……"天悦介绍道。

"呵呵！对了，你是啥心情呀在给日本人打工的时候？除了工作，工作之余你和日本人交流多吗？"李群质疑地问天悦道。

天悦听了李群问的问题，迟疑了一下，然后喝了一口啤酒，才回答道："刚开始不熟悉的时候，业余时间交流不多，时间长了就都无所不说了。日本人还是很注意和我们保持距离的，他们觉得咱们中国人总把自己的优点放在嘴上，又总把眼光盯在他们日本人的缺点上。我们一帮中国同事虽然是在给日本人打工，但认为理性很重要。我们比较反感什么呢？比如，一提到向西方学习，就会有很多中国人跳出来争辩，强调说中国有中国的特色，西方也有西方的缺点，认为中国人最多可以承认西方的科学技术比中国先进，绝不会承认西方文明比中华文明精进。日本人很讨厌中国人的妄自尊大的态度，认为妄自尊大的作风使中国无法像日本那样以谦虚的态度认真学习他国的先进经验。只是我们自己不觉得，或者不愿意承认而已。"

"哦，你说的似乎有道理。"李群若有所思地说道。

"1875年，清政府邀请日本和中国联合起来抗击西方列强，却被日本拒绝，因为那时日本已决心走脱亚入欧的道路，不愿再和清朝这样的落后国家为伍。日本在1895年的甲午战争中打败了中国，在1905年的日俄战争中打败了俄国，更证明脱亚入欧、脱胎换骨式的改革道路的正确性。1945年日本败战后，再次认真向打败自己的美国学习，进行了脱胎换骨的民主主义改造，将军国主义的日本改造成为民主主义的经济大国。"天悦说道。

"我感觉日本人一直看不起中国人,你觉得呢?呵呵!"李群疑惑地问道。

天悦又喝了一口啤酒,看着李群,然后说道:"算你说对了!为什么日本人一直看不起中国人,因为日本的无条件投降没有德国的彻底,这种不彻底也直接导致了日本在反省战争方面做得完全没有德国到位,甚至可以说军国主义又有了死灰复燃的倾向。其实说到底,日本根本就没有无条件投降过,或者说,当时的日本政府以及之后的日本政府根本就没有承认过他们的无条件投降。"

"你为什么这么说呢?"李群不解地问道。

"因为当时日本最高的统治者天皇的表态。面对要一亿玉碎的日本国民,当时日本天皇裕仁最关心的是自己的皇位。"天悦解释道,然后接着认真地说道:"比如在1945年8月15日,日本天皇将无条件投降曲解为'终战',所以他当时通过电台宣读的只是'终战诏书'。并且将'投降'一词解释为'为保全国体停止战斗。'仔细分析,其中的措辞根本就没有无条件投降的意味。发动战争的裕仁是可恶的,而否认无条件投降的裕仁则是可耻的,不管怎样,裕仁都将自己一辈子钉在了耻辱柱上。现在,德国人完全承认了他们在二战中的罪行,并且尽一切努力在赎罪。而日本呢,不但拒不承认战争罪行,甚至还说自己当年并没有投降。"

天悦记得那次两个人见面的尾声,李群几次欲言又止,他就觉得李群的表现似乎怪怪的,于是就发问道:"哥们儿,你有什么问题就问,别扭扭捏捏的,有啥不好意思的?呵呵!"

李群抬起手腕,看了看时间,之后就勉强开口问天悦道:"我的试用期已经顺利通过了,我现在面临着是要么从阜外医院辞职,要么像你一样办理人才调动手续,我现在心里对哪种方式都没谱,我就想听听你的意见,是在公司打工好呢还是回医院干老本行好?"

听了李群说的话,天悦明白了,就笑着对李群说道:"我知道你对彻底从阜外医院出来做医药代表是犹豫不决的，我理解。一方面，如果离开医院，可能发现自己就失去了职业的安全感；另一方面，如果放弃做已经取得进展的医药代表工作，可能发现美好的计划最终会落空。总之，无论你怎么选择，你都是面临着没有把这样的或者那样的计划贯彻到底。你觉得我说得对还是不对呢？"

"嗯，所以我才想着听听你的意见，呵呵！"李群红着脸说道。

"呵呵，我们都年轻，都属于人才，同其他那些才华横溢的人一样，只要相信自己的主见，别说换个工作，就是移动大山也能够。但是，真正要是换工作的话则是凭能力，主见只不过是为能做什么指引方向，让我们知道在哪里到何处能施展。你必须意识到不是说在医院干一辈子，你就能大功告成。你得意识到，在荷兰大药厂，接下来还得找人继续做你的医药代表工作，所以你得向他们解释为什么不愿意在公司转正继续工作。呵呵！"天悦对李群分析说道。

听了天悦说的话，李群点头表示同意。李群最后说道："你说的有道理！我也舍不得放弃医药代表的工作，毕竟我已经建立起了部分客户资源了。嗯，那我现在就下决心了，离开阜外医院。"

不要认输

天悦抬起头，身子向后紧靠，伸展四肢，想到那次和李群见面时的情景，他还历历在目。现在，用"整理术"总结那时李群遇到的问题，就是要面对的事情多，哪个都不想放弃，做不到"断舍离"，做不到一个专注的极简思维，总想每件做的事情都能成功——这就是弊端所在，天悦觉得这其实也是自己过去20多年来经历过的。

思维方式如果不改变，就只会把自己一直置身于焦虑之中，所以天悦在事业方面对自己的要求一直不高。对他而言，一个人生活过得洒脱很重要，出差或者出长差是一种适合的途径，在H公司的工作刚好契合他的精神需求，他也很享受每次的出差，尤其出长差。

天悦记得在 H 公司工作了一个时期以后，有一天在下班时，NAKANO 先生拉着他一起去吃日本料理，NAKANO 先生要请他喝酒。

由于发展大厦守着东三环外亮马桥路，周围的燕莎商圈以及麦子店区域分布着大量的日式餐饮店铺，在整个区域里，除了"日本烧肉""东京料理"，还有"日式拉面""居酒屋"等，从高档到低档都有，供在京的日本人消费聚会。在找吃饭的地方的一路上，NAKANO 先生和天悦边走边看，一路上碰到很多准备找餐馆就餐的人，天悦一看就能辨别出那些人里一多半都是在北京工作常住的日本人，男的都是西服领带，女的都穿得光鲜时髦。

日本职员下班后喜欢仨一群五一伙地去泡酒吧，天悦是知道的，但是他们很少会拉上中国同事一起去。即便拉的话，他们也是喜欢拉着公司里的中国女同事就是那些做秘书的或者做助理的女孩子一起去，在特别高兴的时候或者涉及严肃的工作话题的时候他们才会拉上中国男同事，所以一路上，天悦想着 NAKANO 先生请他吃饭，要么是 NAKANO 先生当天发工资了，要么是心情好，要么是觉得一个人待着无聊。总之，NAKANO 先生愿意请吃饭，天悦心里也乐得。

找了大约 20 分钟，NAKANO 先生终于相中了一家日式烧烤店，两个人一前一后进了店，选了一处靠着窗户可以看到外面大街的位置坐下来。NAKANO 先生向店员点了日式烧烤，点了朝日啤酒。很快，服务生把啤酒送上来。

"Kai Sir，比鲁比鲁！"NAKANO 先生对着天悦说道。由于已经在 H 公司工作了一个时期，日本同事把天悦的姓发音为 KAI，之后就一直这么称呼天悦了，而"比鲁"其实是英文 Beer 的日本读法，日本人把 Beer 啤酒读为"比鲁"。

"哈依！哈依！"天悦点头应和着。

虽然还没有上菜，但是两个人已经先喝了起来。刚开始，话都不多，天悦边喝边注视着 NAKANO 先生，NAKANO 先生上身里面着一件花格衬衫，外面穿着一件短的牛仔夹克，但是袖子过长过肥，端起酒杯时会在胳膊活动时有大量的堆褶，所以，他觉得 NAKANO 先生这件不合身的夹克外衣也就只值 50 块人民币，加上穿的旧牛仔裤，能证明 NAKANO 先生至少在穿着这方面不讲究。相比那些西装革履的日本人，NAKANO 先生的穿着显得邋遢，没有精气神。

天悦印象中的日本男人标准形象是出于日本电影《追捕》里的男主角演员高仓健那样的，身材挺拔，身材比例相对完美，穿一件合身绅装，头上再戴个老爹帽或报童帽，那种打扮体现出高仓健从演员到影星都有把自己的气质当成巨星，那种穿着符合演员职业身份。此刻，他觉得 NAKANO 先生如果戴顶报童帽的话，既可以遮挡白头发，再搭配脸上的皱纹和戴的近视眼镜，更像一个导演。

天悦用英语问道，如果出差目的地有三个可供选择，分别有中国、美国和欧洲，NAKANO 先生更愿意去哪个地方出差。

"纳尼？"NAKANO 先生似乎一下没听明白，就迟疑着问什么意思，天悦不得不把刚才的提问又缓慢重复了一下。

"哦，阿麦来客！"NAKANO 先生笑着用日式英语回答说会选择去美国。

"Why？"天悦继续问道，意思是为什么愿意选择去美国出差。

NAKANO 先生操着生硬的日式英语回答了为什么，原因是在他们日本人眼里，全球制造业的第一梯队是以美国为首的全球科技创新中心，第二梯队是高端制造领域，包括欧盟、日本，所以如果能有机会去美国出差，抛开美国当地优越的工作生活条件不说，一是可以从美国同行那里获取很多先进技术；二是如果能常住美国工作的话，就可以拿到比在日本国内同一职位的月薪高出 2 到 3 倍的工资，以及可观的驻外生活补贴；第三也是最主要的，就是日本企业用人很注重从职员到高管的海外工作履历，意味着有海外工作履历的日本人在职业生涯中通常会比没有的日本人享受到更多的升职和加薪的机会，其实说白了就是日本白领男性为什么喜欢出差出国工作的真正原因。

天悦听了以后，一方面终于知道了日本人特别喜欢出差的原因，一方面自己表现得很羡慕能去国外工作的那些人。然后他接着问NAKANO先生问题："在日本国内，蓝领处于什么样的地位？那些穿着西装革履的从事贸易商务工作的日本白领是否属于地位高收入高的？学历高低是否就能决定能力的高低？"

NAKANO先生在日本国内属于蓝领阶层，就是技术工人，所以他听了天悦问的问题后，先是皱了皱眉。天悦看到他欲言又止，就向着他举起酒杯，嘴里说道："看哝！"

"看哝！看哝！"NAKANO先生嗜酒，马上举起酒杯，一饮而尽，然后晃了一下脑袋，边思考边回答了天悦的问题——先从就业的角度来讲，日本的年轻人就业竞争并不激烈，因为一般从大二开始，就可以去找工作，而且是从找蓝领工作做起，从技术工人或者从服务人员做起。日本企业无论大小，对于大学生找工作，有一个特别的程序，叫"内定"。也就是说，你在大四的时候，公司就已经可以发通知给你，告诉你毕业之后可以到我们公司上班，所以日本大学生们因为就业活动的时间长，动手能力强，实践经验有所积累，所以就业机会也多。日本大学毕业生的就业率高达96%，也就是说日本大学生毕业以后，基本上就都找到了工作。那么，还有4%的人干吗去了？用NAKANO先生的话来说，其中有2个人考研，2个人在家待着。

那次通过同NAKANO先生交流，天悦得知日本人在对待第一学历方面与中国人的观点完全不同——日本有一个有趣的现象，那就是日本人重视你毕业于什么学校，却不怎么在乎你的学历。如果你告诉他"我是东京大学毕业的"，那日本人会说"你真了不起"。如果你告诉他"我是博士毕业"，那日本人会说"是吗？你真努力"。所以，日本社会大量使用的是大学毕业生，而不是研究生。在日本公司的宣传册上，没有"本公司拥有多少名硕士以上学历的科技人才"的表述，对于日本的8大商社来说，除了研究所需要一些高学历的研究人员之外，更多的是需要能干活的技术工人。

总之，在日本，高学历的人反而很难找到工作，尤其在政府机关里，根本就找不到博士生公务员，因为在日本人的意识中，博士毕业是去搞研究和去大学里当教授的，不是用于在政府机关里当公务员的。因为在日本人眼里，学历跟你工作能力没有直接的关系。那次在交流中，通过NAKANO先生说话的神情，天悦感觉不到NAKANO先生对自己从事蓝领工作有什么失落的。

在那次与NAKANO先生一起吃饭喝酒的过程中，天悦没有多问触及NAKANO先生个人隐私的问题，就是以喝酒为主，连带体验日式餐馆的风情格局，从店面布局到空间装饰到局部软装到跪式服务到菜品，最让他感到释情的实际上是店家播放的一首首日本歌曲。

"NAKANO Sir, What song is playing？ Who is singing？"天悦试探着问道。酒喝开了，他和NAKANO先生话就都开始多了。

NAKANO先生听了后，依然是先歪了一下脑袋，皱了皱眉，随后表情放松地回答了问题——正在放的日本歌曲的歌手她的名字叫坂井泉水。通过NAKANO先生的介绍，天悦得知，在NAKANO先生那个年纪的日本人眼里，坂井泉水是神一样的存在，提起她的歌，恐怕没有哪个日本人会觉得陌生。1990年参加商业活动时，坂井泉水被知名音乐制作人长户大幸相中，此后，一个以她为主唱，名为ZARD的摇滚乐队诞生了。虽说是乐队，但其他成员都在成立不久后相继离开，是她独自一人扛起了ZARD。

听了NAKANO先生对坂井泉水的介绍，天悦也不由得猜测起坂井泉水是怎样的一个女性？店家播放的坂井泉水唱的歌曲里有一首最让天悦喜欢，因为唱的旋律轻快，又很有感染力，NAKANO先生介绍说那首歌曲名叫《負けないで》，《負けないで》是一首撑起整个日本的歌——90

年代初的日本，迎来了世界知名的泡沫经济大破裂，股市崩盘，就业低迷，自杀率上升，整个日本是灰暗的。但在1993年，坂井泉水带着《負けないで》站在日本的中央大声告诉人们：

不要认输，你看那

目标就在不远处

无论相隔多远

我的心都会伴你身边

请感觉到那一直注视着你的目光

在日本人眼里，那轻快的旋律和积极向上的歌词，既是耳边轻声的也是戳心的鼓励，感染所有日本人勇敢面对生活的坎坷，这首歌也被称为"日本第一励志歌曲"和"第二国歌"。而坂井泉水曾经说过：从起床开始，自己的生活就和音乐紧密相关。那次，NAKANO先生进一步介绍说日本人对坂井泉水有个亲切的称呼"姐姐"，说很多日本年轻人哼着《負けないで》踏上人生旅途，说他自己也是一样，哼着《負けないで》去出差去努力工作。

天悦听了NAKANO先生对歌手坂井泉水的介绍，想着那作用之于日本人，也许就像张国荣一样的存在的意义——喜爱他们的人无论走到哪里，只要听到他们的歌曲，就不会觉得孤独。不仅如此，他还产生了期待，就是希望以后自己能有机会去国外工作，如果没有机会去国外工作，那么能离开北京去外地工作也是很不错的。

和NAKANO先生出差沈阳

天悦正沉浸在回忆中，突然手机微信铃声响起，他就拿起手机，阅读起收到的微信，原来是征婚会员向日葵发来的，此时的时间是中午11点20分，"向日葵"发问道："你在做什么呢？"

天悦："我在上班，你做什么呢？"

向日葵:"刚网上购物完。"

天悦:"昨天一直等你电话,一直没等到。明天你方便见见面吗?"

向日葵:"嗯,应该可以。我先把我的情况和你说下吧!比较关心的问题。"

天悦:"好的。"

向日葵:"我有个男孩儿5岁,跟他父亲,因为孩子年龄比较小,所以我也需要照看。"

天悦:"怎么还需要你照看?你是说你们离婚了但还是住在一起是吗?"

向日葵:"不完全!但是每周会有几天去到前夫家住。"

天悦听了"向日葵"的介绍的情况后,他自己觉得一头雾水,他记得"向日葵"的资料上写的是离婚,但没写有孩子。他更没想到"向日葵"是离婚了却还经常和前夫住在一起,他觉得这种情况真的太不可思议了!这让他回忆起曾经和他交往过的一个"北漂"新疆女孩儿。那个新疆女孩儿在北京工作,也是离婚的,她的前夫也是新疆的,婚前两口子在北京丰台那边合资贷款买了一套房子,后来离婚时为了分割房产,在协议离婚条款内容上僵持不下,那新疆女孩儿想办法把前夫已经承担的那部分房款一举还给了前夫,并把房产证的权属名改成了自己的姓名,前夫也就从那套房子搬出去租房住了。过后没多久,那新疆女孩担心前夫受苦,就又把前夫接回来一起住那套楼房。

天悦虽然和那个新疆女孩儿也交往了数月,也有了亲密关系,也带那个新疆女孩回家见了父母,但那个新疆女孩实际上一直对天悦隐瞒她和她前夫离婚不离家的实情。直到有一天,在天悦的执意要求下,那个新疆女孩才带他回丰台的房子参观,没想到一开门,一个男人穿着短裤光着膀子开的门,那个光着膀子的男士正是那个新疆女孩的前夫。当时的情景,令大家都很尴尬,天悦是非常理性的人,见到这种情况,心里觉得非常荒唐,嘴上却对那个新疆女孩说"不好意思,我有事得先走了"。

尽管那个新疆女孩儿很优秀，尽管那个新疆女孩在和天悦做爱的时候表现得很温柔，曾经两个人在天悦办公室里的桌子上做爱、开着车去野三坡的路上在车里做爱，尽管那个新疆女孩对天悦解释说和她前夫住在一套房子里却是分居而住的，尽管天悦脑子里浮现出一幕幕两个人在一起时的开心一刻，但天悦最终还是决定和那个新疆女孩儿分手，除了因为她和她前夫同住，还因为医生诊断她患有子宫内膜异位。

……

"嗯！你是结过婚有了孩子的，有了资本，属于成功人士，对是否再婚，可能看得非常淡了。"天悦想着迟疑着，还是继续回复"向日葵"，在他眼里，无论是已婚的还是离婚的尤其是那种结了离、离了再结、再结再离的那些在婚姻情感方面经历了千锤百炼的男女都属于成功人士。

向日葵："再婚是一定的。孩子的事可能是很多人关心在乎的事，所以提前把情况和你说明一下。"

"多谢！对你这样的女性来说，一切都OK了！即便延迟退休，即便国家不再管个人养老，你都无所谓了。"天悦说道："你其实只需要找个男人同居就可以了。"

向日葵："你太主观了！我还不是那么前卫的女性，还是注重传统思想。同居哪有安全感呢？"

天悦："那你是主动追求你前夫还是他主动追求你呢？是你主动还是他主动跟你提的离婚呢？是你主动还是他主动向你提出来的让你和他一起住照看孩子呢？"

过了30分钟，"向日葵"没有回音，天悦又继续微信问道："你不主动的话，你现在这种情况，会有哪个单身男性会哭着喊着找你这样的成功女士呢？"

过了良久，"向日葵"终于回复了："我的理解是感情的事情是要男人主动的，女人主动没有用。女人主动结果不会太好！"

天悦："你这种情形，还要男人主动追求你，你够牛的！你这想法无非就是逼着男士主动退却呗！我也一样，害怕你这样的女性！再说了，你前夫主动追求你娶了你，你哭着喊着为他生了孩子，可你又和他离婚了，你图什么呢？"

说到这点，天悦认为，现在很多女人吃男人哄，哄好了什么都可以，哄不好就离，现在的很多女性嘴里喊着注重传统，其实是很自私或者极端自私的一种自我掩饰而已，这些女性她们并没有三头六臂，也没有特别的本事，唯一可以用来炫耀的就是她们是女人，有女性生理特征而已。

天悦正想着，"向日葵"回复道："现在的女人都很主动吗？看来咱俩不是一路人！"

天悦回复道："那就把微信互相删了吧！"

"向日葵"回复道："我前夫是电影演员！嗯，在没见面的情况下把关键的问题说清楚，不接受也不会尴尬，毕竟没见面。"

"是啊！不知道以后会不会再有别的男士哭着喊着主动追求你了！像你这样没有任何起码人性追求的女性为什么还要征婚呢？"天悦回答完毕，随后想着把"向日葵"的微信从手机里删掉，但马上又住手，他把所有交流内容都抄了下来，才把"向日葵"从手机里彻底删除。

天悦从椅子上站了起来，又走到落地窗前，他情绪有些低落，关于女人的问题，他对在网上征婚的单身女人越来越失望。

说到女人，让天悦记起在1994年的冬天，他与NAKANO先生一起出差时，NAKANO先生也谈到过女人，只不过谈到的是日本女人。那次是去沈阳出差，工作完成后，两个人在桃仙机场候机时。

那天，虽然机场一直很热闹，周围总有络绎不绝的乘客，但桃仙机场的特色就是冷！纵使室外温度零下20℃，机场候机楼内温度居然也在0℃以下，穿再厚的羽绒服也毫不违和。由于回北京的航班延误，两个人坐在椅子上休息等待，NAKANO先生照例是闭着眼睛小睡，而天悦也学着NAKANO先生闭眼小睡。可是过了半个钟头，天悦终于熬不住那种冷，他睁开眼睛，张口哈出两口气，哈出的气在低温下形成白色雾气升起，继而消散。他之所以觉得冷，是因为去沈阳出差，没有穿羽绒服，他里边穿的西服，外面穿的风衣，他很后悔没在行李箱里塞件羽绒服。他盯着看坐在旁边的 NAKANO 先生，NAKANO 先生闭着眼睛，表情祥和，NAKANO 先生作为日本人比中国人抗冻，但脸蛋已经被冻得发红。

天悦站起身来，四下里望着，想看看周围有什么卖热饮如咖啡、牛奶或者热巧克力的店面，就在他左顾右盼的时候，NAKANO 先生睁开了眼睛，两个人四目对视了一下，就都无奈地笑笑。

"The airport must be wrong with some trouble, or system damaged, If we stay here for the night, we must be frozen to death." 天悦对 NAKANO 先生说道，意思是机场可能出了麻烦，或者是系统损坏，如果我们在这里过夜，估计会被冻死。

NAKANO 先生歪着头笑着回答道："So, So。"

天悦耸了耸肩，又对 NAKANO 先生说道："No coffee, No milk, No warm chocolate, No woman！"

NAKANO 先生撇了下嘴回答道："Hi, Sodesney！"

"It's hard to be a man truely！" 天悦摇着头，继续对 NAKANO 先生说道，意思是做男人真是辛苦。那次通过与 NAKANO 先生的交流，天悦意外地得知 NAKANO 先生竟然也是个单身汉，而 NAKANO 先生在谈到日本女人时，竟然不断地摇头叹气，愁眉不展。

NAKANO 先生介绍说在日本，女人的内心，一直都是非常强大的。所谓强大，缘于从过去到现在，日本人的家庭伦理从未改变：男人主外，女人主内，女人在家中拥有更大的权力，掌管家庭经济大权，拥有对于家庭事务无论大小都可以帮着拿主意的家庭管理能力和家庭责任感。通过 NAKANO 先生的介绍，天悦得知日本家庭的一个有趣现象：那些在公司里可以呼风唤雨的日本男人，一旦回到了家，不是被呵护成了太太的"娇弱婴儿"，就是沦落成了家庭的"粗大垃圾"。也就是说，日本男人貌似强大，而实际上在日本女人面前，他们永远是被动的。

NAKANO 先生的英语虽然说得很不好，但他表达出的意思让天悦非常吃惊，天悦本以为日本是一个彻头彻尾的男尊女卑的社会。NAKANO 先生进一步介绍，江户时代的日本，还处于典型的封建社会，女人靠男人养活，无疑比后来更加没有地位，更加男尊女卑。但在出生于 1890 年的山川菊荣倡导下，日本女性开始追求强大的精神性和自立性。山川菊荣是日本最早的妇女解放运动者之一，不仅下嫁给信奉社会主义的山川均，还成立了日本最早的社会主义妇人团体"赤澜会"。在日本近代史中，山川菊荣是被称为女性解放斗士的人物。

　　尽管 NAKANO 先生介绍了很多，但是天悦依然将信将疑，NAKANO 先生没有办法，就给他举了两个例子——从 80 年代开始，越来越多的日本年轻女人渴望按照自己喜欢的方式生活，这样的价值观变化让许多日本男人始料未及。第一个例子，在中午的时候，你去看看，在日本的西餐馆里吃意大利菜、法国菜的都是女人，而男人们呢？在拉面店，满头大汗吃碗拉面或者是在出租车里吃两个冷饭团。第二个例子，在很多日本家庭里，一个日本男人的每月零花钱也许只有 3 万到 5 万日元，NAKANO 先生说自己的很多已婚的男同事往往一天只有几百日元（约 30 元人民币）的零花钱，中午常常饿肚子。

　　那次在桃仙机场候机，在一种非常冷酷的环境下，听了 NAKANO 先生谈论对日本女人的看法，听了 NAKANO 先生说过的一句话"在日本，男人和女人完全不一样的，日本男人是个赚钱的机器，所以这也是造成日本男人愿意出差的原因之一"后，天悦就更觉得透心儿凉。

　　正是自那次以后，天悦似乎就对女人产生了恐惧，他一直记得精神分析学鼻祖弗洛伊德说的一句名言：不要去了解女人，因为女人都是疯子。

和 AUWAKALA 先生在肥城

　　天悦放弃了去写字楼下餐馆吃午饭的打算，而是冲了一杯速溶咖啡，从冰箱里取出一包饼干,就当成一顿午餐凑合着吃起来。在他眼里,"拿铁人生"有不好的地方,也有好的地方,因为在22年前,他渴望趁自己还年轻,能通过多出差去踏遍中国的每个角落。

在进入 H 公司工作后的大半年里,天悦前所未有地走了很多以前梦寐以求地要去的地方,无论是南方还是北方,无论是大城市还是小城市,无论是发展得好些的地方,还是经济很落后的地方,上海、浙江、辽宁、陕西、山西、福建、湖北等他都去了,还都是第一次去,他通过自己的转型或者职业上的转行,通过频繁地出差飞来飞去,拓展了自己的视野。

记得在 H 公司工作时,有一次是与 AUWAKALA 先生一起去山东肥城出差,那次是去肥城市某医院放射科维修 X 线机。在到达肥城的当晚,天悦在肥城的一个朋友,是个女孩儿,名字叫小云,带着她的男朋友一起去宾馆看望他,并特意邀请他和 AUWAKALA 先生在临走前一定要去她在乡下的家里做客。

天悦和 AUWAKALA 先生在完成既定的工作任务后,两个人经过商量,AUWAKALA 先生同意在离开肥城去济南的当天上午去小云家做客。

那天早晨,小云的男朋友开车载着小云、天悦和 AUWAKALA 先生去乡下小云的家。一路上,小云就热情地介绍着当地的典故和名胜——肥城地处山东中部、泰山西麓,因西周时肥族人散居于此而得名,西汉设县,至今已有2200多年的历史,是"史圣"左丘明故里、"商圣"范蠡隐居之地、"武圣"孙膑屯兵之处,也是闻名中外的"中国佛桃之乡"。天悦边认真听,边向车窗外张望,只见一望无际的平原上矗立着星罗棋布的村庄,还有很多的玉米地和麦地。

小云的家离城里有30来里地,坐车一个多小时就来到了一个村口,村口路边的人注视着经过他们身边的汽车,当他们看到车里的小云时,脸上就洋溢出笑容。车开进村子后,往小云家去的一路上,天悦就发现那些惊奇的村民开始聚集。

一行人下了车,进了小云的家门,才发现院里屋里早已经是一派繁忙的情况，小云的父母，还有小云的兄弟姐妹正忙着准备酒肉饭菜。见到天悦和AUWAKALA先生的到来，小云的父母都惊喜得不得了，老两口脸上透出的那股子喜兴劲儿比起儿子大婚有过之而无不及。将近11点半开席，所有人围坐一张大圆桌子旁：小云的父母、小云的兄弟姐妹，还有小云的爷爷奶奶，小云和她的男朋友、天悦和AUWAKALA先生。

天悦坐在小云的父母的左侧，小云的男朋友坐在小云的父母的右侧，小云坐的位置则是与天悦斜对面。小云的父母家人精心准备的家宴十分丰盛：芫爆里脊丝、炸灌汤丸子、火腿炒蒲菜、坛子肉、软炸腰穗、宫保鸡丁、油爆肚头、卷煎、奶汤核桃肉、爆三样、黄葱烧蹄筋、糖醋里脊、烧面筋、珊瑚白菜、炸茄盒、炒八宝辣椒、酸辣汤、红烧茄子、奶汤白菜、醋椒鱼、溜黄菜、海米炒蒲菜、软烧豆腐、姜拌藕等，不但让天悦和AUWAKALA先生大饱眼福，也让院里院外看热闹的村里邻居艳羡不已。

席间，天悦一会儿与小云的父母聊聊家常，一会儿低头与AUWAKALA先生交流几句，而小云的家人一个劲地向AUWAKALA先生劝烟劝酒，AUWAKALA先生是来者不拒，一桌子人频频举杯，好不快活。

AUWAKALA先生在吃菜时筷子用得特别顺溜儿，只夹鸡肉和里脊肉吃，别的菜却基本不沾，天悦则不敢放开胆子吃喝。由于急着回北京，两个人吃喝到半酣时，就起身向小云的父母家人提出要赶时间去济南，所以要先走一步，小云全家人不好挽留，就都起身相送，且急问天悦吃好没有，也一再通过天悦问AUWAKALA先生吃好没有啦喝好没有啦，天悦千恩万谢地向主人解释说吃饱吃好了。

两个人从屋子里出去走到院子里时，发现被吸引来的村民站满了院子，出院子大门到马路上时，发现大门外的围观的村民在路的两侧竟围成两道人墙。天悦从未见过那样的场面，那些村民虽然拥挤但守规矩，无论在院子里还是在路边。车子开起来后，天悦从后视镜注意到小云的父母家人还依依不舍地站在原地挥着手，那些村民也都在原地没有散去。

现在，回忆22年前在肥城的那次经历，天悦觉得那些村民之所以围观，可能是因为他们觉得自己的村子第一次来了两个特殊的客人，一个是北京人，另一个是外国人，竟然还是个日本人，他们或者觉得新鲜，或者觉得罕见，或者觉得怪异，或者觉得不辨真假，或者觉得是个乐子，或者觉得可以当成以后的谈资，他们想看看一个北京人和一个日本人，去他们村子里到底要做些什么。

有意思的是，在当时那样一种出离了惯性思维的场合下，天悦没有看出那些村民有谁表现出对日本人的憎恨，而AUWAKALA先生在那种场面下，也未表露出有什么不自在的神情。那些村民也许都知道电影里日本鬼子坏，却都没亲眼见过日本人残害中国人，不知道现实中的日本人和抗战片里的那些杀人不眨眼的鬼子是否是一个德行，那些村民甚至不知道日本人到底长什么样。不过，那次他们总算是见到了现实中的日本人长什么样，终于见到了，所以他们高兴还来不及呢。那时的氛围下，围观看热闹的那些村民，他们表露出的任何喜怒哀乐都不经意地从侧面代表了中华民族对外国人的某种真情实感，就是不会无缘无故地去恨，也不会无缘无故地去爱。

后来，两个人从肥城先到济南，那天到了济南后已经是下午3点多了，小云和他的男朋友把天悦和AUWAKALA先生送到济南就准备返回肥城了，分别前，小云深情地注视着天悦的眼睛，叮嘱天悦注意身体，并且嘱托天悦代她向天悦的父母问好。

在济南，两个人发现从下午到晚上从济南去北京的飞机航班已经没有了，两个人就又跑到济南火车站，想着碰碰运气，争取坐火车能在当天晚上能赶回到北京。等到了火车站广场上，当AUWAKALA先生看到眼前人流如织，看到有人在等待，有人在徘徊，有人在张望，有人在呼喊，总之就是等待的时候，AUWAKALA先生毅然决然地告诉天悦，要求从济南打"他哭戏"（出租车）回北京。

天悦一听，惊得目瞪口呆，以为自己听错了，甚至以为AUWAKALA先生是吃饱了没事开玩笑的，就疑惑地看着AUWAKALA先生，可是

AUWAKALA先生眼神很坚定。

天悦转念一想,也理解AUWAKALA先生的心情,由于在肥城维修工作何时能结束不好说,且肥城没有机场,所以没有办法提前订回北京的飞机票,但到了济南,乘坐什么样的交通工具回北京的选择余地就大了很多。从济南打"他哭戏"回北京,为什么不呢?在AUWAKALA先生脑子里,就是说在出差维修任务结束后,应该抓紧时间赶回北京公司,回去北京越早,越为医院客户省钱;回北京越早,就可以越早从公司领受新的工作任务。

如此,两个人在济南的马路上边走边拦出租车,拦了几辆出租车,当天悦对出租车司机说要打车去北京,几个司机的反应也都是目瞪口呆,迟疑过后就都拒绝了。几次被拒,眼见AUWAKALA先生露出焦急的表情,天悦自己也很着急,不但急,还后怕,因为做梦也没想过打"他哭戏"从一个城市到另一个城市,好几百公里下来出租车费得多少钱?他心里一点儿底儿都没有。但不管怎么说,有日本人在身边,有公司文化的激励,他只能继续拦出租车。过了30多分钟,天悦看到了一辆拉达出租车正开过来,便招手示意停车,拉达出租车司机就把车停到天悦的身边。

天悦认真看驾驶室,发现出租车司机是个小伙子,大概二十四五岁的样子,而出租车副驾驶座竟然还坐着个年轻女孩。

那个女孩儿先开腔问天悦道:"大哥,你们去哪里呀?"

"我们去北京,去不去?你们俩是?"天悦犹疑地问那个女孩道。

"他是我的男朋友!你们打出租车去北京?"那个女孩儿指着出租车司机对天悦说道,然后又不解地问天悦道。

天悦知道了司机和女孩儿俩人是一对儿,就开玩笑地对司机小伙子说道:"你们跑趟北京,还好不远,你们两个人可以换着开车。另外,到了北京,你可以陪你女朋友在北京玩玩。"

于是那个女孩儿侧过头问小伙子能不能跑趟长途去北京,只见那个小伙子不出所料地也是迟疑。经过片刻的气氛迟疑,那个小伙子犹疑过后终于表态愿意跑一趟北京,天悦顿时不胜惊喜,边让小伙子赶快打开后备厢

第七章 漂泊是一场盛大的约会

放工具箱和行李箱,边让 AUWAKALA 先生上车。

等都上车后,小伙子回过头冷静地告诉坐在后排的天悦,必须给 1800 元出租车费才能跑北京,天悦听了小伙子的开价后,登时拍了下自己的脑门,只觉得头晕目眩,就觉得那小子也太敢开牙,就试图和小伙子进行讨价还价,就问小伙子能不能打表去北京,小伙子说可以打表,但是只做参考,所要出租车费 1800 元没有讨价还价的余地。

天悦没办法,便征询 AUWAKALA 先生的意见,没想到 AUWAKALA 先生却欣然应允——就只这瞬间,天悦觉得自己肝儿开始颤,头也大,他心想 AUWAKALA 先生这小鬼子也够狠的,他心想到了北京后这 1800 元钱谁出呀?自己可出不起,有钱也不出,万一公司不给报销怎么办呢?自己做医生时干 3 个月的工资也挣不到 1800 元钱,在 H 公司工作一个月算上出差最多也就能挣到 2500 元钱不到。无奈归无奈,该走还得走,那一对儿遂驾着老旧的拉达出租车一路颠簸地往北京方向开。

天悦睁着眼睛发呆,心里惴惴不安,而 AUWAKALA 先生则闭着眼睛小睡。

车子过了德州后,小伙子开车,女孩儿休息。换驾车人停车的间歇,AUWAKALA 先生醒了,天悦就开始和 AUWAKALA 先生聊天,他小心翼翼地问 AUWAKALA 先生道:"Why did you not to by train for BEIJING?"意思是你为什么不愿意坐火车回北京。

AUWAKALA 先生无奈地说明了原因——第一个原因是他一看到济南火车站广场上的那些居然都穿着清一色的服装的人们,看到他们那青色的、军绿色的服装,看到他们大多数人都戴了帽子,他想着如果和他们一同挤同一趟绿皮火车,进了火车车厢,就觉得有一种幽闭感,想那一路上会是怎样的煎熬;第二个原因是他把每次出差完成维修任务后就会在第一时间赶回公司向上级领导报到当成是一种职业操守,但是他实在受不了中国的火车开得慢,总是晚点。

天悦表示理解,他知道那些日本同事嘴里说什么操守,其实真正原因就在于他们的工作压力很大。他继续问AUWAKALA先生道:"How old are you? Do you have a lot of pressure to work in the factory?"意思是你年龄多大了,你在工厂里工作会压力大吗。

AUWAKALA先生很直率地回答说他已经35岁,由于还没结婚,所以生活上的压力比较小,但是在工厂里工作压力很大。必须认真干,而且还要干得比人家好,效率比人家高才成。他解释说对他这样的蓝领来说,在T公司这样一个大公司工作带给他安全感,就是有些类似于土地与地方社区的归属感带给农民的安全感——能够提供他所需要的保障,就像是土地被视为家庭代代相传的未来保障那样。在AUWAKALA先生眼里,在一家像T公司这样的大公司工作意味着提供了长期的保障,甚至能保证以后自己的孩子能够在未来生活中获得合适的位置。

AUWAKALA先生认为是精神方面的危机构成了工作压力,他还告诉天悦,在日本有很多职场规矩,例如你是8点钟上班,那么至少要提前15分钟到公司,为啥要提前15分钟?因为你要换衣服、擦桌子,启动电脑,做各种准备工作,也就是说,8点钟是你开始工作的时间,不是你跨进公司打卡的时间。AUWAKALA先生最后补充说,在日本企业里的那些规矩不会构成压力,相反还有利于职员培养出良好的职业习惯。

天悦听了后,觉得很震撼。

"工作虫"的爱情观

天悦已经喝了3杯咖啡,而时间也在不知不觉地流逝,此刻是下午4点了。他摘下眼镜,闭上眼睛,用右手拇指和食指轻轻地掐着两眼中间的鼻根的部位。尽管他想让自己的脑子休息休息,停一会儿,但是遐思依然不断。

那次从济南回北京的路上,AUWAKALA先生向天悦吐露了一些在中国出差时获得的体验和观感:

——AUWAKALA先生说在小云家的农村家宴上,他最爱吃的菜是宫保鸡丁和糖醋里脊。

——AUWAKALA先生还说,他第一次到中国北京出差时,正是一月,北京城还在飘着雪花,零下15度,他站在首都机场,懵了——机场到北京饭店高速公路还没通车,全是土路,夜里11点一辆车也见不到,偶尔开过几辆脚踏车。干燥的风吹得噼啪作响,到处都是煤球的气味。

——AUWAKALA先生说他在中国出差,最不习惯坐火车,觉得火车机车时常浓烟滚滚,火车开车后,车厢里机油味儿很重。伴着机油味儿,有人嬉笑,有人抽烟,有人大声聊天,有人嗑瓜子,有人啃大葱,有人沉睡,有人思索。在火车上,大家都不停地请他嗑瓜子。

——AUWAKALA先生也承认从他第一次到中国出差,到1995年,在短短的几年里,中国的经济建设已经取得了很大的成就。

天悦那次听了AUWAKALA先生对中国的体验和观感后,嘴里不说,心里暗自笑话AUWAKALA先生有一点是跟电影里的日本人相像,就是一进村就想着能有鸡吃。他那次还问过AUWAKALA先生:"Are there many unmarried people of your age in Japan?"意思是像你这个年龄的男人未婚的情况在日本多吗。

当时,没想到那个问题刚一问出口,AUWAKALA先生顿时满脸通红,显得很不自在的样子,他支吾地回答他这个年龄未婚的情况在日本很多。他举例说他的很多同事来自日本不同的地方,并且分别拥有着不同的生活理念,但所有人都是"工作虫",在工作时间不会走神去想别的,比如女人。他解释说像T公司那须工厂等,很少实行计件制,所以在工作时的精神压力确实挺大,你得不停地工作,除了偶尔上一次洗手间之外,不可以抽烟,不可以交头接耳,就是要埋头苦干。下班之后,每个人大多会再加班30分钟到1个小时,干什么呢?整理内务。譬如说,工厂里要擦洗机器,要扫地。之所以如此就是为了第二天工作时能更快地进入状态,也是把工作环境面貌当成自己的一张脸。总之,上班就是上班,没有时间胡思乱想。

天悦听了后,心里除了震撼还是震撼,就又问道:"Is white-collar and blue collar the same attitude and Practice?"意思是你们那里白领和蓝领对工作是一样的态度和做法吗。

AUWAKALA 先生坦然地描述了日本白领工作的情况——如果是白领的话,下班后那要把一天的邮件回复整理好,把当天的工作写好总结,明天要干的事也一一记下,最后还不能忘一件事:把自己的办公桌整好,把垃圾倒掉。所以,白领一天工作下来,体力和精神也都很紧张。尤其是在泡沫经济破裂、股市崩盘、就业低迷的时期,被波及的白领不限于民间企业从业者、新闻媒体从业人员、教师、研究人员和政府公务人员,也涉及大企业的白领。

AUWAKALA 先生认真地告诉天悦,在日本,无论是失业的还是在职的男性,无论是蓝领还是白领男士,无论是从事自由职业、建筑业还是服装业、美容美发业的男士,都越来越多地宁愿在下班后去泡酒馆,也不愿意去花时间谈恋爱。因为经济长期陷于低迷直接影响到了男性的收入,如果下班后再早回家,就会是件很没面子的事情,因为在邻居和家人的眼中,一是显得你没有交际圈,二说明你工作不够忙,事业不成功。因此很多人下了班就一头扎进居酒屋。如果是单身男人就有一点好,就是下了班之后,你就自由了,你爱干什么就干什么,没人管你。

那次,AUWAKALA 先生所说的话深深地触动了天悦的神经,尤其当 AUWAKALA 先生提到自己已经 43 岁了也没结婚。

可以直白地说,在 H 公司的工作经历,在工作中所听到的日本同事的见解,直接影响到了天悦的内心世界,影响到了天悦对以后的人生规划。不是因为听说了日本男性上班族赶时间,许多人赶地铁或者去公司,都是一路小跑,为的是上班不迟到,不是因为听说日本男人都是"工作虫",把公司当成自己的家,愿意在公司一直干到退休,不是因为听说日本男性注重下班后与同事领导进行交际,而是因为听说在日本 30 至 35 岁男性中,大约每 2 人中就有 1 人未婚,女性中大约每 3 人中就有 1 人未婚,各年龄

第七章 漂泊是一场盛大的约会

段的男女未婚率都呈现上升趋势，终身未婚率越来越高，而是因为听说如果一个男人没有固定职业，就得整天以打零工为生，如果结婚，就会容易导致婚后家庭生活拮据。

天悦继续回忆着，那次当出租车开到沧州时，司机小伙子也累了，4个人都下车休息。在服务区，由于天热，AUWAKALA先生松开工服领口的两个扣子，还撩起袖子到肘部，露出一些胸毛和手臂上的毛，显得很凶的样子。

女孩注意到后就问天悦道："他是日本人吗？"

天悦笑着问女孩儿道："你猜呢？"

"猜不着！"女孩儿说道，又说："你们不会是坏人吧？"

"怎么可能呢？我是北京人，他是日本人，我们是同事，一起去肥城出差，我们不是坏人，呵呵！"天悦乐着解释道，那个女孩的脸上才露出了笑容，但是她的男朋友却一脸严肃，一路上几乎一句多余的话都没说过。

天悦在一个店面买冷饮，挑来挑去就买了4瓶可口可乐，分别递给AUWAKALA先生、女孩和他的男朋友，但是小伙子不喝，女孩儿也婉拒，所以AUWAKALA先生和天悦一人打开了一瓶可口可乐。

女孩儿和他的男朋友看着瓶子里的棕色的冒着气泡的液体，瞪大眼睛看着AUWAKALA先生猛地灌下几口。天悦也渴得忍不住喝下了两大口，顿时觉得渴劲儿减退了许多。天悦边喝边看着那个女孩，女孩大约二十三四岁的样子，似乎是那种表达方式很温柔，而实际上是很有主见的。他于是问女孩道："你和那小伙子快结婚了吧？"

"没有。"女孩回答道："我父母不同意，我父母以对他'没感觉''谈不来'为理由拒绝我和他进一步发展，我父母认为我不现实、理想化、还没有长大。"

天悦听了后，就说道："我觉得这个小伙子挺勤奋的，又年轻，话也少，感觉挺牢靠的。"

"我还没有想好。"女孩摇着头说道。

"呵呵！你跟着他开出租车，你们两个人在一起，他负责赚钱养家，赚钱的事，都由他做主，而每次赚来的钱就直接交到你手里，如何使用如何分配，全由你说了算，不是挺好的吗？这样一来的话，你父母自然也就闭嘴了。"天悦笑着对女孩说道，不经意间忍不住打了个响亮的嗝。

"待会上路，我也和你们坐在一起，我不想坐在副驾驶座位了，西晒加上阳光晃眼。"女孩直率地对天悦说道，天悦未置可否。

休息过后，一行人继续开车赶路，3个人都坐在后排，女孩坐中间，天悦坐在女孩儿的右侧靠车门，他虽然觉得多少有些别扭，但还是断断续续和AUWAKALA先生聊天，他问AUWAKALA先生没结婚的话，也有女朋友了呗？他问AUWAKALA先生的父母是否催促AUWAKALA先生的个人问题？

AUWAKALA先生支支吾吾地回应着，说他还没有女朋友，而且也不想找，为什么呢——他解释称日本女性讲究的是家庭地位，日本女性可能在公司里不一定有地位，但她在家庭里很有地位，有一个场所的区分，因为家里就是女人的天下。而且日本主妇绝不是对丈夫百依百顺和绝对服从。他尤其说了一句话"对于日本男人来说，如果爱上一个女人，就仿佛既有了软肋，又有了铠甲"。

AUWAKALA先生那次特别提到在日本，比如在东京，或者在大阪，在大城市里，像他这样的男性往往因为"在经济上感到不安""邂逅机会减少"以及"对恋爱的向往程度下降"，而宁愿选择单身或者不婚。所以在日本，无论是年轻男士，还是中年男士，未婚的人越来越多，也越来越心安理得。

至于如果被父母家人建议结婚成家时会怎么办，AUWAKALA先生就提到只能减少与父母在一起的时间，来降低"催婚"发生的概率。比如争取多出差；比如自掏腰包、孝敬父母外出旅游；比如充分掌握父母作息规律后完美错开；比如改变居住的环境，选择住"共屋"，每名住户有自己的一个小房，有公共的厨房、浴室、洗衣室等，每月租金较低。但是

AUWAKALA 先生也承认，无论想什么样的方法减少与父母在一起的时间，都有一定的风险，都可能被扣上"不与父母交流"的帽子，都会招致父母不同程度的不满。

……

一路上，女孩儿似乎一直在认真倾听天悦和 AUWAKALA 先生间的交流，尽管女孩儿不一定能听懂。而且，女孩的腿紧紧地贴着天悦，女孩却显出很自然的表情。

……

和 AUWAKALA 先生出差，天悦却受到了启迪，尤其在对待个人问题的态度方面。"爱上一个女人，就仿佛既有了软肋，又有了铠甲"那句话直到今天还深深地印刻在天悦的脑子里，他在听了 AUWAKALA 先生所说的日本的"工作虫"的婚姻观爱情观后，内心既沉重，也有同感，他知道自己绝不会轻易爱上一个女孩子。

难忘小云的祝愿

"嘭嘭嘭！"有人在敲办公室的门。

天悦停止了在电脑上打字，对着门口方向喊了一句："进来！"

门开了，是秘书张小姐。张小姐开口问道："邢总，我明天要请一天事假，我要给我的孩子去报个早教班，可以吗？"

"哦，可以呀！你跟人力资源徐总打个招呼呗！"天悦对张小姐说，然后又问张小姐道："你怎么不让你老公去呢？"

张小姐回答道："我让我老公去，但是他不去。我老公现在一家地产公司上班，工作很忙，没时间去，所以我就得去。"

"你老公怎么会工作那么忙呢？房地产现在还好做吗？"天悦疑惑地问道。

张小姐笑着说道："邢总，您看您这话说的，您毕竟是单身，一个人吃饱了全家不饿。但是我们一家3口,家庭月收入都加起来才2万出头,每个月还房贷7200元,不上班不忙工作怎么办呢?而且,小孩还要上学前班、早教班,所以我和我老公经济压力很大。我一直想给我们孩子报个早教班,一年交三万六,我老公听了,一百个不愿意,劝我千万别被那些推销话术搞晕了头。结果我一怒之下,要带着孩子回娘家,我老公才不得已同意的。"

天悦笑着说道:"原来是这样子。你老公多大了?还挺有头脑的!"

张小姐回答道:"我老公今年31岁了。我老公总对我说:其实对男人来说,30岁,是道很艰难很艰难的坎儿。他说很多他这个年龄的男人也只是刚刚从无理取闹的孩子,转变了自己身份。他辩解说他不傻,他说对孩子好的事情他能不知道么,他也想做个好爸爸,但现在真的是负担不起啊。"

天悦一听张小姐说的这些话,就马上对她说道:"嗯嗯,现在无论谈什么,最后都要涉及银子。不说了,你赶快下班回家吧!"

时间已经是晚上6点30分了。天悦站起身来,朝办公室门口走去。他打开办公室的门,走到办公室外面的大开间,这个点儿有些员工已经下班走了,还在的员工见到他从办公室出来,就纷纷向他打招呼,他也冲那些员工点头致意,那些员工都是些"80后""90后"。

天悦转了一圈,就又回到办公室,关上门,就继续看着电脑上的那些文字发呆。他脑子里在想,按理说张小姐一家3口,家庭月收入在2万多元,有房有车,体体面面,家庭生活应该很快乐,难道事实并非如此吗?还有这些"80后""90后"的二三十多岁的年轻员工也爱经常抱怨,难道他们的生活不是过得很有滋味吗?

天悦知道公司里的品牌经理小贾是个北漂,今年28岁,大学毕业后就留在了北京,一直单身,父母都在老家务农。以前小贾只需要拿出自己工资的1/6就可以租一个不错的房子,现在同样条件的房子,每个月需要花掉小贾1/3的月薪,所以小贾搬到了五环外,每天挤地铁上班。小贾最爱说的一句话就是:"奔三"的人,是一个慢慢学会妥协的年纪,也是一个慢慢习惯不堪的年纪。有一次小贾的父母从老家来到北京看小贾,拎着一大堆特产,结果两位老人一进那出租屋就惊呆了,随即抱怨小贾租的那间房子实在是太小了,没有阳光,通风也差,父母觉得小贾在北京过得太委屈,想让小贾回家,但小贾坚决要留下来。小贾认为北上广虽然没有人情,但是回到老家却可能连一份月薪5000元的工作机会都找不到,那自己靠什么去改善父母的生活!

公司里另一个员工小伙子聂云29岁,接近而立之年,还没成家,工作冲劲儿足,前天却抱怨:周一那天特别倒霉,早上骑自行车赶上下雨,因为起来晚了门口就没车了,还特别堵;下了班去看房子,结果又被人抢先一步订走了;晚上好不容易回到家,洗头洗到一半没热水了。聂云说自己在25岁前后,每年就希望在当年能遇到合适的女孩儿结婚,但是最近一两年,他觉得光是活着就已经很不容易了,现在一点也不想结婚了。

公司里的一个叫李燕银的女孩,是未婚的,江西人。有一次外出聚餐,小李对大家说:有时突然好想哭,我是一个即便疼也要忍住眼泪,做自己该做的事,哪怕是故作坚强,也要承担下这个年纪所有重担的女性。表面上是生活、生活,听歌看书,其实内心多汹涌也得显出平静,内心多难过也得微笑说自己乐观自信。至于爱,即便我也近30岁了,但是我已经看不出自己哪还有那么多悲欢离合、爱恨情仇,何况现在的奢侈品就是"爱情",可望而不可即。

还有张化铁,湖南小伙子,头些天刚过了28岁生日,他26岁从部队出来,27岁离开老家来到这个城市,在公司做市场,远离年迈的父母,又还担心自己的工作不稳定。他有时看看老婆的照片,会想起离开家时怀孕多时的老婆对他说过的话。他认为一个男人面临而立之年真的没有退路,他有很多的感触。

天悦的脑子里一幕又一幕地过着:

——现在的小贾,上班时也会泡一杯枸杞,周末的时候也会去找老中医开个方子,调理自己的身体,别人笑他更年期来得太早,他每次都笑而不语。

——现在的聂云,边工作边炒股,经常对同事说:有钱才是"王道",30岁是人生的一道坎,得可劲儿努力迈过人生的这道坎。

——现在的小李给自己制定的目标是今年年收入10万元,但她眼睁睁看着想买的房子从前年的每平米2万多元涨到了现在的4万多元,使她买房的计划受挫。她认为,但凡一个女人,谁不想一辈子无忧无虑?谁不想一辈子被人宠着?但不论以后在孩子面前,还是在年老的父母面前,自己都得是一个应该独当一面的"女汉子"。

——现在的张化铁,说自己不想一直在外漂泊,计划过几年选择回到他的老家那个只能算是准二线却有着准一线房价的城市发展,因为与其看着父母逐渐老去,白发逐渐增多,还不如为了父母,为了老婆和孩子,选择踏实安定的生活。

相比张小姐、小贾、聂云、李燕银、张化铁等二三十岁年轻人每个人都对自己的未来有期许,他们的家人也都对他们寄托了美好的愿望,天悦想着自己在29岁的时候,也曾有个女孩儿就既给他提过一些建议,也对他提出过良好的祝愿。那个女孩就是小云,在他和AUWAKALA先生在肥城出差的某一刻。

那次到达肥城后,天悦先安排好宾馆住宿,然后就第一时间联系小云,告诉了自己的住处。小云得知后是喜出望外,便在当天下班后带着她的男朋友去宾馆看望了天悦。由于小云的男朋友在场,天悦只是和小云简单地聊了聊,也和小云的男朋友寒暄了几句。小云和男朋友离开宾馆时,小云提出邀请天悦和他的日本同事在离开肥城的那天一定要去她乡下的家里做客。

在肥城出差的第三天,天悦回到房间后就联系小云,以便确定翌日早晨在酒店碰面的时间,小云却在电话里说待会见面时再定。大约过了30分钟,天悦就听到有人敲房间门,见是小云,就把小云让进了屋内。

在房间里，两个人面对面坐着，虽然都觉得有些局促，但是依然彼此微笑着，互相看着对方。小云先开口说："以往在北京见面就不多，真没想到你竟然还能有机会来肥城出差，呵呵！"

"我也是没想到！估计这就是缘分吧！"天悦说道，然后又接着说道："你才23岁，就已经有男朋友了？今年就准备结婚了吗？"

"嗯，是的！我们这里18~25岁的年轻人，尽管大部分不认同自己已经完全成年，但是依然到了年龄就结婚。肥城比不上北京，山东比不上北京，我们这里像我这样年龄的男孩女孩，毕业后工作个一两年，没有什么工作压力，但是结婚成家的压力很大！"小云解释道。

天悦笑着对小云说道："明白，可以理解！你男朋友年龄多大？你们是怎么认识的？"

"我们之间是亲戚帮着介绍的，他是肥城市人，今年就27岁了，参加工作也有8年了，我今年23岁。其实我一直都像一个傻子，头脑一直不怎么想太深入的事。那个亲戚挺好，对我说：上一代人，就是我父母那一辈人，在18~25岁期间，通常已经完成了婚姻、家庭、事业的选择。我男朋友则对我说，18~25岁的阶段对他和他的那些哥们儿来说，只是一个简单的、进入稳定的成人角色的过渡阶段。结了婚，有了家庭，男人真正是男人，女人真正是女人，两个人可以有很多时间去奋斗，为了以后的孩子，为了父母。"小云语速很快地表达着。

天悦听了后，欣慰地说道："看来你比第一次见面时思想丰满了。我虚岁就快30了，我现在还不知道我是谁，至于我未来想做什么，我就更是没有头绪，我必须承认这是一个激动人心的年纪。有时，当我想到我遥远的未来，我能从那种空白中感受到一些其他的东西。"

"在北京时，那天晚上你是怎么想的？你为什么要那样对我？"小云突然语气一转，责备地问天悦道。

"我也不知道我当时是怎么了？我知道我不应该那样对你！"天悦被小云问得支支吾吾，不知如何作答。

"你现在还喜欢着我吗?"小云满脸羞红地问天悦道。

天悦看着坐在面前的小云,她脸皮微黑,相貌俏丽,圆圆的脸蛋,一双大眼黑溜溜的。他就鼓足勇气问小云道:"你没恨我吧!我那时一时冲动,让你受惊了。我当然喜欢你!嗯。"

"我不信!那次之后你也没给我写过信。"小云嗔怪地说道。

天悦一看小云的眼色,就一下子坐到小云身边,把小云搂在怀里,小云见势便依偎在天悦的怀里,两个人热切地接吻起来。

虽然知道小云有男朋友了,但是天悦顾不得许多,依然顺势把小云按倒在床上,边接吻,边掀开了她的裙子……

做完了后,小云突然翻身坐起来,对天悦说道:"快10点了,我得走了!不然宿舍的大门关了就不好回去住了。"

天悦躺在床上,望着小云的脸,看着小云丰满的乳房,看见小云满脸都是温柔,看见小云满身尽是秀气,而小云则抿着嘴笑吟吟地斜眼瞅着天悦,就想要下床。天悦舍不得小云走,就又把小云压在身子底下……

在济南临别之时,小云注视着天悦的脸,语重心长地对他说道:"我今年要结婚了,我真的很感谢我的现任男朋友。男人有男人的不易,你作为一个男人要拼尽全力工作,想要成为一个不平凡的人,但是你要记住:结婚是人生最重要的一步。在此,我祝愿你未来一切顺利,也希望你以后经常给自己一个爱的拥抱,对辛苦了的自己!"

和 NAKANO 先生出差杭州

时间不早了,天悦下班回家。路上,他开始觉得肚子饿了。

在回家的路上,天悦寻思着,写作其实是一件很辛苦的事情。因为是学医的,他知道正常情况下人体每天消耗的热量里有 80% 是被人的大脑消耗的,那么写作的话应该会使 90% 甚至更多的能量被大脑消耗掉。

虽然自己开始尝试写作,但在写作如何构思和文体方面,天悦并没有什么可以参照的,也不认为自己在写作方面有什么天赋,也没有自信能写好。至于现在边工作边开始写作,既是出于一种情怀,也是出于思考人生。他从很多年前就开始关注诺贝尔文学奖,关注那些诺贝尔文学奖得主,也关注国内外政治文化精英人物和他们写的个人传记。他靠自己的眼睛观察纷繁人事,也一直试着用作家的头脑注视中国社会的变迁。

王小波、莫言、史铁生、余华、黄永玉、崔永元、希拉克、阿尔·戈尔、奥尔罕·帕慕克、伊凡·克里玛、阿多尼斯、奥兹、埃科、米沃什等人都曾经是天悦进行思想交锋的对象。通过阅读,他不仅记录下杰出作家和知识分子的精神成果,呈现出他们在思想史上的贡献,他觉得现在也应该尝试着突破自我,看看自己能否进行到作家的转型。

天悦边走,边进一步回忆起他与NAKANO先生最后一次出差杭州的经历。在80年代末90年代初,很多大医院通过中日友好政策的实惠免费得到了一大批高端医疗影像设备,T公司医疗设备也进入到中国的医院,那自然而然地会产生服务保障需求。

问题是由于那些医疗设备不需要医院花钱买,所以在使用当中得不到爱惜,而且医院也不重视对医技人员的设备应用培训,那些医疗设备很多时候没有得到正确使用和妥善的维护,往往使用不久就陆续出现了各种各样的故障。但是在保修期过后,设备在服务保障方面是需要医院花钱的,厂家工程师去维修故障是需要医院支付维修费的,很多客户医院以各种理由拖欠支付维修费用,甚至恶意不支付维修费,导致H公司的正常运营受到极大影响。

在那样的局面下,有一次公司在开早会时,WATASI先生郑重地布置了任务,要求每个中国工程师在出差时都要承担起向欠债客户讨债的任务,并公布了每个工程师讨债的任务指标和奖励政策。当听到这一任务布置时,天悦的一些同事不免面露难色,觉得自己是搞技术的,是工程师,凭什么要去背负讨债的任务?而天悦觉得自己是医生出身,有着专注细节、坚忍的职业性情,也懂得保守服从,所以自信有能力在讨债时有不错的结果。

天悦与 NAKANO 先生要一起去某大学附属医院，而某大学附属医院放射科用了数台 T 公司医疗影像设备，但是从开始用没过多久，就故障连连，多次维修还多次坏，形成恶性循环，院科更长期拖欠维修费，该院科事实上就成为 H 公司的老大难客户之一。

去杭州之前，天悦与 NAKANO 先生、丁宏经理商议，得出几个方案：1. 到医院后，先讨债，如果讨不到，就直接回北京；2. 先讨债，不管结果如何，该维修故障设备还得做；3. 先维修设备，从杭州走之前一刻再向院科讨债；4. 维修完故障设备，NAKANO 先生先回北京，天悦留下在医院讨债，就钉在院科，一天不给钱一天不走。最后，NAKANO 先生的意见是选择第 3 个方案，具体如何应对就是要考验天悦的能力了。

在天悦看来，设备虽然很重要，但是真正掌握设备技术才是最重要的，技术的关键就是全面消化和全员掌握，以及培养形成良好的职业习惯，如果对院科医技人员在这些方面的情况有所掌握，有可能会对向院科讨债提供事实依据。

到了杭州去医院后，院科领导周到地安排天悦和 NAKANO 先生的吃住，而天悦和 NAKANO 先生也是认真紧张地开展维修工作。天悦边工作边和放射科的技术员、大夫交流，以便了解他们对设备应用的技术熟练程度、操作习惯和职业意识。结果，他发现医技人员的能力差距可以用一句话总结：表面看得懂，深刻学不会，凑合能应用。日本工程师当初培训时，要求每天机器要清洁 4 次，坚持不懈，这样才能保持环境的整洁和设备的状态，而院科的医技人员听了以后也保证每天 4 次，1 次不少。后来，头一两个月每天 4 次没问题，一两个月过去，每天 4 次就变 2 次，慢慢地 2 次变 1 次，1 次变 3 天 1 次、5 天 1 次，后来连 1 周 1 次也保证不了。

在离开杭州前，天悦陪着 NAKANO 先生一起见了院里设备科科长，在提到医院需要支付维修费用的时候，那个科长很直接地拒绝了，原因是 T 公司医疗设备一直故障不断，收取维修费用不合理，而且抱怨维修费用高。那个科长的态度令天悦惊愕,在不得已的情况下,天悦向设备科长提出要见医院的领导,是代表 H 公司。

　　主管院长虽然露面了,但在天悦表明主张后,主管院长的回复依然是老调重弹:肯定会给你们维修费,不会不给的,你们这样的大公司大品牌,应该不会受影响的。天悦听了后,知道主管院长又在搞拖延术,就非常不悦,他直白地对主管院长说道:"你们的做法太过分了,明明有维修合同,白纸黑字的约定,你们这么大的医院竟然不讲信用,不遵守合同,你们医院里难道没有人懂得一点规则吗?"

　　那个主管院长听了后,竟然当着设备科长和 NAKANO 先生的面侮辱天悦道:"你是什么东西?你有什么资格对我这么讲话?"

　　天悦压抑不住怒火,对着主管院长拍了一下桌子,吼道:"你是个主管院长,却不讲道理,你配当主管院长吗?"

　　在争执不下的时候,设备科长见场面不好就悄悄溜出去,把大院长给叫了来,大院长进了屋并没有先理会天悦和 NAKANO 先生,而是把主管院长叫了出去,屋里就剩下了设备科长、天悦和 NAKANO 先生。NAKANO 先生的脸色一会儿红一会儿白。

　　过了会儿,大院长和主管院长推门进了屋,大院长就开口对天悦说道:"我们医院是你们 T 公司医疗的大客户,你即便是代表你们售后服务公司来要钱,也没理由那样对我们主管院长说话,再说了,那几台 T 公司影像设备都是隔段时间就坏一次,你们怎么解释?"

　　"院长,我特意了解过情况了,日本工程师当初培训科里的大夫和技术员时曾经要求设备每天要清洁 4 次,坚持不懈,这样才能保持环境的整洁和设备的状态,而你们的医技人员头些天 4 次没问题,1 个月过去,每天 4 次就变 2 次,慢慢地 2 次变 1 次,1 次变 3 天 1 次、5 天 1 次,后来连 1 周 1 次也保证不了。你们的医技人员连一个最基本的事情都做不好,设备很多的技术指标、细节,就是在你们技术员这样的自我松懈中变形,已经影响到 T 公司医疗产品的品质和企业信誉,您怎么看待这样的问题？"

大院长在听了天悦的话以后，竟然一时语塞，不得不停顿下来，就缓和语气对天悦说道："现在我们医院欠你们公司多少维修费？"

"6年下来，欠了我们公司51万元维修费，这笔钱不是我的钱，如果是我的钱，我会更着急。"

"嗯，你回去北京吧，早前的几笔维修费我们都已经批了，我们这几天就安排支付。你回去跟你们日本老板就这么说。"

……

杭州人文古迹众多，西湖及其周边有大量的自然及人文景观遗迹，具代表性的西湖文化、良渚文化、丝绸文化、茶文化，以及流传下来的许多故事传说成为杭州文化代表，但那次出差，天悦完全没有心情观赏杭州的一草一木。

年轻的代价

天悦回想着，那次从杭州回到北京后，没多久，财务的郑大姐就高兴地通知他，公司接二连三收到了某大学附院汇来的几笔维修费，虽然还没有全额付清，但总算是收回一多半维修费了。

那次去杭州出差之后，天悦又去别的地方出差了数次，也努力催回了不少维修费。相比之下，有的同事在工作中，对客户执行讨债时态度是消极的。后来，H公司开会，WATASI先生当众宣布奖励天悦1000元钱现金。

然而，很多事情并不像天悦想象的那样简单，果不其然，没多久，他就开始尝到了苦头儿，因为他发现有的同事开始有意疏远他，也不怎么和他交流了。

又过了一段时间，有一天中午去食堂吃午餐，郑大姐特意拉着天悦一起去。在吃饭过程中，刚开始，郑大姐对他说道："通过你们每个工程师下去向客户催收维修费，可以看出中国人和日本人对规则的理解不同。所谓'规则'就是规定和法则。在这方面中国人总是比日本人'聪明太多'，比外国人聪明太多，总可以找到规则的漏洞，总要耍点小聪明，比如维修费能拖就拖，能不付就不付。而日本人不一样，他们看起来很傻，只懂得死心塌地的严格遵照执行。"

……

聊着聊着，郑大姐话锋一转，脸色变得严峻起来，对天悦说道："你还不知道吧，别的同事早都知道了，杭州那家医院院领导在那次你离开后，就把你直接投诉到T公司医疗东京总部，要求公司开除你！"

天悦不听则已，一听就惊得两眼发直，过会儿就觉得脊背发凉，面颊开始发烧，郑大姐看到他的窘样，就安慰他道："你不用担心，WATASI先生已经坚决拒绝了T公司医疗东京总部提出的开除你的要求。"

虽然郑大姐宽慰天悦，但天悦听了后，实在吃不下饭了，就剩了两眼圈儿发红——他才想起那个大院长后来的语气变得和缓，但究竟为什么会变得和缓？他一直完全没有思考过。现在想想，一个原因可能是当时看着NAKANO先生在场，第二个原因可能也是觉得在按照维修合同规则支付维修费方面不能对T公司医疗"打太极"太过头，最后一个原因就是要达到事后报复的目的。

天悦回想着，就进了地铁站，随着地铁站里川流不息的人群，他就在想，历史上很多人都不断在为自己的小聪明付出沉重代价，但却依然死性不改。一个社会的进步和文明程度，与人们对规则和信仰的理解有着直接的关系，如果忽视规则，不注重信仰，不但会导致社会分层分化，严重对立，众叛亲离，还容易被注重规则、信念统一、信仰一致的外族利用。

天悦现在回想着，20多年前，杭州那个医院的大院长竟然要通过T公司医疗东京总部施压H公司开除他，那样的做法用现在的词来形容无异于是一种"潜规则"。如果不是事后郑大姐好心告诉他，如果他最终被那个大院长暗算了，被公司开除的话，他还不知道是怎么样的原因呢！总之，在那个大院长眼里，让天悦因为年轻而要付出代价，似乎不算什么的。

虽然已经过去了20多年，但天悦依然感到痛心，从自己在阜外医院工作时的"眼镜事件"到在H公司工作时的被那个大院长"暗算"潜规则报复，让他认为有些人太虚伪了，后来更加让他对他们的做法感到失望。

让反思变得更真诚

一天的构思与写作，让天悦既兴奋，又疲惫，疲惫是因为写作煞费脑筋，而兴奋是因为虽然假期几天在相亲方面没有收获，却收获了写作的灵感和决心，并且落实在了行动上。

天悦觉得通过写作可以让自己回归理性，让经历变得开放，让反思变得真诚。在他眼里，别人反思不反思不重要，也无法控制，但自己要反思，哪怕自己只是个草根儿普通百姓。20多年过去了，关于在H公司工作的点点滴滴，以及为什么要从H公司辞职，都是值得书写的。现在，他觉得自己当时做得不好的有三个方面：

第一方面，在于自我定位心态有很大问题——刚刚踏入外企职场，第一份工作就是工程师，自己总被客户称呼"邢工、邢工"的，就觉得那似乎是一个很风光的工作，每次出差都受到医院客户良好的接待，吃香的喝辣的，好酒好菜；去哪儿都是飞机或者包车；去哪儿都是住当地最好的宾馆。就在自我认为应当被人尊重的时候，却没有发现自己其实只不过是被呼来唤去的沧海一粟。在处理杭州那个医院拖欠H公司维修费问题时，明知道别的同事都不愿意去碰杭州那个医院，说白了就是一个烫手的山芋，自己也可以逃避、推托，是最本能最容易的选择，但是自己却反而表现得过于自信，过于强势。真正到了现场，自己在面对医院设备科长、主管院长和大院长时，言谈举止缺乏自制力，达不到自律，又没有专业人士带，更没有讨债的实战经验，所以出现了不良后果，自然是自己难以控制得了的。

第二方面，在于个人专长定位出了问题——自己一个学医之人，竟然做起了X线机维修工程师,堂而皇之地。刚开始,领导和同事们不了解底细,时间长了后,是骡子是马一遛就知道了!自己就容易"露馅",要命的是一旦露馅,就几乎没有时间让自己来弥补。自己总觉得维修工作就是换一块电路板而已,可是当老爸问:"你知道了那故障原因是什么、如何维修、工作流程是什么,但那块板子为什么会出问题呢?"自己却回答不出来。当付工对谈论先找准你的"专长"时,尽管自己开始感觉到了工作压力,但学习的精神力依然不足;当薛工建议辞职时,自己却还期望着能得到公司里技术团队与专业的指导。

久而久之,千疮百孔的自信再也无法支撑本职工作了,经过出差去深圳某医院安装三套X线机出现差错后,天悦就彻底失去了丁宏经理和周围同事的信任,再也没法在工作职责面前一往无前。

第三方面,在于自己的品格出了问题——自己虽然认为自己很辛苦、很努力,但在丁宏经理和周围中国同事眼中,活脱就是一个混饭吃的,根本没有意识到既然选择做工程师,就要死磕领导和周围同事眼中的工程师这个"兴趣职业"。虽然兴趣职业对自己来说,其实是一个很难的选择,但是当他们做摆在他们面前的工程师工作时,他们认真地遵循正确的理性,不分心于任何别的事情。

天悦在反思时,表面上这一天又过去了,实际上把自己的人生往回翻了很多很多篇儿。从1982年到1985年,自己经历了辛苦的高中3年,而后通过了万人齐上的独木桥,考进了军医大学接受高等教育,从此便有着大好的前程在等待着自己……进入H公司工作,不管自己身家几何,终于可以成为人才了!甚至认为自己是上等人,从此就远离了很多一般人才干的工作。

天悦不得不承认自己在H公司工作期间,在周围的同事在想着如何提高自己的工作技能时,自己却在琢磨买的那套西装,在胸衬的选择上略微轻薄,往下收腰有一种上宽下窄的视觉感,并且肩型柔顺漂亮,不夸张但是够力挺,到了定制级别,应该属于南意的拿波里风格绅装。

天悦不得不承认自己在 H 公司工作期间，周围有的同事虽然好心劝诫，要主动工作，自己的关注点却是什么呢？那时自己的关注点不正是香水吗？"前调"是自己最先注意到的部分，是立即抓住自己注意力的味道，是香水这个混合物中最轻、分子量最低的化学物质——这些化合物会首先挥发，也消失得最快，通常涂后只能持续 5 到 30 分钟。

"前调"代表了香水的品格，天悦注重自己对香水的第一印象，而香水的第一印象关系重大，他知道通常消费者在嗅到第一缕独特而强烈的"前调"后，马上就会确定他们是否喜欢这款香水。香水制造商通常把"前调"描述为充满自信的、锋芒毕露的或清新的香味，因此香水制造商通常会把生姜和柑橘皮香氛作为"前调"。但是他却忽略了自己从事的工程师职业品格——就像要想成为一名调香师，或跟品酒师类似，很困难，很有挑战性。即使你有天赋，也需要努力 10 年或 15 年，才能在该领域初露头角。有的调香师日夜都跟他们的新香味待在一起，也有的调香师会进行想象或是先在头脑中把它们的新香氛视觉化，就像是指挥家指挥交响乐团那样，在表演的合适时间点里，以正确的比例加入正确的分子。他们不断调整他们的香水，像混合威士忌或高级葡萄酒那样。

天悦还忽略了职务成长期——时间门槛，就像大多数香水只有半条命，生命非常短暂，因为人们的注意力持续时间很短，对最爱品牌的忠诚也是说变就变的。而能否有潜力成为一名合格的工程师，同样可以在短的时间内被考察得出来。

一出 T 公司

天悦停了下来，喝了几口水后，就陷入了沉思，他回顾当时在做出辞职决定时的其他因素，其中最主要的因素就在于是否"真诚"。

当天悦把自己已经做出了从 H 公司辞职的决定告知老爸时，老爸沉默良久，显露出很难看的脸色，那种难看的脸色可以追溯到自己在上小学中学时，当考试没考好被老师点名批评，被老爸知道后，老爸才有过的。

老爸得知了天悦辞职的决定，就喃喃地对天悦说道："唉！你一个学医之人，只要一离开医院的工作，放弃了专长，就什么都不是了！你做工程师工作，我能猜得到，技术工程原理上你是表面看得懂，深刻学不会，凑合能对付，你知道了吗？"

"嗯、嗯，所以我才提出辞职。"天悦回答道，又真诚地说道："刚开始时，我期望在工作中能够多出差会有维修实战提升经验，但是却从来没有动过脑子，是先通过多参与安装调试设备来积累安装经验，还是多参与故障维修来积累维修经验。现在想想，我才觉得安装调试 X 线机比维修 X 线机来得容易，把那些设备分别从头儿到尾装一遍下来，基本上就能应付维修工作了。"

老爸听后，直白地告诉天悦道："你一直有个缺点，死不改悔，就是对难题不愿意深究解决，既不讲套路，也没有耐性，到了关键时靠蒙！蒙对了还好，错了怎么办？总之，你辞职是对的，在公司里，当所有人都越发觉得你是一个百无一用的人的时候，如果你还处处都要表现出自己强大的自尊心，执念于那些无足轻重的底线，就最能磨掉你仅有的一点自信。"

……

除了那次老爸说的那些话，再结合当时在 H 公司工作所处的氛围，形势的发展已经由不得天悦了。天悦从深圳出差回到北京后，他和冯工一起向丁宏经理汇报在深圳某医院安装设备过程中出现的问题，冯工当着他的面告诉丁宏经理，之所以出现问题是由于他在工作中过于教条、不求甚解所致……在他写了一份出差深圳的工作报告交给丁宏经理后，丁宏经理就再也没有安排他出差过，连外出都不安排，即便是在北京市内。

可笑的是，天悦刚开始却没有察觉到领导的意图。随着时间一天一天地过去，每天看着别的同事忙着到处出差，领钱，不亦乐乎，自己每天却只能在办公室干坐着，他心里就越发感到难受，他开始意识到自己的能力和自尊要求是成反比的；他意识到自己的精力是有限的，强调自尊着眼于小事，就对谁都没有好处。

最终，天悦写了一份辞职报告交给了WATASI先生。那天，他找了WATASI先生面谈，在场的还有WATASI先生的助理中国同事吴小姐做翻译。他对WATASI先生说道："您好，我很抱歉，由于我的工作做得不到位，给您添了很多麻烦！我的专业不是工程师，我在实际的工作中也未能把X线机维修工程师当成自己的兴趣职业，我感到很抱歉！所以，我经过思考，我决定向公司提出辞职，请您允准。"

WATASI先生听了后，脸色一下沉郁下来，就通过吴小姐翻译告诉天悦道："感谢你的真诚，也很理解你的心情。"

天悦在听了WATASI先生的话后，自己就觉得很羞愧，由于玩心太重和工作不求甚解。他就继续对WATASI先生说道："别的同事用三五天安装调试3台X线机，我却用了半个月。还有，由于我的鲁莽，导致公司被大客户投诉。这一切都是不应该发生的！所以，我想引咎辞职，今天特意向您递交辞职报告。"

"有必要辞职吗？你难道就没有别的考虑吗？"WATASI先生吃惊地通过吴小姐对天悦发问道，并补充说道："在现有的公司制度下，你们中国工程师把出差维修工作当成计件奖赏、计时奖赏，这是一种很原始的折合方式。格局大的人，不会这样算，格局大的人着眼于自己的成长，着眼于自己的综合能力发展。所以希望你能重新考虑你的辞职决定。"

天悦听了后，心里觉得非常羞愧，或者说变得更加羞愧，但他那时又因为自己的思想准备不足，竟然一时不知道如何回应WATASI先生。他内心实在是不想离开H公司，但是继续做工程师已无可能，糟糕的是还没学会说几句日语，如此的话，就正应了老爸说他的那个词"百无一用"。于是，他经过片刻的沉默，他想到调动工作，他试探地问WATASI先生道："我能考虑转去销售部做销售吗？对给您带来的麻烦，我再次向您表示抱歉！"

WATASI先生得知天悦要去销售部，做销售代表，就告知天悦，因为销售部负责人日方经理在日本，得等到那位日方经理负责人回到中国回到北京，才能碰面讨论岗位调动申请。

记得那次谈话后，天悦从WATASI先生的办公室出来后的一连几天，他都觉得自己的内心是忐忑不安的，原因就是觉得自己一直不够真诚，无论是对自己的同事，还是对领导，甚至对自己。在自己工作上技不如人的情况下，还做了两件不真诚的事情：一件事是自己在北京外出公干包车时，也学会了向别的同事那样虚开多开出租车费；另一件是关于一听可口可乐的事情，那听可口可乐是他人生的第一听可口可乐。

有一次，天悦和付工一起去上海出差，两个人选择下榻在坐落于上海徐家汇附近的繁华地带的某活动中心，又叫好望角大饭店。这家饭店当时是全国科技系统首家涉外接待单位，集会议、住宿、餐饮、健身、商务、娱乐、购物等功能于一体，所配备的现代化硬件设施和相配套的软件系统，更使它成为一座现代化的会议大厦，既有安静和儒雅文化的氛围，同时也有温馨和舒适的环境；不仅是中国科学院对外进行学术交流和接待国内外科学家、教授、学者的窗口，也是海内外商务或旅游宾客来沪下榻的理想饭店之一；是国家旅游局认可的三星级饭店。

好望角大饭店房间的设计和布置，显然是根据科学家和商务客人的生活需要而特意安排的，房间内生活功能一应俱全，小巧而卫生，精致而儒雅是好望角客房的特色之一。天悦尤其喜欢房间内的精致的小冰箱，小冰箱里为客人准备了包括可口可乐在内的各种饮料。后来在退房离开饭店时，他下意识地从冰箱里拿走了一听可口可乐，那一听可口可乐标价10元钱。

天悦回到北京后，在公司报销出差费用时，出纳先按照出差费用标准结合饭店打印的账目水单，来对发票金额和费用出处，有疑问时就会把所有票据和水单交给上级复核，但是大部分情况下都是由WATASI先生亲自抽查过问。

WATASI先生就找到天悦，问他为什么同样的住宿标准，在好望角大饭店，他报销的费用会比付工多出 10 元钱。在没有思想准备的情况下，他被 WATASI 先生一问，虽然心里紧张，内心有愧，但就是不敢承认那多花费的 10 元钱是因为自己拿了一听可口可乐。相反，他觉得在出差中有别的同事或者利用房间电话打私人长途电话，话费算在房费里；或者明明每天有补助，但依然把在饭店餐厅吃饭的饭费挂在房费里；或者把洗衣费挂在房费里，所以他竟然觉得和那些同事相比，一听可口可乐实在算不了什么。那次，无论 WATASI 先生怎么问，他都坚称不知道饭店结款时为什么会比付工多收他 10 元钱。再后来，WATASI 先生并未深究那 10 元钱。

如今，将近 20 年过去了，天悦现在想想，当时 WATASI 先生是好意。如果当时自己再拿别的同事的类似的问题对 WATASI 先生说事儿，这是自己的无知和不礼貌，似乎轻易就这么认为别的同事也不真诚，因此不能因为这个公司有"不真诚的人"而认为所有的人都不真诚。

结局呢，由于销售部日方负责人过了十几天还没有回中国，既羞愧又失去了耐心的天悦遂彻底打消了去销售部的念头，他再次找到 WATASI 先生，坚定提出辞职。WATASI 先生虽然再次挽留他，并建议他多等些时日，但他就是不听。

当天悦离开 H 公司的那天，有几个同事为他送行，有郑大姐、李军、安璐、吴小姐等，郑大姐语重心长地对天悦说道："进公司工作，不像你刚毕业时，拿着一份不错的 OFFER，就能引得一群人为你眼红；在公司里干，也不像在医院工作那般稳定……"

"明白！"天悦回答道。

"你们这些小伙子都在 30 岁左右，每个人在这个阶段经历的探索程度是各不相同的，一切都是蓄势待发，一切都是悬而未决。"郑大姐笑着对天悦说道，最后祝福他道："你虽然从这儿离开了，但不要因为觉得自己做错什么而惶恐。还有，WATASI 先生让我转告你，日本是一个美丽的国家，欢迎你在方便时去日本旅游。"

就这样，天悦离开了 H 公司。

为曾经的"青春热血"买单

天悦把灯关了,准备睡觉,但他还是觉得,需要思考的还有很多事情,值得书写的内容也有很多。比如,在离开H公司后没多久,就意识到金钱的价值和自己的缺失;比如,面对在家失业啃老或者应聘去做一些薪资并不低的"蓝领",如何选择?因为无法再回到北京阜外医院了;比如,当有朋友叮嘱他:人呀,一到30岁,你再怎么浑身是胆,身上的担子也由不得你有半点胡来,因为这个年纪,没有让你继续试错的机会,稳定胜过一切。

关于成年初显期,天悦此时认为成年初显期最好的地方之一,可能就是它没有限制,也没有标准范式存在,所以他把"三十而立"看得很淡。只要年轻,每个人都可以根据自己的意愿以及条件,追求自己想要且能够追求的东西,无论是金钱还是理想,无论是梦想还是爱情。

关于工作稳定,天悦知道自己27岁时从北京阜外医院离职后就已经没有退路了,已经无所谓"试错",即便在医院工作时他也感到人生不易,所以27岁时仿佛能想象得到在30岁年纪的不易,该努力努力,那时只希望在30岁时别过得太艰难。

关于离开H公司后的抉择,其实那时的天悦就知道自己人生没有退路,只能是勇往直前,努力才是王道!有一次在家里,老妈对天悦说道:"你丢了工作,没关系,在家里好好休息一段时间,需要钱的话,妈给你,你别朝你老爸要。"

"我知道了,老妈!"天悦边回答,边两眼圈发红。

老妈接着对天悦说道:"小有小的难,中年有中年的难,老有老的难,人生啊,都是熬过去的。你老爸从未像今年这样感到无尽的压力,精神上和事业上的双重枷锁,既希望你和你弟事业上能有成就,也希望他自己在职称上能升到主任工程师,他多希望自己今年能把握住机会。他觉得自己是两个孩子的父亲,又是50多岁的男人,只能求稳,50多岁的他也如此艰难。唉！他不愿意调到卫生部去工作，不敢冒险。"

"我知道了，老妈！"天悦说道："您放心，我不会在家待着啃老，那简直太丢人现眼了，我会努力去找工作。不管任何时候，我都不会想着依靠您和我老爸！不管面对任何状况，我都能硬着头皮向前冲！"

听了天悦说的话，老妈的心情得到些许慰藉，但还是继续唠叨道："你马上就30岁了，一直单身，个人问题一直没有结果，你准备折腾到什么时候啊？你现在没有结婚，没有孩子，是最自在的。如果你能在30岁结了婚，有了孩子，你就会深有感触，30岁以后不是为自己，而是为了生你的人和你生的人去努力工作。"

"好了，老妈！您就别再继续说了，我就知道您又开始埋怨我敢任性轻易换工作了！我只想说很庆幸自己一路成长到现在，有您和我老爸的谆谆教导。至于我的个人问题，是'可遇而不可求'。"天悦不开心地说道。

老妈还是没完没了，对天悦说道："我是为了你好，成年人的世界没有容易二字。你再找工作，找个稳定点的，工资不一定要多高，别总是出差，飞来飞去的，常驻外地的工作也不好。现在赶快找个女朋友，像董珊陈蕾那样的女孩，还有原来的蒋文、贾涧清那样的，都对你不错。有合适的赶快结婚要孩子吧！别再挑了。听妈的话！"

此刻，天悦默念着20多年前老妈对他说过的那些话，那时他，就觉着自己还不适合考虑个人问题。没有结婚，没有孩子，自己一个人的日子该怎么过都能算得清清楚楚，结了婚有孩子的话，每天都不知道怎么熬，只剩下赚钱。更重要的是，在他看来，超过30岁的男人，大部分都认同自己已经完全成年，大部分男人会在30岁前后度过从成年初显期到成年早期这个过程，而那时的他觉得自己还没有度过这个过程。

此刻，天悦回顾着20多年前从H公司离开后，就在家里继续每天阅读《北京青年报》的招聘广告，同时每天的心情都是惴惴不安，尤其是每天晚上在和父母一起吃饭时，生怕老爸老妈催问他找工作的进展。

此刻，天悦想想自己在三十而立的阶段，他就觉得那会儿是一个很尴尬的阶段，感觉所遇到的挫折，就是用来为几年前"下海"的所谓青春热血买单，但是那时候他依然不知道怎么买单，不知道需要买单到什么时候。在从H公司离开后，他终于深刻意识到"下海"——释放自己的情怀同时，还要兼顾自己的生存状态。显然，这个是一个比较矛盾的东西，因为现实、生存、金钱和单纯的情怀显然是有些对立的。

1996年的夏天，天悦边找工作，边想着从某种意义上讲，如果当初选择进入荷兰大药厂市场部工作，可能会使自己的职业生涯做到连贯发展，做到善始善终，并且能够避免将来工作的漂泊不定。那时，自己好在才30岁，尚年轻，好在还有很多做药品的公司、做医疗设备的公司可以去应聘。

但是事与愿违，天悦在去了几家医药公司面试后，却都感觉不好。他应聘的是医药代表岗位，但是由于没有销售工作经验，每次面试都是在第一轮面试过程中就被淘汰了，后来他不得不承认自己太不动脑子了。事实上，到20世纪90年代中期，医药代表这个职业就开始"变味"。北京某三级甲等医院退休内科主任曾经告诉天悦，说当时国内出现大批仿制药，同时随着药品广告的管制加强，尤其是OTC药品和处方药品分类管理，药企招聘大量医药代表专门针对医院医生推销，而且越来越多的企业采取带金销售。

"一个通用名下面有很多药企生产，疗效都差不多，很多选择性在于医生，而如何让医生做出选择就成了医药代表们钻研的方向，回扣、感情牌等都会应用上。不同的产品促销方式不一样，仿制药竞争激烈，进口的原研药相对好一些。"那个主任对天悦说道："做医药代表不容易，如果你没有销售经验，又不懂得如何动脑子，拿不出开发医院的操作案例——说白了！就是说如果你没有资产性人缘儿的话，就没有任何一家医药公司会要你。"

那次，听了那位主任的一番见解之后，天悦才对自己应聘医药代表工作一再碰壁恍然大悟。那时，内资药企给医生的回扣平均在10%~30%之间。在利益驱动下，医生们的处方很难不受回扣的影响，迫于竞争的压力，外企也开始跟进，如内资药厂大范围带金销售后，外企的临床观察费迅速演变成变相的药品回扣，与此同时外企普遍提高了医生参与各种学术和市场活动的接待规格，通过软性的利益输送，比如公务舱、五星酒店、会议前后的游玩等来提高医生的处方依从性。后来，他明白了更多药企的营销内幕，他不得不佩服那些内资药企的在腐败方面的聪明才智，把外资药企也给带坏了，最终坑害的是广大老百姓。

既然进药企很难，天悦就想着进外资医疗器械公司工作，但是由于一被认为没有销售经验，二被认为年龄不够年轻，三被认为性情不够灵活，所以也是在多次应聘面试中碰壁，当然面试失败也有其他的原因。直到现在，最让他难以忘怀的就是曾经分别应聘美国泛亚科技公司、美国美联公司和美国美敦力公司，这3家公司分别在中国医院推销影像设备如超声、心脏医疗设备如以色列的心电监护仪、介入治疗设备器械耗材如起搏器，但是他应聘都失败了，原因除了没有销售经验，还被认为简历不真实。

在1996年的夏天，天悦一度感到非常的失落。然而，就在他情绪持续低落时，有一天，他接到了阜外医院的同事罗延军打来的电话，罗延军的外号是"骡子"。

那次，"骡子"在电话里问天悦道："呵呵，好久没有联系了，你现在过得怎么样呀？"

"不好呗！我正在找工作呢，失业了！你怎么样呀？"天悦问道。

"骡子"："我正想问你呢，你当时是怎么想的要离开阜外医院呢？你是走的怎样的程序呢？"

天悦回答道："你怎么想起问这样的问题了？"

"骡子"："我这不是也想要离开阜外医院吗，刘刚也离开咱们科了，他去了别的科室；王乐峰也离开咱们科了，他去了朝阳医院工作；曾峥也要走。但是他们没有脱离医院的医生工作，我是想和你一样，就不在医院干了。所以想问你是走的怎样的程序呢？"

"你已经结婚了，也快要孩子了，你在科里有性格魅力、有趣、长得也英俊，人缘儿程度比我强多了，干吗要离开阜外医院呢？"天悦没有正面回答问题，想起什么就说什么，想问什么就问什么，然后又叮嘱"骡子"道："人过三十，天过午。三十而立，家庭责任、社会责任……你可得想好了！"

"骡子"急切地说道："生活容不得等待。很多我曾经引以为豪的东西，其实啊，并不重要。因为年纪越大，就越有能力去接近一个更加真实的世界。以前我想结婚有个家，可是结了婚了又感觉压力大，而且还是没有家的温暖。"

天悦听了后，不禁惊讶地问道："怎么会这样呢？"

"唉！父母那一代人让我觉得可悲，他们越是认为自己做得好，子女也就是我们这代人接受的教育越优秀、越崇尚个人价值的实现，也就越不认可他们那老一代人的价值观，思想隔阂也就越大。这很像地主家的少爷被望子成龙的地主老爸送去西洋留学，少爷接受的教育越优秀越先进，也就越有可能与他当地主的父亲成为仇敌。我现在没有退路，可是在是否离开医院的想法上，每一次藏在心底的胆怯，每一回无人知晓的逃避，都在我的内心撕开一个小口。你明白了吧，我想改变现在的状态。""骡子"回答道，似乎心情很沉重。

天悦于是开解"骡子"道："每个年龄段都有每个年龄段的无奈和苦楚，然而也就是这些构成了这人生的画卷的。30岁，就是咱们人生的那个分界点，一过30，脚下的路，肯定是不能后退。"

……

如今的罗延军在内蒙古发展，买了很大的一片地搞农业种植，还是当地的一名人大代表。

每件事都有两面性

"丁零零……"闹钟响了起来。

天悦拿起枕头边的手机，按停闹钟，穿上运动衣裤，此时是早晨的 5 点 30 分。他完成洗漱，换上运动鞋，就去外面跑步。他感觉自己的身体还像二三十岁时的那样，虽然还是很瘦，但身体还算健康。毕竟是学医的，他在 30 岁时年纪，就更明白，没有什么比健康更重要。

跑了将近 30 分钟的步，天悦回到家里，好好洗了个澡，穿好衣服后，第一件事就是坐到写字台前，打开电脑。他要用电脑录下马上开始的新的一天的文字写作计划，此刻，他依然忘不掉 20 年前在 H 公司工作出差时看到过的那一幕幕景象：

——零下 40 摄氏度的天气，当他经过沈阳市某个街头，在街头的雪地里，有个戴着雷锋帽的年轻爸爸正推着一辆自行车步履蹒跚地前行，车后座上坐着个表情淡定的小男孩儿。

——在山东青岛一个自行车停车场，进去的人张望着，在几百上千辆自行车里，绞尽脑汁想着自己的车，到底停在哪。而对面的海边，密密麻麻的人群聚集在海水里，聚集在沙滩上，人和自行车一样多。

——去到上海，他见一位披散头发的老人站在路边，她的衣服和裤子都破了，双手因为太冷而环抱胸口，身后是家电器城，身边是一个废物箱。

——在广州，一群群好奇的人，排着队跑去白天鹅宾馆看展览，有些胆大的人一身港味派头，试图越过保安的看守。

——从长沙开往郑州的火车上，他的对面坐着个俊俏的中年女人，一身粗布衣裳，身子侧着靠在座位上，微抬起一只脚，头轻轻搭在了环抱自己的手臂上，眼神看向车窗外，像在思索什么。

……

天悦边回望着那些景象，边敲打着键盘，20 多年前的中国，城市的景象的色调基本上是黑白相间的。而那时的他，30 岁左右，没想过未来应该怎样发展；那时的他，依然没有结婚的打算；那时的他，而立之年，还没有创业的概念；那时的他，性格还是像个小孩子，想着能走遍中国，还梦想着有朝一日去日本看看。

在1996年的夏天，天悦在经历了连番的应聘失败后，终于有幸通过面试进入香港F公司医疗部，做了一名市场代表。他非常开心，做市场代表，依然可以到处出差，去自己想去的地方——年轻的时候，他尤其喜欢坐火车，喜欢坐硬座。在他眼里，火车是"自由和旅行的象征"，所以，他希望天南地北地坐着火车跑。他爱火车站，那儿聚集了来自全中国的人，虽然是擦肩而过，他可以观察到他们的表情，他们的焦虑、迷茫、欣喜和失落。

天悦是在北京出生，在北京长大，对外地人来说，如果你身在北京，便是站在了整个中国的中心。的确如此，对每一个人来说，北京都是中心。但是对他来说，外面的世界才精彩，他渴望看到那被太阳穿透的奶白色晨雾，让整个世界看上去像一幅雕刻作品；他渴望看到那在土黄色的春季的戈壁滩上，老鹰在天空翱翔，骆驼在地面行走；他渴望看到那深蓝色的天空，仿佛预示着冬天即将来临，白桦林会重新变成林海雪原；他渴望看到那魔法般的清晨和夜晚的光线，给自己奔波的单身生活渲染出一抹温暖的对比。

同时，由于在香港F公司工作期间推广该公司医疗产品，天悦对日本，对日本企业如F公司这样历史悠久的公司有了更多的了解。早在1995年，日本国会就通过了《科学技术基本法》，其后制定了多个5年计划，比如第一个基本计划（1996—2000年）、第二基本计划（2001—2005年）。日本试图通过这些战略举措，将日本建设成为：能够创造知识和运用知识为世界做出贡献的国家；有国际竞争力和持续发展能力的国家。就是在这样的背景下，F公司在全球推出了第一台CR设备。

通过培训，天悦了解到了日本人令人敬佩的"工匠精神"。所谓"工匠精神"，就是一辈子只做一件事，而且将这件事做到极致。他知道曾有一项统计显示，截至2013年，全球寿命超过200年的企业，日本有3146家，为全球最多，德国有837家，荷兰有222家，法国有196家。

那次培训中，培训老师周伟堂先生就讲述道："你们必须知道一个基本事实，中国中小企业的平均寿命仅2.5年，中国集团企业的平均寿命仅七八年，与欧美企业平均寿命 40 年、日本企业平均寿命 58 年相比，简直就是天壤之别。日本调查公司东京商工研究机构数据显示，全日本超过 150 年历史的企业竟达 21666 家之多，而在明年将又有 4850 家将满 150 岁生日，后年大后年大大后年将又会有 7568 家满 150 岁生日……而在中国，最古老的企业是成立于 1538 年的六必居，之后是 1663 年的剪刀老字号张小泉，再加上陈李济、同仁堂药业以及王老吉三家企业，中国现存的超过 150 年历史的老店仅此 5 家。经过计划经济时期的变异，其字号的传承性其实已大打折扣。"

周先生还讲述到，日本被誉为是"工匠国"，其企业群体的技术结构犹如"金字塔"，底盘是一大批各怀所长的上百年的优秀中小企业。这些企业或许员工不足百名，但长期为大企业提供高技术、高质量的零部件、原材料。很多中小企业在世界市场上掌握着某种中间产品、中间技术的绝对份额，甚至不乏独此一家。他举 F 公司 CR 的例子说日本人天生性格追求极致完美、严谨、执着、精益求精，当自认为技术还不够完美时不会拿出手。跟日本人的"工匠精神"不同，我们总是希望走捷径、抄近道，而不屑于"扎硬寨、打硬仗"。

……

时间已经指向了 8 点钟，天悦关闭了电脑，整理衣装，收拾文件包就出发去上班。路上，他回忆着在从香港 F 公司离职后，有幸去了日本观光，他先后到了东京、大阪、横滨。

由于工作原因，天悦很早就对日本产生了研究的兴趣——日本其实只有中小国家的"命"，因为它的国土面积排在全球第 62 位，人口排在全球第 11 位，却干出过世界第二大经济体的"事"，且仍基本长期保持全球经济、技术靠前位置的能力。甚至有中国人把与日本的体育比赛也看成是一种不流血的战争，赢了日本就特别地感到扬眉吐气，输给谁也不能输给日本人。

显然，每件事都是有两面性的。做市场代表意味着选择了符合自己心性"信马由缰"的一面，同时放弃了另一面，意味着自己在未来职场上再也没有稳定可言。

二进T公司

天悦到了公司，开启了新的一天的工作，他有条不紊地应付各种事情、邮件、会议等。将近中午时，他才稍微闲在些。

今年是2016年，已经进入6月份，这一年已经过去了几乎一半……50岁就这样悄然而至，天悦盘算着这时间一年一年过得太快了。写作如果从1993年的经历写起的话，那23年过去了，中国在变，他自己也在变，自己从曾经的年轻小伙，变成了两鬓逐渐斑白的中年人。在这个过程中，他经历了自己人生里多个"潮起潮落"。

在工作方面，20年前，天悦在1996年夏天进入F公司工作，是"潮起"；而后来从F公司离职，则是"潮落"。在这样一次潮起潮落后，他和他周围同龄的哥们儿都经历了应该"三十而立"的年龄阶段。在这样的阶段，在事业上，对那些已经结婚了的在家庭里上有老人下有孩子的男人而言，再说奋起直追，除非有强大的自制力和积累，那大部分男人都很难。除了像他这样的一小部分男性继续热情努力寻找新的机会，那大部分男性工作按部就班，生活得千篇一律。那时他和他周围的哥们儿偶尔会碰面，彼此说说自己的烦恼和遇到的困难，但都是说完了完了，各自该怎么过还是怎么过。

对那时遇到的问题，天悦现在仔细想想，无一不是因为自己早年的偷懒造成的。自己从21岁的时候开始实习，22岁毕业就开始工作，身在全国知名的大医院工作，入行又足够早，看着身边好多二十五六岁的同事们，相比起来，他们也不过处在一个比自己高一级的位置，生活上也比自己宽裕不了太多。他总觉得自己的未来足够敞亮，想着这样小年纪，努把力，等自己二十七八岁的时候，工作和生活一定会比他们要超前很多呢。可是过了三四年后，真到二十七八岁的时候，自己却进了外企工作。直到30岁的时候，在外企工作了好几年了，却发现自己的人生并没有到达曾经预想的那些高度，仅仅是在业余爱好上和社会见识上比曾经的医院同事们丰富一些而已。

在业余爱好方面，天悦在进入F公司工作后，放弃了以前对香水的爱好和使用，转而爱好起摄影——从那时开始，直到"二进T公司"，再到"二出T公司"，在他年轻的美好光阴里，他为了见证人民生活的飞速改变和国家经济的发展，无论他出差走到哪里，都喜欢拍下与他擦肩而过的那些农民工以及他们手里的、肩上的、背上的行李。

天悦曾经拍过的情景还有很多，他在佳木斯的一次，灰头土脸的不知从哪儿过路的一家人，男人背着沉重包裹，他们稀奇甚至有些嗔怪地看向他的镜头；在沈阳，遇到一队孩子们系着红领巾出操，每个孩子的小手摆在腰间，已经有孩子戴起了眼镜，有的孩子严肃认真，也有的孩子东张西望，有的孩子刚好见到镜头，就朝他挥挥手；他拍过那个在大连火车站出站口的角落里背着乘法口诀的孩子，在等做列车员的妈妈回家；他在北京开往西宁的硬卧火车车厢中，用同事曾方教他的办法，拍过一个手提粉红色塑料袋的女孩儿，她轻倚在车厢门节处，脚是随意站着的，她看向他的镜头，腼腆地笑着；在从北京去乌鲁木齐的火车上，他拍第一缕阳光透过车厢时的景象。

如今，很多年过去了，天悦已经很久没再拍火车了，后来拍火车也不方便，因为需要拍摄许可，没有许可，自己就不敢再拍火车站了。还有就是有工作忙和年龄越来越大两方面的原因，自己不敢冒险了。不知道现在从北京开往西宁的那趟绿皮火车是否取消了。不过，可能也就是从那时开始，他与同龄人或者同事或者大学同学之间的差距就开始清晰明了地区分出来。

因为，在从F公司离职后，已经36岁的天悦再次面临着找工作，随后他发现自己在应聘面试时，在面试交流中几乎总是处于下风，后来他才注意到职场上有一个很有趣的现象,大部分人在初入职场的时候都差不多水平,但过了30岁以后,有的人能步步高升,而有的人却一直原地不动。再往高一点,有的人平步青云成为高层走向职场巅峰,而他却还处在和初入职场的人都差不多的水平上,要重新从销售代表做起。俗话说,少壮不努力,老大徒伤悲,他那时才知道这句话背后残酷的意义,这也便是人生最现实最残酷的地方。

2002年的年初,春寒料峭,在家待着的天悦正在看报纸,突然他眼前一亮,因为他看到了"T三广"公司正在招聘的启示,招聘医疗影像设备销售代表。这个招聘启事让他有些动心,欲罢不能,因为他太熟悉"T三广"了,无论是团队,还是设备,还是售后服务。可是应聘的话,心头却记起一句话"好马不吃回头草",所以欲试又怕。总之,不应聘,心里头总觉得失落很多;如果应聘,毕竟自己从没做过销售代表,没有真正意义上的打单的经验,怕不但没有应聘成功,反而还被以前T公司的同事笑话。他知道,如果在进外企工作后的职场早期没有很好的积累和锻炼,就像上学学习一样,没有扎实的基础,越往后,发展的困难越大。而这个困难,也许因为环境和自身条件等各种原因,很难再补回来了。

那时虽然一度犹豫不决,但天悦最终还是下定决心去试试,做销售代表试试。他觉得,以往年轻时那些曾经躲过的辛苦,逃过的困难,自以为幸运没有分配到自己头上的费时费力的事,总有那么一天会成为自己职场生涯的软肋,让自己懊恼当初为什么不多长个眼睛看一看。所以哪里还管得了自己做销售代表其实是处在和初入职场的人都差不多的水平上。再说了,还要考虑经济上的问题。

当然,选择"吃回头草"也还有个原因,就是基于天悦已经有的社会见识,使他并不介意重回T公司工作。

第一个见识是《东芝动物乐园》节目,全国收视观众超过4亿人,收视率始终保持在较高的位置上。因为这个节目的关系,天悦对T公司的家电产品有一种亲近感,后来家里买彩电就是买的T公司的。可见电视影响力之广。

第二个见识是天悦基于对历史的认知。在经历了20多年敌对状态后，70年代中日开始建交谈判，战争赔款问题又被重新提出来。当时的实际情况是假如要求日本小额赔偿，日本应该会同意，但大陆得不偿失。假如提出巨额赔偿，日本根本就不会同意，它宁愿继续承认台湾，不与大陆建交。而当时需要改善与美日的关系以共同对付苏联，需要得到日本承认以孤立中国台湾，在这种情况下中国政府远见卓识，放弃了战争赔款的要求。所以最终在中日联合声明中指出"为了中日两国人民的友好关系，放弃对日本国战争赔偿的要求"，一句冠冕堂皇的话掩盖了无可奈何之举。不过改革开放以后日本也向中国提供了大量经济援助。在当时的日本政府领导人看来，这是为了感谢当时中国政府主动免除了他们的战争赔款。

1976年，毛主席去世消息传出后，世界震惊，全球各大媒体争相报道，成为"压倒一切的头条新闻"。因为时区的原因，日本东京时间要比北京时间早一个小时，日本各大报刊当日的报纸已经出版完毕，为了报道这一消息，日本各大媒体纷纷出版号外专题报道，在头版以特大字号通栏标题报道毛主席的去世，以致1976年夏季成为日本战后最大的号外高峰。《读卖新闻》用8个整版报道了有关的消息、文章与照片。《每日新闻》以《中国的红星》为题报道了毛主席83年的传奇人生，"献给中国革命和中国建设和他在二十世纪的世界历史上留下了巨大的足迹"，在该报的第14版甚至以《造反、争鸣、东风》为题刊载了毛主席的部分语录。《朝日新闻》《东京新闻》都用了8个整版报道毛主席的去世，《产经新闻》用了6个版面，《日本经济新闻》也在5个版面以上。

第三个见识是文化层面的。20世纪70年代中日关系正常化，随着日本对华无息低息贷款、无偿支援比比皆是，文化交流也日趋频繁，《血疑》《阿信》《铁臂阿童木》《聪明的一休》《恐龙特急克塞号》《排球女将》《姿三四郎》《追捕》等影视缤纷呈现，旅华日本人纷纷而至，所有方面的交流都是带着一种正能量，那是多么好的局面。

……

吃完饭，天悦下到楼下，去附近的绿地散步消食。他留意着与他擦肩而过的那些"80后""90后"的小伙子，他看到他们要么是谈笑风生，要么是风风火火，他就在心底暗暗祝福他们：一是，要吃得苦中苦，方为人上人。打好基础为未来，人生的每一天每一刻，都在为自己的明天铺路。二是，就是不要像他曾经后悔当初放弃去考研，后来再想重新捡起，意味着需要花费更多的时间和精力。在中国，一旦步入职场后，这才发现学历呀英语呀日语呀留学背景呀是多么的重要。他此时恍然大悟为什么一些中年职场人要去深造，大抵是现在的能力支撑不了他们自己未来的理想吧。

天悦边走着，边继续回忆"二进T公司"。他一开始本来对应聘"T三广"公司的医疗影像设备销售代表职位没抱希望，但没想到竟然很快接到了邀请去公司进行面试的通知。

2002年初春的一天下午，天悦去到国贸附近的H大厦——"T三广"公司北京办事处设在这个大厦里。面试他的是一位叫黄刚的中年人，戴着一副眼镜，镜片后的眼睛大而有神，说起话来刚柔并济。黄刚是销售部的一名中层管理人员，工作能力很强，日语也说得很好，是非常自信的一个职业经理人。

黄刚问天悦的主要问题包括：为什么要离开阜外医院？知道不知道吴世光这个人？如何看待做销售工作？对待遇有什么样的要求？等等。天悦都一一做了回答。

天悦现在想想那次的面试情形，那时的黄刚应该也就是40多岁，但那时自己在回答黄刚的问题时，就像回答一位前辈的提问。在那次的面试交流中，或许自己暴露出来进外企工作多年还是没一点方向感，或许自己对大型医疗影像设备市场竞争缺乏销售经验，或许自己仍然存在自我定位不明确的职场困惑。总之，那次面试后，自己感觉一般，没有什么信心，只能勉强等待复试的通知，也可能根本就不存在复试的机会了。

又过了一周左右的时间，天悦竟接到了去"T三广"公司复试的通知，他才终于看到一丝希望。

哥们儿之间的对比

天悦回到楼上,进了办公室,坐下后就开始继续写作。作为一个男人,尤其是中年男人,写作不是件容易的事情。

人这一辈子呀,大部分是碌碌无为,很多人40岁前憧憬未来,40岁以后回忆过去,天悦虽然不想自己这辈子碌碌无为,但也实在是没有什么过人之处,写作纯粹就是为了抒发情怀。只不过他是在50岁既要回忆过去,也要憧憬未来。他现在的写作是为自己而写,是为了写出自己的心声,也是为了写出目前所面临的困惑。而且他还相信自己只要肯努力,任何时候开始写作都不晚。

在天悦眼里,如果说"二进T公司"算是又一次的"潮起"的话,那这次潮起实在是太微不足道了,既比不上大浪淘沙、惊涛拍岸式的潮起,也赶不上那些一波潮起能够推进到底的浪头。不管这样的比喻是否恰当,都能联系到以往的工作生活当中,通过比较就能看得出来差距这样的情形,比如当时同李燕章的比较,比如当时同李群的比较,比如当时同徐悦天的比较。

在2002年,李群依然还在荷兰大药厂工作,弹指一挥间,他已经在荷兰大药厂工作了小10年。在与李群的第三次见面中,两个人都很感慨,都觉得压力很大。那次,李群坦率地对天悦说道:"你我刚从北京阜外医院出来时,都才二十七八岁,如今一晃快10年了,未来还要在职场打拼二三十年,面临的压力实在是越来越大。"

"嗯,是呀!不过,你做这么多年医药代表了,应该已经挣出几十个上百个了呗?"天悦笑着问李群道。

"你别扯淡了!到哪挣几百个呀?"李群不满地冲着天悦说道,接着说:"那时也没有想到多年后的现在,医药代表这个职业明确被'妖魔化',

很多朋友也很鄙视医药代表。我经常听到有的人说医药代表就是拿着受病痛折磨的病人生命挣缺德的钱,说做医药代表不得好死!其他人还起哄说说的对,说不光医药代表自己不得好死,还有做医药代表的近亲属们,花着病人的救命钱,都不会有善果!"

天悦听了后,虽然眉头紧蹙,却安慰李群说道:"唉!不要管别人怎么说啦,医药代表是无辜的!是药企无德!"

"在工作中,在拜访医院科室主任时,经常会遇到各种各样的刁难,会遇到挫折。你想软弱,你想哭,你想找个空地一个人缓缓,根本不行,就是要逼着自己一直向前,逼着自己坚强,逼着自己努力。尤其是我每天很晚回到家,当看到老婆和孩子在等着我回家吃饭;在我每天早起离家时,看着熟睡中一天一天在长大的孩子,看着看着我就心酸不已,因为我陪老婆孩子的时间太少了。我想我这种情况也应该是大多数同龄男人的真实写照。过了30岁以后,我也对年龄开始敏感,经常失眠,感觉自己老了!"李群叹息着说道。

"明白!我能理解你的确不容易。我一直认为,医药代表应该只能从事学术推广、技术咨询等活动,不应该承担药品销售任务。"天悦说道,然后问李群道:"你打算一直做下去吗?你的身体怎么样了?"

李群笑着回答道:"绝对不会的!再说了,其实医药代表的流动性也是很大的。事实上,医药代表的畸形发展,与国内大批仿制药品风行有关。仿制药差异不明显,竞争空前激烈,也导致医药代表的工作从'药'转为'营销',得带金销售,这使得医药代表职业形象受损。"

天悦还是试探地问道:"你也大方些!因为我听人家说了,一盒药开出去后,医生拿了30%~40%,医药代表拿了10%啊!这么算的话,你小子这些年应该挣了不少钱了。呵呵!"

李群听了天悦问的问题,就边用右手手指着天悦,边无奈地摇了摇头,但这次没有再嗔怒,而是坦率地承认自己确实挣了不少钱。在关于离开或坚守医药代表工作的看法上,李群就明确地对天悦说道:"很多事情一旦选择了,就没有回头路了。我也不可能再回到阜外医院工作了,如果我要是不做医药代表的话,我就考虑自己开公司创业。一是时间不等人,时代大潮裏挟着一群又一群老少爷们儿不停地往前走,咱也不能落后呀!二是你也知道我身体健康方面的问题,还是老毛病!"

那次,是天悦有生以来第一次听到"创业"这个词儿。在他的所有的同事同学哥们儿中,李群在事业上是最努力也是后来得到回报最多的之一。

而另外一次,天悦在和哥们儿李燕章的聚会交流中,他意外地得知燕章在从 F 公司离职后,就到了美国 K 公司做销售工作。凑巧的是,两个人上班的距离近在咫尺,"T 三广"北京办事处在汉威大厦,K 公司北京办事处在嘉里中心,两幢建筑相距 50 米不到。

好久不见,两个人那次见面就一起吃涮羊肉,燕章请客。燕章依然是性格豪爽,谈笑风生,气概不凡。不过,两人聊着聊着,燕章就问天悦道:"天悦,你现在在 T 公司做销售好做吗?公司一个月给你开多少钱?能到一个吗?"

天悦被燕章这么一问,马上就显得自惭形秽,因为别说一个,连半个都拿不到,于是红着脸回答道:"我的月薪是 4000 元每个月,你呢?"

"嗯,我的月薪是 12K。您老不灵呀,呵呵,5000 都不到,在 T 公司还干什么劲呀?我和你不一样。对我来说,不爽的工作,辞掉!不爽的人,滚蛋!老子肯定是为了自己而活!"

"看来还是美国公司待遇比日本公司好!"天悦羡慕地说道。

燕章继而笑着说道:"还是分人!我听说 G 公司的乔大木带着一帮人去了你们 T 公司,还有张祖卫。其实,在外企工作,混日子挣钱一天两天可以,可三五年下来差距就太显而易见了。特别是男性,过了 30 岁以后,来自各方面的压力都会一起涌现,如果自己没点能拿得出手的真本事,不安全感会一天比一天强。真的!"

天悦听了燕章这话后,内心受到很大触动,很触动!但一时又不知道说什么好，只能边听边苦笑着。燕章继续笑着说道："我老婆总对我说一句话：往者不可谏，来者犹可追。她给我加油，让我努力，一定要做更好的自己！"

燕章越说，天悦就越是羡慕燕章有个好老婆。那次与燕章的交流最后，燕章说的一段话很中肯，他说道："回想起来，以前的我大体是因为总觉得自己起步早，便会洋洋得意于年龄优势，总觉得有的是时间，所以总喜欢打打闹闹，也不争分夺秒，结果蹉跎了岁月，也耗费了青春。今天的我虽一点都不敢懈怠，但身体已然无法像刚毕业时候那样熬夜加班还热血沸腾，生活里也有了很多其他内容，让自己无法专一地去做一件事了。"

"你工作生活方方面面都比我强多了，尤其是你有个好老婆。夫妻两个人贵在能有共同的生活目标，愿意一起经营婚姻家庭，别的不说，最起码很容易积累财富。"天悦笑着对燕章说道。

……

另外，在一次同老同学徐悦天的交流中，天悦得知又有两个老同学也下海了，一个是方剑，另一个是程伟华。而悦天下海后，则是选择离开家乡北京，到了青岛居住工作生活，而且结婚后陆续生了3个孩子。在交流中，悦天特别提到："我之所以选择离开北京阜外医院，选择离开北京，这原因除了内心厌倦了在医院的工作以外，还有一种更重要的原因就是，想越往高处走，就越需要扎实的基础。这个基础包括技术和能力，也包括家庭背景、个人人脉与智商情商。经过一番评估，我觉得青岛更适合我。"

天悦现在想想，自己那时虽然也下海一些年了，但还是第一次听到关于人脉、智商、情商对个人发展前途的重要性。

那次，悦天继续说道："别说什么工作是为生活服务的，而不是全部的生活之类的话，所有人在30岁之前都没什么资格说这话。就这么说吧！我环顾自己和周围朋友的职场磕绊，追根溯源，都是与职场能力的基础有关。当然，和自己对自己能力的认识关系更大。比如我吧，22岁参加工作，30岁创业，现在4年过去啦，原来只有老婆追随，现在公司有十几个人，虽然没有成功，但各种保险都有，工资按时发，一路走来，真的不容易。以前总想着一个男人一定要做到三十而立，可过了30岁，才发现肩上的担子更重了，要更加努力。"

"呵呵，人过30岁，只能勇敢面对现实，只有好好担起家庭的重担。"天悦边对悦天说道，边心里十分羡慕他已经生了3个孩子，边感叹自己工作换了又换，身边的女朋友有了又分，一直等到年过30岁，已经36岁了，还没有老婆没有娃。

那次两个人分别前，悦天很有感触地对天悦说道："三十而立，我也成熟了，想想上有老下有小是件挺幸福的事情，应该高兴，甜酸苦辣就是人生，需要好好珍惜。"

……

在20年前的李燕章、李群、悦天都完美地度过了"三十而立"的阶段，婚姻家庭是支撑他们事业进步发展的最大的精神支柱。

天悦想到这，就站起身，走到落地窗前，他望着窗外，看着远方的淡淡的云彩，缓缓地飘过。他闭上眼睛，心里开始默念起经文。默念了30分钟的经文，他回到座位上，开始继续写作。他已经把写作当成了工作，甚至当成了比工作还要优先的事项。

由于不喜欢安于现状，天悦在1993年底选择离开北京阜外医院"下海"，打拼至今。后来在工作中，他对关于自由执业者的"断舍离"和极简的思维，几乎一直持淡定的态度，无所谓兴趣，也无所谓事业。他在职业生涯中碰过很多钉子后，在关于"什么是生活的全部"的问题上，他的回答是个人生活自由洒脱就好。他是这样认为的，也是这么做的。他现在总结过去所有的学习工作经历更像是"玩儿票"的经历，玩儿是贯穿了从20多岁到现在的成长过程，"玩儿票"就是他生活的全部。

对现在的社会上的很多小伙子尤其是所谓的"北漂"来说，30岁，也许是个孤军奋战的年纪，也许是流着泪也要啃下面包的年纪。对他们来说，人过30岁，才真的是人生一个重要转折点，考虑任何事情都要瞻前顾后，而不是只为自己而活了。很多男人在30岁过后，慢慢习惯了妥协，慢慢习惯了不堪，适应了从前看不惯的一切。与他们相比，天悦却一直变化不大，一直都很任性，一直是在孤军奋战，一直在"漂"的状态，直到现在。

天悦没觉得自己已经50岁了，他依然认为自己还很年轻，像是在25岁左右，在跟那些同龄人做对比的时候。

二出T公司

又快到下午下班时间了，但是天悦依然在电脑上"笔耕不辍"。

"二出T公司"实质就是"潮落"，在这一回合的"潮起""潮落"中，天悦的内心被一些历史客观因素所笼罩。"二出T公司"并不是因为主观的原因，相反，他当时本来是希望能一直在T公司工作下去，希望自己在工作中能做出成绩，这样的想法是他发自内心的，有几个原因在支撑着他的想法。

比如，《东芝动物乐园》节目做得非常成功，就是个很好的T公司品牌广告。喜欢小动物的天悦从《东芝动物乐园》那个节目里得到了极大的满足！知识量也扩充了，小浣熊是他最美好的回忆之一。他现在都记得有一期节目故事，是说某一种类的狼只剩两只，一只被猎杀后，另一只自愿走向了断头台……他还一直记得那条翻来倒去装死不止的猪鼻蛇。那时，他就总觉得《东芝动物乐园》节目时间太短，每次都看不够。正因为如此，他一厢情愿地认为中国人都对T公司产品有好感，从家电产品到工业产品到医疗设备。

最重要的一点是，在20世纪七八十年代，日本不但工业能力提升，科技创新能力也得到大幅度提升。在真正意义的市场经济引导下，日本经济规模迅速增长的同时，科技水平得到提升。所以他一厢情愿地认为中国的医院在购买医疗设备时会愿意更多地考虑T公司的或者日本的医疗设备。一厢情愿地认为 T 公司的或者日本的医疗设备在中国的医院会卖得非常好。

结果，事与愿违！天悦那时乐观地估计了形势。

在很多次医疗影像设备项目国际采购招标中，他大部分时候被黄刚经理告知，根本就不用考虑去买那些标书，因为通过采购方透露的要求打"*"号的参数，就可以认定采购方早已经"内定"中标方了。

各个品牌医疗影像设备在山西进行激烈的市场竞争，T 医疗设备的销售策略是注重维护与省内大医院专家的关系，但是主动不参与有 G 公司、S 公司、P 公司介入很深的医院采购项目，以避免无谓的挫折感，避免无意义的成本发生。即便偶尔参与，也是基于"友情陪标"。

第二方面，天悦那时对自己的性格是否适合做销售看得不够透彻。在决定做销售代表时，他是觉得做销售没什么难的，他以为将要面对的客户都是想法和他一样的人；他以为将要面对的竞争对手那些人，性格也都是和他差不多的。然而，在去往山西之前，黄刚经理就很直白地告诉他，做销售工作有多么不容易，尤其在山西，因为山西风土人情比较特别，以往负责山西的销售同事平均工作寿命只有 6 个月，这一残酷的事实让别的同事望而却步。

天悦却不以为然，毅然接受了山西地区销售经理这一职位，他愿意做一切的努力，他不相信勤奋会换不来成绩。

刚开始做销售代表，为了避免没头苍蝇似的出差导致低效或者无用功，黄刚经理特意安排他每天坐在办公室里对山西客户进行电话拜访，从每天早晨上班开始，一直到下午下班。黄刚经理把自己在山西医院的资源也拿出来几个交给他进行电话跟进；他自己也经常让原来的朋友牵线搭桥；但是用得最多的手段就是通过打 114 查号台，查出山西省内其他三级以上医院的总机、院办电话、放射科电话、器械科电话等，然后再打电话接洽。这样的工作持续了 2 个月，他几乎给七八十家医院打了电话，对象是各医院的放射科主任、器械科科长、院办主任、院长，通过电话拜访了解这些医院科室有没有关于CT、MRI、DSA等设备的需求计划、预算、竞争对手等情况。

天悦最终把这些电话拜访过的医院信息整理成表格，并对每个医院的机会做了评估，相当于对电话拜访过的这些客户进行了一次初筛。似乎是由于他在电话拜访工作中表现得卖力，态度很认真，再加上只要黄刚经理在公司，那么每次他打电话，在与客户沟通时，沟通内容黄刚经理都能听得一清二楚，所以黄刚经理能对他的工作主动性、沟通口气、交流技巧、信息整合能力、信息真实度、信息机会转化率等方方面面有个判断。黄刚经理对他整理出的电话拜访工作报告里的十余家有需求的意向客户逐一进行分析评估后，就只勾出了6个客户让他去山西出差跟进。

在第一次去太原出差前，在从公司出发时，黄刚经理认真嘱咐天悦一些要注意的事情，而另一个销售同事——老大哥尚勇也鼓励他，都希望他在出差中能好好表现。

再次踏上山西的土地，天悦便不顾个人得失，全身心地投入到工作中。他第一次单独跟进山西医大A院，他的任务是维护好公司与影像科丁主任、薛主任的关系，在院科要买DSA设备和16排CT设备时，能在制定标书的参数打"＊"号积极考虑T公司。

不过，显然是不容易做到的，急于求成是不管用的。

……

天悦现在望着天花板，想着那时的经历，禁不住笑了起来，又摇了摇头。他现在觉得那时的自己是属于虽然勤奋却有点"二"的销售人员，因为他在与薛主任的多次交流中，薛主任对他说的最多的话就是：你是从北京阜外医院出来的，怎么却到了T公司呢？怎么没选择进G公司呢？那时他经常听不懂薛主任所说的话的意思。结果越到后来，每次去见薛主任，因为兴奋与紧张交替，他经常忘记事先准备好的该说的话，甚至有时还搞不清项目的"关键人"到底是谁，因为薛主任总让他直接去找院长做工作。

通过数月的销售工作，天悦终于发现在山西地面儿，他面临着残酷的现实。无论是在对山西哪家医院,那些客户的想法和他的想法完全不同,竞争对手那些人的性格也和他完全不一样,这使得他在工作中显得越来越落魄。尤其是他每次去找院长时,几乎都是碰壁,不是见不到,就是院长每次见他时,就只给他一两分钟言语的时间。可当他每次看着身边不断擦肩而过的陌生人——那些竞争对手,从院长室出出进进,在院办如入无人之境,他就对自己跟大院长建立不起关系而焦虑,有时真是急得要哭了,可他越着急越想不起来还有什么其他办法。

真正做了销售以后,天悦才知道要成为一名好的销售,不单是需要勤奋,还需要耐心,需要资源,需要经验,需要动脑子,甚至需要有不错的性格,所有这些都能具备的话,也才能算是基本合格。要想成为一流的销售,还必须具有"狼性",也就是说,要有极强的侵略性,只有这样才能带来业绩。同时,自己还不能犯任何错误。

天悦在山西感受到的工作压力越来越大,他每次在满怀希望去堵院长时,每次在失望地离开医院行政楼时,脑子里也都在想着黄刚经理一遍又一遍地嘱咐他的那些话"见客户要听话听音儿""做销售工作不能蜻蜓点水"等等。

后来,在无奈之下,憨厚的天悦采取了一些让人胆战心惊又啼笑皆非的方法——给院长写信。然后有时候无论很早还是很晚,他都去客户医院行政楼门口,逢人便问"您是XXX院长吗?"他或者在参加一些学术会议时,在会上,去堵截、认识院长,想问院长有没有收到信,还争取要院长的电话或者手机号。他的这些做法只引来院领导疑惑的目光与越来越多竞争对手的围观,他的这些举动让竞争对手惊诧不已,却丝毫没有引起客户的同情和接受。

直至天悦向公司提出辞职,他已经在T公司做了整整一年的销售代表工作。但是在山西的那一年里,他在销售工作中没能取得任何进展,在山西没有卖出一台医学影像设备,山西那个地方不折不扣地成了他的职业生涯伤心地。

第三方面，天悦一开始过高地估计了自己的心理承受能力。从 2002 年入秋开始，由于没有业绩，黄刚经理已经不再让他出差。他每天承受压力，压力过大使他精神差点崩溃，他陷入了严重的抑郁，差点发作精神病，那一时期他天天借酒浇愁，还引发了神经性耳聋。2002 年底、2003 年初那时，他就想着自己如果真成了一名精神病患者，在工作时发病，在众目睽睽之下被带走的话，那么他以前所有的梦想就会化为泡影。

最终，天悦在 2003 年初，在春节过后的一个周末的早晨，当他又一次看到枕头边散落着的很多的自己的头发时，再次看到镜子中自己憔悴的面容，他在努力确定自己的神智还是清醒的情况下，就认真写了一份辞职报告。在那个周末过后接下来的周一，他把辞职报告交给了黄刚经理，第二次离开了 T 公司。

36 岁时的梦想

外面的天黑下来了。天悦起身离开办公室到外面的大办公间转了一圈儿，没什么事，就又回到自己的办公室里。因为坐久了，他觉得屁股疼，所以就站到落地窗边，双目直视窗外的夜景，看着远方的夜空中飞向首都机场方向的民航客机机身上红色防撞灯一闪一闪的。

现在想想，90 年代中后期，美国、德国、以色列等国家的医疗设备公司先后进入中国市场，并在中国各地设立了办事处。那时由于中日之间的矛盾，导致国内很多白领在选择进入医疗行业做销售代表时，更愿意选择去欧美的公司工作。而日本公司包括 T 公司，因为在中国的市场业绩持续下滑，需要严格控制成本，就更不容易招到合适的业务代表。而那时天悦在个人经济收入不稳定的情况下，在仓皇中应聘了 T 公司销售代表职位，好在黄刚经理给了他机会。就这样，在 2002 年初，他二进 T 公司，成了一名真正意义上的销售代表，也就是通常所说的业务员。

天悦第二次从 T 公司离开时已经 36 岁了，早已经过了三十而立的阶段。相比有的人在辞职时会美其名曰要寻找内心的理想,他第二次从T公司离开时竟然琢磨着如果一切可以重来,从一开始就选择做医药代表。但第二次从T公司出来后,他才发现自己连做医药代表的机会都很渺茫。因为从2000年左右开始推行药品招标制度,相应的医药代表们的工作环境也变得"恶劣"。医药代表们不遗余力地奔向医院,与国内药品采购方式息息相关,70%~80%的药品销售都是直接走医院渠道,医药代表不得不向医院和医生"拜码头",而医药代表的队伍及培训也随之变化。一些医药代表自身文化程度就很低,甚至根本就不懂医药专业知识,充当的仅仅是"药品推销员"等角色,并没有真正从事用药咨询服务。

记得有一次,天悦和哥们儿贺威在朝阳区八里庄南里小区门口偶遇,两个人简单寒暄过后,就问起彼此的工作情况。那次,贺威显得比原来发胖很多,面色也不好看,情绪不高。他以前是北京地坛医院的一名大夫,毕业于北京医科大学,后来辞职下海,做了一名医药代表。

天悦问贺威道:"好几年不见了,你现在过得还好吗?"贺威与天悦同龄,但是早已经结婚生子,老婆是北京地坛医院的护士。

"哎!还能怎么样?只能说是凑合过!我由于自己的不安分,离开医院进公司工作,没想到工作没有想象的那么顺利。我老婆现在和我闹离婚,我现在是感觉没有退路了,有些不知道该怎么办呢。"

"怎么会这样呢?"天悦惊讶地问道。

"唉!我的精神压力和工作压力都很大。一方面老百姓对医药代表的印象变得更差了,认为我们医药代表就是一群拉关系、给回扣的销售,甚至认为我们是虚高药价的推手;一方面医院的那些医生啦主任啦都很牛的,很难伺候;一方面,工作中完不成销售任务,就要被末位淘汰。"贺威没好气地回答道。

天悦就笑着对他说道:"没啥可抱怨的!大家都一样。我的一个朋友也是做医药代表的,他有一个客户是海淀区的一个小医院,他给那个医院的药剂科主任做工作,恳求主任能进两件儿大输液,多少帮他完成当月的销售任务，那个主任就拿糖，非要50%的回扣，结果我那朋友竟给那主任跪下了，跪着解释说给40%的回扣就已经很高了。就那样，那科主任还是不同意，我那哥们儿只能怎么送去的两件儿大输液，又怎么拉回了公司的库房。"

"真的吗？那混蛋主任真的是太黑了！"贺威听了后，恨恨地说着，然后接着说道："作为成年人，做医药销售代表工作，不管挣多少钱，都是靠屈辱换来的。我就跟我老婆说过，我在工作中是一个即便心里疼也要忍住眼泪，做自己该做的事，哪怕是故作坚强。何况是一个男人，更要承担下这个年纪该承担的所有重担。可我老婆就是不理解我！"

"嗯，你老婆也是学医的，她应该能理解你才对呀！"天悦疑惑地对贺威说道。

贺威回答道："怎么说呢？我忙的时候，她总抱怨我没时间陪她；我有时回到家早了，或者早晨晚上班几个小时，她又嫌我不认真工作，怀疑我是不是失业了。"

"那你老婆是有点过了！做男人不容易，这成年人的世界没有容易二字，你说是吧？"天悦感叹地说道。

"谁说成年人的世界没有容易二字？容易长胖，容易没钱，容易烦恼，容易熬夜，容易犯困，就像我这样的！"贺威打趣地说道。

天悦一听，禁不住扑哧地乐了，对贺威说道："呵呵，倒也是啊！"

贺威接着说道："我后悔当初不该从医院辞职出来。现在我明白了一个道理，就是别为了小概率的成功去拿全家人的幸福博弈，这就是大老爷们儿应有的三观。尤其是当自己上有老，下有小，身后空无一人的时候。因为人过三十，承载父母的老去！承载着孩子的长大！承载着事业的发展！真心的累呀！可是这一切就是人生，只有前行没有退路！对了，说了半天，你现在的情况怎样？"

"甭提了，我现在是处在失业状态。有一两个月了，正在找工作。"天悦尴尬地回答道。

贺威又追问天悦道:"你的个人问题怎么样了?结婚了吗?"

天悦还是尴尬地笑着回答道:"还没有。我今年36岁的年纪,工作和感情都一塌糊涂,现在就好想抽自己。有时候想想,就是今天我后悔懊恼的地方,都是我昨天脑子里进了水;我经常想,在偷懒懈怠的时候想一想,明天的我,会想抽自己么?我最近总觉得,就是自己竟不知不觉中把自己变成了一只被赶上架的鸭子。"

"呵呵,你还挺会联想!"贺威笑着说道,接着又问道:"你下一步打算怎么办?还有啥梦想吗?"

天悦认真地回答说:"再找工作的话,我梦想进到美国G公司工作。"

……

想到这,天悦坐回到椅子上,身体向后靠,仰起头,望着天花板。此时此刻,他再次觉得自己搞写作显然要比做销售工作容易多了。自己在大学里,学习的是医学,兴趣方面,自己喜欢音乐,更喜欢写作,有空也自己写故事。自己写作一直都是喜欢搜肠刮肚,喜欢用华丽的辞藻。于是,尚未走出校门,自己就是一名小有才气的大学生,曾经梦想以后能成为一名儿童读物作家。由于出生在书卷气的家庭环境,接受严格家教的童年时光以及青年时代接触的都是一些无忧无虑的孩子,让自己一直生活在与世无争的环境里。如此便也注定了直到现在,自己终究是无法学会如何在残酷的人际斗争中去防范他人的。

从2002年2月到2003年2月,天悦第二次进入T公司工作只干了一年,没挣着钱。他第二次从T公司辞职,缘于被黄刚经理认为他做销售工作马马虎虎,蜻蜓点水。缘由是这样的:在2002年秋天,全国铁路医院系统集中采购一大批医疗设备,山西省的两家铁路医院在列,都是采购计划内用户,采购设备时各铁路医院将采购意向品牌上报给部里,由部里统一采购,但是买哪家的设备的决定权在部里。

那时已经35岁的天悦再次踏上山西的土地后,对山西和山西人的坏印象依然没有扭转,他虽然拜访过很多医院,但心里还有挥之不去的排斥感。他拜访过这两家铁路医院，在拜访过程中，无论是放射科主任还是设备科主任，都对他说没有采购计划。而事实上，他们都有采购计划，只不过他们是想采购欧美的设备，不愿意考虑日本的设备。他们两家医院从院长到底下科室主任，在欧美厂家的阴谋操纵下，从一开始就要把采购计划对日本公司保密，想从一开始就把日本公司排除在外。

天悦由于无能，他在给黄刚经理的工作汇报中提到这两家铁路医院没有采购计划，直到铁道部里的医疗设备采购计划将要落地了，将要正式进行国际招标了，他竟然还蒙在鼓里，还不知道山西省内有这两家铁路医院要采购大型医疗影像设备。

好在黄刚经理通过自己的资源，在获悉消息后，亲自出马，全力以赴做铁道部主管那次采购的领导的工作，所以才得以让D公司最终中标销售了多台多排CT，其中就包括山西的这两家铁路医院，尽管包括这两家铁路医院在内的几家铁路医院并不甘心进的是日本的CT设备。也正是从那一次起，黄刚经理开始感觉到天悦的不靠谱，觉得天悦是一个马马虎虎的销售，虽说比不上一个危险的炸弹，但可能说不定什么时候便会让客户机会从身边消失，从而影响到自己整个团队的绩效。在黄刚经理的眼里，做销售工作，最怕的就是马虎，何况销售的嗅觉是必须十分灵敏的。

黄刚经理要求天悦等销售员每周要做周计划和周报告，为防止有遗漏或者虚假内容，黄刚经理还要求无论是计划还是报告的内容里都要附上客户姓名、手机号和详细的工作地点，如办公室在哪栋几楼几号房，日常出门诊的时间地点。后来由于天悦工作能力上的问题，客户接二连三地被关闭，客户转机会失败。为了节省出差成本，支持别的同事的工作，黄刚经理要求天悦停止出差，要求天悦每天都待在公司，天悦的工作寿命因而面临了巨大的危机。

现在想想，那时出差山西，做销售工作，由于是孤军奋战，没有人给自己"站岗放哨"，所以天悦不得不选择在风土特别、人际关系特别、竞争环境残酷的情况下一力坚持到最后。由此，他成了在T公司派在山西孤军奋战但依然失败的又一名业务员。天真的他忽略了性格与人际关系的重要性，没有想到自己的清高的性格，会使自己在销售工作中费力不讨好，他慢慢便成了在山西的影像设备销售圈里无足轻重的人。后来，终于有一天，黄刚经理决定停止审批他提出的出差请求。从那天开始，他虽然不用再出差了，但每天精神上的压迫感越来越紧，他不得不一次次调节自己的精神状态，不断鼓励着自己再支撑工作下去。慢慢地，他变成了选择借酒浇愁。在他看来，虽然喝酒对身体健康不好，但是比起一味叹气、沉沦，喝些酒对他的心情来说还算是可以接受得了。

对天悦的性情似乎了如指掌的黄刚经理，开始劝天悦别总喝酒了，说他再喝下去的话，脑子都喝坏了。

……

该下班了，天悦总是最后一个离开公司。他在关闭办公室所有照明的那一刻，下意识地数了数几个主灯，才关掉电源，然后又看了看黑漆漆的办公室，才转身挪步走向电梯。

此刻的天悦，竟觉得早先的第一份工作，就是在北京阜外医院做大夫的职业时还是安定安全的，大夫的职业生涯明亮。一旦"下海"，人生的路径就像在黑暗的环境里，只有尽快做到"暗适应"，才能找出一线光明。他觉得的当初"下海"这一想法虽然不一定有错，但他显然没有选择好时机，也没有充分考虑到跳槽后的目标环境有可能与自己的性格有如一山之隔。第二次进入T公司工作后，他当时的梦想就是实现了再次进入外企，重新成为一名白领，能有着令人羡慕的工作。在他眼里，做销售工作虽然辛苦，但是风光；虽然竞争很激烈，但是只要不计较得失，就会有很大的回报。

在回家的路上，天悦还想着自己在第二次离开T公司后的很长一段时间里，一直反思黄刚经理对他说的最后一句话：天悦，我觉得你不适合做销售。

也许是吧！天悦后来才觉得自己的性格应该算是小白兔的性格。不管怎么样，他还要感谢自己给自己这样的"下海"的机会，因为只有这样，只有通过与他人比较，与周围同事进行比较，他才能知道自己的不足。在他眼里，黄刚经理，还有尚勇，都属于敏锐度很高，在医疗设备销售圈里是知名的老销售，在面对许多富有争议的医院设备采购关键人如院长或者设备科长提出刁难性问题时，他们老销售往往表现得比较勤勉，工作上不会蜻蜓点水，不但不会，反而还会放话要让竞争对手付出代价。

尚勇对天悦说过："你的知识分子性格就像小白兔，可是你闯入充满狼性的销售圈，就很难生存。"即便如此，天悦在36岁时，在第二次离开T公司后，他的梦想依然是做销售工作。

天悦的梦想是进欧美公司工作，尤其梦想着能进美国G公司工作，因为他觉得自己已经见了很多世面。

第八章 漂泊也是一场与爱情的约会

缱绻异乡风和月

  天悦下班了,他把笔记本电脑、咖啡杯、咖啡、洗脸毛巾、几本书和两件衬衫装进一个拉杆箱,就出了上班的写字楼。周五下班后的晚高峰,北京马路交通拥堵,他看看地铁口被限流的人群,再看看东三环边的华灯初上,路边商业灯光旖旎,他决定拖着箱子溜达回家。

  在从国贸往建国门的一路上,可见一对儿一对儿的俊男俏女开心散步,一辆接一辆的小汽车排队从身边的长安街上轻驶经过,时常会有三五成群儿的民工或者操着一口外地话的一家人大声说笑地穿过人行横道,也不断有戴着头盔可劲儿鸣着喇叭横冲直撞地行驶着的送餐摩托快速掠过,不时还有一些个外国人迎面走过。北京作为一个国际化的大都市,早已经吸引了无数的来自五湖四海的人。

  此刻,北京城夜色阑珊,天悦的内心竟生出一种惆怅,他不知道到底自己是外地人了,还是那些乌泱乌泱的与他擦肩而过的路人是北京人?一方面,他从第一次被工作派遣去异地工作生活到现在,已经习惯了过孑然一身拖着行李箱背着旅行包说走就走的旅行生活,从开始时的无牵无挂,到后来的有牵有挂;一方面,时光荏苒,他过去熟悉的纯粹的老北京景象,现在已经再也找不到了,尤其是很多细节都快被遗忘了:

  景山公园里的长椅上、山坡上、殿门石阶上,一对对儿青年男女或坐着,或站着,有面对面的,也有背靠背的,当然有抱在一起的,有搂在一起的,同样是在夜色的笼罩下,那些北京青年男女在生涩、紧张、亲密地谈一场不分手的恋爱。

  夜色下,躺在临街而设的西瓜摊儿旁边的折叠床上的一个来自北京郊区的瓜农,那个中年男人,在简易照明下边看书边抽烟。

  夜色下还能经常看见在路口靠着安全岛疲累入睡的忙了一整天的环

卫工人。

在长安街道路两旁的大树下，在草坪的铁围栏上坐着的一排排乘凉的男男女女，几乎都是穿着大背心儿和大裤衩儿。互不相识的人会刻意在中间空出一人或者两个人的位置，他们在夜色中边谈笑着，边享受凉爽的微风。

夜色下，在后海游泳的一些小伙子，他们有的就住在就近的胡同里，还有的是从其他地方骑着自行车赶来，他们把自行车就立在岸边，不用担心衣服被别人拿走。岸边上，一些游人、乘凉的人在围观，还有大人带着小孩在看，他们里面的一些人其实也想下到水里去畅游一番。

当然，哪怕是晚上八九点钟，北京的马路上还有不少骑自行车下班的人，在夜色下匆匆赶回家，他们心里装着自己的家人。

……

此刻的天悦，多么希望以后能在北京这个城市待得再久一些，北京虽然是他的家乡，但是在现在的很多外地人眼里，北京根本就不属于北京人。他虽然内心有惆怅，但是好在从23年前"下海"后，由于长期的漂泊，他慢慢地发现了一些出乎他意料的现象：

夜幕下的秦淮河畔，居然有同性恋者在寻欢求爱；

在沈阳秘密的地下舞会上，年轻人开始学跳贴面舞；

在兰州的一座体育馆里，有一家股票交易所在营业。

……

随着工作派遣的机会越来越多，天悦在过去的20多年里，不得不一次次搬家，不断更换着工作生活的城市。他记得曾几何时把相机的镜头对准城市的时候，他的心中是多么的有力量，可是镜头外的那个城市，他虽然爱却一直困惑着。

20多年过去了，好多人忘记了昨天的生活，但天悦还记着。小时候的他爱抓蝴蝶，他觉得拍照片就像抓蝴蝶，每只蝴蝶都有属于自己的一个美丽故事，就像每张照片一样。但是从2012年至今，他已经很久不再搞摄影玩拍照了，因为既没有什么回报，也总被认为是在瞎耽误功夫儿，即便他认为做事哪怕付出了没有回报，也在所不惜。

关于回报——天悦由衷地喜欢大海，喜欢海边的城市。中国拥有漫长的海岸线，北起辽宁的鸭绿江口，南到广西的北仑河口，绵延18000多公里。在天悦断续的人生漂流中，往北到过丹东东港，往南到过北仑芒街，他喜欢那些沿海城市，无论那里的街景是不是充满了焦虑还是无聊感，无论那里的商场是否也卖橡胶拖鞋、绿豆糕、海鲜、G7咖啡；只要那里有海风就好，只要那里有明月就好。

关于回报，天悦认为自己所得到的最大的回报，其实也是能让自己聊以自慰的，就是在过去的20余年里，自己一直尝试着寻访中国沿海的每一个地方，把工作旅行和梦想结合起来。1993年底他"下海"改做销售工作，在选择"下海"后的二十几年里，他的人生就像斗转星移，在好几个沿海城市工作生活过，不断地以空间换时间，而他所得到的回报就是海风和海上明月。

天悦现在想想，虽然到过所有的沿海城市，虽然他依旧很难分清哪个沿海城市是在发展中、哪个沿海城市是在发展后，但那些沿海城市都不是千篇一律的。和北上广深等大城市一样，那些沿海城市和那里的人们，同样处在为生存发展而奋斗的长跑中，所处的状态无非是谁更积极些。

做销售工作，光凭一腔热情与积极、勤奋是不够的，它更需要的是预判、机敏、智慧和处变不惊的能力，而这些正是天悦所缺少的。由于他的类似小白兔的性格，虽然奔波很多年，却没挣着大钱。最后，他选择了广东的一处地方，在那里买了两所房子，他觉得自己的这一选择没有错。

北上广深等大城市人员嘈杂，人心浮躁，有些都急功近利，如此的环境氛围完全比不上人口较少、生活节奏慢、对一切能很快了如指掌的小城市，如惠州。在惠州生活相对安逸些，天悦喜欢惠州的一草一木，热爱惠州的山山水水，而且惠州靠海。

……

还有一公里就到东四的家了，天悦已经走到了东单，他现在的脑子里开始琢磨梦想、旅行或者漂泊会给写作带来哪些好处。

天悦首先联想到，在1930年，当老舍先生回到中国的时候，已经是著名作家了。从英国回来后，老舍先生先后在济南的齐鲁大学、青岛的山东大学教书，利用暑假写小说。老舍先生借此机会，正式辞去了教职。这次，他既不想到上海去看看风向，也没同任何人商议，便决定在青岛住下去，专门凭写作的收入过日子。从1936年7月算起，老舍先生的自由作家身份只维持了短短13个月，就在这段时间，老舍先生写出了《骆驼祥子》和《我这一辈子》两大代表作。

老舍先生是个彻底的"京漂"，漂泊、停歇、写作，再漂泊、停歇、写作。天悦觉得自己也是彻底的"京漂"，漂泊、停歇，就差写作。老舍先生利用暑假写作，夏天是一个热烈的季节，是一个让人们血脉贲张的季节，是一个写作抒发情怀的季节。而现在是2016年的夏天，天悦觉得自己也需要抒发很多的情怀，通过写作。

此刻，天悦还联想到契诃夫。契诃夫曾经在莫斯科、彼得堡、沃斯克列先斯克、巴布金生活，最后在梅利霍沃和雅尔塔生活，那些宝贵的人生漂流经历提供了有关他全方位地接触生活、对生活在中下层的人们具有最浓厚兴趣的清晰认识。在天悦眼里，很有可能的是，契诃夫之所以没有完全和医学脱离关系，而是一直对医学孜孜以求，是因为——据他同时代人和同行医生见证——医生的活动能帮助契诃夫接触最广泛的民众阶层。想到这，天悦觉到自己何尝不是同样的情况呢？

在人生成长方面，天悦还联想到胡歌。胡歌曾经也是"流量偶像"的一员，后来他越来越感觉千篇一律的生活糟糕透了，在一次采访中他对记者说，自己用了8年，才从"流量偶像"的"泥沼"中爬出来。胡歌坦言他是那种千篇一律的"流量偶像"最早的受益者之一，那时他和现在一夜爆红的小鲜肉一样，享受过被众人疯狂爱慕的时光。那些爱慕，是他事业起步的基础。早些年的时候，他的作品几乎都是那些飞来飞去的古装偶像剧，并且还都留着厚厚的刘海——《仙剑奇侠传》试妆时，为了掩饰他偏长的脸型，他的老板蔡艺侬特意让化妆师给他设计了这个发型。这个造型伴随了他很久，成了胡歌早期最鲜明的形象。慢慢地，他发现了自己的不足——"千篇一律的演员里面，你看不到自己"。

亚瑟·叔本华曾说过："我们在用四分之三的生命去活成另一个人。"一直以来，胡歌不想把自己活成另外一个人，他不想自己的人生和别人千篇一律。他的第一次转型是拍摄生活剧《苦咖啡》，这是第一次他抛弃了"李逍遥"般古装大侠，成为写实派演员。之后他拒绝了公司制作的热播剧《步步惊心》，选择在电影《辛亥革命》中客串出场仅几分钟的林觉民，之后是都市白领、康巴汉子、霸道总裁……虽然不温不火，但他想演的戏，终于演到了。近几年，胡歌的作品《琅琊榜》《如梦之梦》《生活启示录》获得了成功，他说自己再也不是"飞来飞去"的李逍遥。

现在，天悦觉得自己也不再适合"飞来飞去""漂来漂去"，但又不愿意被淹没在芸芸众生中。如何在人到中年时给自己设计个好的人生标签，并成功地贴上，就只能依靠自己过去的宝贵的人生漂流经历。

天悦记得小时候的自己，就对大海有一种渴望，觉得大海很神秘，无法接近，但是长大后却毅然决然"下海"。20余年的时间，他走了很多地方，无论是漂洋过海，还是行走中国，但他一直都把真正的大海当成是生命和梦想开始的地方。在过去的20余年里，当他每行走漂流到一个新的陌生的沿海城市时，免不了会经常被问道：你来这里干什么？他也经常问自己同样的问题：我为什么要来这里？每次的回答就都是："来看看，看看……"其实，他在想自己边去面朝大海，边是去了解当下中国那些真实的人和真实的景观，边寻寻觅觅他内心里的那个归宿——另一个故乡。

渴望恋情

天悦拖着拉杆箱进了东四铜钟胡同，箱子的轮子在轧过地面时发出隆隆的声响，给夜色笼罩下的本来寂静的胡同带来特别的震动。

铜钟胡同6号院儿是天悦的家，他住的房子就在这座院子里，他生长在这座院子里。民国时期，他的爷爷邢寿山在北平开公司建事业，在事业运和财富运都是相当不错的情况下，便在这个胡同里买下了6号院所在的地皮，构筑房屋院落，总体建筑面积在780平米。院落建成后，爷爷去通县把奶奶还有他们的孩子接到了这里。

关于爷爷的情况，天悦只记得别人讲述的——当时居住在铜钟胡同以及周边的广大区域里的人们，一旦被问到邢寿山这个名字，一提邢寿山邢掌柜，可以说无人不知，无人不晓。爷爷年轻时是依靠建筑事业起家，甚至也有上工地搬砖的经历，那时奶奶心疼爷爷，经常亲自煲凉茶送到工地给爷爷喝，而爷爷任劳任怨，事业和技能从一点一滴做起，练就了一身的真本事。再加上爷爷那种面容朴素、身手矫捷的工作状态，能量超正，一看就不是假把式，所以那时候很多老板都愿意把工程交给爷爷去做。按当时的社会层次来算，因为爷爷完全靠自己的奋斗和诚信发家致富，又好结交外国人，所以见多识广，属于成功人士，爷爷和奶奶一共生育了5个孩子。而且爷爷为人清新朴实，话也有力量，注重诚信，所以不但让人敬重他的事业心强，也让人敬重他的为人，所以逐渐变得非常有名气。

更重要的是，虽然那时家境越来越殷实富裕，爷爷奶奶却不忘加强子女教育，两口子经常教育子女："有汗出，没问题；树荫下凉凉快快躺着睡觉去了，危机就要来临了。"天悦记得老爸经常讲起爷爷曾经对老爸兄弟姐妹几个的"千叮咛万嘱咐"——"有汗出就有粮出，就没有什么问题"、"我不可以倒下，因为我倒下就没有人撑我"。这两句话加在一块，天悦知道其实就是当年陶行知先生的那首著名的《自立歌》："滴自己的汗，吃自己的饭，自己的事自己干。靠人靠天靠祖上，不算是好汉。"所以天悦的父亲兄弟姐妹几个，都不像富家子弟那样玩世不恭。相反，都认真读书，努力学习，长大后都成了不折不扣的知识分子。

爷爷的那两句话至今让天悦尊崇不已，这曾经跨越时空的话，体现出爷爷当年那种自强不息的奋斗理念。只可惜，在天悦5岁时，爷爷去世了，因为各种原因，去世时晚景凄凉。

想到这，天悦就进了院门。他进到家里后，先去到大屋里，把箱子放好，然后去卫生间洗手，接着回到大屋把电视机打开，把电脑开机，随后往床头上一靠，他想先休息下。

大屋不大，只有17平米左右，屋内的空间狭小，有些凌乱，陈设简单。靠窗户放着写字台，写字台上放着一台海尔电脑，电脑旁有一台惠普打印机，屋子正中放着一具2米的大床，床的东边靠墙是一组实木衣柜，床的西侧是一组中式圈椅，西侧墙上悬挂着"春""夏""秋""冬"4幅花鸟画挂屏。

曾经有朋友评论天悦，说天悦的住所的一切设计都基于天悦对自己习惯偏好的深入研究。确实！天悦是从色彩把控、装修材质选择、家具选择三个方面着手的。比如，最旧的大衣柜可以追溯到20世纪70年代，镜面儿都氧化了，天悦却舍不得扔这个大衣柜。天悦觉得老旧家具不但结实耐用，而且多少带有些素雅、禅意的实木风，与那些亮丽多彩的色调相比，气质上更趋于柔和舒缓，使人更亲近古朴自然，因而随时随地都能彰显出一种怀旧和接地的感觉。

天悦向来拒绝浮夸和奢华，他采用适当面积的实木色来规划空间，再辅以简洁的白色和浅紫色，增加采光，会让原本单调的空间更有层次感，希望能感觉到一股静谧、温润的疗愈气息。他认为爷爷当初对这套院落以及对每间屋子的设计理念就是可能第一眼并没有让人感觉很惊艳，但是住得越久，就越叫人喜欢。

这座老宅院有80年历史了，外观依然显得牢固、隽永，而且朴实又不失大气，正因为它的简单纯粹才能经得起时间打磨。稍事整修，雍贵之风就会重现。

天悦觉得渴了，就跑到小屋，从冰箱里取出一听可口可乐。他打开可口可乐，坐在靠墙的沙发上，抿了一小口。

小屋只有10平米左右，在家具选择方面，基于空间面积狭小以及传统的观念、生活习惯的关系，天悦选择较为低矮的家具样式，如沙发、茶几、酒柜、书架、电视柜等，想着既要营造出平和简淡的意境，又尽可能地破除空间的压抑感。整个空间从顶面到墙面再到地面，基本上都被散发着闲适气息的壁纸材料和实木所包裹，他发现在这种厚重、雅致之中凝练着生活态度和书香感受。即使受到户型、面积等各种局限，他也依然尽可能地将居家中的每一处细节合理化，在回归质朴的居住风格的同时，他也很注重保持调适性和合理性。

尽管追求质朴，但天悦还是受到来自一些女性朋友的批评甚至尖刻的讽刺，那些女人几乎不约而同地都认为他对住屋采取的是冷淡的装修风格，缺乏温暖，不人性化。

尽管追求合理，毕竟住屋面积狭小，常常被天悦的朋友揶揄为"兔子窝"，天悦却不承认，他仿佛对这狭小的空间有一种天生的眷恋。

其实，天悦认为自己在属马的人里算是属于比较懒散的那种人，既不聪明，也不是很上进，对很多事情都抱着无所谓的态度，不管结果好坏，自己都能够接受，比如在个人生活品质方面，比如在住宅家居陈设方面。

天悦喝了一大口可口可乐，此刻，他的手机微信提示音响了6下，提示收到微信。他把微信打开，发现是3名征婚的女网友发来的微信。他随手打开一个网名叫作"踏雪"的征婚女会员发来的微信，微信内容是一篇文章，题目叫作《他是不婚主义者，却为了一个女人闪婚，为你打破原则的人最浪漫！》他把文章点开，看了一遍，发现文章内容讲的是周恩来渴望恋情因而执着追求邓颖超的爱情故事。他看了后，觉得周恩来与邓颖超的爱情确实很感人，因为那样的爱情才是爱情的最好模样，才是纯粹的爱情。

回首民国那个年代，车马很慢，书信很远，一生真的只够爱一个人！在天悦眼里，周恩来与邓颖超的爱情堪称倾世绝恋，令人感佩之至。天悦随即给踏雪回复了一个笑脸。很快，踏雪也回复了个笑脸给他。

踏雪随后微信回复道："吃饭了吗？我在看电视剧《海棠依旧》，演得不错……敬爱的周总理……一代伟人。只有心中敬仰之意才会感动吧，因为我崇拜周总理。看了很多他的故事。"

天悦："嗯，理解！喜欢你。"

踏雪："你这就喜欢我了？！"

天悦："因为有相同的理想、志愿和崇拜或者偏好。"

踏雪："夸大了吧？"

天悦："没有呀！"

踏雪："你是哪方面的学医的？"

天悦："我是学临床医学的，做心内科的。"

踏雪："我有贫血，多年都是，一直补不上去。"

天悦："嗯，那就结婚呗，有个老公随时照顾你，呵护你的健康，对身体有好处的。"

踏雪："你真会聊天。"

"女人很多这毛病那毛病在结了婚后，就都改善或者消失了。"天悦回答道，然后接着问道："你是不是已经在谈着男朋友了？"

踏雪："没有，单身，找不来老公！"

天悦："那何时见见面呢？"

踏雪："还是微信上多聊聊，了解后再见吧！"

天悦看了踏雪的回复，立马生出很大的失望，他便不再回复微信。过了一会儿，踏雪也没再来微信，他就把手机扔到了一边。可他忽然觉得孤独，忽然觉得身边缺了点什么，因为他不是不婚主义者，他也同样愿意考虑为了一个喜欢的女人去闪婚，只是一直都挫败，在个人情感方面。

天悦想着，就站起身，冲着门外大声地叫着"黑子、黑子！"

过了一会儿，只听从屋外的棚子顶上传来"咕咚"一声，接着，又是"咕咚"一声从外屋的地上传来，不到一分钟，"黑子"就屁股一扭一扭地进了小屋。"黑子"迈过门槛时的一刹那，停顿了一下，用它的脸颊和头顶来回蹭门框，蹭完了就看了看在屋里坐着的天悦，然后"喵呜"了一声，走到天悦的脚边，又蹭来蹭去，边蹭边"喵呜""喵呜"地叫了几声。

天悦是个很喜欢猫的男人，在他眼里，喜欢猫的男人都有一种特质：在忙碌、快速的现代生活里，他们试图与人、与物，甚至与自己都保持"亲密又有距离，陪伴但不打扰"的关系。但是他又渴望恋情，他一直渴望恋情，无论走到哪里。他希望有生之年可以遇到，虽然此刻能陪在他身边的只有"黑子"。

从 27 岁到 36 岁，一般被公认为是一个男人一生中的黄金时代，天悦却偏希望以独处的姿态与一切共处，以便在共处中时刻保护着属于自己的空间和时间，而猫想要的刚好也是一样。他一直希望能遇到有才华的女人能主动接纳他，在他眼里，如果没有这样的女人出现，那么猫这种迷人的宠物所能给予的交流，便完美地满足了他自己同时对冷漠和温柔的期待。

爱一个人真的会上瘾吗

天悦俯身把"黑子"抱起来，放在自己的双膝上，他就看着"黑子"，"黑子"也与天悦对视着。作为一只 7 岁的成猫，"黑子"日复一日地生活在专属于它的露台上，时不时有些意外的喜感甚至会透过玻璃窗流露出来；"黑子"生活在一个任性又有趣的生活空间里，作为一只活得很自我、充满喜感、没有坏心却有点小脾气的猫，每时每刻都有可能创造意料之外的惊喜；"黑子"很像《请回答 1988》里的金正峰。

双方就持续着互相对视着，似乎要开启一场人与一只猫的灵魂对谈。"黑子"是一只很耐看的猫，脸很圆，脑袋很大，眼睛也很大。估计"黑子"对所有的镜头都很敏感，不过敏感的方式不是看镜头扮可爱，而是眯起眼睛扮丑扮凶——却又凶不到哪里去（有点像哆啦 A 梦里的胖虎），这是"黑子"外露的特质之一。

天悦认为，每一个喜欢养猫的男人都是模范男人，尽管有猫的生活其实是五味杂陈的。他知道，当自己决定接受一只猫的时候，自己其实就拥有了一个家人,你需要给猫买吃喝用品,你需要每天给猫铲屎,在有些时候你需要带猫去看病,每周要给猫洗一次澡,等等。当然,在照顾猫的情绪和在操心猫的安全同时,你也接受着猫带给你的温暖。

"老实说!你今天在外面跑的时候有没有瞎吃什么食物?"天悦首先与"黑子"聊了起来,又继续问道:"有没有被别的破猫欺负?"

"黑子"却没反应,先把眼睛眯了起来,然后忽然又抬头看了看天悦,喉咙里发出咕噜咕噜的声音,似乎在说:"我可不像你每天只吃两顿饭甚至只吃一顿饭。你几天不给我吃猫罐头的话,我就会馋。我在外面玩的时候,有时候一天运气好的话,我也能偷吃不止一次别人家的好吃的,如果他们不注意的话。"

"黑子"低下头又把眼睛眯了起来,天悦摸了摸"黑子"的脑袋,又转脸看了看门口的猫食盆里,加过水的几乎被捣成汤的猫罐头,已经被"黑子"吃得所剩不多。对"黑子"来说这猫食似乎有点美中不足,不过这是天悦遵动物医院医嘱的说法(医生让猫多摄入水分)。天悦继续对"黑子"说:"你如此帅,最近碰到过漂亮的母猫了吗?说说你最近几天的艳遇?"

"在你们喵星人中,你最喜欢和最讨厌的猫分别是什么样的?"

"人类觉得猫每时每刻都在思考猫生,你平时会思考些什么?"

"你怎么不理我?你给你的猫窝条件打几分?觉得哪里最需要改进?"

"你啥时能带只母猫回来让我看看呢?"

"你知道吗?我老爸不喜欢你这只馋猫,但是我老妈很喜欢你。"

不管天悦怎么对"黑子"说话,"黑子"都只顾闭目养神。即便如此,他摸着"黑子"的脑袋,心里竟生出一种满足感,他觉得当自己在外拼搏一整天,下班回到家后,卸下盔甲躺在床上,能有只心爱的猫乖巧地待在自己的身边就是好。猫就是这么神奇的物种,能一瞬间治愈你柔软的内心。

天悦继续道:"你喜欢这个家吗?"

"你愿意和我分享你的猫生吗?"

"作为一只猫,你的生活目标是什么?"

"唉！我渴望恋情，想找个老婆，结婚，成家，生孩子，到时候你帮我看孩子呗？"说到这，"黑子"突然抬起头，睁开眼睛看着天悦，嘴里不说，心里似乎在想：你剃成个秃头当个和尚得了，都快50岁了还想结婚要孩子？！

天悦继续道："你这么看着我是什么意思？嗯？"

"你来生还想做一只猫呀？"

"你现在最想对我说的话是什么？"

"真没意思！你就知道吃和玩，也不和我交心，也不给我的工作和个人问题出谋划策。"

"唉！"天悦又叹了口气，站起身，回到了大屋。他打开电脑，准备继续写作。对他来说，喵星人"黑子"有"黑子"的内心世界，而他得有他的人生追求。在他27岁到36岁时，老爸老妈总说他没见过世面、没有爱情、没有女朋友、没有自己的家、没出息，但是又反对他在国内外不停地到处奔波。那时他厌倦与父母争吵，那时他离开北京有很多个理由，不仅是因为年轻见识少，不仅是因为没有爱情，最主要是因为觉得如果得过且过，安于现状，那么到最后，他可能会发现他就无法摆脱那样的生活方式了。

现在想想，自己已经快奔50了，虽然还是没有爱情、没有女朋友，甚至没有钱，天悦却认为写作和阅读和个人长期旅行已经帮自己打开了一个封闭的世界，帮自己见过了很多的世面。所以也许可以说，现在这部关于自己成长经历的传记小说的写作的初衷，正源自于自己长久以来对自己的爱，而不仅仅是欲望，更不仅仅是兴趣。

天悦看着窗外的夜空，想着过去几年里，很多人一直叫他"漂流中年人""漂流北京人"，更有几个朋友嘲讽他50岁早不是什么中年人了，但是呢，他对那些朋友说了，他觉得自己还处在27岁到36岁的年龄段，他觉得自己的心理年龄还处在30岁左右，还有很多事情可以做，还有很多节要过，还想要经历女人。他此刻想着再过几天，就是6月14日——

第八章　漂泊也是一场与爱情的约会

这天是个什么日子呢？是世界献血者日，是国际博客日，最主要是"亲吻情人节"。他此刻是多么希望6月14日那天能坐在家里的沙发上，左手搂着自己的心爱的女人，右手摩挲着"黑子"。

天悦爱猫上瘾，但不会有那种"和猫谈恋爱"的感觉。只是他从来没有体验过"爱一个女人真的会上瘾"是什么样的感觉，他也不知道如何去爱一个女人。有过几个未婚或者离异带着孩子过的单身女性无论自身条件好坏，动不动就对他大谈特谈爱情的重要性，仿佛没有爱情她们就不能呼吸。他一直搞不懂，爱情是什么年龄段都可以谈的吗？

现实就是这样悲催：自己一个土生土长的北京男人，一直未婚单身，受过良好教育，有自己的事业，喜欢文学，顾家，生活简朴，没有不良嗜好，天悦不明白，自己为什么会找不到一个老婆呢？

爱一个人真的会上瘾吗？尤其是爱一个女人时。天悦现在作为心理学者和曾经的临床医生，认为事实上是精神依赖引发了"爱情瘾"。他认为人类大脑工作的原理，意味着人类可以像对药物或者食物那样对爱人上瘾。如果一个人对爱人过于迷恋，那么这个人的独立性、精神状态、事业以及与家人朋友的关系都会受到很大影响。他一直同意那种说法：人们都说"恋爱中的人们智商为零"，但是你不知道特别爱一个人的时候真的会上瘾，这种瘾与喝酒上瘾和对食物上瘾的感觉差不多，然而这种"对爱人上瘾"会对你的事业和精神以及未来有所伤害。

"这是一种自我抛弃的表现，人们会利用爱另一个人来避免为自己的感觉负责。"天悦对那些迷恋爱情的单身女人说过自己的这套看法，他认为当一个人第一次坠入爱河时，这个人感觉到的那种狂喜和嗜酒的感觉类似，当这种爱的感觉持续时，这个人会产生一种精神依赖，这个人会觉得特别需要对方。至于如何判断自己是否对另一半"上瘾"，他认为有几条迹象。首先你特别想与爱人待在一起，即便他已经"入侵"了你的生活，你也毫不在意，比如你会央求和爱人到处玩耍，即使有更加重要的事情你也会不管不顾。

天悦认为上瘾其实不是真的享受某件事情，而是你没有能力停止做这件可以给你带来欢乐的事情，这会给你带来很多麻烦。

你无法控制自己想要和对方见面或者聊天的欲望，比如假如你已经给自己定下规定什么时候联系对方，但是你却坚持不下去，这时你就已经失控了。

你会把所有的钱花在对方身上，天悦认为，给对方送点小礼物或者帮忙付一些账单都是可以的，但是你不能一直把所有的钱都花在对方身上。

想到这，天悦觉得除了上述几点外，他还认为如果你的幸福快乐源泉都来自另一半的时候，你就要小心了，因为这也是对爱人上瘾的表现之一。

天悦觉得自己天生的就不会爱一个女人上瘾：他不愿意女人给他带来很多麻烦；他控制自己想要和女人见面或者聊天的欲望；他不考虑把所有的钱都花在女人身上；他也不认为需要把自己的幸福快乐都建立在女人的身上。想到这，他不由得回忆起自己在27岁到36岁时的那黄金岁月里曾经接触过的多个女孩，他就没有对其中哪个女孩爱上瘾。

外企办公室里的邂逅

夜色深了，一切归于寂静，而天悦还在伏案写作，边写作边回忆。

从1997年起，天悦就已经进入了爱情的空窗期，他已经与上一个女朋友分手了很久了，此时从肉体上和精神上，都没有任何负担。他除了工作出差以外，就是下班回家，工作生活是平淡的。

在天悦的个人问题上，他的老爸老妈没少催促他，仿佛他没有老婆就无法长大、无法生存一样。虽然老爸老妈不断地托人给他介绍对象，但是他实在没有兴趣去见，即便见了，也找不到想要恋爱的感觉，何况他那时也不想结婚，他认为有比女人更重要的事情要做。所以他选择了更多的是出差，没有尽头儿的出差，毕竟那时的他才30岁出头儿。

那时老爸老妈总发愁天悦的个人问题，在一次他出差回到北京后，老爸就找他谈话，其中有一段话尤其说得恳切："昨天晚上，我和你妈聊天聊到你，我和你妈都很发愁你的个人问题。我和你妈每次说你，都是为了你好，你不懂呀！就说我吧，我在30岁的年纪，是成熟的，也是艰难的，那时候已经有你和你弟了，就是再苦也要咬牙坚持，为什么呢？为了你们哥儿俩一年一年长大，也为了你爷爷奶奶，为了你姥姥，当然还有你妈！那段时间我想了很多，想到自己总是很少有时间陪家人，特别是出差回到家后听到你奶奶聊过去的家事或者家长里短时露出的开心劲儿，我心里感到特别难过，这原本该是由我来做的，我却没有做到。后来最让我感到惭愧的，是我亏欠了你爷爷奶奶，他们本该享福了，却还要他们去孤独终老，明明才相隔30来公里。归根到底是我陪他们的时间太少太少了，我陪你和你弟的时间就更少了。"

"嗯，我知道了！"天悦只是淡漠地回应着。

"我跟你说的话，你不要不往心里去。之所以说这些，就是想让你明白，如果你现在不做出选择，你以后会后悔！你现在要是考虑个人问题，你就不会错过要孩子的时间，不会错过以后孝顺父母的时间。"

……

天悦想到这，记起那次谈话时老爸最后还对他说过"你这么大年龄不结婚，就是没有社会价值的废物"那样的话。

现在想想，天悦心里真的是感慨万分，在他30岁出头儿的时候，无论老爸老妈怎么说，他还是觉得自己要在40岁之前要好好经历能激荡内心的人生，而不是去经历慢慢妥协的蜕变，即便对生活有更多的无奈。

那时的天悦并不认为自己是越来越不现实，反而觉得自己的人生如果没有激情，或者是只知道现在要的是什么，却不关心未来自己可以成为什么样的人，他就会觉得遗憾终生。别的同龄人知道什么是重要的：比如说是家人的身体，比如说是老婆孩子热炕头，他当然也知道，只是他更清楚如果自己结婚有家了，就意味着自己进入了一个不能率性自由甚至不敢生病的阶段，在这样的阶段，因为孩子小，需要照顾；夫妻双方都有老人，如果身体开始慢慢不好，也需要照顾；老婆的性情脾气不好的话，也需要关照，所以自己有什么理由不管不顾，自己洒脱率性如何照顾他们？所以要拿出至少一半的时间和老婆孩子父母在一起。那么一旦结婚成家，有了老婆孩子，如果那样的话，他便开始没有了退路，因为他没得选择，只能直行适应，毕竟家庭是第一位的，适应就是责任。

天悦记得在"T三厂"公司工作期间，他没少和同事安路一起出差。有一次，在飞机上，两个人在聊个人问题时，他就对安路说道："我被逼婚，我被父母语言暴力贬得一文不值，对我的个人问题，现在只要是个女人，他们就觉得好，唉！"

安路笑着回答道："彼此彼此！虽然我现在有女朋友了，我父母依然不放心，还是盼着我越早结婚越好。"

"羡慕你呀！我有时候还真会有那种疯狂的想法，就是想对我老爸老妈说：如果你们觉得我的生命不是你们给的，那还给你们好了。大家谁也别欠谁，下辈子也别相见。"天悦对安路说道："我现在每天都失眠睡不好，老是头痛，原本是个睿智型的人，现在每次听到我老爸老妈唠叨我，我就一整天也不想吃饭，在家什么都不想做。"

"我可没你那么多想法，我觉得听父母的话没错！"安路笑着回答道。安路和天悦一边大，安路毕业于北京工业大学，安路的母亲丁老师是在北京阜外医院工作，在安路大学毕业分配时，丁老师托天悦的老爸把安路的工作接收单位给搞定了，接收单位就是天悦的老爸工作的单位。

那次在两个人交流的过程中，天悦总觉得自己刚30岁出头儿，还不成熟，认为自己如果结了婚有了家，保不齐会像很多已婚男那样经常出轨。他不敢说自己是一个比较规矩的正人君子，也不能保证自己婚后不出轨，不会离婚。他在个人生活安排上和对待家庭婚姻情感问题上和别人总是有些分歧，他老爸老妈最终也没能说服他。

尽管天悦不着急结婚，但是由于本能的一些东西的存在——年轻、荷尔蒙和一点点好色的因素，使他更希望能遇到有同样情形的女人——她也想要，但是不着急结婚，也不黏人，无论在哪里。事实上，这样的女孩不适合刻意去找，只能去碰。

有意思的是，在1998年夏季的一天，天悦碰到了这样的一个女孩儿，这个女孩儿是北京人，在北京的一家国字号的外企服务公司工作，这家外企服务公司在正义路的华风宾馆办公。两个人能相识是有一次他去这家公司找魏老师办事，魏老师给他办了手续后，告诉他后续手续要去另一个部门办理，结果就遇到了这个女孩儿。那时，天悦是32岁，这个女孩儿是27岁。

那次，当天悦把文件递到坐在服务柜台里面的这个女孩儿手里，第一眼看到这个女孩儿时，这个女孩儿给他的感觉很普通，没有超乎寻常的美貌，没有一张雪白粉嫩的瓜子脸，但眉目还算标致，还能让他动心的是这个女孩儿的一双水灵灵的大眼睛，顾盼神飞，让正值妙龄的这个女孩儿整个人都充满了青春活力。

天悦主动搭讪道："你好，你叫什么名字？我的档案有什么变动是不是就来你这办理就可以了？"

"是的！我叫刘洋，你记下我的分机，平时有什么疑问可以给我打电话。"这个女孩儿笑着回答道。

天悦就笑着说道："好的，我是以前有事就找魏老师，下回我就找你刘洋。"

……

如此，一来二去，两个人就熟悉了，天悦了解到了刘洋住的地方离东四不远；刘洋的父母都是军人，但是父亲已经去世了；刘洋毕业于名牌大学，她会讲一口流利的英语。刘洋也了解到天悦住在东四；天悦是学医的却离开医院进了外企；天悦在工作上遇到的很多问题和对问题的态度。但最能拉近两个人交往距离的原因就只有两个：第一个原因是都喜欢涉猎跨专业的知识；第二个是共同的对待个人问题的态度。

有一次，天悦临下班时去华风宾馆办事，办完事刚好赶上刘洋也下班，就顺路一起走。在路上，天悦就问刘洋道："你们公司是包了整个华风宾馆办公吗？这华风宾馆看上去很古老，跟外企的环境服务定位不大一样的。"

"华风宾馆以前叫作六国饭店，历史悠久，修建于1905年，之所以选址于这东交民巷，是因为这里在新中国成立前是北京的使馆区、核心区，是一座闻名海内外的饭店。"刘洋笑着说道："1901年，一家专做火车车厢生意的sleeping-car公司的比利时人在北京御河东侧建造一家名为rand Hotel des Wagon-Lits的西式宾馆。当时的造型是传统的欧式山字形两层砖楼，很古典庄重，有些像教会建筑。1903年，经营者认为过于古典的造型不符合豪华饭店的风格，设施不够完善，于是不久就进行了改建，正式作为使馆区的配套设施而建。虽然没有扩大经营面积，但改建后的造型现代了许多。1905年，推倒再建为四层，由于是英、法、美、德、日、俄六国合资，所以取名为六国饭店。六国饭店地上四层，地下一层，有客房200余套，六国饭店四层的楼房与周围低矮的建筑相比，显得高大气派，是当时咱们北京城最高的洋楼之一。饭店主要有各国公使、官员及上层人士在此住宿、餐饮、娱乐，形成达官贵人的聚会场所。另外，当时这里还是下台的军政要人的避难所。"

天悦听了刘洋对华风宾馆的介绍后，顿觉吃惊，完全想不到刘洋这样一个黄毛丫头竟然还知道得挺多。经过一路聊天，他觉得刘洋是一个乖巧的有些才华的北京女孩儿，而且活泼、开朗、爱笑，性格很好。刘洋是个大学毕业生，本科是学习中文专业的，很喜欢读书，也喜欢通过读书进行交流。

刘洋也很关心天悦的工作经历和成长经历，天悦就把自己的工作经历和成长经历简单地告诉了刘洋：由于自己不同寻常的个性、工作前在军队院校的学习历练经历、严重的神经衰弱、一眼就能望得到头的职业未来以及其他原因，所以就做出了自己人生中的第一个重大决定，就是离开阜外医院进外企工作。

刘洋听了后，就对天悦说道："在这样的年代，在这个很多人下岗的年代，在很多人依然渴求'铁饭碗'和'国家干部身份'的年代，你的想法做法肯定会令很多人不解，我是真的佩服你呀！与在医院的工作经历相比，你能适应外企的工作吗？"

"还好，没什么大问题！"天悦笑着回答道。

"在阜外医院工作一定很辛苦吧！我知道，也能理解，因为我妈就在医院工作，呵呵！"刘洋笑着说道，还做了个鬼脸。

"是呀！在医院工作很辛苦，尤其是当碰到心脏病人，他们到医院去就诊时都是面临要死要活的，那么医护人员从上班到下班到睡觉前，始终都要保持高度的紧张，尤其是在白班连夜班的时候，而夜班可能会对健康产生长远的影响！"天悦介绍着，又继续对刘洋说道："我最多的时候一周值了3次白班连夜班。你知道吗？对心理健康的研究发现，调节重要生物过程的基因无法适应新的睡眠和进食模式，而且大多数人都保持对白天生物钟节奏的调节。事实上，夜班从长远来看会对人的健康产生影响，连续上三四天夜班会对多达2万个基因表达产生影响。"

刘洋听了后，就担心地问天悦道："有那么严重吗？我自己有时候也会熬夜。"

"我们自己现在不了解当睡眠和进食行为与生物钟同步时人体内部发生的分子变化。但是外国人发现，与免疫系统和代谢过程相关的基因的表达并不适应新的生物钟——这些基因中的许多基因在白天和夜间的表达是不同的，它们的重复节律对于许多生理和行为过程的调节是重要的：经常值夜班后，将近25%的节律基因失去了生物节奏，73%的人不适应夜班，而只有不到3%的人部分适应夜班工作。这样的结果是通过大样本调查得来的。"天悦补充说道。

……

经过那次交流，天悦得知刘洋的妈妈在朝内北小街的军区总医院工作，刘洋家就住在军区总院的大院儿里；他进一步得知刘洋是未婚单身，得知刘洋也正在被她的妈妈催婚。

刘洋的感情秘密

时针已经指向后半夜两点,而天悦却了无倦意,认真回想与刘洋交往的每个片段,都会使现在的他觉得爱情这个东西对他来说已经变得更加可望而不可即,因为自己再也不可能回到二三十岁的年龄段了。

天悦想想那时,随着自己主动约会刘洋的次数增多,两个人在一起的时间也越来越多,他看得出来刘洋并不讨厌他,也有意和他多在一起。两个人在一起时,主要是看看电影啦吃吃饭啦散散步啦,所能聊的话题也渐渐增多。

天悦了解到刘洋在对待爱情的态度上是非常纯真的。有一次,她对天悦提到:"浪漫的法国女人从不认为自己到了30岁就一定要结婚生子才能成为人生赢家,她们的身体里似乎安装了一台爱的永动机,真挚的爱情是她们一生的追求,恋爱对她们来说,无关岁月,只关心情。"

而天悦呢?他对爱情一直是很木讷的,那次他对刘洋说道:"我不懂得爱情,在我眼里,无论什么时候,能约到喜欢的女孩,我就会感到满足。我一直都在想无论以后走到哪里,都能够约到自己喜欢的女孩儿。"

"女人和男人不一样!女人是爱情动物。你知道法兰西玫瑰苏菲·玛索吗?她一直在遵守着她的人生信条:'从18岁开始就让自己活在爱里'。14岁的她以一部《初吻》走进大众视野,蓬松自然的头发,清澈见底的眼睛,似乎小小的脑袋里装满了一切美好的幻想,从此她成为全法兰西男人心中的小女孩,永远都是少女,永远都是清冽的泉水。"刘洋微笑着对天悦讲着苏菲·玛索的爱情故事,继而说道:"18岁,情窦初开,苏菲·玛索疯狂爱上了比自己大26岁的导演安德烈,并执意要拍恋人执导的大尺度电影《狂野的爱》。全法兰西男人心中最清纯的女孩,突然有一天却要拍为爱而脱,所有人都站出来反对,经纪公司甚至不惜用100万法郎违约金向 18 岁的苏菲·玛索施压。"

"哦,真的吗?我觉得这没什么呀!"天悦评论道。

天悦在听了刘洋讲的苏菲·玛索的爱情故事后,依然若有所思,还是不太明白刘洋的意思。刘洋看出了天悦的困惑,就进一步描述道:"但一切都抵挡不住一个 18 岁女孩疯狂而炽热的爱,她不顾所有人的反对,卖掉房子,和经纪公司解约,只为了能在爱人的执导下进行 3 天的拍摄。"

"我倒是看报纸介绍分手后的苏菲·玛索,人到中年时,却依旧如少女,她再次拥抱爱情,再次目送爱情离开,一次又一次,每一段都爱得真实热烈,就像从未被爱伤害过一样。"天悦小心翼翼地对刘洋说道。

刘洋听了后,就笑着对天悦说道:"你喜欢看电影吗?我喜欢看法国电影。通过苏菲·玛索的爱情故事,可以看得出法国女人似乎时时刻刻都拥有去爱和被爱的能力,恋爱或婚姻的失败并不会影响她们对爱情的渴望。在我的眼里,心里有爱的女人,眼里也有阳光,这样的女人,似乎永远都不会老,似乎永远都可爱迷人。"

……

天悦记得自己和刘洋因为聊电影、聊爱情、聊这聊那而最终发展成了"零距离"的关系。这样的关系缘于有一次两个人一同去看电影,在碰面时,刘洋浑身散发出一种独特的类似香草的芳香气息。

"你喷香水了?这种香芬很好闻,呵呵。"天悦笑着对刘洋说道。

"真的吗?谢谢你的夸奖!你用过香水吗?"刘洋问天悦道。

天悦就回答道:"当然用过,我也喜欢香水,呵呵!"

"那你喜欢哪个牌子的香水呢?"刘洋就追问道。

"我喜欢著名的调香师埃德蒙·罗尼斯卡(Edmond Roudnitska)调制的香水,在他 70 年的职业生涯中,他只创造了 17 款香水。"天悦回答道,接着对刘洋说道:"只可惜他在 1996 年逝世了。现在,为名人客户赶造一款香水,可能只需要 8 个星期,呵呵。你对香水也知道很多吧?"

"当然了!我毕竟是女孩子嘛!"刘洋边笑着边做了个鬼脸给天悦

看，就接着说："有一个也许是杜撰的故事，是关于 1921 年问世的为时装设计师可可·香奈儿设计的香奈儿 5 号香水，充满茉莉、玫瑰、檀香木和香草味。据说香奈儿在一系列测试香水中选了一个幸运数字 5，她一生都沉迷神秘主义。她的少年时光是在修道院孤儿院奥巴辛度过的，数字 5 可能跟那里的五瓣蔷薇木樨花有关。据说香奈儿女士还喜欢香皂的味道，还有各种清香的气味，她总是让自己一尘不染。唉！我也好渴望那种神秘的一尘不染的感觉。"

天悦听了后，就煞有介事地告诉刘洋："从应用化学角度说，以前的很多香水一般用柑橘香味打造清新的效果，但是柑橘味在皮肤上并不持久。再说了，此前的香水从来不加醛。你说的那香奈儿 5 号香水是不是被香奈儿的什么助理歪打正着添加了较高剂量的醛？还是主调香师有意为之？呵呵，也许永远都不会有人知道答案了。"

……

那次看电影过程中，天悦尝试着去拉刘洋的手，刘洋不但顺从地牵手，还就势把头枕在了天悦的肩上。天悦边看电影边尽情地呼吸从刘洋身上散发出来的香草的芳香气息。同时，天悦就伸胳膊搂着刘洋，右手正抵在刘洋乳房最丰满的半球下缘。

在那次看完电影之后，刘洋随着天悦回了家，在天悦家里，两个人洗完澡就上床拥吻在一起。两个人一番亲密过后，都累了。刘洋把头枕在天悦的胸口，对天悦说道："没想到你做爱时这样温柔，我太享受了。我本来以为我和我的前男友分手后，就再也遇不到懂得温柔做爱的男人了！"

那次两个人在一起，天悦得知了刘洋的感情秘密和她的爱情理念：

——刘洋在天悦之前只交往过一个男朋友，是在她 18 岁时认识的，那时她的男朋友已经 53 岁，还是个有妇之夫。她在 18 岁时，也情窦初开，疯狂爱上了这个比她大 35 岁的前男友，她从上大学起就与这个前男友保持性关系。之所以找个有妇之夫，刘洋的解释是因为她一直认为找个成熟的男人，在安全感和肉体满足感方面会得到不一样的满足和刺激。如此，天悦才终于明白她为什么崇拜在18岁情窦初开时疯狂爱上比自己大26岁的导演安德烈的苏菲·玛索。

——刘洋第一次见这个前男友时，这个前男友打扮整齐，就在自己的工作单位大门外迎接她，就差组织人对单位门口洒扫除尘，就差让全单位的人员放迎宾礼炮了。这个前男友对她热情招待，极尽殷勤，中午还在单位食堂设宴招待她，还把自己的工作情况介绍给她。她觉得这个前男友是有才华的人，是精明人，而且她知道这个前男友懂得如何运营社会关系、家庭关系和与她的关系，她崇拜这个前男友。

——刘洋和这个前男友第一次见面时，就在这个前男友的办公室里的沙发上做爱了，在这个前男友的诚恳要求下。当然也基于刘洋认为这个前男友作为一个成熟男人身上会自然存在的某种神秘，她渴望去探究这种神秘。刘洋和这个前男友相恋了10年，虽然没有孩子，却有夫妻之实。但她从一开始就不要求金钱的回报，她只要求这个前男友做到两点：第一，就是要每个月至少和她做爱4次；第二，每年要带她出去旅游至少两次。这个前男友不但都满足了她的要求，而且在给她性爱的同时，更对她展现出父爱的一面，这让她加深了对这个前男友的依恋程度。

——不过，在分手前的最后两年，两个人在一起的时间越来越少。刘洋不主动去找这个前男友，这个前男友甚至于可以一个月都不来一次。也许这个前男友是实在诱惑太多，顾不过来；也许是这个前男友的孩子长大了要操心的事情太多。

——再后来，在1997年的春节前，两个人还是因为现实因素和平分手。刘洋的这个前男友因为升职分房孩子要结婚等家庭因素，要搬到另外一个地方，地方变远了，房子虽然变大了，但是家庭成员也变得多而集中了，这个前男友只能把原来能陪她的时间减少到十分之一，而对于像她这样一个固执的女孩儿很难接受如此程度的情感疏离。

——刘洋虽然和这个前男友分手已经一年多了，但她不隐讳对这个前男友的留恋之情，包括在性爱方面。分手之后，她更觉得这个前男友是个完美无缺的男人,所以她觉得没有留下遗憾,因而平静,可以平静面对分手的结局。

——在刘洋的眼里,她依然希望能再有机会碰到像这个前男友一样成熟的男人,她觉得她过去的一个时期接触过的很多单身小伙子虽然人不错或者工作不错,但是她觉得他们要么都是很粗心,要么就是脾气很大或者还带着很尖锐的棱角,要么就是缺乏去爱和被爱的能力。

天悦那次在知道了刘洋的情感秘密后,内心不免有一种酸楚的感觉,似乎恍然大悟,就是刘洋把自己的爱情期待等同于苏菲·玛索的精神追求。

那次,他感叹地对刘洋说道:"很难想象得出来,古今中外,我们男人和女人之间无时无刻不在的由身体而引发的欲望,其实是在身体的表面张力之下,所呈现出的爱,呈现出的对生命与自由的真实冲动。"

"爱情就是一件奇妙的事,爱了就是爱了,不爱了就是不爱了。我和我这个前男友在一起10年后,当爱情灯枯油烬,我们两个人选择和平分手,平静转身,就以朋友相待了。"刘洋淡淡地对天悦说道。

"我以前谈过几个女朋友,也想两个人能约一辈子,却最终没能走到一起。不但没有走到一起,还再也相互不联系了。因为之前的我各种胆怯,心里虽然也很想要约对方一辈子,但是却一直迟迟的不敢去行动。因为我担心被拒绝之后,自己就真的一点机会都没有了。"天悦愧疚地说道。

刘洋就抬头看着天悦的眼睛问道:"那你的内心是否是存在些自卑呢?还是你骨子里就不愿意去行动呢?男人应该有男人的样子,女人应该有女人的样子。我就十分喜欢法兰西玫瑰苏菲·玛索,我愿意像苏菲·玛索那样为爱做出大胆的抉择,我也是有着她那样的爱情理想的。"

如今,很多年过去了,但在天悦眼里,爱情持久战是这样的:爱情就是爱情,不会有共同的生活目标,不管你谈多少年,没有一样是属于自己的,除了爱情的理想。所以再怎么谈,除了结婚就是分手了。对双方来说,会彼此感恩,但是真正难过的一方,是不会流泪的,因为爱情实际上就是一种高度自私的东西,所以不存在神秘主义。

无果而终

天悦写累了，就站了起来，活动了一下腰身。然后摘下眼镜，看着窗外的夜空，眼肌稍微得到些放松，但是视线里的夜空却是一片模糊，于是他就闭上双眼，继续回忆。

在1999年的时候，刘洋在与天悦的接触中，开始更多地介绍自己的家事：她父亲去世早，母亲是医生。由于母亲工作忙，所以母亲对她的照顾很少，感受不到那种强烈的母爱。后来她考上大学，就开始住校，她努力培养自己的独立生活能力，遇到任何事情都想办法自己解决，而不愿意给母亲添麻烦。大学毕业工作后，她每天下班后或者周末，只要是在家里，除了吃饭时，她大部分时间都是把自己关在自己的屋子里，听那种描叙情愁和离别的歌曲，她认为那种歌曲比起母女交流更能体现自己一个人的生活和情感。

有一次，在天悦和刘洋两个人针对个人问题进行的交流中，对于被家人父母逼婚，两个人的观点出奇的一致。对那个问题"为什么父母喜欢逼婚？"刘洋的回答被天悦认为很有道理。在刘洋的眼里，父母们尽管意识到代沟，却仍然不能避免将子女的婚姻当成自己的责任，毕竟中国本来就是普婚文化，"男大当婚，女大当嫁"，"不孝有三，无后为大"，仍然是中国社会一直以来普遍的婚恋共识。

刘洋将自己与母亲的关系形容为同一个物种的两个亚群体，在地理上或者年龄上孤立而产生的意识分歧偏离太远，以致出现隔离，将会形成两个新的物种。她想说的是，当子女和父母生活在不同年代后，因年龄与意识上的隔绝，两代人在精神上的交流已经不再默契，已经不是同一个"物种"了。

那次，刘洋对天悦说道："给我的感觉，我的人生不是我的，是我母亲的规划。但是，我母亲设想的好生活，不是我想要的。我想做的是什么，我才做什么。我想跟我母亲说的是，如果我的生活和你想要的重合，皆大欢喜；如果不重合，请尊重我。我母亲可能没有想过，在个人问题这件事上，只有两个结果，尊重我，或者失去我。"

天悦听了后，就赞许地对刘洋说道："我和你的观点一致！对我们而言，幸福可能是，自己能够做自己喜欢做的事情。"

天悦现在认为，直到今天，仍然会有7成子女被父母逼婚，而27至36岁的单身男女压力最大，估计被逼婚率高达86％，而女性被逼婚率应该比男性高6％。甚至有3％的青年，还未到法定结婚年龄，就被父母逼婚了。"中国式逼婚"其实就是指父母用威胁和冷暴力手段强迫自己的儿女成婚——"每逢佳节被逼婚""逼婚猛于虎"，一旦子女过了法定结婚年龄还没什么动静，父母们通常会自动切换到逼婚模式，有的催逼相亲、有的含沙射影、有的打孝顺牌，还有的施展苦肉计……这已成了中国社会里，父母子女关系中最为普遍的现象之一。

天悦继续回忆着，后来，他和刘洋的关系越来越稳定，有时候周末刘洋需要去公司加班，也会拉着他去陪。可是去华风宾馆次数多了，他就对华风宾馆有了更多的了解：1925年，随着六国饭店地位的提高，原有建筑无法满足需要，对饭店进行了扩建；这次扩建非常保守，几乎完全保持了原有造型，只是在原来的基础上加高了一层。最终建成的六国饭店，占地约20000平方米，起楼5层，建筑面积约8000平方米，大约设有300套客房，有提供异国风味佳肴的餐厅，还有会议厅、游艺厅、电影厅、台球室、乒乓球室和游泳池。屋顶设有花园、可办屋顶舞会，能容数百人。后来这座昔日闻名于海内外的"六国饭店"被改建为华风宾馆，也是外交部招待所。

刘洋就笑着对天悦说道："那时的六国饭店比现在的五星级酒店可还要高一个档次，是外国人和社会名流去的地方。房子很漂亮，是西洋风格的建筑，屋顶边缘有西式护栏，华丽洋气，还有弧形的小阳台。当时各国公使、官员及上层人士常在六国饭店住宿、餐饮、娱乐，形成达官贵人的聚会场所。"

在一个周六的下午,刘洋带着天悦回家,见了刘洋的母亲,距离两个人相识整整3个月。

那个周六的晚上,刘洋的母亲下厨,烧了7道菜,招待天悦,3个人一起在家吃的晚饭。席间,母亲问了问天悦的工作情况和家庭情况,然后就说起自家的家庭情况,天悦则默默地听着,刘洋也是默默地听母亲说。

"我家从小宠女孩,我外公就是喜欢女孩,父母又是喜欢女孩,也把女孩子当男孩子养。这么多年下来,我接触的不少夫妻都是女的比男的强,心理上都跟我差不多。洋洋她爸也很喜欢女孩,也很宠着洋洋,所以洋洋自小就被她爸宠得很任性,但是我一直都是不把洋洋当成女孩看待。"母亲说着,接着说道:"……我作为一个女人,作为一名女医生,我曾经听到很多女人说,来生不愿再做女人。可我觉得在部队大院儿里,作为一个女军人,在工作上,我没有受到什么歧视。我们医院,女性占五分之四,医学院也是女生多。因为我们是女性为主的单位,各科科长女的占一半以上。当然,有的情况下,男干部比起他们在单位的人数比例还是要大一些,洋洋她爸就是一名干部。只可惜洋洋她爸不到50岁就因病去世了,丢下我和洋洋……"

天悦听了后,知道这母女俩相依为命,母亲独自承担生活,一切都要靠自己,就不禁黯然神伤,便安慰母亲道:"阿姨,我能理解您的不易。好在洋洋很有出息,工作很努力……"

"是呀!是呀!我从小受我妈的教诲就是,男孩能干的事,我都能干,甚至连体力劳动也不能落后,后来我在男生面前一点也没有表现出过自己女性特征的意识。当然,要是有人想照顾我,我也很乐意。"刘洋咯咯咯地炫耀地笑着对天悦说道。

也许是刘洋不经意说出的话戳中了母亲的泪点,母亲的眼角现出泪光。见此情景,刘洋马上止住了说话,天悦也变得沉默。

"洋洋小的时候,我和她爸每天披星戴月,努力工作,那时我既为人妻,也作为一个妈妈,同时也是一个女儿;后来,在她姥姥、在她爸爸相继去世后，我就强忍着眼泪，坚强向前走。一方面，在家里，我就希望洋洋能尽快长大，能健康地成长。另一方面，我在工作上，在单位倒不一定看是男是女，主要看会不会搞关系。有很多人都是靠拍马屁上去的，靠送礼。我这个人太直了，所以总是到不提实在说不过去的时候才提拔我。"刘洋母亲悲情地说道。

天悦听了后，更加觉得刘洋母亲带着洋洋生活一路走来不易，就连连点头称是。

"我和洋洋她爸都算是经历过各种大风大浪，我和她爸一直情谊甚笃，恩爱和谐，洋洋是我们夫妻的挚爱。洋洋不算是美女，但是年轻活泼，做人也很讲究原则，在感情上也是这样。"母亲说到这里，情绪显得放松了些，继续说道："我不反对洋洋找年龄很大的男人交往恋爱，但是我反对两个人只谈恋爱不结婚，因为爱情不意味着人生的全部。所以我总催着洋洋说感觉好就结婚，但是洋洋就是不听话。唉！"

天悦记得那天晚上母亲说了很多，其实说来说去，就是希望刘洋早些结婚成家，生儿育女。天悦觉得刘洋母亲的想法和他的老爸老妈的想法都是一致的，而且，刘洋母亲也希望他能和刘洋能够好好交往，处得来就赶快结婚。

那天晚上吃完晚饭，母亲回房休息，天悦就被刘洋拉着进了她自己的房间，她搂着天悦的脖子索吻。天悦已经和她一起待了一天了，晚饭上又聊了很久，所以觉得有些疲惫，就勉强和她接吻。然而她不满足，要求要做爱，天悦婉拒不成，只好遂了她的愿。完事儿后，因为时间不早了，天悦想赶快回家休息，而且还要思考很多问题，就提出要走。她虽然十分不舍，但是也没有办法。

天悦在回家的路上，就想着一个问题：是否把和刘洋的关系更近一步？是否带刘洋见见自己的父母？但是最终，他也没有迈出那一步。一是因为他当时在F公司的工作不太顺利，不太开心，他不愿意把这种不良情绪带到他和刘洋的交往中；二是因为要经常出差，所以他没有多余的时间去陪伴刘洋；三是因为在恋人分手后要不要和前任做朋友的问题上，他和刘洋存在很大争议——刘洋觉得，这根本不是"要不要"，而是"能不能"的问题——还能和自己的前任男朋友做好朋友，估计还是某一方以前爱得不够深，分手后还愿意再去从容面对自己的锥心之痛。而天悦觉得，刘洋应该和前任男朋友一别两宽，各生欢喜，不然反复纠缠，很可能徒增烦恼，还会影响下一段感情。在第三点上，他和刘洋虽然没有吵架，但是关系显得有点别扭。另外，还有一个重要原因，就是他开始发现刘洋喜欢黏人，越发地黏着他了。

从那天晚上刘洋家离开后，天悦便开始有意识地疏远刘洋。他记得，在1999年的7月份，在他从F公司离职后，他在闲下来时并没有好好地去跟刘洋进一步交流培养感情，而是彻底不再理会刘洋，他觉得自己丢了工作就没面子告诉刘洋，自己就不配有女朋友。

直到现在，天悦依然认为从F公司离职是导致他和刘洋分手的根本原因，因为在那个夏天，他完全没有勇气面对一切，包括情感。总之，他和刘洋的情感无果而终了。

此刻，天悦真的困得不行了，他关闭了电脑，关灯上床，他希望好好睡一觉。他躺在床上试着入睡，却翻来覆去睡不着，因为他还在浮想联翩。事实上，在1999年的夏天，如果他不是在工作和个人问题两者上非要坚持"零和"的话，如果他能够以平常心对待刘洋和前男友依然是好朋友的问题，那么他和刘洋两个人的关系会更近一点。和刘洋的关系更进一步的话，结婚并不难，一切都不难。

黑暗中，天悦感觉到饿了，从他肚子里不断传出"咕咕"的声音，他睁开眼睛想了想，就"唉"的一声叹了口气，因为家里没有任何吃的东西，连片面包都没有。饥饿的他不禁想到了据朱家潜在《老饕漫笔》序文中提到的西餐——就着音乐，品着红酒，先吃几块饼干以消除饥饿感，随后才开始细品每一道精致的食材，吃得十分精细，吃起来不能狼吞虎咽。大多数时候，只吃到八分饱……新中国成立前曾在老北京的西餐派系，二三流西餐馆有英、法、俄、德，入乡随俗，那些馆子里的菜名冠以英式、法式，但大多靠不住，因为英国人好吃炸土豆条，于是许多蘸面包糠的油炸鸡、鱼肉就都冠以英式，再取一些子虚乌有的菜名。英法式最正宗的是六国饭店、北京饭店，却丝毫不迁就中国人的口味习惯。

天悦边想着边吧唧着嘴，慢慢地就进入了梦乡。

不可能总和猫一起过日子

晨曦微露，院子里竹子的竹尖儿在晨风中微微晃动，翠绿的竹叶上或沾着一滴滴的露珠，晶莹剔透，或挂着薄薄的一层白霜，像一层凝脂。院子里胡同里一片寂静，所有人大都在睡眠中。

随着"嗵"的一声响，只见"黑子"从房顶上跳到了棚子上，继而悄没声地通过窗户上特意留出的洞从棚子上进到外屋里，先看看食盆和水盒，一番犹豫之后，就进到天悦的卧室，往床上看了看，就轻轻地走到床边，将腰向下微躬，屁股一撅，两条后腿一蹦劲儿，两个后爪一蹬地，便不声不响地跳到了床上，再沿着天悦的后背走到头部，然后停住，用脑壳四下蹭了蹭，就不管天悦脖子后头、脑袋旁边有多大空隙，只就充满自信地把毛茸茸的身躯"哐"地往那一倒，接着长长地舒一口气。

天悦被"黑子"挤醒了，他抬起头，睡眼惺忪地看了看"黑子"，就又回过头闭上眼睛接着睡。他已经习惯了，其实一直每天都是这样的，他和"黑子"一块过得痛并快乐着，毕竟都是"单身汉"，可"黑子"更像是他的"主子"。

"黑子"体重虽重但灵活非常，白天毫无负担地四下乱窜，常让人误以为它苗条。但在夜深人静时，在天悦睡意蒙眬的时候，"黑子"往往能用一个扎实的屁墩儿提醒他。现在"黑子"那身膘就实打实地挤在他的脑袋后面。养猫的男人，十有八九像他这样遇到过被"主子"临幸脑袋或脖子的情况。当半梦半醒之间被自家"主子"挤醒，有的男人不屈不挠，反抗强权，有的男人忍辱负重，然后落枕，而他是属于忍辱负重类的。对他来说，清晨被"黑子"泰山压醒的还算好，毕竟还有那么多猫咪，会彻夜飙车跑酷不是吗？

对于一些猫咪来说，也许主人头部散发出的更多的气息，也是猫咪们的助眠剂。相比身体其他部分可能被被子捂得严严实实，脑袋则通过裸露的皮肤、发丝会散发更多属于主人的味道。这对于部分猫咪而言，能提供更大的安全感。

晨光越来越亮了，天悦一个梦醒后，抓起手机看了下，已经是6点35分了。他没急着起床下地，而是坐起身向后移动屁股，使身体向后半靠着床头。然后，他转头看着蜷成一团睡着的"黑子"，不禁想到了"黑子"小的时候的样子，曾经的一只小萌猫是何等地讨人喜欢，如今都已经长得这么大了。他低下头，深情地亲了亲"黑子"的大圆脑壳，同时生出一些感触——猫的成长有从小到大的时候，人的成长也有从小到大。他想起了自己小的时候，小时候的他拼命想长大，可长大后才发现还是童年最无瑕；读书时他做梦都想工作，工作后才明白还是寒窗时光最值得留恋；年轻时他羡慕别人出双入对，可一直单身到现在又让他觉得有一种无比的自由。端午假期3天已经过去了，即便自己相亲的情况并不理想，可他觉得也许是天意！

此刻，天悦开始思考着计划着自己下半年的工作生活：工作目标、摇号买车、装修通州房子、个人问题、写作出书等等，还包括年底要顺利还清2016年的房贷，还包括要为父母过结婚50周年金婚纪念，等等。

天悦想到这些，便极大地激发了自己写作出书的热情。他突然觉得，"脑海"是属于很神秘的精神海洋，平常人难以体会，更难以接近，但是一旦进入，就很难再出得来。他觉得自己埋头写作就像是一个单身汉自顾自地划着舢板，在精神大海里航行，只不过能不能到达成功的彼岸，他自己也不知道。尽管如此，他依然期待自己有一天能"成名成家"。

相比之下，天悦虽然在个人生活和爱情方面很无能，很贫乏，也孤独，但是一直努力奋斗，一直执着进步。他觉得自己虽然不是天才，但是还算勤奋；他觉得自己虽然孤独，但是不寂寞；他觉得自己虽然谈不上幸福，却有能力证明一种"存在感"，写作出书就是为了证明自己的存在感。何况，如果想要回到原来，能再回到 25 岁或者 30 岁，无论是从心理上还是从生理上，就只能或者自己去修炼成仙，或者通过写作来实现。

对天悦来说，在他现在这个年龄，有时虽然真的不在乎物质，只在乎兴趣与情怀，用"断舍离"，让自己的某个情怀与兴趣，得以让自己快乐生存，其实还是远远不够的。必须承担的责任，终究不可避免，比如他要面对自己的越发衰老的父母，迟早还是要组建自己的家庭，要有妻子儿女，自己要老有所养，不可能总和猫一起过日子。

天悦想到个人问题，就想起头天晚上手机里的两个征婚女会员发来的微信还没看。他打开其中一条微信看着，是一个网名叫"邢建敏"的单身女会员回复的，微信聊天记录显示着第一次联系时间是 2016 年 6 月 8 日早晨 9 时 34 分，天悦在 10 时 37 分问候道："你好！"

邢建敏："你好。"

天悦："在上班吗？"

邢建敏："是的，你不上班？"

天悦："上班啊！"

邢建敏没再回复。

6 月 9 日上午，天悦主动礼貌地微信问候邢建敏："早晨好！"

邢建敏："早"

邢建敏未再回复。

6 月 10 日上午，天悦还是主动礼貌地问候邢建敏道："上班了吗？何时方便见见面呢？"

邢建敏："你在什么单位上班？"

天悦："我现在一家生物技术公司做营销管理咨询工作。你呢？"

邢建敏："我现在在墨西哥驻华大使馆做翻译兼管理工作，年底可能会去法国或者加拿大驻华使馆工作。"

天悦:"不错!你住哪呀?我住东城区东四。"

邢建敏:"我住西三环魏公村。"

天悦:"你同父母住吗?我自己住东城,我父母住朝阳。"

邢建敏:"自己。"

天悦:"你父母在哪里呀?离北京远吗?"

邢建敏:"内蒙古。"

天悦:"不错!"

邢建敏:"你长相年轻吗?因为咱俩相差年龄太大,我本人不上相,实际长得很小像二十几岁的,没有皱纹,皮肤很白。所以我容忍不了脸上有皱纹的男人,也容忍不了脸上长痘的男人。"

天悦:"知道了。你周末休息吗?"

邢建敏未回复。

6月11日上午,天悦还是主动礼貌地问候邢建敏道:"上班了吗?周末休息吗?"

邢建敏:"周末上课。我报了CPA(注册会计师)和CFA(美国特许金融分析师)的课。因为以后想转行,做翻译做够了。"

天悦:"不错!那何时方便见见面呢?"

邢建敏:"看看我什么时候能抽出时间吧!你要着急就先见见别人!"

天悦:"好的,看你方便的时候吧!"

邢建敏:"我不喜欢太早见面,我觉得通过网聊完全可以了解一个人的人品。"

之后邢建敏未再聊。

头天上午,天悦问候邢建敏道:"今天工作忙吗?"

邢建敏:"今天加班,国外来领导了。"

于是,天悦又发道:"那才女需要做什么呢?"

头天晚上天悦睡觉前是22时57分了,邢建敏依然没有回复。

天悦看了与邢建敏的连续数天的微信交流，觉得没有什么希望，就把邢建敏从微信朋友圈里给删除了。事实上，和他联系的有些女会员就像邢建敏那样，即便与他互相加了微信，但从不主动发起交流。即便他再主动，对方也是有一搭无一搭的。

霜霜

出来混，总是要还的；出来混，迟早是要还的，现实很扎人。

天悦现在想起自己在而立之年的时候，对未来有点迷茫，就在很多方面显得稀里糊涂。在个人问题上，那时的他总是觉得以后时间还有很多，所以没有把结婚成家生儿育女当成是自己人生重要的一道坎。而此刻，他早已经过了而立之年，除了哀叹在不知不觉间时间就过去了，同时他就禁不住想起了一个叫霜霜的女孩。

在天悦33岁的时候，霜霜曾经告诫天悦："世界上最大的定律！是守恒定律！不要违背！"

霜霜曾经是天悦在F公司工作时的同事，天悦在医疗部，而霜霜是技术部的秘书。两个人在工作方面本来没有任何交集，之所以能认识，都源于霜霜工作中经常找医疗部的秘书叶冰谈事拿东西。有时叶冰工作忙不开的时候，天悦就委托叶冰把要打的稿件表格交给霜霜去打。就这样，天悦和霜霜就逐渐变得熟稔，偶尔也会进行面对面的交流。

有一次，霜霜和天悦聊天，霜霜就问天悦道："听说你在军队里待过，在军营里待过，是真的吗？在军营里好玩吗？"

天悦笑着告诉霜霜道："部队是一个大熔炉，是一个锻炼人的意志品质的地方，是一个极其严肃的地方。不但没什么好玩的地方，当初我还曾经后悔过，部队院校有这么多严格的纪律，条条款款压制着我，想干什么都不方便，干吗来部队受这个罪？后来转业在即将离开的时候，我很高兴地说了一句：终于熬过了几年，部队锻炼我的，我将受用一辈子。谢谢你！

绿色军营。"

霜霜又问过令天悦耳熟能详的问题,她那次问天悦道:"那你当初为什么想着要从北京阜外医院出来呢?"

"1992年6月,我被我们科主任送到了医院人事科,从那个时候起,我不认为我不在阜外医院工作了,我就找不到工作了。我出去找工作,没过多久,我收到了一封信,是北京市第六医院的人事科寄给我的,信中通知我去面试,我就去了六院面试。"天悦对霜霜说道:"在第六医院的面试中,我通过了面试和业务临床考核,就在我即将决定的时候,阜外医院人事处金处长电话我,要我回阜外医院上班。可是回到阜外医院没过多久,我的眼镜就在办公室里被同事藏起来,不给我,我很伤心,流了很多眼泪,在李主任和陈大夫面前。我觉得很委屈……最终,无计可施的我暗下决心离开。1993年12月,我提出辞职,科主任将我带到他的办公室里,告诫我,如果非要辞职就只能被开掉,我当时冷冷地投下一瞥,用英语脱口说了一句:I see。"

霜霜凝神听天悦讲完他的过去的经历,就同情地对他说道:"嗯,你真不容易!可惜有些时候工作生活不是想象,人际关系很复杂,小矛盾的积累足以让同事与同事之间的信任破灭,选择下海对你来说是艰难的、无奈的。"

"I see 是我留在阜外医院的最后的声音,是当时单纯的我用眼泪浇灌出来的最执着追求的东西,一种自尊。我离职后,我在阜外医院工作时所做的一些让人啼笑皆非的轶事便在医院流传开来。然而,同事们在谈及我的种种可笑之举后,却都会不由自主地陷入另一种无形的忧思中——曾经的一个善良、木讷、与人无争的小伙子,本不该下海的……"天悦对霜霜诉说着自己的苦衷。

天悦现在想着离开阜外医院前后的情况,就觉得自己年轻时头脑过于简单,从而使得别人容易拒绝接纳。在医院工作,多个情况下,自尊或者自信陆续遭到打击,不在于自己能力不济。所以,那时自己就算再不情愿,最终还是不接受妥协。如果那时是接受的话，自己也能继续在医院工作下去，工作到现在。何况自己在医院时，不仅工作上进，又是难得的专业人员，还精通英语，还擅长做心理咨询。

天悦现在想着自己在进了外企工作后，在进入 F 公司工作后，他依然遇到了很多人际关系方面的问题，有的问题让他感到更为困惑，有时让他苦恼得要命。

有一天中午，天悦和霜霜一起吃午饭时，天悦对霜霜说道："我现在已经 30 多岁了，边工作边回想自己走过的路，直到现在，一直都是醒了就拼，累了就睡；高兴就笑，不高兴就等会再笑；想过得充实点，想活得精彩点，想以后一定能得到自己想要的。可是现在，我觉得我在 F 公司的工作陷入了一种悲催，没人看好我，我自己也不看好未来在 F 公司的工作。"

"心态很重要！以吴世光那些港人经理的观点来说，一个员工在咱们公司的地位不仅取决于他的学历，也取决于他获得在 F 公司工作的时机。"霜霜安慰天悦道，继而接着说道："你现在努力还不晚，告诫自己加油，甭管以后在哪里，未来的你一定会感谢现在努力的你。"

天悦听了以后点头称是，接着说道："现在我才 30 岁出头，就因为工作不开心，有时抑郁得我头快炸裂了。唉，确实，我才认识到自己是这样不堪一击的 young people。我现在不得不在业余时间继续学习，不断丰富自己的知识。"

"虽然我还没到 30 岁这个年龄，但其中道理深以为然，理解你！我虽然是个女孩子，但是在我毕业后刚工作的那几年，每天凌晨才下班，没有周末假期，但确实学到了很多，尤其是在自己的第一份工作。"霜霜深情地看着天悦的眼睛，认真地说道。

后来，天悦与霜霜变成了非常要好的关系。每次天悦去技术部办事，被霜霜见到了，霜霜都要起身问他过来做什么，要不要帮忙；天悦离开技术部时，霜霜也离开工位追上他聊几句。每次霜霜去医疗部办事，刻意经过天悦的工位；离开医疗部时，也刻意经过他的工位，甚至有时候趁周围没有别的同事在，就用拳头轻轻地打下天悦。就这样，两个人的关系逐渐变得暧昧，好在当时的天悦正处于爱情的空窗期。两个人发生过两次性关系，一次是在北京怀柔会议中心，当时是在那里举办一年一度的 F 公司彩色专卖店会员（北京区）大会，在会议间歇的时候。另一次是在天悦的家里。

那次在怀柔，举办 F 公司大会晚宴的那天晚上，天悦由于是属于医疗部的被派去支持大会的，所以在晚宴环节，他觉得自己并不需要去陪参会的客户吃饭喝酒，所以就提早回到酒店房间休息。

在天悦睡意渐浓的时候，突然有人敲门，刚开始时是"咚、咚"两声，后来是"咚、咚、咚"3声，他的睡意被打破，无奈就对着门的方向喊道："是谁呀？"

"是我，霜霜，给我开门！"门外传来霜霜小声说话的声音。

天悦先是一愣，犹豫了一下，但还是起床开灯，把门打开，霜霜就进了屋来。他随即问霜霜道："你是怎么想的跑到我这来了？那些客户吃喝得怎么样？晚宴结束了吗？"

天悦问完，就回到床上躺下，显出一副无精打采的样子。霜霜就嗔怪地对他说道："嗨！你这人怎么这样？吃着吃着就没影了。我就猜着你是一个人回房间了。"

"我累呀！站了一整天。晚宴吃喝还先得让客户吃喝高兴了，我觉得没意思，就跑回来了。毕竟我是医疗部的，和那些彩扩店的客户没什么可聊的。"天悦闭着眼睛对霜霜说道。

"谁不累呀？我们女孩子更累！都站了一天，我的腰就疼得不行。"霜霜嗔怪地说道，边说着边走到天悦的床前，并坐在了床沿上，伸手打了下他的腿。

天悦睁开眼睛对霜霜说道："你要是累的话，就躺下来休息会儿。或者今天晚上就在我这睡，反正我是一个人住这间标间。"

"我在你这先睡会儿可以，但还是要回我们那间屋子睡，不然的话，叶冰找不着我,该急了。"霜霜说着话的同时,就躺了下去在天悦的身边,背对着天悦。

天悦睁开眼睛,抬起头,打量着霜霜侧着躺着的身体,只见她身穿着F公司绿工服套装,在灯光散射下熠熠生辉。套装上装有着明显的收腰,显得她的腰肢很细,而胯部高高的,臀部圆圆的,身形曲线自然流畅;短裙不能完全遮住她的一双大腿,她的大腿显得娇气,大腿皮肤细细的,滑滑的;回头看,她的一头乌黑的秀发松散地压在枕头上,散发出诱人的芬芳气息。

如此优美的娇躯玉体,弥漫着仙气,让天悦如何把持得住?天悦先是伸出左胳膊缓缓伸进到她的脖子下面,然后把右手放在她的细腰上。

"干吗?我困了!别动我!"霜霜说道。

"我不动你,就是想好好抱着你睡会儿。"天悦笑着回答道,但是边说着,却把右手滑向了霜霜……

"守恒定律"

天悦和霜霜最终没有能够走到一起。

天悦和霜霜在发生了第一次性关系后,两个人主观上依然维持着同事的关系,没有任何的感情的进展,更像是"一夜情",这是一方面。另一方面,天悦觉得在公司工作得越来越不开心,工作环境和人际关系都变得愈发紧张,而且工作压力越来越大——F公司的业务从1998年起已经开始逐渐走下坡路,主要原因在于遭到了来自美国K公司专业产品的强有力的竞争。

终于有一天,天悦被迫从F公司离职。离职的当天,他去到技术部低调地办理事项移交,他不愿意看坐在工位上正埋头工作的霜霜哪怕一眼,霜霜也没注意到他。

糟糕的是,技术部经理一直在打电话,天悦就把交接表格放在技部经理的办公桌上，但不知道怎么搞的，时间过去了 10 分钟，技术部经理的那通电话还没有打完。但是只得等，因为技术部经理是个大忙人，不等的话，万一技术部经理有急事外出，天悦当天就不能完成技术工作的交接了。

天悦在等待中，觉得时间过得很慢，他生怕霜霜看到自己，他想在技术部经理签名后马上就离开。好不容易，他才从技术部经理手里接过签过名的移交表格，在和技术部经理小声地互道"再见"后，他转身匆匆忙忙地要离开。在出门的一刹那，他还是偷瞄了下坐在工位正在忙碌的霜霜，没想到恰巧霜霜抬头，一下看到了他。他马上低下头，迅即走出了技术部大门，不愿再多停留一秒钟。

从F公司离职后，天悦不但感情空窗，事业也成了空窗。那时他就承认，如好多职场人士说的那样，一些港资企业或者港人高管很不人道。

天悦现在想想，那时的他，已经 33 岁了，却失业了，老板找茬赶他走，还没有什么工资补偿；33 岁失业，虽然不可怕，但最令他迷惘的是还没有一份自己喜欢的事业；33 岁，对一个男人而言，已经是过了而立之年，那时的他却觉得没有工作真的比没有女朋友可怕多了；过了 30 岁后，他的内心第一次觉得恐慌，恐慌找不到工作，恐慌会跟不上节奏，比起他 27 岁时；只因已经过了 30 岁，他就觉得生活压力的确变大，每天都有一堆现实的问题要去面对，根本不敢谈女朋友。

在天悦离职后没有多久，有一天，他意外地接到了霜霜的电话，霜霜在电话那头儿说道："我知道你离职了，你选择了悄然离开，很多同事都很吃惊你离职的原因，但是大家都知道实际是怎么回事。你最近还好吗？"

天悦忐忑地告诉霜霜道："我离职是被逼的，那几个港人经理不喜欢我，还有王养庆，还有路正，还有王女士。嗯，他们都不信任我。"

霜霜说道："你不知道，因为你总在外面跑，在出差，现在公司的日子不好过，真的！"

"怎么会？在他们港人经理的言谈话语里，不都是'担心什么？那是别的公司面临的问题,我们 F 公司大得很,我们没事。'呵呵!"天悦说道,又补充道:"也有的同事会说'切!我们是在外企,失业怎么也不会轮到我们头上吧'"

"咱们还是见面聊吧!"霜霜恳切地说道。

……

天悦在离开 F 公司两个月后,他和霜霜见了面,见面的那天晚上,霜霜就留宿在了他家,两个人睡在一张床上。

那天晚上,对于已经不再算是同事的两个人来说,心情都很复杂,心情似乎都很沉重。霜霜依偎在天悦的怀里,对他说道:"……别说你现在 30 多岁了,我现在才 25 岁都好恐慌。我是做秘书工作的,虽然没有销售那样辛苦,但是老板还在赶人,迟早有可能轮到我。我现在在利用零碎的时间背英语单词,跟着电视练口语,我念书的时候也就英语稍微拿得出手。现在特别想学点东西,可是因为工作太忙,也是三天打鱼两天晒网,学一点是一点吧!"

"嗯,挺好的!"天悦若有所思地回答道,接着说道:"我原来喜欢去天马行空地想象,但是现在觉得人生唯有脚踏实地,步步为营。哪里有什么岁月安好,不过是别人替自己扛着,就像一部外国小说里写的那样,每一次哭,都笑着奔逃,一边失去,一边在寻找……多么真实的写照!好像都是对我说的。我现在没有多余的精力再像以前那样去天马行空地想象了。"

天悦说着说着,就和霜霜接吻起来,把霜霜抱得更紧。过了一会儿,才笑着对霜霜说道:"抱着你的感觉很好!"

"把灯关了吧!"霜霜满脸绯红地要求道。

"着什么急呀?"天悦边对霜霜说着,边坐起来,他要脱霜霜的衣服。

霜霜也坐起来,自己动手脱去衣服,然后双手抱在胸前。

……

"天悦,你喜欢我吗?"霜霜轻轻地问天悦道。

天悦突然被霜霜这么一问,过劳带来的睡意竟一下被消掉,那种感觉像是一个在半夜里刚从无边际的梦里面被敲打醒来的男人,还意犹未尽或许就要面临被灌辣椒水。他听了霜霜的提问,竟一下子觉得自己罪孽深重起来,可能早晚要遭报应。但还是回答道:"我喜欢你啊!"

"我在自己喜欢的男人面前有一种感觉,觉得自己好像缩小了似的,心理不平衡。我喜欢本质上非常'男人'行为上却很温柔的男人,不喜欢轻浮的男人,要是这个男人特别张狂就可笑了。"霜霜轻轻地对天悦说道。

"嗯,我明白你的意思。"天悦回答道。

霜霜接着说道:"我从高中起就觉得男孩和女孩不可同日而语,觉得他们水平高,想和他们聊。我也不怕人说,说实在的还挺得意的。过去喜欢你的女孩多吗?"

"呵呵,对我来说,没有什么比工作挣钱更重要的了。我以前有谈恋爱,但是一点也不着急结婚。因为我一直又想提升自我,又想要走遍山南海北。现在33岁,想要多挣钱用于买房子,所以压力很大。"天悦回答道。

霜霜听了后就笑着说道:"呦,你给你自己那么大压力干吗?我有的男同学,也是北京人,没学历,没工作,人家结婚了,现在在家带两个娃,他老婆高中毕业,真不知道以后做什么。"

"我不成呀!我都三十大几了,还没挣出一套房子!唉!"天悦叹了口气,说道。

"没房子怎么了?谁一上来就有房子的。反正我喜欢你,自从你进到公司的那一天,我就对你有感觉。再说了,你都多大了?不结婚,你父母不催促你的个人问题吗?"霜霜试探地问天悦道。

"你呢?你们家呢?你父母着急让你结婚吗?"天悦紧张地问霜霜道。

霜霜笑着回答道:"我父母当然着急我的个人问题。不过,我觉得我父母不是故意与我作对。虽然我不喜欢那种身不由己的感觉,但那毕竟是由亲密关系带来的束缚、压力、指责和伤害,或许正是我父母他们自己的感觉,他们只是用这种方法告诉我——他们唯一安全和不变的亲人,他们自己所曾经历过的，有多身不由己，他们所受到过的束缚、压力、指责和伤害，有多折磨人。"

"嗯，你父母把他们自己的痛苦以投射认同的方式浸入到你的成长中，这是深深地发自他们内心的，这代表了某种含义。好奇怪呀！为什么爱一个人就一定要让这个人体会到自己的难受？"天悦不满地说道。

夜深了，看着霜霜睡得甜甜的样子，天悦顿时觉得女人只有在爱情中，才能够把她的性爱和她的自恋很好地协调起来。也许没有人注意到女人的这些情感心理有时候是那么对立，是那样的经不起事件的考验，以致让女人去适应她的性命运是非常困难的。

第二天早晨，霜霜很早就睡醒了，因为还要上班。临出门儿，霜霜对天悦说道："我对爱情的追求，就是找个男人照顾我、爱我一辈子，我也会照顾他、爱他一辈子。世界上最大的定律就是守恒定律，同样适用于男人女人，适用于婚恋家庭情感，阴阳守恒。你现在不着急结婚，以后会后悔的。"

网络相亲时代

眼看快到上午 10 点了，但是天悦还想在床上再赖一会儿，他又重新向后半靠着床头，因为今天是周六。

此时，"黑子"早已经不知道跑去哪玩了，反正是不见踪影。

天悦继续回想到，当初和霜霜在一起时，霜霜对他说的那句关于"守恒定律"的话还是有道理的。他现在似乎意识到了自己一直在情感上屡屡受挫的原因，就是自己从年轻时开始，在爱情上，就是不懂得破釜沉舟，不懂得卧薪尝胆；在个人问题上，自己经常会计较得失，会在乎前倨后恭。不过，即便现在自己意识到了，也晚了，现在着急结婚，也不好找了。

尤其是现在，再想找像刘洋、霜霜那样的 20 多岁的北京单身未婚女孩儿是完全不可能的了，毕竟自己是"60 后"。

天悦想着想着，便再次承认霜霜以前说过的话有道理。以前他不着急自己的个人问题，也不珍惜霜霜，不珍惜遇到过的合适的女孩儿，结果现在到了网络相亲时代了，择偶变得像大海捞针一样，难度更大了。

"网络相亲、网络相亲。"天悦嘴里默默地念着，同时，他想起手机里还有没有读过的征婚女网友发来的微信，他觉得该看的要看，该聊的要聊，该加的要加。

天悦打开一个未读的微信，是一个叫"施巧"的单身女会员一清早发来的，天悦一直称呼他"巧巧"，巧巧问天悦道："这周末你过来我这吗？我给你做饭吃！"

天悦说："明天吧！今天我要去医院接我妈，然后陪爸妈吃饭，陪陪他们老两口。"

巧巧回复道："我不跟你联系，你就不跟我联系，感觉你不是如你所说的那样着急结婚，很可能你还没有想好。本来说是一起过端午节，结果你没有回音了。"

天悦看了后，犹豫回不回复巧巧。巧巧今年36岁了，是个离婚的，自己带个男孩，男孩在上小学，母子俩住在通州的一套小产权楼房。

"有些话我想告诉你，经过这么长时间，我对你的观察和了解，我对你并没有产生爱情，你也不爱我。我看得出来，你也不是不懂爱，只是你对我的感情只是想让我为你生孩子。你心里只有自我，而且自以为是。你虽然书读得很多，但家庭观和责任感却少得可怜，可以说这是你难以言状的悲哀！"巧巧又发来一条微信。巧巧是湖北人，为人聪明，勤奋上进，但秉性倔强，对再婚显得很慎重，择偶要求很高。

天悦在想，他认识一些符合巧巧开列的择偶条件的男人，但是，那种男人又为什么要娶巧巧呢？那样的男人择偶标准通常有3个：第一个，就是和最优秀的女人在一起，类似《纸牌屋》里的克莱尔，或者比尔·盖茨身边的梅琳达，他们是恋人，是拍档，是夫妻，是伴侣，是事业合伙人，也是生活同行者；第二个，就是和最具母性特点的女人在一起，阳刚与阴柔互补，她们温和贤淑，有些还很好看，妥帖照顾家庭抚育子女，像后方稳定的补给线，让在事业前线搏击的男人踏实安心；第三个，是和最年轻美貌的女人在一起，男人无论 20 岁还是 80 岁，从动物本性上说，最爱的都是 20 岁的漂亮姑娘，这不是秘密，所以，条件具备且身体还折腾得动的男人，身边都站着个小娇妻。

时针已经指向 11 点了，天悦既不想回复巧巧的微信，也不知道如何回复，遂赶紧下床，完成洗漱，离家出发，因为中午 12 点前要赶到东直门中医院接做完肾透析的老妈回朝阳区八里庄南里的家。

"心穷"的男人

在天悦眼里，在现在这个网络相亲时代，所有在网络上相亲的人都不能不说是有某种程度心理问题的，包括他自己，也包括馨和巧巧。在他眼里，说真的，那些单身女会员，无论是馨，还是莉莉、邢建民、巧巧，还是谁，总之呢，她们真是想多了！或者说太感性了！他不太愿意用"硬件"或者"条件"或者"性价比"这样的词汇去形容她们。可是，假如这样的词汇更加直观便于理解，就姑且用一次吧——在他的价值观里，她们那些单身女人只是个人经济条件稍好而已。

天悦很清楚那些单身女人对男人的要求，那些单身女人的择偶目标基本上都是想找到一个年薪 50 万以上年龄 40 岁以下的男人，车房俱备，父母亲善，祖上 3 代没有凤凰男的历史。

现在有很多的单身女人自认为优秀。那么，优秀女人的最高级别呢，或许是明明非常出色，却不把自己的出色太当回事儿。可是，这样的女人太少。生活中最多的是分明没有那么好看，却用美颜相机修了图，还固执地认为自己本来就那么美。以及，分明没有那么突出，却把周围人都想矮了，觉得自己确实艺高人胆大。所以，天悦觉得，真正优秀的女人不用担心没有人去爱。一个女人在没有达到一定高度和层面的时候，千万不要为与自己无关的事情操太多的心,就像世界上几十万一平米的房子一定有人买,只是买家不是你而已。

在等24路公交车时,天悦心血来潮,微信莉莉,与莉莉继续微信聊天。

"在吗?怎么没有回音了?"天悦问道。

莉莉回复道:"在呢,你在哪呢?你做什么呢?"

天悦说:"我去医院接我妈,正在车站等公交车。"

莉莉回复道:"亏你还是北京人,居然连个代步的小车都没有!"

天悦:"这不能怪我啊!我能买得起四套房,难道还买不起一辆车?关键是我一直没摇到号。"

莉莉回复道:"嗯,北京人啦外地人啦老百姓要有钱都得消费,钱是工薪家庭面临的一大问题,没有钱万万不成。所以说,现在的女人在择偶时,为了下一代,一定不能嫁给穷人!"

天悦说:"呵呵,我肯定是属于穷人一类的了。"

莉莉回复道:"不会吧!我所说的穷人是指那些安于现状、得过且过、不思进取的人。这些人不理会外界要求他们上进的信息,只求平平淡淡活着,如果你敢对他说:只有这一生,总有人要成功,为什么不是我?他们一定会待在自己的小屋里讽刺你的好高骛远。"

天悦说:"什么穷不穷的,平平淡淡没什么不好吧!安居乐业就好。无论你做什么工作,无论你受多少教育,无论你挣多少钱,无论是过去,还是现在,或者将来,如果现行状况不变,人都只是一种工具,而不是一种哲学意义上的人。"

莉莉回复道:"记得蔡康永问过林志玲,如果你喜欢的男人很穷怎么办?林志玲就回答说,只要心不穷就好了。我对心穷的理解是,一个人,没有自己的主见,活得人云亦云,思想总是局限,却不求通过个人努力奋斗打破这种局限,冲破阶级分明的壁垒,这就是心穷!"

天悦说:"呵呵,你这是鼓励穷人造反啊!"

莉莉回复道:"当然,我也必须承认,一个人要靠自己的努力去冲破阶级的牢笼，有时候会很艰难，但不管如何艰难，都一定要保证自己是在进阶的路上。更何况，我们从来不是一个人在孤军奋战。在改变家庭现状的路上，我们身边还有一家人的努力，还有几代人的积累。"

天悦说："唉！现在一个男人要结婚，不但把自己搭了进去，还得把祖宗八辈儿给搭进去！一个男人结了婚，一个家庭就沦陷了！"

莉莉回复道："你看把你吓的！不用这么焦虑吧，先想想你能做的，竭尽所能，改善自己的处境，为下一代人创造更好的条件。也许会遇到天花板，但后代的起点会因我们的努力而更高，不是吗？"

天悦说："我怎么越听越觉得这样下去，男人不但承担了社会政治经济的工具作用，还在可见的未来越发变得像女人的奴隶呢？"

莉莉回复道："呵呵。现在的父母不是说不让女儿嫁给一个没钱的男人，而是怕女婿让女儿坐一辈子自行车，还让女儿哭。所以，男的'心穷'很可怕。"

天悦说："男人有一些固有的缺陷，其实都是父母和社会造成的，恶性循环。他们也不想没钱还心穷，但是他们被女人训练得不伦不类，包括很多自以为是的女人——都是什么样的女人呢？都是表面看着是个成熟懂事的，其实要么是些什么主见都没有的虚荣心强的女人，要么是些自卑成性的女人。"

莉莉回复道："呵呵，不是吧！对于我们女性来说，结婚就看对方能创造怎样的条件。如何创造条件。女人总之不要嫁给一个穷人，一个尤其是'心穷'的穷人。"

天悦说："以前物质条件那么差，父母那一代人或老几辈儿人也照样过，也没因为穷离婚，所以如果一定要讲到钱对婚姻家庭的重要性，那就还是'门当户对'比钱显得重要。一个女人不想嫁给穷男人，没什么对不对，但富男人并不见得会娶穷女人，女人要什么没什么的话，照样没有市场。何况女人随着年龄增大，各方面都是贬值的。男人只要有出息的话，不论年龄多大，都是保值增值的。"

莉莉回复道:"这话什么意思?"

天悦说:"没什么意思啦!说半天,就是一个钱字闹的!"

聊到这,天悦就觉得和莉莉聊得越多,就显出代沟的问题。

下了公交车,天悦直奔医院走去。他边走边想着自己在将近20年前时的情况:那时,你总觉得年轻的日子还很长,个人成长不想按部就班可是又没有天赋和什么特长,就是忙忙碌碌的。忽然有一天,你发现十几年过去了,还没人告诉你该什么时候起跑——噢!你错过了发令枪。20年后的今天,自然会有很多人笑话你,因为你一个中年男人竟然要什么没什么,没有婚姻家庭,没有老婆孩子,竟然还不懂得爱情。

爱情就是很美好!爱情永远都美好!抱有如此天真的想法的女性,和天悦在一起待上一个小时,两个人就都会产生那种"你不懂我,我不怪你,但我知道这个世上一定也有很多与我感同身受的人,和我一样固执地坚守着自己想要的东西,不肯对这个世界妥协"的坚持。

虽然天悦过去一些年里每年都有计划结婚,但就是实现不了。如果和现在的情况作比较,就会明白弗洛伊德曾经说过这样的话:计划最后总是要变成零,或是变成那草草的半页纸。活在安静的绝望中,这是英国人的方式。时光流逝了,歌也结束了,但总觉得自己还有话要说。

天悦觉得自己现在就是处在这样一个尴尬的情形下:时光流逝了,青春老去了,自己孑然一身,但是还对婚姻家庭充满期待,还想书写未来,还有话要说……

1997年的一天,老妈从医院以事业单位国家干部的身份退休,如今,每月退休金为7000多元钱;2000年,老爸从国企单位以技术专家正教授的职称退休,每月退休金在6300元左右。因为从计划经济时期开始,国家托底老百姓的教育、医疗和住房,所以老爸老妈退休后的经济状况比上不足,比下有余。

一家人开始吃午饭。老爸边吃边随意地问天悦道:"你个人问题怎么样了?和陈情最近还联系么?"

"最近没联系。"天悦嘴里边嚼着边回答道。

老爸继续对天悦说道:"你别再买房了!好好地把你那4套房子经营好,就可以了!"

"我知道了。"天悦回答道。

老爸继续问天悦道:"你的社保都在缴纳着吗?"

天悦笑着回答:"当然,我一直都在上着,您放心吧!"

"你知道我和你妈为什么一直着急你的个人问题吗?因为家庭能够承担很多职责:个体收入不稳定、通货膨胀的生存压力、住房医疗、赡养老人、看护医疗等等。这让家庭本身成为风险社会中个体寻求安全感的最终堡垒和依托,婚姻由此从个人的情感归宿变成过日子的支撑单位。简单来说,很多中国人尤其是长辈觉得子女早日成个家更安全。"老爸说道。

"我知道啦。"天悦回答道。

"这人呀,年龄大了后,很多事情都不好说。"老妈对天悦说道。

……

此刻,天悦终于明白了如自己老爸老妈一般的老年人,极力促成子女婚姻的内心苦衷。他认为自己虽然不是那种"心穷"的男人,但现在也依然不是完全成熟,似乎还处在"成年初显期"。

从父母家离开后,在回自己家的路上,天悦想起了曾经有个哈尔滨的异性朋友对他说过的话,跟老爸老妈所说的话的意思几乎一样。

在哈尔滨的约会

天悦在F公司工作期间,出差跑得最多的地方就是东北三省,对东北地方的风土人情最有体会,对哈尔滨则是情有独钟,因为他在哈尔滨在工作上获得过不错的业绩,还有难得的艳遇,有喜欢的美食。

在1996年的秋天,在秋高气爽之时,天悦第一次去哈尔滨出差,他在拜访当地最大的一家F公司医疗产品代理商时,结识了这家代理商的老板和老板娘，老板娘叫梅。第一次见面，梅就宴请他吃饭，梅还带了她公司里的一个美女业务员。

天悦虽然对东北风土人情并不陌生，但到哈尔滨却是第一次。被宴请的感觉已经很好了，还是被梅宴请，又有梅的美女业务员作陪，对他来说，吃什么已经不重要了。

那天晚上，在哈尔滨道里区的一家上档次的东北餐馆儿，梅点了很多菜，最有分量的就是"杀猪菜"和"牛肉炖萝卜"，还点了啤酒，主食点的是饺子。从点的所有吃的喝的来看，天悦觉得梅应该是一个地道的哈尔滨女人，地道的东北女人，而且性情非常豪爽！

3个人开吃前，梅笑着对天悦说道："咱们碰杯，相识快乐！"

于是，3个人一起举杯、碰杯。"杀猪菜"很快就上来了，那量就一个字"大"。天悦知道，东北人似乎什么都喜欢"大"，遍布全国的地方菜馆里，仅就菜量而言，东北菜毫无疑问可以拔得头筹。其中最壮观的当属杀猪菜，一大锅杀猪菜的分量，相当于南方家庭一个春节所有菜加起来的分量。

3个人边吃边聊，在吃喝过程中，天悦了解到梅和她的老公都毕业于哈尔滨医科大学，后来都脱离了医院，两口子径自一起创业，梅帮着老公打理公司，主要负责公司的运营以及业务的开拓管理。虽然他们夫妇俩人都没学过营销学，但是在营销开拓管理上却无师自通。

随着彼此的介绍，天悦得知自己比梅小六七岁。梅有个心爱的儿子，是一个十足的知识女性。

"你多吃呀！我们这边人都豪爽的。东北人有一句形容吃饭的词儿就叫作'可劲儿造'，意思是尽情吃，吃爽了也不能停，一定要吃撑了为止。"梅热情地招呼天悦吃菜。

天悦更在意和梅的交流，所以吃喝起来并不客气。他希望梅不但能完成代理商任务，还能从F公司进更多货，压更多的货。所以他少不了要恭维梅，何况梅又优秀。他对梅说道："梅总，我认为你是一个非常了不起的女人，我认为你是一个'悟道者'！"

"这话怎么讲？我觉得我只是一个很普通的女人，除了相夫教子，就是夫唱妇随，做事做决定时喜欢果断，呵呵！"梅笑着说道。

天悦听到梅说到她喜欢"做事果断"后，就对她竖起大拇指说道："那是因为你有才，也聪慧性紧，才能做到果断处事。至于说相夫教子啦夫唱妇随啦，也就只有你这样的具有终极智慧的女人才有能力有动力做到这一点，正如明眼女人或者心里有光的女人，才会坦然行走在婚姻情感人生的正途上，才能获得对于自己举动的自由裁量权。"

"呵呵，你太会说话了！"梅若有所思地。

天悦："我觉得你聪明性紧，用西方哲学的话说就是理性至上，在女人里不多见，真的！"

聊着聊着，牛肉炖萝卜被端上来了，天悦闻着香喷喷的牛肉炖萝卜，直流口水。他知道在东北，白萝卜有着一个外号就叫"小人参"，是东北养生圣品。东北人相信，"秋后萝卜赛人参""冬吃萝卜夏吃姜，不用医生开药方"。东北人对"补"崇尚到什么程度呢？因为人参不是人人能吃到，但是萝卜遍地都是，也要当成人参来吃，"小人参"这个称呼似乎满足了东北人对于大补人参的追捧——充分地体现了东北人的食疗观：养生是一种方法论，一种世界观，一种指导思想。

"动筷子！动筷子！尝尝这牛肉炖萝卜，呵呵。"梅对天悦说道，然后进一步追问道："你刚才说的话怎么理解？你继续说，我洗耳恭听，呵呵！"

天悦就回答道："具有终极智慧，就是指能够自我思考，建立起自己的思想内涵并能在实践中获得成功的人，属于理性的人——无论男人女人，在追求学问时，都求之于精致细腻的功夫，认为学问无处不在；对于生活中的细枝末节，越要琢磨领悟；越是在平凡之中，越有追求不平凡的理念。理性的人感觉学问就存在于这些细枝末节和不平凡的理念之中。因此，理性的人即便在特权面前，凭着思想和学问也照样能分庭抗礼。"

梅听了后就笑，显出很得意的样子。天悦看见梅的笑容，觉得自己说得应该没错。

"那你是个什么样的人呢？"梅问天悦道。

"我今年是'三十而立'，跑业务才刚开始，没有什么经验。不过，我希望通过做销售工作，看到自信而真实的自己，做着自己喜欢又具有挑战性的事情，没有人可以摧毁和否定我，真正意义上做自己想要做的人。"天悦回答道。

梅听后就赞道："好，祝你成功！祝我们合作愉快！"

三个人第二次举杯、碰杯。

"哦，你是学医的吗？在医院工作过吗？"梅问天悦道。

"是的。"天悦回答道。

"那你为什么要从医院里跑出来做销售呢？"坐在旁边沉寂好久的那个美女业务员好奇地开口问天悦道。

天悦便回答道："呵呵，很多原因吧！主要有三个：一个是因为人际关系问题，二是工作中要经常接触医用X射线，三是经常值夜班，都会对我的情绪和健康产生长远的影响，所以我思忖再三，就毅然决然地离职了。"

……

第一次与梅及她的美女业务员交流距离现在虽然已经过去了很长时间，但是天悦现在想起来，他就觉得，无论是哪个女人，她们在与男人的初次交流中，往往很看重了解男人的经历、阅历和事业。

那次在解释时，天悦对梅和她的美女同事列举了一项来自国外的研究来说明长期值夜班可能影响身心健康：找8名健康志愿者，这8个人被人为地安排了一个模拟夜班工作的5天时间表。在一个与时间隔离的房间里，他们被剥夺了一天中特有的灯光或声音提示，并且不允许使用他们的通信工具和钟表。第一天，参与者在正常的睡觉时间睡觉。接下来的4天是"夜班",志愿者们晚上保持清醒,白天睡觉。就这样,在第一天和最后一个夜班之后,小组在不同时间采集血样,为期24小时。研究人员随后用转录组分析技术测量了2万多个基因的表达,并评估了这些基因中哪些基因在昼夜循环中呈现出变异。

那次,梅就问这样的研究能有什么用。天悦就从医学专业层面解释说:"这样的研究也可以应用于其他面临生物钟失调风险的人,例如频繁穿越时区的旅行者。由于这项研究是在实验室高度控制的条件下进行的,未来的研究应该通过研究实际夜班工人的基因表达来扩展这些发现,这些夜班工人的体力活动、食物摄入和睡眠时间可能彼此不同。从医学角度来说,所观察到的分子变化可能引发或者加重糖尿病、肥胖、心血管疾病等,对健康有影响,这些疾病在夜班工人中更常见。不过,这还需要进一步调查。"

后来,3个人聊着聊着,又聊到了天悦的个人问题。

"……你为什么还不结婚呢?在东北乡下,在哈尔滨,像你这个年龄的人有的甚至已经有两三个孩子了,呵呵!"梅问天悦道。

"我觉得我似乎还在成年初显期,还年轻,我觉得年轻人对于自己身份的探索应该是自己一个人开展的。我从上大学到毕业工作到现在,用不着再有原初家庭的日常陪伴,也一直不着急组建自己的家庭。"天悦又补充道:"这个年龄段既是激情勃发的时期,也是性格最不稳定各种高危行为高发的年龄。现在的我不用像自己在青少年时受到更多的监管,在未来很长一段时间也不想被成人的身份角色所约束。"

那个美女业务员听了后,就对天悦说道:"你还是挺有魄力的!那你从医院出来后,有没有后悔过离开医院呢?"

天悦说道:"呵呵!没有。当时,我仍然有时间去考虑一个留在医院去其他科室工作的机会。那时,虽然大部分权力不在我手里,但是,医院科室中的病理科、实验室、电生理和行政科室,我还有选择的机会可能。我熟识他们中的3个科的科主任,会有一个科室主任能要我。但是最终,我放弃了。那时如果我想结婚成家要孩子的话,我肯定会选择去其中一个科室工作,留在医院工作。"

"嗯,对于这个问题,我感觉,你之所以不愿意结婚,是因为你以为结婚是个人自由的丧失,你不愿你的独立、自由,因为结婚成家而受到束缚。但是,你有没有想过,直到你希望结婚的那天,岁月有可能已经在你的脸上留下残酷的痕迹,当年的理想对象早已经为人妻为人母了。"梅听了后,对天悦说道。

"是呀、是呀!你想想,你父母为你付出全部的爱,当你成家立业之时,你才会感觉父母的伟大,就会觉到报恩父母是儿女应该做的事情了。我刚过30岁生日,我的看法是,无论男人还是女人,进入婚姻、生育孩子之后,因为冲动导致的高危行为会显著降低。"那个美女业务员认真地说道,美女业务员名字叫琳丽,是梅的得力助手,也是哈尔滨人。

如今,20年过去了,天悦依然非常清楚记得琳丽当时对他说过的话,只是他现在觉得自己如果从头再来太难了,因为自己不做就永远落后在别人身后;如今,自己所逃避过的,都会再用加倍的力气才能争取还回来。

琳丽

在2016年春天,琳丽到北京出差时,天悦请她吃饭,她带着她的一个助理,是个女孩,天悦带她俩在中华医学会办公楼旁边的一家香辣蟹餐馆吃的饭。

3个人一上来先是碰杯,以茶代酒,天悦和琳丽继而都唏嘘时间过得太快了,感叹自己老了,毕竟两个人从1996年第一次在哈尔滨相逢相识到2016年,已经过去了整整20年了。

2016年,琳丽50岁,她的脸颊上多了一些皱纹和斑,但依然光彩照人。她的事业心一直很强,属于嘴上说的少但行动起来说干就干的女性;她如今开着自己的医疗器械公司,业务范围主要在黑龙江,少部分业务在长春和沈阳；她性情开朗，重情义，养着一帮员工，都很团结；她是一个很注重学习的女人，也是一个很注重子女教育的女人。

天悦深情地对琳丽说道："这时间一晃竟然20年过去了，在过去的20年中，咱们两个人的交情不但没有减退消失，反而维持至今，不容易呀！"

"可不是吗？真的不容易！"琳丽笑着回答道。

菜饭一样一样上来，天悦就招呼琳丽和她的助理赶快吃。

"咱们第一次见面时，吃饭时，梅也在。现在的氛围，怎么感觉和第一次认识时的场景几乎一模一样，呵呵！你觉得呢？"琳丽笑着问天悦道。

"是呀！梅在忙什么？"天悦问道。

"我离开梅的公司后刚开始的几年彼此有联系，那时我的女儿和梅的儿子会经常联系，因为升学考试。但是随着子女高考考上大学，再加上某些事情纷扰，我和梅几乎就没有再联系。我只知道她现在过得很不错，事业转型非常成功，她到处去讲课，而且出书了。"琳丽介绍道。

天悦听了后顿觉吃惊，然后又和缓下来，平静地对琳丽说道："你和梅都是非常优秀的女人！不过，我和你和梅第一次认识时，那次在一起吃饭聊天，我并没有刻意注意你。随着后来我们在各方面的交往加深，我意识到你同样是一个非凡的东北女人。"

"呵呵，我在梅的公司工作时，我心里的想法和咱们第一次见面时你说的一样，我也是希望通过做销售工作，看到自信而美好的自己，做着自己喜欢又擅长的事情，没有人可以摧毁和否定我，无论男人还是女人。"琳丽笑着说，又补充说道："我虽然是个女人，但是明白做人做事都要有信誉和竞争力，必须要有自己的核心竞争力，并且能在实践中获得成功。就是现在通常说的'知行合一'吧。"

天悦听了后，心下暗自佩服琳丽的这股不输男人的意志见解——在长期受计划经济影响的黑龙江，在经济落后、意识普遍保守的黑龙江，在人们的经济生态仍然处于蛮荒粗放的黑龙江，琳丽不但没有从黑龙江出走，反而事业提升很快并能提出核心竞争力的说法，她就必然是要有极高深的"心理洞见"，也必然打破很多人包括天悦对黑龙江人、东北人的陈旧认识。琳丽的理念肯定代表了一部分东北人已经突破了陈旧意识思想，而这种突破自然有其内在的规律，那就是做什么都理性，得达到做学问的劲儿，愿意学习。那方法是什么呢？在他眼里，就是"爱琢磨"，还要琢磨透。

"老郭还好吗？洋洋还好吗？我想老郭和洋洋都会以你为傲。我感觉你比男人还男人，比老郭能干，呵呵！"天悦向琳丽道。

老郭是琳丽的老公，是个事业单位干部。洋洋是琳丽的宝贝女儿，已经工作了，在哈尔滨的一家三级甲等医院工作。

"呵呵！洋洋也这样认为，说我比她爸强，她爸拘谨，我放得开。"琳丽笑着说道，接着解释道："我骨子里并不喜欢女孩特别硬，反而觉得温柔、柔弱的女孩挺好的。我认识一些这样的女孩，自己什么都不去做，一切由男人来安排。我有时觉得她们那种生活特别幸福，特别羡慕她们，可是我又受不了自己变成这个样子。前几年看了《第二性》，我就觉得里面的很多东西都很戳心窝，消除了我内心很多的疑问。"

琳丽在表达了自己在女人是应该依赖男人还是自立这个问题上的矛盾心理后，天悦就给琳丽讲了他曾经的一位女老师说过的话："女孩逻辑思维不如男孩，数理化不如男孩，对感情的要求多，而且比较早，但是好学校的女孩谈恋爱现象并不明显。我认为虽然女孩学习分数比男孩高，但是灵活运用方面不如男孩。有一次，学校给我布置任务，让我出的考题能多招些男生，这对我来说并不难，因为如果我照课本出题，就会有较多的女生考上来；如果我出需要灵活发挥的题，考上来的就会有比较多的男孩。这个我是十分有把握的。"天悦自己心里认可了那位女老师所说的话，那些话反映出她对两性能力差别的观点。

天悦笑着对琳丽说道："我把那位女老师说的话告诉了我认识的一些男士女士，这些男士女士几乎都认为那位女老师的结论真实得让人不愿意承认，呵呵。"

琳丽听了后，淡淡地说道："嗯嗯，我也承认。过去这些年下来，我一直不认为我的能力是最强的，毕竟我的学历不高。好在我脑子活，懂得怎样待人接物。我对待自己的工作的态度就是觉得做销售就要多动脑子，勤动脑子，才能破获人际间与市场间的一些疑惑，才能知道如何获取资源，才能步入成功人士的思想境界。相比之下，老郭是一个安静得能待得住的男人，适合在一家事业单位熬年资，只要不出错，最起码能做到正科级，运气好的话，可以做到副处、正处，而且现在已经快升到正处级。"

此时，坐在琳丽旁边的助理女孩对天悦和琳丽说道："女人要想事业成功要付出比男人多好几倍的努力。虽然我现在工作上算不上什么女强人，但我在找男朋友时就感到一种压力，所以我老是得装傻，装嗲，装嫩，装得好像自己不是那么强。我实在不想装，可是不装不行。有朋友教过我，找男朋友时要显得羞涩一点，不要向男人炫耀自己，不要显出自己强来，别跟男人谈学问。朋友对我说，你不用刻意表现就已经够强的了，有些男人的确听了害怕。我发现这劝告还真有用，有时装傻还真管用。可就是这样，对方还是老觉得我太强，我觉得对方这样很可悲，我是什么样就永远什么样，人还是本色一些更可爱。"

"呵呵，看来是有什么样的领导，就有什么样的员工。你能力强，你的助理以后肯定也差不了。"天悦笑着对琳丽说道。

"我喜欢两性之间能有一种平衡自在的感觉。我既不喜欢男高女低的婚姻家庭，也不喜欢女高男低的婚姻家庭。"助理女孩解释着。

天悦说道："现在社会上有些学历高的或者收入高的女人以为建立一个女高男低的婚姻关系就能得到幸福和平等的感觉，其实未必如此。一位离婚女性对我讲了促使她建立一个女高男低的家庭的原因及后果：我的婚姻选择受家庭影响很大。我爸对我妈不好，老打我妈，我从小看他们俩打架，发誓一定要找个脾气好的，不会欺负我的，对我不会高声说话的。我妈老说，跟个好男人，不打你不骂你就行了。结果我找的丈夫是个本科生，我是研究生,在他面前有优势。没想到他的男性尊严被压制了,他和我也没快乐可言。"

琳丽听了后就笑着说道:"其实,男人在社会上有什么样的社会地位,在家里就会有什么样的家庭地位,不像我们女人无论有没有社会地位,都会有一定的家庭地位。嘿!你今年也奔50岁了,个人问题怎么样了?还准备耽搁到什么时候呀?"

琳丽话锋突然一转,问到天悦的个人问题。

天悦面露尴尬,遂独自举起杯子喝茶水,边掩饰自己的不安的脸色,边勉强辩解道:"我一直在找,可现在的女孩儿择偶都很挑剔,希望找'高富帅';还有,现在社会上很多的女孩准备结婚规划,目标说是相夫教子,其实是一结婚就不去上班工作了,要在家做全职太太,进到全面依赖男人的状态,即便没有工作,没有收入,还要求主导家庭经济大权。所以我很难找到理想的。"

"确实,近年来出现的太太群体是妇女地位问题中出现的一个新现象。问题是,那些女人似乎没有把她的择偶条件同女性地位问题联系在一起考虑。即使如此,只要大环境没有开始改变,女人不想被淘汰,就需要自立,要有能力撑起自己的经济。"那个助理女孩评价道。

琳丽不客气地说天悦道:"你就是一直以来太挑了!不要总想着找年轻的,找什么美女,别总看女人的胸啦屁股啦,找个踏实的,愿意对你好的,当然最好气质能好的,能帮助你的,就可以啦!"

"嗯嗯,我现在这个年龄找对象,不看女人的胸也不看女人的屁股,我看她的气质,只要她整体上的气质很 nice,打扮上也不俗套,那就算过关了,剩下相处的事就交给性格了,我不怎么外貌协会!"天悦解释道:"相比之下,有的男性,他们对女性的要求比我期望的高得多,对方除了需要脸很好看以外,对方还要有一种超凡脱俗的气质,他们看对方的脸,但不仅限于脸,对方一定要有内容才行。"

琳丽对天悦道:"总之,你别再挑了!其实,婚姻中有很多你意想不到的事情，每天几乎都有矛盾，但有时候又觉得很快乐。"

"我这个皮囊确实不能挑人家了。我以前一直很挑，主要是看脸，其次是身材，一直觉得女人就是用来欣赏的嘛，得要好看。但是现在，我觉得只要对方没硬伤就行，选老婆我不一定会找好看的。现在的我，觉得一起生活需要对味的灵魂，所以年龄越大我越觉得这个事情更不能将就。"

天悦回应着琳丽："不说我的事情了，还是说说你这些年的事业经历吧！"

琳丽喝了一口茶水，就回答天悦道："在此，我为你，也为我的小助理，说下我职场20余年工作的感悟。我20多岁时，毕业后一工作，就恋爱结婚，嫁给老郭，生了洋洋。老郭那时要求我辞去工作，做家庭主妇。他对我说，不让我出去工作就是怕别的男人勾搭我。起初，我听了这话很感动，没想到他对我这么好。但是日子长了，我就发现他工作虽然稳定，但是工资不高，让他一个人养活一家三口着实很吃力。所以我坚决要求重新进入社会，重新找工作，做什么都成，只要是正经职业。就这样，我有机会进了梅的公司，做F公司医疗产品销售。那时，梅的公司的业务处于飞速发展时期，我工作很忙，但是都是跟在梅屁股后头，虽然那时我的薪水很低，但我任劳任怨，因为能和梅那样的聪明女人共事，我觉得很开心，尤其是我能从她身上学到很多东西。"

琳丽平静地讲着她的事业成长经历，天悦则静静地听着，琳丽的助理女孩也安静地听着。

"后来，梅不再带我了，而是让我自己独立出去跑业务，开发客户。我就完全凭借自己的能力，努力工作。再后来，我的业绩做大了，成为梅手下业绩做得最好的业务员，我拿到的奖金有时候是我工资收入的3倍还多。但是由于工资低，没有任何福利，加上梅对我逐渐有所警惕，所以我选择离开了梅的公司。回到家，我和老郭商量，我就想开一家自己的医疗器械公司，谁知道我的这个想法一开始就遭到了老郭的拒绝。我就给他做工作，我对他说：我也是30多岁了，之前生孩子后做了几年全职妈妈，就有了几年的职业断层。重新工作后，才发现连私企竞争都激烈，梅的公司员工大都是梅的亲戚，跟个移动监控设备一样，外来的员工做不好随时准备滚蛋。"琳丽边回忆边讲述。

三个人陆续停下了自己手中的筷子，尽管餐馆里说话声嘈杂，但是天悦和那个助理女孩依然聚精会神地听琳丽讲。

"现在我和老郭有时候回忆起那段时间呀，老郭还笑话我，说我那时一心想着开自己的公司的精神状态简直像是被打了鸡血！呵呵！"琳丽边说边笑："我当时的想法很简单，就是公司开了后，就拼命去生存吧，适者生存，不适者淘汰。总之，公司刚起步那个阶段，老郭、洋洋都被我带得很拼。再加上那时，洋洋高中即将毕业，为了考上大学，考上好大学，也是拼了！她长那么大没那样拼过，每天学到半夜。我那时也经常对老郭说，你也一定要有很强的危机意识，要一直想办法提升自己，要深度学习，方能适应社会发展，因为现实很残酷的。在我带动下，他终于明白了提升自己是王道，在事业单位工作以不变应万变，打铁还须自身硬。"

满满的回忆

写着写着，天悦越发感慨起来，他一是感慨无论自己还是琳丽，都对过去有着满满的回忆，二是感慨琳丽虽然是个女人，但无论事业还是家庭生活都是蒸蒸日上，过得比他强多了。

关于琳丽，天悦回忆起1999年那年4月份，在他从F公司离职后，当琳丽得知他可能再也没有机会去哈尔滨出差的消息后，就想来北京看他。终于，在1999年的夏天，琳丽带着年幼的女儿洋洋到北京看望他，顺便到北京旅游。那次是琳丽第一次到北京，他拿出尽可能多的时间陪着琳丽母女同游北京城的几个景点。

有一天去天安门广场，正值烈日当头，暑气逼人，天悦特意在广场边上雇了一辆人力三轮车，类似黄包车的那种，琳丽母女是第一次坐人力三轮车，他也是第一次坐人力三轮车兜风，内心顿时引发出一种回望古城的或者说回望"城南旧事"的冲动。

——在天安门广场,天悦对琳丽母女说到,"北京,中华人民共和国的首都、国家历史文化名城、世界著名古都,是全国和世界人民景仰的地方,更是老北京人深深喜爱的家乡。"在天安门前,他就介绍"里九外七皇城四"给琳丽听。

——到了正阳门,天悦就给琳丽介绍"前门楼子九丈九,四门三桥五牌楼"。正阳门,俗称"大前门""前门楼子",正阳门是由箭楼、城楼、瓮城组成,称"四门、三桥、五牌楼"。而且原来在城楼南面、东西各有一座庙宇,东侧为观音庙,西侧为关帝庙。

——转到中华门,天悦就介绍横跨京城"中轴线"的中华门,坐北朝南,背向天安门,始建于明朝,原称"大明门"。单檐歇山顶,开3门。大明门建成之后明成祖曾让大学士解缙题写大明门门联,解缙写道:"日月光天德,山河壮地居。"1644年,清军入关,进到北京后,也在北京建都,将大明门改成"大清门"。民国后又改称"中华门"。

三轮车每路过一处景点,天悦就给琳丽做介绍,他开心地当起了导游。身为老北京人,他给琳丽还原早年的老北京四九城全部细节,再现了古都的全貌。而三轮车师父蹬车蹬了半个多钟,就已经挥汗如雨。

到了景山公园,天悦陪琳丽母女一起登上最高处万春亭,他让琳丽放眼长空,琳丽蓦然望去,故宫、北海及北京老城尽收眼底,霎时便惊叹不已。纵使天气炎热,琳丽还是很开心很兴奋。

天悦也自然非常开心,他希望他所介绍的老北京的景象能让琳丽神往,同时在他自己的内心也能永远留驻——因为随着社会经济的不断发展,北京城作为首都的职能愈加显著,似乎一个世界级的现代化城市也趋于形成,但同时3000多年历史的五朝古都韵味却在风中变淡。好在冬天时,只要一下雪,北京城在银装素裹下就回到了老北平,之所以有那种感觉,是因为大雪覆盖住了整个北京,尤其马路、楼顶,放眼望去一马平川,皑皑白雪同时也覆盖住了现代的气息。

第八章 漂泊也是一场与爱情的约会

到了故宫，天悦就表现得最兴奋。一般他自己家亲戚到北京旅游，他总是找出各种理由推托，声称有事没时间陪亲戚出去逛，但是琳丽母女初次到北京城，他却表现得积极主动热诚，一是因为故宫在他心里，就是北京城辉煌历史的一张黄金名片，二是他和琳丽之间有一份特殊的情感。

天悦带着琳丽母女在故宫里面逛，走着走着就到了太和殿，他便给琳丽母女俩在太和殿前拍了一张标准的"游客照"。照片中，琳丽母女正专注地看着镜头，两人身后是巍峨的太和殿。但照相完毕，他的注意力就被宫殿上挂着的匾额吸引住了，于是他滔滔不绝地对琳丽说了起来：很多人都参观过故宫，但却很少留意过每个宫殿各自挂着的匾额，比如：最著名的"正大光明"匾是哪个皇帝写的？匾额上的字你都认识吗？有些匾额上还有"错别字"，但几百年过去了都没人去修改，知道是为什么吗？

天悦告诉琳丽：比如午门上的匾额，午门的"门"字最后一笔是直写下来的，不像我们平时写的那样带一个小钩。其实这可不是那些书法家故意写错字，关于"门"这个字不带钩的写法一般的看法是最早可以追溯到宋朝——据说南宋时，有一天都城临安的玉牒殿也就是供奉皇帝先祖画像的宫殿发生了火灾，殿门都被烧光了，宰相就上奏说是因为宫殿匾额中的"门"字最后一笔带钩，钩来了火种，才招致大火，只有将这些匾额全部烧掉才能避免火灾。"宋都临安玉牒殿灾，延及殿门，宰臣以门字有脚钩带火笔，故招火灾。遂撤额投火中乃熄。后书门额者，多不钩脚。"就这样，从此以后所有宫殿里的匾额上的"门"字的最后一笔都没有钩了。

另外还有一种说法是说明朝刚建立的时候，朱元璋让当时的大书法家詹希原给各个宫殿题写匾额，詹希原在写的时候照常把"门"字的最后一笔提了一个钩，结果被朱元璋看到了。朱元璋龙颜大怒，觉得詹希原是想关上门堵住贤士的路，于是下令将他斩首。从此以后，明朝的各处宫殿、公署也就是明朝的公务员办公的地方、城门的"门"字都不带钩了。不仅南京城这样，后来明成祖朱棣迁都到北京，建造北京故宫时也沿袭了这个传统。

琳丽听了后,就觉得詹希原好冤啊,觉得这是史上最冤的文字狱。天悦继续给琳丽讲解:等到清朝入关,顺治、康熙、雍正也都非常信奉这种说法。可是,等到乾隆继位,他不相信"门"字带钩会招致火灾或阻碍自己招纳人才,所以很多乾隆时期题写的门匾,上面的"门"字大都带着钩,比如昌祺门、锡庆门等。

天悦着重告诉琳丽:还有那些让人怀疑自己是文盲的匾额,故宫三大殿太和殿、中和殿、保和殿中都悬挂着乾隆御笔亲书的匾额,分别是"建极绥猷""允执厥中""皇建有极"。乾隆作为一个书法爱好大家,怎么会错过在匾额上题字的机会呢?

以上这些个字分开的话,天悦都认识,但合起来就让他怀疑自己上了一个假学。他告诉琳丽,为此,好学的他特意去查了资料,才得知"建极"出自《尚书·周书·洪范》:"皇建其有极。""建"是建立,"极"是屋脊栋梁,建极就是指要建立中正的治国方略。"绥"是顺应,"猷"是道、法则,"建极绥猷"就是说天子要上体天道,下顺民意,用中正的法则治理国家。而"允执厥中"出自《尚书·虞书·大禹谟》:"人心惟危,道心惟微,唯精唯一,允执厥中。""允"是诚信,"执"是遵守,"中"指中正。"允执厥中"就是指言行不偏不倚,诚恳地秉执中正之道,这样才能治理好国家。"皇建有极"出自《尚书·周书·洪范》:"皇建其有极。""极"是指中道,法则,"皇建有极"就是指君王建立政事要有中道,不偏不倚,即天子来制定建立中正的天下最高准则,有强调皇权的意思。

琳丽认真地听,最后好奇地问天悦,"正大光明"4个字到底是谁写的?天悦认真地说道:"正大光明"这4个字并不是康熙皇帝写的,而是他爸爸顺治写的,康熙把它刻在了石头上。就拿现在看到的乾清宫挂的这块匾,上面的字是乾隆在康熙的刻石上摹拓下来的。后来嘉庆朝失火,匾额被烧毁,嘉庆皇帝又让人重新摹拓了一块。除此之外,这块匾自雍正朝后还"决定"着皇位的继承人!

天悦告诉琳丽:清朝初期,皇子之间的皇位争斗非常激烈,雍正帝就是在击败了十几个兄弟后才登上皇位的。为了避免自己的儿子和自己有一样的命运,他采取了秘密建储的办法。也就是皇帝生前不公开继承人是谁,而是秘密写下皇位继承人的文书,然后一式二份,一份放在皇帝身边,一份封在"建储匣"内,放到"正大光明"匾的背后。等到皇帝驾崩,再取下"建储匣",将里面的文书与皇帝藏在身边的那一份对照,经核实后公布谁能继承皇位。

其实,天悦知道除了自己介绍的这些,故宫里还有许多其他的匾额,比如康熙题的"无为"匾,雍正题的"中正仁和""勤政亲贤"匾,或是其他一些简单的表达建筑物名称的堂号匾。

除了逛故宫那样的几个景点,天悦还带琳丽母女转胡同深处。他告诉琳丽:藏在小巷深处的北京城,街头巷尾里的北京城,流年市井的北京城,才是真正的北京城!北京的每一个街区,每一条道路,差不多都能引申出曾经的故事;北京的每一个胡同,每一座旧宅,甚至每一棵古树,差不多都有一个甚至几个值得细细品味慢慢咀嚼的故事。

……

一连几天,天悦除了陪琳丽母女出游,他还给琳丽母女讲他自己小时的爱好,看"小人书"这种最普及的儿童读物,也称连环图画。在京城里长大的人没看过"小人书"的真不多。爱看"小人书"的却很少买,绝大多数租赁"小人书"看,买回家去看多一倍的钱;在"小人书"摊上看很便宜,小孩子们都爱在"小人书"摊看,他就经常租一本"小人书",和弟弟搂在一起看。

天悦还给琳丽母女讲他自己小时最爱吃的"吊炉烧饼"——在北京的很多胡同里或街口都有做吊炉烧饼的,边做边卖。灶膛上有一个圆形的"烤箱",把擀好的芝麻饼放在烤箱膛上烤,灶膛烧着劈柴火,水不能大。那场景那烟气有多么新鲜诱人,仿佛一切就发生在昨天。用文火烤出的烧饼外焦里嫩、酥脆香甜,这种烧饼就被老北京人叫作"吊炉烧饼"。

琳丽母女在北京游玩正值酷暑,天气闷热,天悦请她们喝北京有名的"北冰洋汽水"解暑,请她们吃"袋儿淋"解暑,还给她们买鲜水果吃。论鲜果,他就告诉琳丽,在老北京卖新鲜水果的方式,除挑担、推车沿街叫卖外,还有很多专门卖鲜果的固定铺子,老北京俗称为"果局子"——他们除卖四季鲜果以外还兼营"干果",如核桃、栗子、杏干及果脯、炒红果、各类蜜饯等。尤其蜜饯,就像老北京城一样,有时候让你招架不住,甜得嗓子发齁。

琳丽母女在北京游玩的短暂几天里,还特意到天悦家里坐坐,认识了他的老爸老妈,他老爸老妈看到琳丽母女后都开心得不得了,尤其是非常喜欢琳丽的女儿洋洋。洋洋当时就是五六岁的样子,脸蛋微圆,面皮白净,相貌甚甜,一双大大的眼睛漆黑光亮。洋洋每次回答问题时语音清亮,十分惹人怜爱。他的老爸老妈对洋洋赞不绝口,拿出了100元钱给了洋洋做零花钱,哪怕琳丽一再推辞,但他的老爸老妈坚决要琳丽收下钱,最终琳丽还是高兴地收下了。

那次琳丽母女在北京游玩结束后,该回哈尔滨了,琳丽临走前感觉在北京的几天虽然短暂,但收获满满啊——天悦和老爸老妈给琳丽母女准备了很多北京特产带回哈尔滨,天悦还亲自把琳丽母女送上火车。

在站台上,在即将离别的一刻,琳丽双手扒着火车车窗,深情地看着天悦,天悦也深情地看着琳丽,似乎难分难舍。火车开动后,天悦的眼眶逐渐变得湿润。

特别的婚外恋

天色渐晚,天悦虽然感觉到了疲惫和腹中饥饿,写作上却意犹未尽。在他眼里,过去20多年的漂泊也算是一场与女人的约会,自然也包括与琳丽的约会,真是那种"有缘千里来相会"。

天悦知道，是个女人就会有情感追求。情感是一种奇妙的东西，无论何时何地都有可能发生，他和琳丽的情感就是在他密集地去哈尔滨出差的那个阶段萌芽发生发展起来的。他和琳丽的区别在于：琳丽已婚，有家，有丈夫老郭和女儿洋洋；而他则是未婚，孤零一人。他和琳丽的相同点在于：在自我实现方面和经济独立方面都有着切实的精神追求，无论是对自我的追求还是在经济上的追求。有了这样相同点作为基础，他和琳丽在思想上就会有交集，就会克服区别，就会有想要得到对方关怀的欲望，尤其当两个人在精神上都承受着巨大的压力的情况下。

事实上，天悦在外企工作的那些时间，精神总是高度紧张，工作压力很大，也只有他自己才知道。他在刚离开医院的第一年并没有想过以后社会发展会是怎样的，自己未来的职业发展会是怎样的。直到从27岁到36岁的10年里，经历了多次离职、求职，他才意识到社会发展变革如此之大，以至于人力竞争越来越激烈，远远超出了他当初的预想；他意识到当初自己在做出离开医院决定之前，如果能有人告诉他"成年人的世界，光活着就已经很不容易"的话，并且能说到他心坎里，就是能让他真正意识到自己并非一个完人，随时都有可能被淘汰出局，最好是能让他听完就浑身哆嗦，出一身冷汗，他就会觉得是否弃医"下海"确实是一个值得自己深思熟虑的问题。

而琳丽呢？她也是一样。她知道一旦决定了自己开公司，就要时刻保持危机感、紧迫感，加强自我学习能力。对于她一个30多岁的已婚女人，明知道做一个全职宝妈，在生活上会比自己搭钱开公司要容易很多，但是她却觉得做全职宝妈也不容易，同样让她有很大的危机感。

总之，天悦和琳丽就是在这样一种相距千里的情况下，彼此惺惺相惜，彼此关注对方，彼此信任对方，进而发展到了彼此爱慕的地步。就是这种情况导致琳丽对天悦产生了一种特别的婚外恋：先是"精神出轨"，再从"精神出轨"发展到肉体交欢，虽然只有一次——在2001年夏天那次，天悦出差到哈尔滨，琳丽去他入住的酒店和他相聚。

现在的天悦已经记不清那次是他第多少次到哈尔滨出差了，他只记得那次，在他到哈尔滨的当天下午，他和琳丽就见面了，在他入住的酒店。两个人见面后先是寒暄了几句，然后他问琳丽道："你还好吗？公司经营还顺利吗？家里还好吗？"

不料问题刚问出口，琳丽就捂着脸哭泣起来，边哭边摇头。天悦忙扶着琳丽坐到椅子上，他自己则坐在床边。

琳丽哭着说道："太难了！没想到这么难！"

"怎么回事？你详细说说呗！"天悦关切地问道。

"公司开起来后，我的神经就一直蛮紧张的……生病了也得去上班，没办法才不去。自己开公司后，相当于干着两份工，一份工是起早带晚要照顾公公婆婆和孩子；另一份工是上班后，工作基本是到处拉关系、走后门、托人情、赔笑脸、借资金。周围的很多人问我累不累，我是笑而不语，我觉得真没什么好说的，因为我有自己要挑的担子，我有自己的客观家庭条件，何况我又是一个很好强的女人。可是老郭不但不能帮到我，还不理解我，总对我发脾气。"琳丽涕泣着说道，接着说："我一个30多岁的女人，没有像别的已婚女人那样越来越注重养生，反而努力打拼，想多挣些钱，为了一家老小，努力努力再努力，我图什么？可是老郭有时候下班后根本不回家，选择住在外面，最近一段时间都几乎接触不到他了，去他单位找他，他对我的态度很冷淡。"

天悦听后非常惊讶，就问道："真是这样的吗？老郭不应该是这样的男人呀？！"

"他总说我是自找苦吃，说他的几个朋友同事家庭生活过得都比他强，他埋怨我是瞎折腾，说我对他的关心越来越少了。我现在这样，不敢抱怨更不敢生病，毕竟上有老下有小，他怎么就不理解呢？"琳丽说着，却哭得越发伤心。天悦就继续问琳丽，琳丽才道出伤心的真实原因是老郭在外面有了别的女人。

"你实在不容易，其实老郭也是想你们全家过得好一些，你也是希望家里过得好些,你俩的想法都是相同的,都想家里过得好一点!所以你心情得好好调整下,别气坏了身体。"天悦就摇头说道。他这话刚说完,琳丽便从椅子上起身,不顾一切地扑到他怀里,一边去吻他的嘴唇,一边双手并用地开始脱他的衣服。

"琳丽,你怎么了?"天悦急忙问道,但是既没推却也没生气。琳丽转瞬之间把自己的衣物也脱得一干二净。那一刻,他知道琳丽急需要情感慰藉,没有什么事情比进一步发生肉体交欢更能让她发泄情感的了。

做完了之后,琳丽依偎在天悦的怀里,脸上露出幸福的神情。天悦注视着她,此时的她眼泪已经收住了。虽然她是在三十五六岁左右年纪,但双目仍似一泓清水,容色清秀,全身上下如玉软花柔。

"我提醒你,不能总想老郭有没有出轨!如果你是因为生意不好做,客户不好谈,那就要好好想想别的出路了。"天悦安慰琳丽道。

琳丽听了后,却默不作声,也许用"出轨"这个词儿太难听,也太扎心。但天悦却依然顾我地对她说道:"你别总想老郭的不忠,也许正是如你所说的:你要工作,很是费脑子,经常一天下来累个半死,晚上回到家,又要照顾孩子和老人,如此没日没夜地辛苦,但是却有可能忽略了老郭那块,你觉得呢?"

"你说得太对,也有别人这样问过我。有时候当我不高兴时,或者烦闷的时候,我就把老郭从一起睡的大床上推出去。我就在想,我又忙又累,他可倒好,有大把的时间闲在,你说他竟然还不理解我?"琳丽委屈地回答。

听完琳丽的遭遇,天悦就说:"你把老郭从一起睡的大床上推出去的那一刻,或许就注定了现在的结果。你们夫妻如果分床再分房睡的话,分开的不仅仅是身体,还有心。我觉得你应该跟老郭新有一个约定:如果平时他打呼噜影响你休息,就让他去客厅睡;如果他晚回家,就让他去客厅睡。但是,如果你们某天吵架了,那当晚必须上同一张床睡。这不仅是一种修复情感小裂痕的微妙方法,更是你们夫妻间情感上必不可少的责任感。总之，虽然你俩有争吵、有矛盾、有分歧，但你的身体和你的心，仍然应该跟老郭在一起，他也应该这样，你觉得呢？"

琳丽听了天悦说的话，又变得默不作声。天悦只好对她说道："好啦！不说老郭了，还是说说你的工作吧！"

"嗯，我在给梅打工时，我能表现出竞争力，我觉得我自己做的公司就不能也慢慢地变得有竞争力吗？劝我回头的人都是好心，因为他们都在担心，在担心我的公司要是没做起来的话，再出去找工作是不是就已经没有什么竞争力了？"琳丽说："我觉得吧，人的生活方面最好是精神财富和物质基础并存。如果我能做到了，有一天的话，到那时我自己拥有的，无论何时也不会背叛自己。"

天悦听了后，马上赞赏琳丽道："嗯嗯，适合创业的时候到了，王侯将相宁有种乎？你想着一定要做自己核心的价值，那你只有好好地把握生活，生活才会给你最多的惊喜。"

琳丽听了后，心情似乎好了很多，就撒娇似地问天悦道："天悦，你觉得我美吗？觉得我身材好吗？皮肤好吗？"

"当然美了！你的一切都好！"天悦马上回答了琳丽，他看着躺在自己身边的琳丽，琳丽嘴角正自带着笑意，因为接吻过，琳丽轻轻地抿着色彩变淡的朱唇，润红的脸蛋和着出的汗，即便是侧着脸，也隐隐散发着诱惑的魅力。

……

天悦和琳丽那天在一起吃过晚饭后，琳丽对天悦说道："时间不早了，我回家了。你下午对我说的那些话，我都记在心里。不知道你这次来哈尔滨待几天，走前我们再见一面吧。"

"好的，看情况吧。"天悦回答道。他嘴里是这么说的，但是在看着走远的琳丽的背影时，他的心情却马上变得复杂起来——由于几千年的男权文化，且古今中外全都存在男女双重标准：男人出轨罪过轻，女人出轨罪行较重；在最不公平的地方，男人出轨无罪，女人出轨有罪。当他想到这些：西方有《奥赛罗》，中国有武松怒杀潘金莲，他的内心就惶恐不安。由于未能控制自己，在与琳丽发生了性关系后，他自感罪孽深重。

那天晚上，天悦难以入眠，他还在深深后悔下午和琳丽发生性关系。之后的在哈尔滨的几天里，天悦虽然忙工作，但是和琳丽做爱后所带来的负疚感一直缠绕着他。他结束出差要离开哈尔滨时，他没有告诉琳丽，因为他不想在走之前再见到琳丽。关键是不知道该怎么说，怎么面对。

……

直到现在，天悦仍然庆幸在那次做爱之后，他马上意识到了危险，所以当他觉得自己必须在最需要停止的时候停止，他不但停止了，还在那次之后的几年里都没有怎么主动联系琳丽，即便是又去哈尔滨出差过多次。

对于琳丽的出轨，天悦一直是这样看的：首先，从婚姻道德的角度，婚外恋是应当受到严厉批评的，因为它违背了婚约中的夫妻相互忠诚的承诺；其次，琳丽的权利是完整的，并不会由于缔结婚约就丧失了与第三人发生恋爱和婚外性行为的权利，因此，琳丽的出轨只是违背了她的忠诚承诺，违背了婚姻的约定，违反了婚姻道德，前提是在老郭也存在出轨的情况下；第三，婚姻内"出轨"是"玩火"，对婚姻具有极大破坏力，无论老郭还是琳丽，在发生此类行为前后应该充分意识到严重后果。

想到这里，天悦离开座位，出了屋子，到院子里踱步，呼吸呼吸新鲜空气，最后他走到自己种的竹子前，先是轻轻地抚摸着竹叶，继而又闻闻其中的几片竹叶，待自己的精神放松下来后，他才从院子里回到屋里。

"出轨"这个情感问题是关于男女问题、两性问题里被频繁讨论的话题之一，就因为触及了一个极为敏感的议题：女性出轨。丈夫遭遇妻子出轨，或者想一杀了之，或者常常在"忍与不忍""杀与不杀"之间挣扎。

想到这里，天悦摇了摇头。

感动与祝福

夜深了,天悦觉得开始犯困了,但是他还想再多写点,于是就去洗手间用凉水先是浇头,再洗脸,随后回到屋里继续写。

和琳丽发生那次性关系,虽然是很久以前的事情了,虽然只有一次,虽然后来的一些年里,天悦和琳丽才又见了几次面,但天悦没有向琳丽提及过那次在一起时发生的一切,琳丽也未提起过,都好像当什么事情也没发生过。天悦之所以不提,是因为存在多个原因:

第一个原因是:那时,天悦觉得琳丽的遭遇着实是令他心疼。有时候,很多人往往一边倒地同情某些出轨的女人,而舆论认为这些个出轨女人不仅不可恨,反而会很"令人心疼"。在他眼里,琳丽就属于这类女人。虽然琳丽有过那次,但是他并不觉得琳丽有犯什么罪。

在琳丽这块,天悦觉得自己无论如何都不能让琳丽落到那样的地步。如果让琳丽落到那步田地,那么他自己才真的该死。所以,遇到出轨的事,只要两个人及时悬崖勒马就好。

第二个原因是:天悦并没有因为那次在哈尔滨与琳丽约会发生性关系,他就单方面觉得自己是属于桃花运暴涨。相反,有了那次经历后,他开始变得有些恐婚。

后来,天悦听到过这样一句极端的话语:文学只有一个主题,那就是通奸。现在的他想加上一句:描写女人出轨比描写男人出轨是更具挑战性的主题,因为它戏剧性更强,对习惯了男权文化秩序和思维的人们来说,是一个更加刺激人们深层性别意识的主题。

天悦一直追求细水长流的理想爱情,他所恐惧的是人心的变化和莫测,恐惧将婚姻这块磐石置于爱情的流沙之上;他也一直对真实的自己不够自信,他恐惧的是完全彻底的自我暴露,恐惧爱人对自己不能接纳而离去。

第三个原因是:因为洋洋。那次的经历过后,天悦的眼前经常浮现出琳丽的女儿洋洋的年幼娇小的面孔。洋洋小的时候在写给他的那些信件和节日贺卡里，管他叫天悦叔叔，在洋洋眼里，他是一个好叔叔。所以，那次之后的很长一段时间里，他觉得最对不住洋洋。

想到这，天悦打开抽屉，翻来翻去，终于找出了十八九年前琳丽和洋洋给他寄来的那些信件和节日贺卡。

天悦还发现在这张节日贺卡的背后面，洋洋还贴了个金发小女孩的贴画儿。再细细一看，洋洋在贴画儿旁边还注着中英文，英文是：Best wishes to you！Double heart；中文是：版权属洋洋所拥有——翻印必究。他看后，情不自禁地笑了起来，更觉得洋洋小的时候是一个清纯可爱的小姑娘。

天悦又打开一张发信地址为哈尔滨东轻医院的节日贺卡，抽出信瓤来看，上面写着：

天悦：

新年来临之际，祝愿你身体健康，事业有成，新年更有新收获。

代我向二位老人问好，祝愿他们吉祥如意，一切顺心！

琳丽

2000 年 12 月 25 日

天悦把看完的几张节日贺卡装回到信封里，重新放到抽屉里。他就想着 2016 年年初，他请琳丽以及她的助理吃饭时，琳丽说过的一些话。

琳丽坦言她过去这些年过得很不易，她说生活以碾压式的方式推着她向前跑。在她眼里，她的人生从来都没有退路，只有勇往直前的脚步。她觉得每个人有每个人的命运，她说自己是过了 35 岁才逐渐变得沉稳，变得现实。尽管如此，她是认为梦想依然还要有，不然生而无望又有何意义呢？

那次吃饭，琳丽对天悦还有她的助理叙说道："……是啊，生活哪有那么多的琴棋书画诗酒花，更多的是柴米油盐酱醋茶，还有穿，还有住，还有行。在建设家庭方面，在住的方面，在大家早先还都没有意识去考虑买房的时候,我那时年轻气盛,我手里只有二三十万元存款就买了第一套房子,因为一个月薪水在当时能买5平方,产权证上写的是洋洋的名字。后来,我凭着做生意的嗅觉敏感,贷款买了第二套房,产权证上写的还是洋洋的名字。"

天悦那次听琳丽叙述她的创业史,他听得很认真,他觉得琳丽的成长发展故事很励志。

那次,琳丽还叙说道:"我是'60后',和老郭白手起家,都是工薪家庭出身,我们两个人感情磕磕绊绊地过了20多年,到现在,就明白了一个道理:真正的认清现实,比惬意的当下更为实在。我这块,我公司的收入起起伏伏,曾一度跌到了13年前水平还要少点。直到最近六七年,我公司业务才走上正轨。老郭那块呢,按部就班到现在,加上洋洋也毕业工作了,他便不再对我提心吊胆了。我庆幸自己的明智与努力,让我们家现在拥有6套房子和一定的积蓄。总之,这么多年我一直没有放弃努力,有1个公司,1辆车,1个听话的员工团队。有这些原始积累我就不太担心,目前公司的业务我交给我弟弟去管理。"

在天悦眼里,琳丽一直注重提高自控力,要做一个有自律的女人。在这方面,琳丽的表现胜过很多同龄男性。很多男人在三十而立之年及过后,总有太多的无奈,需要克服很多心理障碍,甚至还要依赖家人帮助解决。而琳丽作为一位母亲,同时是一个女儿,同时是一个妻子,又是一个上进的女老板,再苦再累也没法说,也不会说,因为有太多的责任让她一直往前走,使她学会了苦中作乐,学会了笑而不语。

"我在哈尔滨这样的城市,我的几套房子总市值在六七百万左右了。只可惜,我的这些房子即便卖了,拿钱在北京买房的话,可能一下也买不了100平米,在北京买房,北京的房价太贵了。所以,我要继续追梦,我相信,只要用心,有规划,肯付出,老天爷就会厚爱我。"琳丽那次还有意无意地向天悦提出了在北京买房的想法。

那次临分别时,琳丽当着她的助理的面问天悦:有没有想过开个公司自己做？问他对以后的生活是怎么规划的？老了以后的经济来源是不是靠卖房子？当琳丽听说他的老妈得了尿毒症，就马上从提包里拿出2000元现金给了他，他一再推却不收，但琳丽态度坚定，他只得收下那钱，内心自是对琳丽感激不尽。

后来，当天悦把那2000元钱交给老妈时，告诉是琳丽诚意给的，老妈非常不好意思，觉得给琳丽添了很大麻烦。

想到这，天悦扬起头，眼睛看着窗外，心里默默为琳丽祝福。

两张照片

天悦强打着精神，继续浏览其余的旧信件。突然，他的眼睛一亮，因为他看到了几封发信地址是哈尔滨市某商务酒店的信。他随手打开其中的一封信，发现里面是有两张照片，取出照片一看，原来是2001年杨琳寄给他的照片。看到这两张照片，他逐渐回忆起和杨琳之间发生的故事。

杨琳是一个哈尔滨女孩，2001年时在哈尔滨的一家医疗器械公司做秘书，而这家公司也是天悦所负责管理的代理商之一。在天悦到哈尔滨出差给这家代理商的业务人员做产品培训时，这家代理商的老板林总按照天悦的要求，给天悦拍了张培训时的现场照片，照片里他在培训业务员如何使用某型医疗设备，照片里就有杨琳，当时也在培训现场。另外一张照片是杨琳个人的生活照，照片里她自己一个人惬意地坐在一块草坪上，面带微笑。

天悦现在记得，那次培训是上午进行的，培训结束时就到了中午，林总就邀请他吃午饭，他也没推辞。林总是个很热情的哈尔滨男人，个子不高，却很敦实，做事很认真，表现在招待天悦时态度一点都不含糊。他不但亲自出席，还拉着他信任的几个属下作陪，杨琳便是其中一个。林总要了一瓶白酒和几瓶啤酒，点了十几道菜，其中有一道菜是天悦最喜欢吃的

"酸菜氽白肉"。

菜还未上，服务员先把酒都端上来了。一看到酒，在座的男士们都很开心，几个人围着桌子开始聊起来。聊着聊着，凉菜就上齐了。此时，林总站了起来，边打开那瓶白酒边就对天悦说道："天悦经理，我给你倒杯白的，我觉得你得多喝点儿，以后我们的业务开展都靠你多指点，呵呵。"

"少倒、少倒，我酒量真的不行！业务工作需要我协助的话，不必客气。"天悦起身稍微推却道。

等热菜也上齐了，林总提议他的下属一起举杯，欢迎天悦到哈尔滨为他们做产品培训，感谢天悦回答了他们提出的关于产品的很多技术疑问和市场疑问。天悦也举杯，大家干脆都起立，进行第一轮碰杯、干杯。天悦在第一次碰杯时一饮而尽，招来了林总及其下属的喝彩。

在第一次碰杯时一饮而尽，是因为天悦考虑着既然到了东北出差，既然负责东北市场，就要知道酒桌之上，要么是东北人之间的战争，要么是东北人对外地人的战争。中国酒桌文化的博大精深非鸿篇巨制不能道尽其精妙，对东北人来说这种文化则简单许多，可以用一句"给面子"来概括，总结起来就是一句在东北每天都被无数次重复的话："来来来，满上、满上，不喝就是不给面子！"会用蛇泡药酒养生的是东北人，酒桌上往死里喝酒的还是东北人，往往喝到酩酊大醉，满嘴胡话到勾肩搭背称兄道弟，最后一定会有人喝到吐，方才作罢。

林总的酒量再好，毕竟是白酒下肚，话开始多起来。他坦诚地向天悦介绍起东北人尤其是黑龙江人的性情：从性别气质上来说，东北的确是一个具有男性气质的地区。注重面子和争强斗狠，是我们东北人的特性之一。在东北，尤其在黑龙江这边，如果一个男人"胆敢"在大庭广众之下污蔑另外一个男人是"肾虚"，那一场厮打恐怕是免不了的了。越是争强，越是好勇，越是斗狠，越怕肾虚，但是反映到养生和饮食上面，那就是我们这边人讲究大补特补。例如，当观察哈尔滨人的养生补品，最靠前的人参、鹿茸、红景天都和补肾有关……

第八章　漂泊也是一场与爱情的约会

那次，在郭总说话间，天悦喜欢的"酸菜汆白肉"上桌了，天悦马上馋得哈喇子都快流出来了，一个劲儿地直咽口水，却不好意思动筷子。

"天悦经理，你别客气，这道菜主要是为你点的，你多吃，不用管我们。呵呵！"林总发话了，接着对天悦说道："受气候影响，东北的冬天最常见的蔬菜是禁得起长久存放的大白菜。在东北，每年冬天，家家户户都会买大白菜，不过，没人论'棵'买菜，最少一小麻袋。每到秋末冬初，东北家庭妇女成捆成捆买回堆积如山的白菜也俨然成为奇观一景。有外地人就会问了，买太多了吃不完怎么办？没关系，东北腌酸菜就是为长期储存量身定做的。"

天悦听了后，就举起筷子夹了一块白肉塞进嘴里，口感那叫一个顺滑适口，他觉得味道好极了，于是就又夹了一筷子白肉放进嘴里，轻轻咀嚼却似乎入口即化，便当着大家的面对这道"酸菜汆白肉"赞不绝口。不仅如此，他还主动让林总也吃，让杨琳也尝尝，让在座的别人也尝尝。

大家边吃边聊，林总就问起天悦的学习经历、成长经历。天悦不说则已，这一说，就让林总很开心，因为林总得知天悦不但在东北念的大学，还在军队里待过，林总赶忙介绍自己年轻时也当过兵。两个人聊到部队生活时，就觉得两心相通，热血沸腾。林总回首起戎装往事，就感慨地对天悦说道："……我清楚我走的那天我会流泪，甚至痛哭，但是年年老兵退伍的景象，我还是历历在目，一年一度的老兵复员就是这么的残酷，我们来自四面八方却终将分别，我们来自五湖四海，却终将各奔东西。缘分使我们走到一起，缘分让我们成为战友，缘分却又让我们离别……"

……

天悦此时尽力回想着那次聊天时的内容和情景，他想起杨琳后来在他和林总之间插话道："我们林总才机智，不但聪明，而且做生意手段高明。业务上没有任何蛛丝马迹能躲过他的眼睛，很多爱耍小把戏的人别想糊弄过他。"

杨琳这么一说，林总就被逗得笑了起来，天悦也跟着笑了。林总边笑边指着杨琳向天悦介绍道:"这个叫杨琳,是我的秘书,别看她的年龄今年只有 21 岁,但是说话办事干脆利落,有求必应,我们这里所有人都喜欢她。呵呵!"

就在天悦听得楞怔的时候,杨琳却大方地站起来向他伸出了手,他随即站起来与杨琳握手,杨琳做自我介绍主要负责商务。而杨琳对他的称呼,则让他喜出望外,因为杨琳称他"天悦哥"。虽然他依然长得显年轻,但毕竟已经 35 岁多了,此刻站在这个可爱稚傲的女生面前,他竟然瞬间就被这称呼感化了,再加上杨琳一张口,言语呵气如兰,似燕语莺声。

大家酒过三巡,不经意间,白酒就已经喝没了,就剩啤酒了。

"你可别客气啊!真的!"林总起身笑着对天悦说道,接着给天悦倒了一杯啤酒,然后说道:"你知道不?东北人的吃喝,论'缸'算。同样地,喝酒也是一缸一缸地喝。"

天悦听了后,连连点头称是。他知道,在冰天雪地的黑土地,喝酒是一种社交方式,他已经做好了思想准备。果不其然,酒过三巡之后,林总的手下的 3 个经理轮番向他敬酒,最后是杨琳端着酒杯要向他敬酒。

当如花似玉的美貌少女杨琳走到天悦面前敬酒时,天悦走南闯北、学贯东西,可谓见多识广,殚见洽闻,但是当他近距离脸对脸地看着杨琳的一刹那,还是愣了有几秒。而杨琳这个女孩芳龄刚刚 21 岁,身材苗条,肌如白雪,齿如含贝,黛眉开,绿鬓淳,娥娥红粉妆,纤纤出素手,端着酒杯,含情脉脉地看着他,却不知道说什么好,于是她自己提出"先干为敬",继而将杯中酒一饮而尽。

林总一看天悦面对杨琳时的囧样,就笑了起来。天悦也缓过神儿,便对杨琳说道:"你的性情不错,如果做销售,绝对能做得很好,对自己有股子狠劲儿。呵呵!"

杨琳回到座位上,就对林总、天悦和其他 3 位经理说道:"你们一个个都这么优秀,我的压力很大。我很多时候看起来都是没心没肺的,但其实我往往都有着很强的上进心;很多时候,我奋斗的动力往往都是来源于别人的优秀。虽然现在我年龄小，但是你们只要愿意指导我，我就会一直逼迫自己变得越来越好。我骨子里的骄傲和自尊绝对不会允许自己比别人落后。"

"她在这8个月工作下来，很努力，我们几乎所有的人都很认可她的努力和干劲儿。"林总夸赞杨琳说。

天悦酒足饭饱后，林总就要求杨琳下午陪天悦在街上好好转转。

杨琳的来信

天悦想到这里，实在支撑不住了，便上了床准备睡觉。他渴望能睡上三四个小时，等到天一亮，就爬起来接着写作。

天悦虽然有些惜时如命，但他充分意识到睡眠对他的重要性，他太需要睡眠了，他做不到像很多作家熬夜时那样边一根接一根地吸烟，边写作。有的人也许会问他：你能坚持多长时间不睡觉？不睡觉会有什么后果？他会回答：事实上，任何一个想要通过亲身实验来找出答案的健康人，都会发现这是一段极其痛苦的经历。

睡眠不足往往与糖尿病、心脏病、肥胖、抑郁和其他疾病的患病风险存在关联。天悦想到身体为了抵抗这些患病风险，以前每当他熬夜时，都会发出他感觉不适的讯信，如精力不足、头昏眼花、眼皮打架等。继续硬扛着不睡，就很难集中精力，甚至会出现短暂的记忆力下降。如果对这些不良影响视而不见，仍然坚持熬夜写作，思维就可能错乱。

时间已经是后半夜的2点了，屋里除了墙上挂着的钟表走针传来的嘀嗒声，就是睡着的天悦开始发出的吧唧嘴的声音。

突然，一个暗影倏地一下闪进了卧室，继而轻轻地跳上了床，在它一回身向窗外望的一瞬间，黑暗中露出它的一双射着晶绿色光芒的眼睛，原来这个暗影就是天悦养的猫"黑子"，也许正是天悦发出的吧唧嘴的声音让"黑子"形成了条件反射才跑到床上。

"黑子"轻轻地走到天悦的脑袋边，低下头，先用鼻子嗅了嗅天悦的脸和嘴，然后在原地转了两圈后，就"哐"地一倒，和天悦头对着头地躺下来。就在这时，天悦又开始吧唧嘴了，似乎是无意识地梦呓着，也似乎是有意识地要对"黑子"说点什么。"黑子"便抬起头，两只耳朵竖直，似乎是在认真聆听并辨别天悦所要表达的意思——

你每次打碎我心爱的花瓶，

然后若无其事地走开，

但我对你却始终恨不起来。

我以为你要来到我的身边陪伴我，

但是在我打开的房门面前，

你却只是望着我。

你漂亮、温顺却也不时捣乱，

是想离我更近一点，

哄着你一起玩游戏。

你聪慧，目光如箭，

我外表和心里面的一切，

似乎都是被你看透，

你却很坦然。

只要跟你在一起，

我便学会温柔，

我的人生会变得从容而长久。

"喵呜"——"黑子"听完，似乎明白了天悦在对自己表达什么，就极轻声地叫了一声，然后埋下头闭上眼睛。

天悦停止了吧唧嘴。

……

不知道到了什么时刻，天悦就感觉到有什么东西在急急按压他的肩膀，他努力地睁开眼睛一看才反应过来，叫他起床的不是闹钟，而是"黑子"正用它的爪子上的肉垫垫推他的肩膀。"黑子"虽然可爱至极,但是捣乱是"黑子"的天性,令他无可奈何。他只得从床上下地,去到外屋开冰箱取猫罐头。

"黑子"这只胖猫听到了外屋有开罐头的声音,就"嗖"地飞奔下床,过去门口等,还"喵、喵、喵"地叫着,催着。天悦打开门后,"黑子"飞奔到食盆就吃起来,他心甘情愿地给"黑子"弄好吃的。每天早晨,"黑子"等他起床,如果发现他还不起来的话,"黑子"就会窜回床上,踩他的脸,咬他的鼻子;一旦他起床去把猫食准备好,"黑子"就会从床上飞奔到门口,因为着急、又胖,所以经常会刹不住车,撞在门上。

此刻,"黑子"自顾自地吃,天悦看了看时钟已经指向7点35分,就觉得时间还早,于是从电脑桌上拿着杨琳的信和照片重新回到床上。

天悦首先打开那封信,认真地读了起来——

天悦:

你好!

不好意思,刚刚给你回信。这几天光顾着备考的事,不过现在好了,总算是告一段落,心情自然也随之放松。而你呢?出差后总该美美地睡上一觉,把身体养得棒棒的吧!

看到你信上写的话,我真的很高兴。说句心里话,你信中的每一字每一句都是那样的真诚,足以让我感动。只可惜我们的想法相差甚远。其实,从一开始我就很清楚,我们之间的交往会很"难",只是无法克制对你的思念,走到了今天。北京的确是一个很诱人的地方,那边的环境、文化,还有你,都很吸引我,但我更看重现实。你想想,我连你的家庭,甚至爱好和习惯都不知道,我们是不是还算"陌生"呢?我们之间的差距不仅仅是年龄、文化、阅历,更重要的是你我的想法都是完全不同的,你说"希望有一天,我们能有机会生活在一起,互相恩爱"。这样的生活我向往,也希望这一天早日到来。但像你这样的男人,尤其是做业务的,你所希望的仅仅是生活在一起,保持着恋爱关系,确切地说,你从未想过给我一个真正意义上的"家"，我相信每个女孩都希望过着幸福而安稳的生活，你说呢？请原谅我的直率，我是考虑到你也不小了，这样对你有好处，别误了你的幸福。

从认识你到今天，是彼此的爱在支撑着我，我不想失去，更不想失去你这个朋友，所以请你理解我。行了，不说这些沉重的话题了，好不容易盼到你的信，无论怎样，我心里是非常非常的开心。特别是，你答应我的要永远鼓励我，关爱我，我已经很知足了，你要记住你的承诺，不许反悔哦！

上回和你提及的"变动"，一直没和你讲清楚，是因为我自己还没拿定主意。其实和你说说也好，说不定你会给我一个很好的建议呢？现在呢，摆在我面前的有两条路：第一条路，就是出国去日本。第一年的学费、手续费以及前3个月的生活费大约是10万元人民币，我家也只是工薪水平，所以这笔钱由我老姨出。然后到那边直接去上语言学校，大约要3年左右把大学证拿到手，这段时间的学费和生活费都要靠自己打工挣出来，我不知道日本现在找工作是不是还可以，听说有很多人找了几个月工作都不成的。况且，钱是由我老姨给我的，尽管是一家人，我也想如果有可能的话，就前几个月多吃点苦，少睡点觉，多打几份工把钱还给她，我知道老姨挣钱是很不容易的。我身边的朋友都这样形容我"别人是去采金子，而我却是背着石头采金子，压力可想而知"！第二条路，就是安心在哈尔滨把本科证拿到手，再选择好一些的城市去发展。比如说，现在我去了北京，那么以我现在的学历和水平来讲，恐怕无法立足于社会，更谈不上发展了！现在我的思维就停留在选择上了，这种选择有可能将影响到我的一生，所以我更应该慎重地考虑考虑，我再和长辈们商量一下，让大家帮我拿拿主意，等有了结果以后，我会立刻告诉你的。

我非常的想念你，特别是看了你的信后，更加真切了！谁会知道明天的路会怎样呢？无论发生了什么，我会为你保留我的感情，哪怕这种爱只是一种期待而已，不要过分地看重结局，相遇本身就是上天的一种恩赐罢了！

我知道你工作很忙，晚几天来信，我不会怪你的。你有着自己的生活圈、工作圈，记得不要忘记回信给我哦！！！

最后衷心地祝福你永远永远"幸福"！

杨琳
2001 年 10 月 29 日

天悦看罢信，又仔细端详起杨琳的照片，那时 21 岁的杨琳明眸皓齿，端庄大方，真是一个难得遇到的温柔女孩儿。

天悦也曾经视杨琳为梦中情人，杨琳也曾经视他为梦中情人。

影院风波

天悦进一步回忆起他和杨琳的故事。

那天中午，林总请天悦吃饭到最后，林总又点了一个汤，林总还让杨琳盛第一碗汤先给天悦。

天悦欣然喝了两勺汤，觉得味道很鲜，口感滋润，但是当他用勺子又扎了几勺汤喝下后，他才发现那碗汤里还有更实惠的。他知道，说起喝汤吧，东北人可不像广东人一样只喝汤，在东北喝一碗排骨汤或一碗酸菜汤，能有小半碗汤就很不错了，剩下的都是满满的排骨或者肉片。在东北，既然要"补"，就一定要酣畅淋漓，用东北话说叫"到位"，对此，他的感受可能比一般外地人更为深刻。

豪爽的天悦连汤带肉都吃尽喝尽后，便抬起头看了看坐在斜对面的杨琳，发现杨琳也在看着他。他每次去东北出差，每次和客户吃饭，他都做好了一醉方休的准备，可是这次，他虽然有些醉意，但是一看到杨琳，他就能打起精神头。

从餐厅出来后，林总带着 3 个业务经理回公司上班，唯独留下杨琳陪天悦去逛街。

杨琳陪天悦逛着逛着，就逛到了工人文化宫电影院，天悦顿时兴起，向杨琳提出改看电影,不逛街了。杨琳欣然同意。于是天悦买了两张电影票,进到影院里,按号找寻座位。

找到座位后,天悦发现自己的座位上放着一个大瓶雪碧,他环视了下前后左右就座的人,最近的也离他有两三排或者间隔五六个座位,于是他拿起那瓶雪碧朝着周围已经就座的人大声问道:"这瓶大雪碧是你们哪位的?"

杨琳也帮着喊,但就是没有人应声。天悦以为是上一场电影散场后坐在他这个座位的观众离开电影院时忘了带走,所以就随手把那瓶雪碧立在自己脚边的地上。

"嗨,你凭什么把我的雪碧放在地上?"突如其来的一句东北口音的厉声指责,让天悦冷不防打了个战。他抬起头循声一看,原来是一个20多岁的小伙子站在他右侧身前,生着气地问他。

天悦并没有起身,扬起头问小伙子道:"这瓶大雪碧是你的吗?"

"是的!你凭什么把我的雪碧放在地下?"小伙子怒不可遏地继续问天悦道。

"既然是你的,为什么要放在我的座位上?我刚才前后左右地问这雪碧是谁的,你为什么不起身应答?我怎么知道这瓶雪碧是你的呢?"天悦据理力争地对那小伙子说。

那小伙子却表现得蛮不讲理,气势汹汹地对天悦说道:"我不管,你把我的雪碧放在地下就是不成,你得赔我雪碧!"

"你这人年轻轻的怎么这么不讲理呢?凭什么让我赔你雪碧?你告诉我,你坐在哪个位置?"天悦不满地问那小伙子。

那小伙子随手一指,天悦顺着小伙子的指向一看,才知道这小伙子竟然是坐在他的前排还得往右数第5个座位,他便站起身对小伙子说道:"你坐在那个座位,却把雪碧放在我的座位上,还无理搅三分,你想怎么样?"

"你想怎么样?你想打架吗?"小伙子不但不收敛,反而拉开了架势,像是要对天悦动手。

杨琳一看这阵势，就紧张得不得了，马上站起身站在天悦的身后，用两只手拉着天悦的胳膊向后退。此时，一个女孩也快步走到那个小伙子身边，帮着小伙子指责天悦道："你把我们的雪碧扔在地上就是不对！你说怎么办吧？"

天悦冷笑了一下，冲着那对儿青年男女说道："我是北京人，来你们哈尔滨出差，到这里来看看电影，我旁边的女孩也是你们哈尔滨人，周边就座的都是你们哈尔滨人，你们问问周边的人，到底是你俩在找事，还是我在找事？"

说这话的同时，天悦的醉意也去除了，他指着杨琳和周围就座的一圈人质问那一对儿青年男女。在这样的僵持的情形下，周围就座的人没有一个起身帮那一对儿青年男女说话，但那个小伙子还是蛮横地对天悦说道："随你怎么说，我们不管，反正你得赔偿我们雪碧，给我们新买一瓶雪碧！"

"我再说一遍，来这是看电影的。你们一定要闹，咱们就一起去派出所，让你们哈尔滨警察评评理；马上电影开演了，咱们都好好看电影，你这瓶雪碧多少钱买的？我给你钱，散场后你们再买一瓶！"

"不成，要买也是你现在出去给我们买一瓶！"那小伙子耍赖地说道。

天悦一听，顿时忍无可忍，就冲着那小伙子说道："根本不可能！我现在给你20元钱，你拿着钱和地上这瓶雪碧从我面前离开；如果你不答应，这钱我还收起来！"

天悦说着，就从兜里掏出20元钱，可那对儿青年男女似乎因为年轻，没见过天悦这样的气场，就表现得有些不知所措。

"我告诉你们俩，这也就是在哈尔滨，你们欺负我是外地人，这如果是在北京，你们俩试试！即便我现在你们哈尔滨，我在哈尔滨也有不少朋友，你们要是想打架，咱们就都别看电影，现在就出去，怎么样？"天悦强硬地说道。

那一对儿青年男女和天悦吵吵着，发现依然没有周围的人帮腔替他俩说话，于是那个女孩儿就对小伙子说道："算了算了，别理他了！咱们走，回咱们的座位去吧！"

天悦见此情景，就把20元钱重新放回兜里，对那小伙子说道："你们俩把这瓶雪碧带走！你们早就看到，我不是把这瓶雪碧扔在地上，而是这样正常地放置在地上的。"

小伙子听了后，不知道该说什么，虽然不服，但还是悻悻地把那瓶雪碧拿上，返回了他们自己的座位。

……

电影散场后，天悦和杨琳回天悦住的天鹅酒店。

哈尔滨一夜

天悦还在回忆着他和杨琳在一起时的故事。

那天晚上，杨琳陪天悦回到天鹅酒店，在房间里就是聊天。天悦问杨琳道："……林总很看好你，大家也都很喜欢你，你的工作环境和人际关系都不错，以你的性情，更适合去做销售，呵呵！"

"我知道，但是我不想做销售，因为做销售工作除了平日要辛勤地耕耘市场，拜访客户，运气也是很重要。"杨琳微笑地对天悦说道，又补充说："想必大家都希望自己的运气能越来越旺，到年底，或者在未来两年，能够挣到更多的钱，职务能够得到晋升，或者有可能换到一家更好的公司工作。但是我对现在的商务工作和工作环境感到很满足，充满知足的感觉。"

天悦一听，就没说话，只是点点头，会心地笑笑。

天悦有意无意地调转了话题，问杨琳道："在你们哈尔滨，你这个年龄是不是都可以结婚了，你父母催促你的个人问题吗？"

"是呀！你怎么知道的？在哈尔滨，青年男女基本都是一到结婚年龄就结婚。因为在家长看来，子女一结婚就意味着已经长大成人，可以独立生活，这是普遍观念。我父母认为，子女结婚以后，有了自己的家庭，有了小孩子,生活一步一步,会越走越稳。你觉得呢?"

"你父母说的话有道理!但是我还是觉得,随着现代化文明的进展,一个人似乎可以不结婚也能独立生活。我这人生性喜欢漂泊,有情怀,爱自由,不喜欢被束缚,做事甚至冲动随性,从来不考虑后果,也不会管别人的感受!我当初就想自己即便早结婚,恐怕心也一直定不下来,所以我就一直不着急结婚。"

杨琳听了后,就十分惊讶地对天悦说道:"咱俩的想法怎么这么一致呢?你一直以来的恐惧也正是我现在所恐惧的。我现在21岁,逼自己不断提升自己,不能让自己失业!我就怕下岗了公司不给我应得的钱,还要我走,所以我最近就在考证。"

……

说着说着,天悦才注意到天已经黑下来了,他马上问杨琳饿不饿,杨琳说不饿,他才变得不那么忧虑。于是两个人继续聊天,一直聊到9点多了,他依然兴致不减,而杨琳也似乎没觉得累,没有要离开的意思。

天悦坐在床边,而杨琳则站在窗户边上,两个人面对面。在酒店房间的吸顶灯光照下,在窗外的夜色映衬下,在粉红色的墙纸对比下,他认真端详杨琳,感觉杨琳更像十七八岁年纪,身体似成熟未成熟,多少还有点羞涩。

杨琳秀丽的卷发更衬托出她的花容月貌,再加上穿的是淡红色连衣裙,便显出迷人的腰段。尤其是在夜风劲吹下,她的裙子被吹得忽起忽落,使她不得不按住裙摆,以免露底。这令天悦一方面对杨琳真的是一见钟情,大为倾倒;一方面又是对杨琳充满怜香惜玉。于是他对杨琳说道:"今天我和你在一起相处得不错,也很谈得来,尤其是林总让你当我的导游,陪同我逛街,浏览哈尔滨街景,我真的是很感激你,我也很喜欢你!"

不过,天悦边说却边想起在中午,杨琳那一声称呼他"天悦哥",是不是也多少带有隔辈儿的意思?这个刚生出的念头让本来春意萌动的他,变得一下怅然若失。可是他再一想,想到下午在一起看电影时,他和杨琳能够"左手牵右手"地互相牵手看完电影,又手牵手一起回到酒店,就让他觉得杨琳还是很温柔的。

天悦正走神,杨琳则转过身去看起窗外的月光,后背对着他。他马上回过神来,才注意到杨琳的背影也绝美,纤长身条。再看杨琳裙下的一双腿的腿肚,肤白如新剥鲜菱。他当即克制不住自己,就站起身向前走到杨琳的背后,伸出双手一把把杨琳抱在了怀里。

对杨琳来说,突然的被眼前的男人拥抱住,她还来不及害羞。所幸她并未挣脱天悦,而是问天悦道:"你喜欢抱着我吗?"

"我喜欢抱着你,呵呵!"天悦尴尬地回答。

"为什么呢?"杨琳轻轻地问天悦道。

"我奶奶说过,人之所以有两只胳膊,就是为了拥抱心爱的人。"天悦回答说,然后继续对杨琳说道:"有时,一个拥抱和身体的接触带来的安慰,比得上成百上千的大道理。"

天悦边说着边亲吻杨琳的脖颈和耳朵,杨琳开始发出呻吟声。他又试探性地对杨琳说:"时间已经很晚了,咱们上床睡觉吧!我想抱着你一起睡,明天下午我就从哈尔滨回北京了。"

完事之后,两个人都侧身躺了下来,天悦抱着杨琳问道:"你喜欢吗?觉得舒服吗?"

杨琳回头对天悦说:"舒服,我很喜欢,我喜欢你抱着我!"

"嗯,我之所以想今天晚上抱着你睡,是因为你愿意跟我睡在一起的话,就能给彼此这样一种暗示:我还需要你,接纳你,你很有吸引力,我愿意疼你,呵护你,爱护你。而这种心理暗示,希望会带给你满足感,给你带来安全感、被接纳感和欣快感。"

杨琳听后就回答道:"我懂了。"

天悦说道:"其实,我们今晚睡不睡在一起,对我心理的潜在影响是很大的。"

"为什么呢？"杨琳问道。

"'给予'是潜能的最高表达。和你在一起，和你做爱，恰恰是一种'给予'，我才能体验我作为一个男人的力量、我的意志、我的能力。"天悦笑着回答杨琳，然后继续说道："我第一眼看到你，就觉得你兰质慧心，容色秀丽。下午咱俩手拉手时，我觉得能有你这样柔美动人的女孩站在我身边，我好像处在一种似风似雨似花似幻似雾似虹似霓又似梦的意境中。现在能抱着你，你给我带来满怀芳香，我的心跳都加快了。"

后半夜，天悦依然睡不着，他想着尽管自己的年纪比杨琳大十四五岁，可是年龄差距从来阻挡不了爱情。对他来说，"哈尔滨之恋"开始了，一切都是那么美妙，无法用言语来形容。他想到这，就借着月光看着躺在自己身边的杨琳的迷人睡姿，杨琳的身体显得冰清玉洁，掺和着月光挥洒在寂静的夜里，散发出淡雅清幽，意境优美。

心在远方

时间接近中午12点了，天悦站起身来，揉了揉自己酸胀的腰部，又做了一组深蹲，就在屋子里踱起步来。他在思考着，写作真的是一件很辛苦的事业。不像女性写作会比较现实，写东西也比较洒脱，作为一个男性，写东西必须得有搜肠刮肚的习惯，何况要写的东西涉及了两性心理。

实际在对待女人的态度上，天悦在漂泊生活当中，表现得总是见一个爱一个。尽管被有些人认为他是非常的花心，但他觉得自己其实不是那样的人——就像从考初中、考高中、考大学，到找工作，到应聘外企，不也一样是一路地挑呀选呀的吗？他曾经跟很多小伙伴们一样认为每个人都有自己的世界，这当中自然也包括婚姻情感两性经历，自然会充满不确定的感情之路。

在27岁到36岁那10年里，天悦总在问自己：无论生活还是工作，我还有可能从头再来吗？我做好准备迎接人到中年了吗？我的知识与能力储备足够应对职业危机和职业倦怠吗？我能找到合意的工作吗？我能找到月收入达到5000元的工作吗？我能有资格考虑结婚这件人生大事吗？

从27岁到36岁的10年里，因为事业的不成功，因为没有固定工作，因为收入不稳定，天悦的同事和朋友常常可以听到从他嘴里传来的带有焦虑感的叹气声。其实，何止那10年，一直以来，现实对他用了最严酷的惩罚。在那10年里，他觉得自己没有资格考虑谈婚论嫁。

在天悦的老爸老妈眼里，他那样不稳定的生活是他的无奈，是他自找的；在他的老爸老妈眼里，他走得越远，去过的地方越多，书读得再多，但家庭观念和责任感却少了，认为这是他难以言状的悲哀；老爸老妈还无时无刻不在焦虑他未来的养老问题。

最终，天悦发现摆脱所有这些焦虑的最好的一个办法，就是保持"心在远方"的态度——心在哪里，人就在哪里，家就在哪里。

他此时觉得，无论自己做过什么，在做什么，将做什么，都只是想要更多的人知道自己。他记起张恨水说过的一段话："若要美的，不如赏花；若要道德好的，不如看书；若要贤内助，不如买架机器；若要带来欢快的，不如娱乐。总而言之，这一生，寻寻觅觅，忙忙碌碌，就是要找一个了解我的人。"

想到这，天悦重新拿出杨琳的来信，看那封信，接着看那两张照片。看过后，他就坐了下来，望着窗外的竹子，似乎那亭亭玉立的翠竹就是他曾经的梦中情人杨琳。那时之所以对杨琳一见钟情，是因为他觉得杨琳同样能接受"远方"这个人生关键词。

杨琳写的信透露出她那时首选去日本留学读书，其次是她不排除来北京工作学习生活。她虽然总是计划很安分地做自己，但是天悦知道，她同时又是一个有自信的女孩子。在和天悦相识之前的一段时间里，她在工作上一直是稳中求进，偶尔出现的一些小问题也都被她一一化解。那时的她看着眼前的成绩就有些自豪感，她的工作或许也已经开拓出了一个全新的局面,这似乎让她有种守住成果的倾向,从而缺失了一些拼搏之心。但在她遇到天悦之后,她的目光开始投向远方。她后来意识到眼前的一切无法满足她,要想取得更大的成就必须有更加宏伟的视野;她后来意识到未来的她会在提升自己方面取得进步,无论是进修还是资格考试,都将迎来好的结果。

天悦记得在 2002 年的夏天,那时的他已经从 F 公司离职了,杨琳得知后特意安排时间从哈尔滨来到北京看望他。两个人在北京相见甚欢,自然少不了相互陪伴和交流,陪伴是指他自然要陪杨琳逛逛北京景点,俗话说呢"礼尚往来";交流是指两个人对未来的规划。

杨琳第一次到北京来,自然关心北京的风物名胜和传统讲究,天悦就在陪她的过程中告诉她:过去的老北京的影像只能靠画家来画了,以前看到一些清末和民国时期的老北京照片不是军阀家的小姐,就是达官贵人的照片,有一些比较市井的照片比如街道市场什么的,都是那时到中国来的外国人拍的,像反映老百姓的市井生活照片留下来的太少了,这说明那时老北京的百姓生活确实比较凄凉,吃饱肚子都是问题,何况照相。至于老北京有趣儿的玩物游戏,如变戏法——大型戏法俗称"掏大碗",表演者身穿大褂,另加一块方布,行话叫"挖单"。表演时把"挖单"搭在肩上,然后能"变"出盛满水、带有金鱼的大鱼缸,还能变出着火的火盆,这可真是大绝活。有些相声演员就会变这个,紧张得一身汗,还有不小心把金鱼缸砸一地的……

天悦给杨琳讲关于老北京的事情,也给她讲、也带她去看北京在现代化发展建设方面取得的一些成就,比如鳞次栉比的高楼,越来越多的立交桥和 1 号线地铁、2 号线地铁、新的城市地标如国贸中心,等等。

最主要的事情在于,天悦为了让杨琳对他的生活居家有所了解,他带杨琳去到了他在通州的家,那是杨琳第一次去到他家里,也是最后一次。

那天下午,天悦把杨琳领到家里后,他先给杨琳倒水喝,然后他就找把椅子坐下,搂着杨琳,杨琳坐在他的腿上。这是他的惯技,表面上端坐,内心冲动。

"你半年多前还不像现在这样瘦哩……你想我吗？"杨琳轻声地问天悦道，问的同时脸色一下绯红。天悦的头偎在杨琳胸前，没看见杨琳问话时脸上一红。

天悦拥吻着杨琳，暗中却在蚀骨销魂，性冲动一阵阵上来，他轻声地回答说："我当然想你！"

"你现在过得怎么样？还好吗？是真的自己住还是要依靠父母照顾你？"杨琳关心地问天悦道。

天悦扬起头，认真地告诉杨琳："我是自己住通州这边，我父母住在朝阳。我不依赖父母，无论有没有工作，有没有收入。因为我从小没有被娇生惯养，我独立生活能力很强。再说了，我父母总爱唠叨我，说我在人生方面丢三落四，说我固执到有点二，就凭他们总唠叨我，我也不愿意和他们住在一起。"

"那你觉得他们说的有道理吗？你对以后有什么打算呢？"杨琳轻轻地问道。

"呵呵，我觉得我从毕业工作到现在，在做事方面一直很单纯，对人际关系总是马马虎虎，不爱动脑子，敢想敢干，表现出的大胆和勇敢着实出乎周围很多人包括我老爸老妈的意料。我当初之所以选择进入外企，是因为我有探索的意愿，是想在一些我不熟悉的领域开拓下眼界。而且我喜欢出差，喜欢一个人到处跑，毕竟我的父母还没有达到年迈需要照顾的程度，毕竟我是未婚单身，没有嗷嗷待哺的小孩需要抚养，所以我现在暂时没有什么家庭方面的负担。至于未来有什么打算，只能说是走一步看一步。"天悦回答道。

天悦失去工作以后尽管不开心，但是他在杨琳面前依然装作什么事都没发生。

"我知道你在外企工作的压力很大。你知道吗？据我所知，日本是世界上 20~30 岁阶段的人自杀率较高的国家之一。我觉得这一数据毫无疑问与日本年轻人在人生中的这一短暂时期所承受的获得社会地位的压力巨大有着密切关系。我虽然没有上过大学，但是我觉得在中国，一个人如果能获得在大学阶段的入场券，就相当于为他或者她自己的未来打下了一个好的开端，那么到了30岁，或者40岁时，无论成功与否，都可以被视为未来命运已定。你觉得呢？"

天悦听后，沉吟片刻才回答道："当然，无论是哪个国家的二三十岁人，即使是最具天赋的年轻人，也会被失败或是对失败的恐惧深深困扰，我也一样。我现在是过了30岁，我觉得不管男女，过了30岁后，肩上都多了叫作责任的东西。关于未来的命运，我毕竟不是名牌大学毕业的才子，英文也不是驾轻就熟，但是我觉得我不害怕挫折和失败。"

天悦说完，就把杨琳抱上了床……顷刻，屋里似乎被荷尔蒙的气息所笼罩，两个人都被那种潮流般涌来的肉感窒息；顷刻，天悦没有了成长过程中的惊惶和畏惧，取而代之的是与生俱来的对母系特质的忘我崇拜，而杨琳的呻吟声给天悦带来的是兴奋和骄傲……

做爱完了后，杨琳依偎在天悦的怀里，她看看天悦的眼睛，又摸摸天悦的胡子茬，而天悦也把她搂得更紧。就在天悦昏昏欲睡的时候，她突然问天悦道："你年龄不大，为什么会显得很沉着很冷静呢？你办事喜欢拖延或者犹豫不决吗？你怎么规划咱俩以后的情感发展？"

"因为我的血型是AB型，所以才表现出来一种很沉着，很冷静。"天悦勉强地答道，接着补充道："我这人办事喜欢干脆利落，不喜欢磨磨唧唧。另外，我的性格有时候自信，有时候又很自卑，无论在工作方面还是情感方面。"

杨琳听了后，就笑着对天悦说道："你现在不必着急找工作，可以好好休息一段时间。我知道你崇尚自由的生活，我觉得你有着热情豪爽的性格，在外交友讲义气，可说是四海皆朋友。我在工作中也会有很多认识异性的机会，但在和你认识后，尤其在最近这半年多时间里，我觉得我与你之间的情感属于不请自来。我最近经常告诉我自己，如果遇到不错的男朋友人选，如果想要结婚，就一定要好好地把握住机会，用心的对待自己的另一半。"

不知道天悦是听进去还是没听进去杨琳所说的话，结果就是睡过去了。

……

总之，天悦没有能和杨琳走到一起，那次两个人在北京的见面也是最后一次见面。那时在他的脑子里，结婚成家是一件很遥远的事情，难以向杨琳做出任何承诺，也无法给杨琳开出规划。

天悦现在想想自己的漂泊人生，际遇纷繁，也意味着是一场与女人的约会。他记得自己曾经在不特定的时间段里，桃花运大好时，异性缘直线上升，随着社交活动或者出差常驻的机会增多，本可以多留意身边的情缘。但是他也知道，很多陷入一见钟情的男女都希望迎来的是一段可靠的邂逅从而能够走入婚姻的殿堂，而不是一段桃花运。事实上，他更希望自己一生中的贵人运不会太差，能有贵人运，他不希望自己只是有点桃花运。

第九章 北京老炮儿的黄金时代

一寸光阴一寸金

已经是下午一点了,天悦觉得肚子饿了,就起身去冲了一杯咖啡,又从冰箱里取出一盒绿豆糕,边吃绿豆糕边喝咖啡,如此咖啡加上小点心,就代替了午餐。

天悦正吃着,手机收到微信,他打开一看,原来是在同一网站上征婚的一个叫"木子"的女会员加了他的微信,并给他发了一个笑脸符号,他赶紧回复道:"你好。"

木子:"你好啊!我是木子。"

天悦:"周末在忙些什么?"

木子:"没忙什么,周末可以放松下。"

天悦:"你做什么工作?"

木子:"传媒工作。"

天悦一看,很是惊喜,就赞许道:"工作不错!你是金领啦。"

木子:"不错什么?这是一个把女人当男人用,把男人不当人用的行业,很辛苦!"

天悦不解:"是出版社、杂志社还是电视台呢?"

木子:"是在电视台,也有自己的出版发行部门。"

天悦更觉惊喜:"那挺好!我写了本书,正在联系出版社出版。"

木子:"厉害。"

天悦:"你是哪里人?同父母在一起住吗?"

木子:"籍贯湖北,现在户籍是北京。我自己住,父母都在湖北老家。"

天悦:"嗯,你父母催促你的个人问题吗?"

木子:"我父母很着急我的个人问题!"

天悦:"你希望找个什么条件的?"

木子："能谈得来吧，性格也比较好，有责任感的。你呢？"

天悦："我是希望对方善良踏实性情温柔些的，愿意考虑合适的话，就争取在今年年底前结婚。"

木子："那岂不是闪婚？"

天悦回复道："几个月到半年足够吧！我不考虑谈一年两年三年，因为我还想要小孩儿。"

木子："是不是你的父母也催你呀？婚姻这个事要靠缘分，合适了可能就能快，不过得多相处，不仓促做决定，毕竟结婚不是小事。"

天悦："是啊！不过你不能把我跟与你同龄的或者年龄比你还小的单身男士去等同对待，我到年底就50周岁了。你要是找40岁的单身男士，你们谈个一两年或者三五年，不结婚或者不着急要孩子都无所谓的。"

木子："嗯，抱歉啊！我没考虑到这个问题！"

天悦："没关系啦！"

木子："容我再考虑考虑吧！然后回复你。"

天悦："好的。"

木子的最后那句"容我再考虑考虑"，让天悦马上明白了是什么意思，他明白那句话代表委婉的拒绝。

天悦以往像现在这样被单身女会员以"容我再考虑考虑"为由拒绝的事情发生已经不是一次两次了，对他来说，他已经习惯了这样的征婚结果，于是他毫不迟疑地把"木子"从微信里删掉了。

近一段时间以来，天悦一直在思考，在思考过去他年轻时的情感经历，年轻时的他有多次机会可以顺利走入婚姻，而现在的他别说结婚，连择偶都难。此刻，他摇了摇头，因为他现在面临这样一种尴尬——动不动就被单身女会员拒绝的"社会尴尬"。他现在内心失落的同时，也意识到了个人问题落到如此地步实在是咎由自取。

没有哪一代人的青春是不悸动的，天悦在年轻时也一样。在互联网尚处概念的时代，也就是在他处在成年早期时，他对人生的理解，对价值观的理解，对女人的理解，对事业的理解，既有通过阅读《知音》《故事会》等期刊来取得，也有相当一部分思想是通过阅读外国文学而取得，毕竟那时他看了几部外国文学著作。

当回忆起90年代的阅读狂热，天悦就觉得那时一切都是阳光明媚，显得一寸光阴一寸金。面对打开的大门，看见一个美丽的世界，大家都憋足了劲儿抓紧时间读书，所有的外国文学作品在中国都非常畅销，举例西方著作《在路上》《第三只眼睛看中国》等。

1957年，美国作家杰克·凯鲁亚克发表了长篇小说《在路上》——书中描写了几个年轻人放弃了工作，开车横穿美国，一路放荡不羁，沉溺酒色。最终，在漫长而疲惫的旅途中，找到了人生的意义。这部小说出版后，在60年代的美国甚至整个西方世界都引起了强烈反响。

30年后，改革浪潮冲击了沉寂良久的中国文化市场，《在路上》得以在内地发行，是漓江出版社在1990年出的。这本被喻为"嬉皮士圣经"的著作，早期的中文版封面看上去颇为简陋，美编依照对"一群美国奇男女的漂泊纪实"的理解，选取了几个相互交叠、衣着暴露的年轻人作为封面。封面图片没有经过艺术处理，直接以摄影照片的形式呈现，封面用材也比较陈旧，与小说先锋和另类的背景完全不符。可如今在天悦看来，当时那样的装帧反而留存了珍贵的时代印记。

《在路上》这部书是一部划时代的作品，激发了无数美国青年对"文学与远方"的向往。那时的天悦看了这部小说后，内心里同样是激情澎湃，他渴望小说中描述的人生，渴望自由，同样的向往"文学与远方"……

男人永远是男人！事实上，在八九十时代，中国对外改革开放带来的真正的自由一度温润了需求各异的以男性为主的受众。在更加广阔的中华大地上，地摊文学如雨后春笋肆意生长，那时的地摊文学可以提供各式各样情节离奇、想象力丰富的故事书籍，那时最火的还是地摊文学。

在天悦从18岁到27岁的10年里，在那个没有黑网吧的年代，购买和阅读那些使用着拙劣的白纸黑字、封面大胆裸露、内容更是无奇不有的黄色小说，足以填补一代人对性的渴望，而《洛丽塔》原著中的经典描写给他留下了十分深刻的印象。

在天悦从18岁到27岁的10年里，经常有哥们儿问他关于他在与女性交往中是否存在羞怯的问题。他现在想想，这种问题那时在他身上是随着年龄增长反而不断增多，一般可以分为两种情况：其中之一是在与他相亲的女孩子眼里，他是随着年龄增长但工作上却还是没有什么起色，从而给他带来"社会尴尬"——不单是在工作中，尤其在与异性交往中，他经常表现得羞怯。事实上，羞怯是一种对被拒绝的恐惧，"社会尴尬"导致他在两性交往中变得越来越不愿意主动，导致他直到现在，他一直不愿意主动联系女人。

另一种情况是，当天悦与任何一个女朋友在一起时间久了，他就变得嫌女人麻烦，因而无法保持他在与女朋友刚开始认识时那样的专注和热情。

那时，无论在哪种情况下，在与女性一对一交往的大多数时候，天悦就像身在异国的陌生人，不知道自己该说什么，也不知道该做什么。他更不知道该如何与她们长期交往接触。尽管他迷恋女色，尽管他明知通过结婚成家可以满足自己对性生活的需求，但是他没有选择结婚，在自己最适合结婚的年龄段。

天悦后来终于知道两性在交往中，言语和非言语自有一套规则，这些规则能让你舒适地与异性谈话，同时也能顺利地倾听异性说话。如果不懂这样的规则，那么就会染上一种"社交强度综合征"。他在自己的黄金时代，由于染上这种"社交强度综合征"，在需要他对自己的女朋友提出的结婚请求做出决定时，他总对女朋友说"容我再考虑考虑"。而现在他到了中年阶段，就轮到征婚的女人对他说"容我再考虑考虑"了。

迟到的觉醒

天悦正思考着，忽然手机又振动，他拿起一看，原来也是在同一网站上征婚的一个叫张玲的女会员加了他的微信。天悦回复道:"你好。"

张玲应:"你好。"

天悦:"你做什么工作?"

张玲:"我在一家事业单位。"

天悦听了,自是惊喜,接着问道:"不错!那你希望找个什么条件的男士呢?"

张玲:"人品好,会疼人,不吸烟,有稳定收入和经济基础,必须有房,还得爱干净,最好属马、兔、猪。"

天悦一听,觉得属相还挺般配,就再问道:"嗯,你住哪呀?我住东城区东四,有时候也住通州。"

张玲:"我住海淀。"

天悦想了想,就继续问道:"你同父母住吗?我自己住,我父母住朝阳。"

张玲:"我自己住,我父母都在成都。"

"成都可是好地方。"天悦赞道,然后问:"你考虑怎么交往?还愿意考虑再生孩子吗?"

张玲:"至少要了解一下吧!如果是自己喜欢的也没什么,要看男方情况才能确定是否要小孩儿。"

天悦解释道:"嗯,我考虑合适就结婚,一结婚就要孩子,你愿意考虑的话还好,我的个人资料完整真实。"

张玲:"这个应该是顺其自然,都喜欢彼此最好,如果不喜欢何谈结婚?你有孩子吗?"

天悦:"我是未婚,没孩子!我弟已经二婚了,至今也没孩子。所以我很想结婚后有自己的孩子。"

张玲惊讶问道:"这样啊!你快50岁了?"

天悦解释道:"我到年底就50周岁了。如果不结婚没孩子,以后家里老房平房,还有楼房,国内的国外的房子就没人继承了。"

张玲回复道："你这么好的条件应该好找啊！"

天悦解释道："不好找！一是现在很多女性无论自身条件如何，都希望与对方重启初恋的经历，我没那兴趣；二是很多女性迷信眼缘儿，可我外形一般。"

张玲回复道："也是！不过呢过去的都过去了。我自我介绍下，我叫张玲，1980年生，属猴，四川人，有一个儿子随父，京户。我身高164cm，体重54kg，想找个人品好且知冷知热的男人。"

天悦就问道："嗯，那何时方便见见面呢？"

张玲："我周五回成都，下周一回京，回来联系。"

天悦试探地问道："方便留个手机号吗？"

张玲："不方便。"

张玲如此的回复让天悦心情一下变得不爽，但他还是想再多聊几句，于是问道："嗯，你父母能同意你找个50岁的男人结婚吗？"

张玲："爱情没有年龄界限，如果你足够好！我喜欢成熟稳重的男人。"

天悦："嗯，能发张你现在的玉照吗？"

张玲："你也发张你的照片呗。"

微信聊过后，天悦选了张自己的近照通过微信发给了张玲，便等着张玲也发照片。但是过了10分钟，也没见张玲发她的照片过来。

天悦就继续吃绿豆糕，继续喝咖啡，同时回忆自己在从27岁到36岁时，没有把主要时间精力花在和女性谈情说爱交往上。而现在，他却要在择偶方面花费精力，以便尽快结婚要孩子。

从古至今，都有"先成家后立业"的说法，男人成家之后更能稳下心来做自己的事业，便开始逐渐显山露水。但天悦一直觉得这"先成家后立业"并不适合每个人，至少是不适合他。他那时不明白结婚成家娶妻生子也是一种人生成就，也是一种成功。相反，那时的他，从生理欲望上讲，他觉得自己需要女人，可是他骨子里又看不起女人，即便那时他有碰到很不错的女孩儿。

现在随着自己的年龄步入中年，天悦思考现代社会两性心理问题，他就受美国心理学家菲利普·津巴多的启发，发现了一个确实存在的问题——以自己为例，男性年龄越大，在当今社会越容易处于困境之中，比如较低的择偶成功率，比如对爱情和家庭更多的焦虑，对能否创业成功的忧虑，以及对能否升官发财的忧虑等等，也许这种情况是男性从成年早期就开始的，年龄越大越严重。针对男性面临的挑战，他判断有几个可能的原因——例如，相比于女性，男性在获得文科学士和其他研究生学位等学商指数上落后10%；在接受性心理不良和道德行为不良的精神心理咨询中，有2/3的人是男性，说明男人在两性心理方面存在着某种疾病倾向。更重要的是，正如医学心理学所说的，男性被诊断为注意力缺损症的概率是女性的5倍，所以心理医生让这样的男性适当服用利他林。

此刻，天悦意识到自己似乎一直以来也不同程度地患有注意力缺损症，尤其是在对女人的注意力方面，他觉得自己对女人的精神心理需求的注意力严重缺乏。之所以择偶总不成功，就是随着年龄的增长，那么他的注意力缺损症也加重，而且和自己的心理衰落有成正比关系。这种衰落的迹象是，他觉得首先，是他对亲密关系的新恐惧，亲密关系是指与女人身体上、感情上和经济上的密切关系……

40分钟过去了，天悦也没见张玲发她的照片过来，他再微信联系张玲，才发现他已经被张玲删了。他摇了摇头，想着张玲之所以删除他，可能就是因为觉得他太着急结婚了！

如此这样第一次微信联系后就把男会员删了，根本连见面交流的机会都不给，似乎成了很多单身女会员的习惯做法。即便如此，天悦还是把跟张玲发过的每条微信都看完后，才把张玲从微信删除。

如今的问题是，现在的女人们更喜欢虚幻的网络情感世界，而不是真实的互动、真实的社交关系。为什么呢？其实这是一个意料之外的后果，天悦觉得是因为对网络的过量使用。网络征婚是获得过量的征婚信息、过量的虚假承诺、过量的情色诱惑的新途径。这些很容易导致孤独的女性对网络兴奋成瘾，对网络征婚成瘾。一旦对网络征婚成瘾时，你就想要接触更多更多的异性，无论对方真假；一旦对网络征婚兴奋成瘾，女性想要的是对不同男性的兴奋体验，正如毒品每一次让你想要的都是同一个东西——不同。

天悦希望今天的男人们能认识到自己在社会地位上的衰落：中国的男性在学术成就上正逐渐走向低谷，只要来看看数据——退学的数据非常惊人，相比于女生，男生的退学率达30%。在中国，每3名退学的女生就对应着5名退学的男生。现在，女性在教育的各个阶段，从幼儿园、小学、中学、大学到研究生，都赶超了男性。形成尴尬对照的是，如今城市网吧里的一个小伙子，在长到27岁时，他应该已经玩了至少30000小时的电子游戏，玩游戏的大多数时候，他都是独自一人。正如辛迪·盖洛普所言："很多男人不知道做爱和打电子游戏或者看色情电影有什么区别。"

对任何一个单身男人来说，如果能够结婚，确实将是人生的一个新的开始。结婚是一种分工合作精神的表现，如果一个男人要自己烧饭、缝纫，而一个女人要跟男人一样的竞争才能生存，这人生该有多委屈？男人结婚以后至少可以较为舒服，可以在家里享受爱吃的菜肴，衣物也可有人代为整理。而且，已婚的人不像单身时那样的无聊和寂寞，两人可以共同享受安乐，共渡难关，共同产生希望和志愿。最主要的是，男人们大多希望能够做个主脑人物，而结婚正可以满足他们这个愿望。

以上这些都是明显的应该结婚的理由，此外还有许多无形的好处。在家里，老爸老妈还提醒天悦应该注意的那些问题——当务之急不是打压女性崛起、看不起女性；当务之急不是再买第五套房继续房奴的生活，而是要提高自身生活质量、自强自救、赶快结婚！

老爸老妈曾经多次告诉天悦：你虽然有经济压力大、没碰到适合的女性等不结婚的理由，但在通常情形下，未婚者往往要比已婚者命短。老爸老妈找来报纸上的有关报道，说根据各国人寿统计的综合报告显示，在30至45岁之间的男女，单身汉的死亡率比已婚者多一倍；女人方面，在

30 至 65 岁之间的已婚者死亡率也较未婚者少 1/10。

老爸老妈更看重"养老",认为现在的社会,养老还是只能靠子女,如果天悦不结婚没有子女的话,老了靠谁?所以他们一直忧虑天悦老了以后怎么办。对未来养老的恐惧,几乎是老爸老妈这一代人的共同特征。他们害怕自己老无所依,害怕子女孤苦伶仃。"怕"已成为他们人生字典上的一个关键字,成为一种沉重的精神负担和时刻长鸣的警钟,并且自然而然地转嫁到下一代身上。

天悦现在想想,老爸老妈的意思就是他应该对自己的未来生活生存有所顾虑,毕竟他们是他的亲生父母,是他的教育者,是他的监护人,但又不可能陪伴他一辈子的。

在老爸老妈眼里,婚后的男子,往往比未婚的较有责任心,成为较有恒心而可靠的人;在老爸老妈眼里,以及那些想让天悦尽快遇到真正想结婚的女性的哥们儿朋友眼里,天悦结婚后可以和老婆一起交谈、跳舞,可以舒缓地做爱,为保持进化的先进性,保持老邢家的基因优越于其他人,要尽快结婚要孩子。

老爸老妈和天悦的哥们儿朋友还多次嘱咐天悦:最好是要找个未婚可靠的女性结婚,尤其不要找离婚带孩子的女性,事儿太多。否则,一个男人结了离、离了结、结了再离,如果又重新独居的话,这个男人寿命会更短。

经过了 20 多年的奔波,以及无数次失败的相亲,现在的天悦不得不承认,他过去二三十年的开挂的人生经历,无疑受到外国的东西影响更多些,在价值观与对未来的规划也着实受到了西方文化的很多影响,影响到他的工作、生活、爱好、未来,甚至影响到他的个人问题,影响到他对女人的认知……此刻,他又想到了《第二性》,他终于知道存在主义作家波伏娃的厉害了——波伏娃作为一个女性,她竟然能从哲学的角度解读男女两性的区别,她怎么就那么理性呢?看得透彻!先不要说她是不是女人,她到底是不是人呢?

天悦很想知道波伏娃生长的社会,到底是怎样的?他觉得中国男人今天的价值观都是如何引导自己保住正位，顶多刚刚教会女人如何独立和享受孤独，仿佛就了不起了。而波伏娃的女性主义观点简直就不是一个层面的进步，而是完全不在一个星球的精神独立。在他眼里，波伏娃简直是个"女汉子"——懂得在人这个物种性别之上思考。现在的他意识到自己一直是一个只活在自己的世界中的男人。

现在的天悦终于觉醒了！在他的眼里，要尽快结婚，要开始一个新的人生阶段，命运也由此改变，以后在爱人的一臂之力协助下更易获得事业上的成功，结婚后的家庭富足安康。

只有这样爱自己

天悦站起身，走出卧室，去到院子里，渴望晒会儿太阳。

午后的阳光炽烈而温暖，大地在太阳的灼烤下显得懒洋洋的，天上一丝云都没有，也没有风，院子里种的竹子若无其事地享受着夏日的美好。天悦选择站在竹林儿下的阴凉处，抬着头望着自家老房的房檐，感觉除了孤单之外，其他的没什么大问题。他觉得写作能改善自己的情绪，获得从女人身上或是工作上无法获得的快乐，从而使自己从孤单中得到些许的解脱。

毕竟写作费脑子，写累了，天悦就想通通脑子——他的写作兴趣也跟最早时浏览地摊文学有关，因为地摊文学带给他的印象是，多读几本后，便能发现，内文基本采用了相似的故事套路，其实只是虚张声势，如色情都是靠大腿起家。不过，那时他也注意到，地摊文学在千篇一律的主打文章之外，还是有许多令他眼前一亮的有趣段落。总之，那时他不得不赞叹那些笔者的想象力。

其实，在二十世纪八九十年代，无论是地摊文学杂志，还是如《洛丽塔》那样的外国文学，也是许多"70后""80后"的启蒙读物。天悦通过那些作品中描绘女人的文字，总结出来女人在很多时候表现得很神秘，女人身上似乎总是散发出朦胧的、矛盾的、磷光般的信号，所以导致很多男性在处理与女性的情感问题方面栽了跟头，而且不仅仅是离婚那么简单。

八九十年代是天悦人生中的一个黄金时代，在"一寸光阴一寸金"的那个年代，他总觉得每个人成功的时间段都有所不同。

在27~36岁那段时期，天悦没有感觉到快乐，或者说中年之前从没有感觉到快乐，无论在工作中，还是在和老爸老妈相处的时间里，所以他选择漂泊，以便从漂泊中寻求快乐和解脱。而在对待爱情和女人的态度上，他一直处于被动——主要基于个人自己的思想是否真正的成熟而有精神准备去建立家庭，他那时的答案是否定的。

在那10年里，天悦觉得自己应该善待女人，但决不能沉溺于女人，他的想法是自己可以享受跟对方在一起时的欢乐，但是自己必须要有她们不在身边时，也能自娱自乐的能力；他觉得如果一个男人的生命中除了女人就没有其他人和事物令自己高兴时，就很危险了；此外，他觉得如果自己一个人待着的时候，比如晚上睡觉会感到焦虑和不安，说明自己的"爱情瘾"就比较大了——渴望得到女人的赞许、没事找事只是为了得到女人的关注、通过女人的行为来计算女人有多爱你，以及不满女人因出差或者跟朋友聚会而不在身边等行为，都是属于对爱情"上瘾"的表现，属于对女人"上瘾"的表现。

天悦那时是这么想的，也是这么做的。如果发现自己已经对一个女孩上瘾，他就会通过一些办法来缓解自己的"病情"，比如不要拒绝不高兴的感觉、永远诚实、保持各种关系平衡、保证自己的身体健康、试着写下自己的真实感情，以及不要害怕寻求别人的意见和帮助。

在天悦眼里，一个男人选择漂泊是一种漫长的修行。他觉得男人要有主人精神：艰苦奋斗、四海为家、顶天立地、不患无妻；他觉得如果自己不努力，就没有资格考虑结婚；他觉得如果自己努力的话，总有一天会有回报。就这样，在"一寸光阴一寸金"的那个年代，他自己的各种"觉得"导致他终究没有选择先成家后立业，导致他与很多婚姻机缘擦肩而过，宁愿一直孤独。

在天悦眼里，婚姻同样是一种漫长的修行，但在这个过程中，他认为绝大部分女人往往是为了得到一个男人的爱而去爱这个男人。当她爱一个男人，她要求对方也能源源不断地爱自己，这样她才能安心，才能继续爱下去。她一旦觉得自己的爱没有得到相应的回应，一旦对方变得冷淡，或是让她觉得疏离，她就容易疑神疑鬼，信任感开始下降，害怕自己受了欺骗，她就要为这份危机感寻求外在的理由。

对另一些女人来说，只有来自男人的尊重、爱和崇拜才可以消除她们的贬辱感。除非她们相信自己被深深爱着，否则她们不会屈服于一个男人。这类女人认为肉体关系是一种每一方都能交换平等的快感，她当然有理由表现出玩世不恭、冷淡或自尊的态度。在这个问题上，男人和女人似乎一样，或许比女人更甚，讨厌任何女人试图在性交时利用他，但通常是女人觉得她的性伙伴要把她当作工具加以利用。

除了深深的爱慕，没有什么能够补偿女人认为是一次失败的做爱所给她带来的羞辱。

在很长一个时期里，天悦恐惧婚姻关系所带来的共生，恐惧他人的介入会让他的自我失去边界。他自认为拥有非常远大的志向，他希望自己比别人付出更多的努力，遇到困难也不要泄气，先穷后富，给自己和家人朋友带去好运，所有的命运全凭自己掌握。而且他对女性崛起的态度是有喜有忧——原因很多，主要原因是他更希望能自己掌握人生的选择，所以他追求绝对独立的个人空间，他认为自己属于勤劳能干，他不会通过结婚坐享其成两家人的积蓄。相反，他认为随着自己年龄的增长到一定的时期，届时的财运应该能一涨再涨，运势变强，好的结婚时机自然随即而来。

此刻，天悦看着湛蓝的天空，就想到莱昂纳德·科恩，他认为自己的人生经历中的很多地方与科恩很相似，他认为冷静一直是科恩生命里得天独厚的东西。科恩是加拿大传奇歌手、诗人，年轻时的科恩风流倜傥，年过半百以后的科恩伤感、灰暗而平静。诺贝尔文学奖得主鲍勃·迪伦曾说过:"如果我必须当一分钟其他人,那个人很可能就是科恩。"

天悦通过阅读《渴望之书》,认为科恩从50岁之后开始,生命已炉火纯青,歌曲里已没有高潮,越来越平静,越来越醇厚,却比任何时期都意味深长。科恩说过:"我像天鹅航行,我像石头下沉。"科恩的作品是适合在黑夜里倾听的歌,他的那些诗与歌,也许可以说源自于爱,而不是欲望。《纽约时报》评论:"《渴望之书》的书写范畴独特,清晰却又氤氲着水汽,辽阔无边却又私密,顽皮却又深刻。"

天悦的内心突然亢奋,觉到自己能够提笔写作,其实是体验到了自己也已经变得越来越平静,越来越醇厚,越来越勇于自省。

彼得·汉德克说过:"我是我自己的囚徒,写作把我解放出来。"汉德克每天都对自己这么说。天悦知道汉德克的骄傲在于写作的时刻——独自一人,无限接近良知。写作是"给予",阅读是"得到"。显然,"给予"比"得到"更能让自己愉悦,不是因为这是一种奉献,而恰恰是因为在"给予"的行为中,有自己生命力的表达和爱的表达。

汉德克经常引用歌德的一句话来形容自己的写作状态"喜悦和痛苦交替着碾过我的心头",这句话同样让天悦感触很深——如果能自由写作,能实现自己的梦想,就会像天鹅一样飞翔在蓝天;如果自己一直孤独,又不能自由写作,梦想落空,生活就会像石头一样下沉。

说到梦想,急功近利的教育鼓励人们追求卓越,而竞争意义下的"出人头地",早已经偏离了"士以天下、国家为己任"的目标。在写作方面,没有几个人懂得"写作与爱的关系"的重要性。写作基于一种理想,文学基于一种爱欲。科恩通过诗歌表达自己的理想和爱,汉德克也借由创作表达自爱!他们是这样爱自己?他们为什么这样爱自己?

道理很简单——他们对爱欲与生命的理解,在涉及评断的类型与伦理位置时,在涉及写作与爱的关系时……内容中的每一个话题都向人们展示了他们对于文学纯粹的关切与思考。在天悦看来,爱和写作就是丰盈与贫乏的交会,同时,写作还是一种转化的过程,把生活的阴面向着阳面转化,把黑暗向着爱转化,他们用可以漂泊作为对自己的爱,可以用写作作为对自己的爱,可以用修行作为对自己的爱,他们就是这样爱自己。

张炜是个独特现象,张炜在80年代创作的诸如《古船》《柏慧》《秋天的愤怒》等作品极具反省和批判精神;在20世纪90年代"人文精神大讨论"中也表现出了不同流俗的价值立场。张炜的10部长卷小说《你在高原》显示了其非同凡响的文学抱负和持久的写作意志。在天悦眼中,要想像张炜那样在整个文化潮流当中,注意保持自己强烈的个人立场,显然是十分不容易的。

天悦不顾午后的干热,在院子里的阴凉处来回踱步。此刻,他意识到随着自己年龄的增长,自己人生的领悟越来越多,事业也将有新的发展。他想到《渴望之书》中的诗歌是科恩在南加州伯地山禅修中心、洛杉矶、蒙特利尔、孟买写下的,而他的人生经历也是建立在踏遍中国的山山水水。他希望,伴随着自己曾经一路走来的成长故事,通过写作,可以表达自己的"爱欲"和"哀矜"。

"爱欲"是西方词汇,厄洛斯(EROS),古希腊的爱欲之神,丰盈与贫乏所生的孩子,柏拉图《会饮篇》里的主角。比较之下,"哀矜"则是个中国概念,《论语·子张》里说:如得其情,则哀矜而勿喜。张爱玲也曾经引用过这句话,她说,当我们明白了一件事情的内情与一个人内心的曲折,我们也都"哀矜而勿喜"吧。

……

时间过得很快,一眨眼的工夫,就已经到下午4点了。周末就这样过的,虽然有和几个征婚的女会员聊过,但是"馨"却没有任何音信,这让天悦觉得失落。

天悦回到屋里,重新坐回到电脑桌边上,他告诉自己,和"馨"是不可能有结果了。因为他和"馨"虽然是内心都诚恳,想结婚,但是各自行动上未必同步。何况他现在要面对的是另一个事情——写作,也许会使他顾不上谈情说爱了。可是,他转念一想那个事情,就是觉得写作的灵感很重要，所以要把"馨"写进去。

人活着都不容易，要活得比别人好，更不容易。在天悦眼里，人的心态很重要，生活除了物质财富之外，还有一样东西，叫"精神财富"，可以通过写作实现，写作能够带来快乐。通过写作，他可以得到解脱；通过写作，他能永远年轻，能永远处在黄金时代，也能永远这样爱自己。

漂泊而来的智慧

又一天将要过去了，光阴荏苒，人越是惧怕衰老，时间就过得越快。人想要他的生活具有一个意义，于是放弃了每一个没有原因和目的的动作，似乎所有的传记都是这样写的。生活看上去像是原因、结果、失败和成功的光辉历程，人用焦急的目光盯着自己行为的因果联系，加快了朝死亡的奔跑。

虽然自己还一直在被一个大问题所困扰：应该不应该结婚？但到了此时此刻，天悦终于觉得自己其实是挺可笑的人，不是出于幽默，而是傻。嗯嗯，在福楼拜的小说里，傻是与人的存在不可分离的一个范畴。

此刻的天悦，更希望自己能永远的年轻，希望自己是不朽的，希望自己不但要生存下去，而且要更出众，因为有心灵，有同情、牺牲以及忍耐的精神。而写作的人恰恰可以帮着别人升华精神世界，提醒人们过去有的自豪，如勇气、荣誉、希望、自尊、同情及牺牲精神。

从学医开始，天悦就认为几乎所有人都只惧怕肉体的痛苦，而很少考虑到精神问题。事实上，他知道自己曾经经历的一切都反映了自我人格问题和精神心理问题——在面对各种压力时，他就会跺着脚，深呼吸大自然的自由空气。他知道，如果遇到挫败，也并不意味着自己丢失了任何极具价值之物。

每次在思索离开时，一方面，天悦是一个行动派，勤劳勇敢，像箭在弦上，他主动出击，送走了金色的秋天，又去迎接冬天的寒意。另一方面，他觉得一个人一思索，真理就躲开了这个人。因为人越是思索，一个人与另一个人的思想就相距越远，因为人从来不是他想成为的那样。与其苦苦思考，不如离开去漂泊。

天悦在离开时，他就迫不及待地要出征到他所渴望的广阔天地里任意驰骋，停都停不下来，只有这样，他才会觉得自己是生活得快活的一个人。他一直认为选择在外地工作，或者是在异地他乡工作创业的话，那么个人的年运就不会下滑。在下海后，在面对前途似乎"苦海无涯"时，他却显出乐观、真诚、自信。他认为世界上最怯懦的事情就是害怕，他一直认为应该忘掉恐惧感，而把全部心力放在属于人类情感的真理上，如爱欲、荣誉感、同情心、自尊心以及牺牲的精神。如果人生缺少这些，就无法有满足感。

天悦认为，写作的感觉也和漂泊的感觉一样，都是个人想象的天堂。在那块土地上，没有人是真理的占有者，但所有人在那里都有权被理解。在下决心写作时，天悦直觉灵敏，思想活跃，他明知道自己不一定是自己的思想的发言人，而且有很多结局需要自圆其说，其实就是自食其果。但是由于天生喜欢挑战，对事业上的成就感也要求很高，所以他把写作也看成是一种爱，看成是帮助自己发展及超越一切的精神支柱。只是有一点，尽管有自己的道德理念，但在写作过程中必须要倾听来自别人的声音。这些来自别人的声音往往超越个人的智慧，比写作者聪明。